「美智子」
——その愛と背信
〈作品Ⅱ〉

原田修司

「美智子」

——その愛と背信

〈作品Ⅱ〉

原田修司

目次

I ――― 詩

II ――― ノンフィクション

Ⅲ――フィクション

I ―― 詩

冬の日のペンション

君のその透明なグラスに　冷えたワインをつごうか
午後はまだ始まったばかりだ
このペンションの木窓から　冬の太陽にきらめく雪原が見える
静かな穏やかな日だ
暖炉に薪を入れようか　外は寒い　でも部屋の中はこの暖かさだ
僕の心は何かの喜びに満ちている
久しぶりに再会した君と　こうしてワインを口に濡らしながら語りあえる日を　思えば僕は心の中で永く永く待ち望んでいたのだ
さあ　語ってくれ　君が精魂をこめて作曲したというあの音楽のことを　そしてそのメロディーを口ずさんでくれないか
繊細な優しい感性と　理智に冴《さ》えた君の清冽《せいれつ》な音楽を聴くだけで　久しくそういうものから遠ざかっていた僕の心は　新鮮な安らぎに満たされていく
そう　僕たちはこの雪原の静寂のなかで語り合うのだ
汚濁と喧噪《けんそう》に包まれたあの遠い都会の生活のことなど忘れ　ワインの深い酔いの高揚と歓びの中で　詩を　音楽を　美しい自然や　可愛い動物たちのことを　楽しく語り合うのだ
そして　ほら　あの雪に反射して銀色に輝く太陽が　遠く雪山の尾根の彼方に沈む頃　慶子もやって来るのだよ
彼女のことだから　両手に持ちきれないほどの美味なワインや　色とりどりの冬の果物をたずさえて　満面を屈託のない笑いに溢れさせながら　あの雪道を　はずむようにやって来るだろう
彼女が来たら　三人でまた飲み　語ろう
僕たちが過したあの蒼穹《あおぞら》　そしておおらかな川と雄々しい山々に囲まれた故郷《ふるさと》の高等学校の思い出を
苦しく激しく切なかったが　もはや過ぎてしまえば青春の潑溂《はつらつ》と漲《みなぎ》りに輝く閃光に変容してしまった　二十年前のあれらの懐かしい日々のことを
君　更に澄んだワインをそのグラスにつごう

君とこうして話していると　人間と人間がおもねりも奸《かん》計《けい》もなく信頼しあえる感動のさざ波が　胸の奥底から押し寄せてくる
人間の精神の気高さと純粋さというものを　僕は思うおそらく　心の核心に迫る芸術とは　こうした凛《りん》とした緊張をその内に孕《はら》んだ精神の昂《たか》まりと　情動のうねりの中から創造されるにちがいない
認識と寛容を同じくする者同士の　心と心が精妙に融けあうこの豊かな時空
ここには憎悪も罵りもない
血の滴《したた》る残虐も殺戮《さつりく》もない
決して裏切られることのない友情と　信じあう者のみにある深い深い共感があるだけだ

ガラス窓を透過し　ワイングラスを輝かせながら　日光がこのペンションの木の床に明るい大きな日溜まりをつくっている
やがて夕暮れとなり　時は僕たちの存在にかまうことなく　あの雪原を静かに走り去って行くだろう
いいではないか　明日を思うことなく　夜が果てるまで飲みあかそう

悲しみがあれば涙を流して慟哭《どうこく》すればいい　かつて僕は挫折し　きみは妻を失った
未だに癒されぬ苦衷《くちゅう》と悲嘆が僕たちの胸奥から溢れ出して来るかもしれない
誰もが常に剛直な精神と耐える意志をもっているわけではないのだ
落魄《らくはく》した己れの身の淋しさをいたみ　愛する肉親の死を嘆き　胸が張り裂けんばかりに号泣したとて　何を恥じらうことがあろう
悲しみ　涙することによってしか慰められぬ心の傷もあるのだ

悲劇はいかなる他者のいたわりもはねのけて　僕たちを激情と惑乱の谷間に落とし込み　やがてそれは忘れえぬ記憶の重く硬い化石となって心の底に沈澱していく
金色に輝く豊潤な世界をもつ人々　暗黒におおわれた絶望の崖に住む人々
一体　千差万別の　かくも異なる人間の生きざまとは運命とは何なのだろうか

明日の知れない　迷路のような僕たちの人生とは　一体何なのだろうか　決して解答を与えられない　懐疑に満ちた僕たちの人生とは、、、

太陽は　冬の冷硬な青空をやがて淡い夕焼けに溶かしながら　静かに　ひっそりと雪山の裏側に沈んで行った
灯をつけぬペンションの室内で　僕たちが手に持つワイングラスの球面を　夕焼けが小さな絵となって　あでやかに照射した

（平成五年五月）

Ⅱ——ノンフィクション

神父さん

奇蹟というものは、この世に滅多にある事ではないが、〝小さな奇蹟〟というものだったら、特に宗教の方面に関して時々耳にする事がある。しかしうさん臭い宗教も多分にあるもので、「教祖さま」の威光と神秘性を高める為に、話を「ねつ造」した例も少なくはないだろう。

これから書く事は奇蹟などというものからはほど遠い話であるが、かといって満更そうでないわけでもない。百分の一の奇蹟とでもいおうか、もし「その事」がなかったら、恐らく何年間も母は狂ったままで――心神喪失の状態のままでいたにちがいないだろうからだ。

私の両親は昔、市内でもかなり大きな規模の理髪店を経営していた。私の家には男女の従業員が常時六、七人住み込みで働いていた。

当時（昭和三十五年頃）はまだ貧しい家庭も多く、上級学校に進学出来ずに、中学校を卒業したらすぐに仕事に就く人が沢山いた。

従業員のEも、そんな中の一人だった。このEは相当な秀才で、総ての面に於て理解力が群を抜いていた。私の小学校の宿題などもほとんど全部Eが教えてくれ、分らない所は代りに片付けてくれたものだ。可哀相な事情としかいいようがない。裕福であったなら、恐らくEは名のある大学に進学し、それ相応の社会的地位か名声を得ていたであろう。貧しい為本来の才能を世に発揮出来ず、不遇のまま埋もれてしまう運命の残酷を私は恨む。

Eは技術の取得も並でなく早く、四年間の徒弟修業の期間を難なく終えて、職人として独立しようとしていた。そんなEより少し遅れて、これまた貧乏な母子家庭から、中学校を終えて入って来たSという女性がいた。何故かこのSも、Eに劣らぬ知能があって賢く、顔も十人並以上の美形だった。

認識の度合の同じ賢い者同士が、即座に互いを見抜き、投合したというのだろうか。EとSは恋愛関係に陥った。厳格で潔癖な私の父は、しかしこれを許さなかった。修業中に恋愛なんてとんでもない事だ。おまけに未成年の、同じ店内の従業員ではないか。他の者にしめしがつかない。――恐らくそういう事だったのだろう。

恋というものは、抑えれば抑える程、不思議に益々燃えさかる。

厳しく咎められたEの心は荒れ、毎晩外に出ては大酒を飲んで帰り、泥酔状態になって暴れる日が続いた。

父は激怒し、悶着の末、遂にEを馘にした。

店のおかみである母の心痛も並大抵ではなかっただろう。若い男女の生活の一切を母親代りになって世話していたのである。皆自分の子供みたいなものだ。特にEは頭脳明晰で、人の心の分る優しい男だった。母は内心Eを一等大事にしていたのだと思う。

そのEが何ヶ月にもわたって散々に乱れ、とうとう馘になってしまったのだ。家（店）の中はもう滅茶滅茶である。

Eが店をやめた直後、母は少し寝るからといって夕方床に入り、そしてそのまま意識を失ってしまった。翌日になっても母は眼を醒まさず、身体を揺すっても何の反応も示さなかった。すぐに近所の医者が来たが、原因は不明で、母は昏昏と眠り続けた。医者は医学書などをめくりながら、不可解げな顔をして毎日リンゲル注射を打っていた。他になすすべがなかったようだ。

一週間母はひたすら眠り続けていた。ショックと心労が母の意識をずたずたにしたのだろう。

母は人一倍感受性が豊かで、お人好しで、正直な女性だった。何事も正面から受けとめ、ずる賢く責任を回避したり、ふてぶてしく居直ったりする事など出来ない人間だった。剛毅な性格ではなかった。

一週間後、母は眼を開けたが、意識は混濁状態で、弱々しいささやき声しかなかった。父が肩を抱きながら母を手洗いに連れて行っていたが、足元はひどくふらついてほとんど歩けず、痛々しい重病人の姿だった。十一、二歳の私は反抗期の真っ只中にあったが、そんな母を見ると、さすがに胸が熱くなった。愚か者は大事に至らないと悟らないという事か。

二週間目頃から、母は寝床に入ったままポツリポツリと食事の買い出しの事などを言い始めた。

病気になっても、従業員の食事と店の経理の事が頭から離れなかったのだろう。しかし言う事は支離滅裂で、全く脈絡がなかった。昨日《きのう》言った事を今日はもうすっかり忘れ、てんで見当違いの事を話し出す始末で、あちこちがトンチンカンだらけなのだ。計算などもしていたがでたらめだった。

狂ったのではないかと私は怪しんだ。しかし、おかしくなっても、一生懸命に店の事どもを気遣うその様子が、何だか哀れでならなかった。

こうした状態は約一ヶ月続いた。身体の衰弱は日を経るうちに多少回復し、一人でもどうにか弱々しいながらも歩けるようになったが、頭の方は違《たが》えたままだった。相変らず、あった事の記憶をすぐに失い、言動に前後の連絡はなかった。眼はぼんやりしていた。縁側に座り、私が飼っていた鳩に元気なくボーとして餌をやっていた。

父は色々な人に相談したらしい。心理学を研究する先生なども来て母と面談していたが、ようとして病名は分らず、回癒する事もなかった。心配して沢山の友人や親戚の者が母に会いに来た。しかしおよそ話は噛み合わず、母の眼線は根無し草のようにどこか別のあたりに浮かんでいた。頭の中の組板が三、四枚大幅にずれてしまったのだろう。

すべなくして二ヶ月が過ぎた。病状が回復する兆しはなかった。

今はもう焼けて無くなってしまったが、その頃市内に、フランシスコ・ザビエルを記念して建てられた大きなカトリックの教会があった。或る日、その教会の神父さんが私の家にやって来た。父は戦前からカトリックの信者だった。戦後、結婚した母も信者になり、時々教会にお祈りに行っていた。夜も、寝る前に母は小さなマリア像の前で静かに祈っていた。

私は小さい頃無理矢理この教会の日曜学校に行かされ、イエス様についてのわけの分らない話を聞かされたものだ。信仰などに目覚めていない私はさっぱり面白くなく、教会がいやでたまらなかった。家で友達と遊んでいる方が余程面白かった。私が神様嫌いになったのは、この頃の不快な体験が源《もと》になっているのではないかと、ひそかに思っている。

ともあれ、信者として父も母も教会の神父さんと親しく交際し、神父さんも散髪に来ていた。

いずれもが外国人の、背の高い、品のある神父さんたちだった。

五年、十年と教会に在籍し、母国に帰らぬまま異郷のこの地で生を終える神父さんも少なくなかったらしい。伝道の使命に燃える神父さんに、それは覚悟の上の事だったのだろう。

その日、神父さんがどうして私の家に来たのか定かではない。たまたま散髪に来たのか、それとも「最後の神頼み」と思って、父が教会にお願いに行ったのだろうか。

夕方、神父さんはやって来た。隔てのないつきあいをしている、五十歳代の、温厚なスペイン人の神父さんである。長身に黒い法衣をまとい、胸に十字架をぶら下げていた。

父に案内されて、神父さんは母が休んでいる寝室にニコニコしながら入って来た。母は寝床に座って虚ろな顔をしていた。私もその傍らでぼんやりしていた。

父が神父さんに母の病状を色々と話した。

「原田サン、身体ノ具合ハドウデスカ?」

神父さんは父の話にうなずきながら顔を母に向け、外国訛りの、独特な抑揚の日本語で、穏やかに話しかけた。

「、、、」

母は誰かよく分らないといった風で、神父さんを茫洋と見つめていた。

「お母さん、神父さまが来てくれたよ」

父が母に言った。

と、何かが母の中で小さな音を立てたようだった。

母の表情が微妙に動いた。

母は急いで考え考えしながら、とりとめもなく散らかった頭の中の辻褄合わせをしようとしているかのように見えた。次第に「意識」のさざ波が押し寄せて来た。

「神父さま、、」

母が小声で言った。

「、、」

「、、」

皆押し黙っていた。

「神父さま」

かすかな驚きのようなものが走り、瞬間、母の顔が何かにうたれたように明るく輝いた。

神父さんが母の手を握った。

「どうして神父さまが、、

私は何をしているの、、、」

悪魔が退散した。母の全霊を凍結させていた一切のものが、魔法のように氷解した。

母は正気を取り戻したのだ。

漂っていた果てしない闇夜の海から、飛ぶようにして場所と次元を越え、母は生還した。

僅か二、三分間の出来事である。百分の一の、〝小さな奇蹟〟だった。

驚きと喜びが家の中を席捲した。

「歓声」が湧き上がってもおかしくない事態だった。

身ぶりが派手な欧米人なら、抱き合い、踊って喜んだだろう。

報らせを聞いた母の両親が近所から駆けつけ、母の確かな眼を見て涙ぐんでいた。

衝撃的に母は回復した。

母の精神を覚醒させたのは一体何だったのだろう。狂った心の深層に、神を信頼し、神を求める厚い信仰心が強固に横たわっていたのだろうか。それともあれは「神の光」だったのか。

『やっぱり神様はいた』のか？……

病気の間の事を聞いてみると、母に記憶は全くなかった。「少し寝るから」と、意識を失う直前に私に言った、その事も覚えていなかった。

三ヶ月間母は「夢の中の人」で過した。別種《よそ》の、見知らぬ世界に住んでいたのだ。しかし翻《ひるがえ》って考えてみると、私達が今いるこの世界は、実は夢であり、この世界を夢見ている本当の世界が別にあるかもしれないのだ。母にとってあの三ヶ月は幻ではなく、唯一自分だけの、解放された、気楽で自由な、意味のある現実であり、私達のいたこちらの世界こそは、ありもしない蜃気楼の世界だったのかもしれない。結局どちらが真実であるのかは分らない。三次元に住む私達には永久に把握出来ない、四次元・五次元の宇宙と存在のからくりだ。

母は治癒した。そして二度と正気を失う事はなかった。

店をやめていった従業員のEは、数年後、三十歳にならずして死んだ。

小さい頃から心臓弁膜症を患っており、心臓の大きさが普通人の三倍もあると言っていた。大量の血を吐いて死んだという。並外れた知能を存分に活かせないまま、Eは性急に人生を駆け抜けて行った。

私を弟のように可愛がってくれ、休みの日などは、朝早くいきなり私の寝床に入って来て、力道山のプロレスの技をかけ、私に悲鳴を上げさせたものだ。

互いに戯れ、一緒に野球をやり、相撲をとった。カミソリの刃のように鋭利だったが、悪気のない、優しい人間だった。

神様がEをこの世に送り出す時に、何かが齟齬《そご》したとしかいいようのない、不遇な、短い一生だった。


（平成九年九月）

乞食と少佐

昭和三十年頃、その当時はまだ、典型的な「乞食」が街中《まちなか》にいた。朽ち果てたボロボロの服を身にまとい、頭には黒ずんだクシャクシャの帽子をかぶっている。靴は皮がめくれて底が半分抜け、髪は洗ったあともなくボウボウと伸び放題で、手足の肌はひび割れ、垢で薄黒くなっている。眼は虚ろで、空腹の為か、よろよろしながら歩いているのだ。

小学一年生の頃、或る日の夕方街角で遊んでいると、赤い円柱形の郵便ポストの傍らにそんな乞食が座っているのが見えた。乞食を見たのは生まれて初めてだった。私は同年輩の友達数人と駈け寄って行って乞食を取り囲み、好奇心も露わにしげしげと見入ったものだった。乞食は元気なく憔悴しきった体《てい》でポストによりかかっていた。

「乞食だ、乞食だ」と誰かが蔑みを含めた、からかうような声で言った。

今時《いまどき》の子供なら、このあと面白半分にバットで殴って殺したりでもするのだろうが、四十年前にはまだ、そんな冷酷な加虐を楽しむ子供は存在していなかった。

けだし時世が人間を作るのであろう。

しばらくして後、私は息をはずませながら家に帰り、台所にいた祖母に乞食がいる旨を興奮して告げた。

祖母は炊飯用のガスコンロに設置した釜の蓋を開け、「湯気」の上がる熱い御飯をお櫃《ひつ》に移していた。

「可哀相に、どうして乞食になったのかね」と祖母は言いながら、おむすびを二つ塩で丸めた。中に梅干の入った大きなおむすびである。

「持って行ってあげなさい」

きつい性格の女性だったが、人生の辛酸を知る、あわれみある祖母だった。

私は何やらうれしい気持になり、新聞紙に包んだおむすびを両手で持って郵便ポストに走った。

もう友達は誰もおらず、乞食が元の格好のままでそこにへたっていた。

「これ、、」

私が新聞の包みを言葉少なに差し出すと、乞食は無言のまま力なくそれを受け取り、中を開けておむすびと分るや否や、夢中になって（必死の形相で）むしゃくしゃと食べ出した。いつの間にやらまた、三、四人の友達が私の横に集まっていた。

「むすびを食べている!!」

「誰がやったんだ?!」

彼等は乞食を見やりながら、驚いたような調子で口々に叫んだ。

乞食に温かい御飯の施しをする人間の存在が信じられなかったのだろう。

私は何故か、おむすびを自分が持って来たのだと口に出せなかった。友達からからかわれる事を恐れたのだろうか。はたまた罵倒されはしないかと危懼《きく》したのだろうか。

私は黙ってその場から立ち去って家に帰った。

胸に何か照れ臭いような、恥ずかしいような気持ちを抱きながら。、、
それから四年後、また私は乞食を見た。

時が経つと経済も多少豊かになり、それに比例して乞食の格好も以前よりは「向上」していた。しかし、だからといって乞食の格好である事に変わりはない。

平日の午後三時頃、学校から帰った私は何とてする事もなく、家の前の道路でぶらぶらしていると、向こうの方から中年の男が一人歩いて来るのが見えた。昔ほどひどくはないものの、一目見てそれと分るオーソドックスな乞食スタイルである。男はかなりよたよたしていた。酔っぱらいが右に往ったり左に往ったりしてよたつきながら歩くような風だったが、飲酒の気配はなく、空腹で衰弱しているのではないかと思われた。

私は好奇心をそそられ、何気ない様子で近づいて行って「観察」していると、男はよたつきながら近くの果物屋に眼をとめた。男は店の前の陳列台に並べられていた果物に眼を釘づけにし、肩にかけていた木綿の、破れた横カバンの中をまさぐり出した。何やらしばらく手をもぞもぞさせていたが、多少のお金があったとみえ、男は果物屋の方に向かって歩いて行くと、少し躊躇していたが、決心したように中に入って行った。

果物屋には店主である六十歳前後の、やせているが精悍な顔付をした坊主頭の夫とその妻、それにもう一人近所のおばさんがいて、笑いながら雑談していた。男が中に入ると、三人はびっくりし、顔から笑いが消えた。

男はよろつきながら陳列台の黄色い瓜を指さし、お金を握った手を差し出した。

「あっちに行け！」

主が激しい嫌悪を顔にむき出しにし、汚い野良犬を追い払うような調子で叫んだ。

「しっ、しっ！」

女房がそれに追従し、顔をしかめて、払うように両手を振った。

大人の顔にかくも露骨な「悪情」が表われた例を、それ迄私は知らなかった。そうしたものは分別のない子供の世界にだけあるものだと思っていた。未熟な子供は悪感情を抑制し、消化する事が出来ず、すぐさまそれをあからさまにして、罵ったり、喧嘩を始めたりするのだ。例え相手が乞食であっても、「出来た」大人が、大人である者にそうした感情を露わにした現場を見た事は、驚き以外の何ものでもなかった。

男は主の言葉にひるみ、気圧《けお》されたようにして店の外に出た。しかし余程ひもじかったのだろう。男はまた店の中に入って行った。懸命なのだ。

「この野郎っ」

再び入って来た「招かれざる客」に主は血相を変え、怒りに顔が膨らんだ。

女房は顔を一層しかめ、一、二歩後ずさりした。

主は壁にかけてあった長箒を手に取ると、先を男に向け、「出て行け!」と男をつっついた。それでも男はふらふらしながら無言で瓜を指さしたまま、店から出ようとしなかった。

半ば朦朧状態のようだった。

「乞食め!」と主は叫んで長箒で男を叩いた。

「汚い!」

女房が顔を歪めてわめいた。傍にいたおばさんまでも侮蔑を顔に浮かべ、しきりに手で蝿でも追い払うような仕草をしている。

三人とも非人情の同類だ。

男は長箒で身体を突かれ、よろつきながら外に出た。

冷酷な人間もいれば、真に憐れみ深い人間も世の中にはいるものだ。

果物屋の真向いに『秋芳軒《しゅうほうけん》』という小さな飲食店があった。余り繁盛はしていなかったが、昆布といりこで出汁《だし》をとる、関西風の実に深みのある味の、安くておいしいうどんを作っていた。私は、おやつ代をため、時々そこに一人で食べに行っていたものだ。

その飲食店の主人が、どうやら果物屋での騒ぎの始終を向こうから見ていたようなのだ。

主人は道路を横切ってこちらにやって来た。

頭のはげあがった、丸顔の、小柄な五十歳代の主人である。丁度漫画の「サザエさん」のお父さんを柔和にしたような感じの人だった。

「あんたもういいから、私の所に来なさい」

主人は男に近づいて行くと、驚いた事に、汚れた姿格好に全く頓着する事なく、憐憫の情を満面に表わして優しく男に言い、抱くようにしてその身体を支えた。そして有無を言わせない調子で、道路の左右に眼をやりながら、男を自分の店の方に連れて歩き出した。

果物屋の中の三人はあっけにとられたような顔をしていた。彼等にとっては全く想像もしなかった展開だったのだろう。乞食に同情を示す人間なんているはずはなかったのだ。

隣りの仲である『秋芳軒』にだし抜かれたと思ったのか、裏切られたと思ったのか、果物屋の主の顔には少なからぬ「毒気」が浮かんでいた。

夏のことゆえ、開け放した『秋芳軒』の入口からは、中の様子がよく見えた。

主人は椅子に男を座らせ、ややあっておかみさんが、うどんと御飯を載せた盆を持って奥の調理室の方から出て来た。

私は好奇心の塊りみたいになって、路上から店の中を遠目に覗いていた。

男は上半身をふらつかせながら、出された御飯をがつがつ食べ始めた。飢《かっ》えているのだ。主人はテーブルの横に座り、男の食べる様子を穏やかな顔をして見ていた。大好きな物をおいしそうに食べている幼な子を傍からながめている、そんな父親の微笑みみたいなものがあった。

何よりも意外だったのは、主人が男の乞食服も、悪臭も、そしてノミやシラミなども一向に意に介していない風だった事だ。一般の家庭ならいざ知らず、外ならぬ客相手の飲食店である。衛生上好ましくない事はいうまでもない。

たまたま他に客はいなかったが、もしいたら、客は顔をしかめて逃げ出しただろう。余程の寛容心がないと耐えられるものではない。先の果物屋の場合とは事情が違うのだ。

夫婦というものは考え方まで似ているのであろうか。おかみさんも別にいやな顔をしている様子はなかったし、何よりもうどんを作って差し出している。反発心があればそんな事はしないだろうし、険悪な夫婦喧嘩の一幕さえも演じられていたであろう。

互いに理解し、性格も合うからこそ、何十年も共に生活する男女でありうるのか。

男がどんな礼を主人に言い、飲食代も払ったかどうか、その後の事は分らない。余りじろじろ見ているのも何だか具合が悪かったので、私はしばらくしてそこを離れた。

その日の夕方、食事をしながら、私は昼間に見たこの「事件」を祖母に話した。「そうかね」とうなずきながら祖母は言い、「あの『秋芳軒』のおじさんは、昔は軍人さんで、少佐だったんだよ」と続けた。少佐たるものがどの程度のものなのか、戦争を知らない私には分らなかったが、祖母の口ぶりからして、それは相当に高い位であると察せられた。事実、軍人のエリート養成校である陸軍士官学校を出ていなければ、軍隊の中でも少人数の階級であった少佐以上の位につくのは、極めて難しい事だったらしい。何百人もいる隊を率いる隊長だという。『秋芳軒』の主人――その元「少佐」さんは、夏になると店の前に古い籐椅子を出して、うちわで身体を扇ぎながら、半ズボン姿で夕涼みをしていたものだ。

厳めしさも、恐さもない、小柄なおじさんで、人のよさそうな顔でぼんやり通りをながめていた。とても軍隊で高位についていた軍人とは思えなかった。

公職追放にでもなったのだろうか、勤めに出ている様子はなかった。にわか造りの飲食店をおかみさんにやらせて、細々と貧しい生活をしていたようだ。

軍隊という特異な組織、特殊な階級社会で育った人間が、敗戦後百八十度も思想が転換した世界の中で生きていくのは、至難の事であっただろう。軍人は所詮軍隊の中でしか生きられず、不器用で、硬くて、他の社会に出たら何も出来ない役立たず者だと人々が侮《あなど》っていた。

通用しなくなった古銭と同じなのだ。「少佐」さんに最早過去の威光はなく、経済的にすっかりうらぶれた人間になってしまっていた。しかし「少佐」さんの顔には、挫折した人間に見られる、あの意志の鋼《はがね》が無理矢理撓《たわ》められ、狭い顔面に強引にねじ込まれたような「歪み」の陰惨はなかった。開放的で、温和な人柄がにじみ出るような笑顔を浮かべていた。

軍隊でもきっとあの人はあのようであっただろうと私は思う。部下を大事にし、優しい心の配慮を忘れなかっただろう。いかなる場合でも、部隊の民衆に対する残虐行為を許さなかったであろう。

胸に〝善の花〟を抱いた人間――確かにそんな人間がいる。「少佐」さんは、私が今迄に見たそうした数少ない人間の一人だった。鼻もちならぬエリート意識も、傲《おご》りもなく、恵まれない人に対して心からの同情と憐れみを与えうる人であったのではないか。何気ない行為から、人間性の内奥が透《す》けて見えるものだ。

少年であった私に、あの「少佐」さんは僅かな行動のうちに、人間の優しさと、善意と、良心というものを垣間見せてくれた。学校の教科書にも、校長の説教にもない、人生の実地の「教育」だった。

あの「少佐」さんはどうしているだろうか。

数年後、『秋芳軒』は店を閉じ、一家は出身地の田舎に引っ越して行った。利益があがらず、やっていけないとかいう話だった。

『秋芳軒』は今はもう無い。しかしあの「少佐」さんの思い出とからまって、『秋芳軒』のうどんは、この五十年間に食べたうどんの中で、何にもまして最高においしい、忘れ難いうどんだった。

「少佐」さんに幸多からん事を。

私には「少佐」さんのしたような事は出来ない。

しかし、「果物屋」の非情とも絶対に無縁である。


（平成九年八月）

蒸気機関車

人間というものは面白いもので、時々自分でもよく分らないままに、ある物事にとらわれて夢中になってしまい、その為何日も、何ヶ月も特定の場所に入りびたりになったり、通いつめたりすることがある。

動機がはっきりしないまま、一つのことが頭から離れなくなって、長い間熱に浮かされたような異様な執着状態が続くのだ。そしてある日、不意に夢が醒めたように正気に戻って、熱も冷める。後ろを振り返りながら、自分は何故あんな奇妙なことをしたのだろうと、狐につままれたような顔をして思うのだ。

酒食や、賭け事や、異性関係等々、、、
それらの事に関連して、この種の経験をしたことのない者はいないだろう。

私自身にも、何度となくそんな事はあった。

（品性を貶《おとし》めるようなよからぬ話は今は置くとして）

私が今でも鮮明に覚えているのは、小学校五年生の時、近くの駅に一ヶ月間も毎日執念のように通い続けた事だ。きっかけはあったのだが、何が目的でそんな事をしたのかは、さっぱり分らない。ある日私は国語の時間に、他県の小学生の作文コンクールに入選した作品を読んだ。

乗客や駅員に喜んでもらおうと、その小学生は駅のホームの片隅に花壇を造る事を思い立った。そこで学校が終わると、毎日小学生は駅に直行し、ほぼ一ヶ月かけてとうとう小さな花壇を完成させた。その行為は皆から賞讃され、そして喜ばれ、（小学生は）とても嬉しかったとか何とか、そんな美談風の内容の作文だった。

『よし、僕もやってみよう！』と、それを読んで何故か私は突然決心した。

その小学生のような美しい動機からでは決してない。今も昔も、人の為に奉仕をするなどという、そんな美徳の精神など私には一かけらもありはしない。（そのくせ、己れの享楽の為なら、どこであろうと眼の色を変えてすぐに出かけて行く！）。

作文を読んで、私の心中に何やら「突然変異」のようなものが起こり、翌日から私は早速自転車で近くの駅に通い始めた。国鉄山口線の山口駅である。

「山口駅へ行くぞ！」と私が言ったら、同級生の、私と同程度に阿呆でヒマなMが、「僕も行く！」と考えもなく単純に共鳴して、一緒についてきた。が、Mは一週間ともたなかった。駅に行くべき、明確な「理由」も「目的」もなかったからである。それに何等の「価値」も「意義」もない行動には、人間は本来耐えられないように出来ている。例えば囚人に、罰として、左右の二つのバケツの水を交互に入れ替えるだけの作業を、朝から晩まで何日間もやらせたら、囚人は気がおかしくなってしまうだろう。「たった一円でもいいから、せめて価値のある事をやらせてくれ！」と絶叫して。

今から思うに、私がそんな変ちくりんな行動に出たのは、恐らく、作文に見られたその小学生の「執心」に突き動かされたからだ。目的完遂の為、一ヶ月間もひたすら駅に通い続けるという「執心」に、私は何やら「執着」した。そして全く衝動的に発作的な行動を起こしたのだ。何かに憑《つ》かれたような尋常ならざる行動の継続が、大人や友だちを驚かせ、不思議がらせ、感心させるかもしれ

ないとも思いつつ。、、
　何の意味もないが、「ただ行き続ける」という執心に、私は一種自虐的な喜びを感じていたのかもしれない。「目的」なんか決してありはしなかった。その証拠に、私は駅へ行っても何もしなかった。

　空き地とプラットホームの境に立てられた丸太の柵に両肘を置いて、列車の出入りと、乗客の乗り降りをボーとながめていただけである。そして一時間ほどいたら、帰って行った。その繰り返しである。お百度参りみたいに、雨が降ろうと風が吹こうと、毎日私は駅へ通った。日曜日も休む事なく！　馬鹿の一徹だ。

　そうこうして二週間も経つと、私は駅員のおじさん達と親しくなって、あれこれ話をするようになった。彼等は私をおかしな子供だと思っていただろうが、悪さもせず、ぼんやりと汽車をながめているだけのところを見ると、「孤独な少年の時間つぶし」くらいに彼等は考えて、納得したのだろう。

　ホームの端の方は柵も途切れて、中に入れるようになっていた。私は最初はおそるおそるだったが、そのうち段々大胆になり、大きな顔をしてホームの中に「侵入」して行った。が、駅員達は何も言わなかった。「無害」で「純真」な子供なのだ。

　私はホームの隅でブラブラしながら、何時何分にどの型の列車が駅に到着するかを覚え、どの駅員がその前にどんな動きをするかを観察し、常連の乗客一人一人の顔を覚えた。

　甚だ興味をそそられたのは、転轍機《ポイント》を動かす時に、駅員が「指呼《しこ》」とかいう奇妙な所作をする事だった。小さな屋根の下に、フェンシングの剣を特大化したような形の転轍機が五機くらい並んでいた。それを上下すると、線路の一部が作動して、列車の進入路が変換するのだ。

面白いのは、転轍機を動かした後で、駅員がそれを指差しながら「何番何々よおーし！」とか何とか、大声をあげての一人芝居をする事だった。自分のした事を今一度確認していたのだが（一つでも取り違えて動かしたら、大事《おおごと》である）、大《だい》の大人が真面目くさった顔をして、ほとんど直立不動の軍隊式姿勢でそんな所作をするのが、何とも変であった。当然列車が入ってくるたびに転轍機を動かすので、私はその時間が来ると小屋の傍に飛んで行って、物珍しげな顔をしながら、実に熱心に「指呼」

に見入ったものだった。

ある日、私は学校で、その「指呼」の所作を一々こまかに、且つリアルに演じてみせて、満座の同級生を爆笑させた。渋い顔の眉間に皺を寄せ、口を開ければ毒言ばかり吐いている私だが、昔はお人好しのひょうきん者だったのである。

その後の色々な挫折や人生の曲折が、私の性格をすっかりいやみなものに変えてしまった！

一ヶ月通った駅で、もう一つ印象に残っているのは、ホームに立っている駅員に、入って来た機関車の機関士が、窓から手を出して大きな「輪」をバトンタッチ風に渡していた事だ。中には駅に停まらない機関車もあったので、そんな時はえらいスピードにもかかわらず、素早いタッチで、実に鮮やかに機関士から駅員に「輪」が手渡されていた。

その「輪」は、駅を通過したという証明なのか、あるいは何かの通信文でも中に入っていたのか、今でも分らない。あの「輪」は一体何だったのだろう？

駅舎やホームを、二宮金次郎みたいに、徳心を輝かせながらかいがいしく掃除をするでもなく、ホームをぶらつくだけの「ぼけり」とした日々が意味もなく過ぎて行った。

駅員達はそんな私を叱ったり追い立てたりする事もなく、よく話しかけてくれ、汽車や駅についての色々なことを親切に教えてくれた。丁度私は彼等の子供と同じくらいの年頃だったので、それなりの親しみを私に感じていたのかもしれない。それに、気弱く頼りなげで、何だか寂しそうな顔をした少年――そんな私に、彼等は一種のあわれみの気持のようなものを抱いていたのかもしれない。

そして、自分で書くのも少々気がひけるが、私は素直で純朴な、年長者からも同年の者からも好かれる、穏やかな、心優しい少年だった！（信じられない事に、昔は確かにそうだった!!）

やがてこうして、何一つとして実りのある「成果」もないままに、一ヶ月の「通い」の終わる日がやって来た。

しかし、人の世というものは、実に多様な局面をもっているもので、平凡な人間の全く平凡な人生が、時として思いもかけぬ悲喜劇的な椿事をもって結了することがあるように、私達の生活や日常の出来事も、必ずしも予定通りの平凡な展開を見せない場合がある。

結局最後の日となったその日も、私は僅か三、四十分の放課後の勉強を終えると（塾などない、のんびりした時代だった）、自転車に乗って山口駅へ向かった。

私は蒸気機関車（ＳＬ）の機関士の一人とずいぶん親しくなっていた。

私がいつも駅にいる三時半頃に、その機関士――Ｘさんの運転する機関車がホームに入って来た。

単線だったので、上りの列車が入って来るまでの十分間くらい、Ｘさんはホームに降りて機関車を点検したりしながら、近くで見ている私に、何やかやと話しかけてきていた。

その頃、沿線を走る蒸気機関車は、その格好良さと迫力で私達を魅了していた。児童の絵画展にＳＬの絵が出品されない事はなかったし、ＳＬの機関士は、小学生が将来希望とする職業の上位にいつもランクされていた。

私はＸさんに、機関車の構造や運転の仕方について色々な事を質問し、Ｘさんはいやな顔もせずにそれに丁寧に答えてくれていた。何故かしら、Ｘさんはとても私に優しかった。

その日もホームに腰を下ろして、私はＸさんと向かい合いながら、しばしの会話に心をはずませていたが、途中でＸさんが突然信じられないような事を言いだしたので、私の眼は・《てん》になった。

「どうだ、僕《ボク》、乗ってみるか？」

「ん？」

「機関車に乗せてやろうか」

「えーっ!!」

もう後は、言葉が出なかった。想像もしなかった、正にあり得ないような事が起きようとしていたのだ。

今で言えば、新幹線の運転席か、旅客機の操縦席に乗せてもらうようなものである。

「もう発車時間だから、すぐ乗って」

「でも、自転車があるし、カギが付いていない」

「じゃ、自転車も一緒に乗せよう」

何とＸさんは、私の子供用自転車を柵の向こうまで取りに行って来て、機関車に乗せてしまった。続いて私も、Ｘさんに後ろから両脇を抱えられて、機関車に乗せられた。

蒸気機関車は巨大な鉄の塊で、車輪も、子供の私の背丈くらいに大きい。

運転室内には機関助士がいて、(ペダルを踏んで)火室の扉を開けながら、シャベルで石炭を中に放り込んでいた。室内は恐ろしく暑く、助士の着ている青い木綿の夏服の背中には、大きな汗の輪が出来ていた。

正面の左右に展望用の小さな丸窓があり、それに対応して、機関士と助士の鉄製の椅子が作られていた。私は助士の椅子に座らされた。何だか夢を見ているようで、機関車に乗っている事が未だに信じられないような気持だった。

同級生の誰一人として経験をしたことのない天外なことが、私に起きているのだ。

ホームを地響きさせる、耳をつんざくような大きな汽笛が鳴ると、機関車は激しい勢いで蒸気を噴射して、ゆっくりと動き出した。

運転室は、ばかでかいボイラーが突き出るようにして空間を占領しており、大層狭かった。ボイラーには目覚時計のような大小の丸い計器が五、六個取り付けてあった。蒸気や熱湯や油などが通流している鉄製のパイプが、室内のあちらこちらを人間の小腸のようにくねくね蛇行して、二重三重に這っており、蓮根《れんこん》を輪切りにした形の真鍮の栓が、パイプのいたるところにくっついていた。助士がそれをひねって加減し、Xさんが、棒状や物差し状の長短の把手《レバー》を手際よく動かして、汽車の速度などを調整していた。

人間の能力というものは恐ろしいものだ。蒸気で物を動かすことを考え出し、とうとう精巧且つ巨大な、あんな蒸気機関車を造りあげてしまった。

私には何もかもが珍しく、ただ驚きの連続だった。Xさんが機械の装置のことなど説明してくれたが、私は圧倒され、興奮し、何も頭の中に入らなかった。

機関車の揺れと、鉄の荒々しい響きが、椅子に座っている私の手足に、容赦ないといった感じで、直《じ》かに伝わって来た。

横窓から顔を出すと、猛烈な圧力を伴った空気の塊が鼻腔を直撃し、私は窒息しそうになって、あわてて首を引っ込めた。機関車は六、七十キロのスピードを出していたのだろう。

ピストンを激しく上下動させ、車輪を線路に轟音のように響かせながら、実に力強く、逞しく、強大なエネルギーの鉄塊《てっかい》となって、機関車は隣の宮野駅へとひた走った。
沿線の田園には稲穂が沢山伸びかかっており、夏の太陽があたり一円にまぶしく輝きわたっていた。、、
私は何だか一人夢幻境にいるようだった。

十分ほどして汽車は宮野駅に到着した。

そこが終点だったのだろう。私は機関車を降りて、Xさんと、上りのホームに停まっていた同じ型の機関車に乗り移った。自転車も一緒に。そして再びXさんが運転をして、汽車は今来た軌道を山口駅へ向かって走り出した。

もう四時を過ぎていただろうか。客車にはかなりの乗客がいた。当時は自家用車もなく、汽車とバスが唯一の交通機関で、いつも相当に混んでいた。

山口駅に着く迄も、私の興奮状態は治まらなかった。あり得ない事が起きた現実に、私の心の中は表裏がひっくり返り、頭の血は沸騰していた。

行きは随分と長く感じられたが、帰りは早かった。汽車は瞬く間に山口駅に着いた。ホームには沢山の乗客が待っていた。出発の時とは別の、三番ホームだった。停車時間は短く、着くとすぐに発車のベルが鳴り始めた。

私は急いで機関車を降りた。次いでXさんが私の自転車を抱えて下ろし、「ついて来なさい」と言って、ホームを小走りに駈け出した。私達は駅員専用のホームの階段を三、四段駈け下り、砂利のひかれた線路上を横切って一番ホームに渡った。

Xさんは私の自転車を持ち上げるようにして走り、ホームに上がった私に手渡すと、「それじゃ」と言って、あわてて引き返して行った。

汽笛を〝悲鳴〟のように絞り上げて、すぐに汽車は動き出した。

短い、劇的な旅は終わった。

汽車は段々小さく遠ざかって行き、その上空辺には、煙突から吐き出された黒煙が形を崩してなびいていた。

ホームには、蒸気機関車の体臭ともいうべき、むせるような男っぽい石炭臭がいっぱいに漂っていた。

私はホームの端から外に出た。そして自転車に乗り、「大車輪」でペダルをこいで家に走った。夢のようなSL搭乗譚を、一刻も早く友達に話して聞かせたかった。

家に帰ると、すぐに私は外に飛び出し、いつもどこかにたむろしていた町内の悪餓鬼《わるがき》達に、そのあった事の一部始終を、興奮した口調で得々としゃべりまくったものだった。

その夜、SLの思いが様々に脳裡を駈け巡り、私は長い間寝つく事が出来なかった。

日が明けて翌日、私は学校に行くと早速担任の先生にこの話をした。「ほー!」と先生はびっくりした顔をし、朝礼の後に「原田君がきのう、、」と、皆に私の話をしてくれた。同級生達の歓声に囲まれて、私の顔は一人幸福に輝いていたものだ。

こうして私の一ヶ月間の「駅通い」は終わった。

翌日から私はもう山口駅に行かなかった。

何故か、私の心から「執念」の火が突然のように消滅してしまったのだ。人間には、自身では予測も制御も出来ない心の仕業《しわざ》――無意識下の心理の動向というものがあるのだろう。

SLに搭乗したから駅に行くのを止めたのでは決してない。たとえ望んだとしても、「SL搭乗」など、千に一つもある事ではなかった。

以後、私はXさんと会う事はなかった。Xさんがどこの誰だか名前も分らず、顔も忘れてしまった。Xさんとても同じだろう。私の名前も知らないし、私を機関車に乗せた事も忘れてしまったかもしれない。

しかし、一人の人間の言動は、時として他の人間の心に甚大な影響を与えるものだ。

その言った何気ない言葉や、当人は別段大した事でもないとしてとった行動が、他人の心を深く傷つけ、憤慨させ、あるいは逆に大きな希望を与え、勇気づけ、混迷から立ち直るきっかけを与えたりする。

四十年余り経った今でも、復活した観光用SL「やまぐち号」が走るのを見るたびに、私はXさんの事を思い出す。それは平凡で変化のなかった小学校時代の、衝撃的な事実として私の心の網膜に鮮烈に焼きついているのだ。

Xさんは、危険を冒してまで、何故私を機関車に乗せてくれたのだろう。駅長や管区の局長の子供でさえも乗れるものではない。規則違反は明らかだし、もし乗せた子供がケガをしたり、転落して死んでしまったりしたら、一体どうなるのだ。

Xさんは、私に、自分の幼い頃の影か、我が子の姿でも見たのだろうか。

私の奇妙な「執念」と、Xさんの常識をはるかに超えた情愛の発露と衝動。

「瓢箪から駒が出た」ようなあの蒸気機関車の思い出は、暗闇の中で明るくゆらめく小さなロウソクの灯のようにして、私の心の中で絶えることなく燃え続けていくことであろう。


（平成十三年十一月）

誕生日

一ヶ月前、私は五十歳になった。今でもまだ自分のその歳が信じられない。これは三十歳になった時にも、四十歳になった時にも同じように感じた事だった。歳の重みの方が先行して、精神の実体がついて行っていないような思いなのである。年齢ほどに中身が成熟していない感じなのである。こうした感慨は、誰もがそれぞれの年代の節目を迎えた時に抱くものではないだろうか。孔子のように歳を重ねるごとに悟りを深化させ、より高度な段階に人間性を引き上げて行く事など、凡庸な人間には出来ない相談だ。

一般に、歳をとれば寛容心と落ち着きが出て来るというが、皮肉にみれば、それは老化による精神鈍麻の状態なのかもしれない。

多くの人間が加齢と共にいよいよ老獪《ろうかい》になってけち臭くなり、遂には呆《ぼ》けてわけの分らない事を口走り出して、若者の嘲笑を満身に浴びるのがおちといったところだろう。

五十歳になったからといって、私には人を教化し、感動させるような思想も悟性もない。何かが分りかけ、言おうとしているのだが、それを確として掴めず、具体化する事も出来ず、口をやたらモグモグさせているだけだ。何の事はない、見えているようで、ロクにものが見えていないのである。

幸いな事に、こうした「蒙昧《もうまい》」状態は私だけでなく、千人中九百九十八人くらいがそうであろうから、救われる。

この世の真理を何一つとして把握出来ないまま、俗悪にまみれて死んで行くのが、おおよその人間の生き方というものであろう。

歳をとり、心が汚染して行くに従って、私には幼少年時代が逆光のようにまぶしく輝いて見える。

邪悪な欲念や権謀術数など心中になく、素直で、純真で、無垢だった小さな魂が、はるか遠くの美しい緑の平原上で虹色の輝きを放っている。

なつかしい幼少年時代。無邪気に走り回った故郷《ふるさと》の山や川。楽しく遊び、戯れあった幼な友達。……あれらの馥郁《ふくいく》とした花々は一体どこに消えてしまったのだろう。今あるのは、仕事に追われ、生活に難渋する、憂鬱で充たされぬひからびた毎日だけだ。

――かくして私の思い出は、いつも幼い頃に立ち返って行く。

話は四十三年前の、七歳の誕生日の事である。

それはいささかどじな誕生日であった。

早生まれの私は、同年の者より一年早く小学校に入学し、六歳で一年生の過程を終わろうとしていた。ある学説によれば、早生まれの者は他の同級生に比べて、知能の方面に於て相当な遅れを示すらしい。発達の著しい幼少年期に、一年の差は、無視出来ない精神の成長差をもたらすというのだ。

そのせいかどうか知らないが、私は算数が全然出来なかった。毎回のテストは落第点のオンパレードで、私は放課後居残り組の常連だった。五十人余りのクラスの中に、いつもこうした手の付けられない手合いが七、八人はいた。もしこの連中が全部早生まれだったとしたら、前記の学説は立派に証明されたわけで、私には何の責任もない。阿呆だの何だのと言われる筋合いはないのである。

当然私はこの学説を熱烈に支持する者の一人というわけだ。

二月二十日のその日、今日は誕生日だから早く帰るようにと、叔母から言われていた。家族や従業員が皆で誕生会をしてくれるというのだ。

何の娯楽もない昭和三十年代初頭の貧しい時代だった頃で、オレンジジュースや自家製のちらし寿司などが、祭りや誕生日に用意される、一年に三回か四回の楽しい食事の会だった。

生憎な事に、その日は算数のテストがあり、私はまたしても最低点をとった。午前中で授業は終わったが、私は出来の悪い男女数人と一緒に教室に残された。先生の「特訓」を受けるのである。

しかし、全く冗談じゃなかった。家ではかれこれ十二、三人の者が、ごちそうを前にして私の帰りを待っているのだ。

私は眼の前が真っ暗になったが、早く帰らせてくれなど不分際な事を先生に言えるはずがないし、小心な私にそんな勇気もなかった。気をてんでよそにやりながら、仕方なく私は算数の補習を受けた。

先生とていい迷惑だっただろう。残業手当もなく、昼飯抜きで、不出来な輩を相手に反応の鈍い授業である。先生は熊丸先生といって、六十歳ぐらいの、穏やかな「ばあちゃん」先生だった。ため息をつきながら教えていたに違いない。

私の頭の中は、家で待っている皆に申し訳ない気持と焦りとで、大いなる混乱の様相を呈していた。

三十分、四十分と時間は過ぎて行く。「引き算」のやり方を教える先生の声が、何の痕跡も脳味噌にとどめず、右から左の耳へと通り抜けて行った。

眼はキョロキョロと落ち着きがなく、私は身体をじれったげに、しきりにもぞもぞさせていた。

一時間経ち、時計の針が午後一時を回った頃、廊下の方で人が往ったり来たりしているのが、すりガラスの窓ごしに見えた。授業に身が入っていないから、そういうことにはすぐ眼がいくのである。

人は、背丈からしてどうやら男子生徒のようだった。

時々背伸びをしながら、上段の透明ガラスの窓から教室の中を覗こうとしている。
七、八分たっただろうか。男子生徒は廊下と教室を仕切っているガラス窓の下の板枠に足を掛け、柱を手に掴んで、その上にあがった。透明ガラスの窓から生徒の上半身が丸出しになった。で、次に何をするかと横目でひそかにうかがっていたら、生徒はガラス窓に鼻を押し当て、無言のままじっと私の方を見つめ始めたのである。
執着のこもった強い視線に引っぱられるように、私は顔をその方に向け、瞬間生徒と私の眼がしっかり合った。見つめ合う事わずか三、四秒。「仰天」したとはこの事をいうのだろう。何とそれは私の兄だったのだ！

いささかも予想しなかった事である。驚いたなんてものじゃない。

私の帰りが遅いので、待ちかね、心配して、兄は学校まで迎えに来たのだ。

ガラス窓にへばりついたまま私から眼を離さない兄と、教壇の先生の方を頻繁に交互に見やりながら、私は完全に自制心を失い、恐ろしくそわそわし出した。

老練な先生がこれを見逃すはずがなかった。

「修司君！　どうしたのですか！」

先生に呼ばれて私は椅子から立ち上がった。

へどもどしながら私は教壇に近づいて行き、手でガラス窓の方を指差しながら
「兄ちゃんが、、迎えに、、」

舌が回らず、うろたえながら私は先生に言った。

先生が兄の方を怪訝《けげん》な顔をして見た。

「今日は僕の誕生日だから、兄ちゃんが迎えに来たの、、」

何やらべそかき顔で私は続けた。

先生は私と兄をと見こう見していたが、すぐに事情がのみこめたようだった。

私が更に何かモグモグ言おうとすると、先生は手を振って遮り
「今日はもういいから、校具を片付けてすぐ帰りなさい」

と暖かく、優しく言った。（私にはこの時、先生が輝く〝慈母観音〟のように見えた！）。

花火がはじけたように私の心の中は明るくなった。まさか床からは跳び上がらなかったが、それ程に嬉しかっ

た。

大はしゃぎの体《てい》で私はランドセルの中に教科書を詰め込んだ。何の事やら分らない同級生達はぽかんとして私を見ていた。

温情による「仮釈放」なのである。

私は兄の待っている廊下に飛び出した。

二人は互いに何も言わなかった。手に手を取り合い、私達は家へ向かって駈け出した。

愚かな弟を持ち、兄は情けなかった事だろう。私と違って、兄は熱心に本を読み、よく勉強していた。成績も良く、補習など受けた事はない。私より一歳半年上だったが、早生まれでないせいか、小学校に入学した時から、何だか私とは少なからず能力を異にしていた。

余談だが、よく勉強が出来るというのも考えものである。周囲の期待が大きいので、時々とんでもない目に合う事があるからだ。

その当時、私と兄は色々な事情があって、叔父の家に預けられていた。家業に忙しい叔父夫婦にかわって、祖母が私たちの面倒を見ていたが、この祖母がえらく厳しかった。

ある日、勉強を怠った兄は祖母にひどく叱られ、ランドセルを激しく庭に投げ捨てられたものだ。勢いよく空《くう》を飛ぶランドセルの中から、教科書がバラバラになって流れ出し、音を立てて地面に落下していった。

眼の前の尋常ならざる光景と、祖母の剣幕にびっくりした私は、大声を上げて泣き出した。それに何よりも、私は兄が祖母に叩かれはしないかと恐れ、わなないたのである。小さな心にも、兄を思いやるいたいけない気持がひそんでいたのだろう。

私が泣くのを見て祖母は狼狽した。

私の頭をさすりながら
「悪いのはお前じゃないよ」

となだめるように何度も何度も繰り返していた。

頑固で気丈な兄は、傷付き、震えている私の心中を察する気配も見せず、平気な顔をしていたのだが。、、
後年聞いたところによると、叔父も（優等生だったらしい）やはりこの「ランドセル投げ」を祖母からやられたという。成績が良い事が、絶対的に幸せな事なのだと、一概には断じられるものではないだろう。かといって、成績の悪い事がいいという事には、絶対にならない。、、

学校と私の住む家との距離は歩いて十分ほどだった。

校門を走り出た私たちは息を切らしながら住宅街を通り抜け、やがて皆の待つ家の中へ駈け込んで行った。

「おー、帰ったあー！」

一杯機嫌の叔父の喜びの声が聞こえた。祖母、叔父夫婦、小叔母、近所に住む別の叔父、それに店の従業員——大人達は酒をチビチビやりながら、足をしびらせて、子供の私の帰りを待っていたのだ。

どっと涙が私の眼から溢れ出た。

済まないという気持やら、安堵感やら、嬉しさやら。、、小さな私の胸の器の中では、これらの様々な感情の洪水を貯留する事が出来なかった。

それから後の事ははっきりした記憶がない。

多分私は泣きじゃくりながら、ちらし寿司やお菓子を沢山食べた事だろう。食事の終わりの頃には、もう無邪気に笑いこけていたかもしれない。、、

、、、走馬灯のように時は駈け巡り、あれから四十三年が過ぎた。若かった叔父も八十近くになり、私は五十歳になった。祖母をはじめ、当時いた三人の人間が鬼籍に入った。

人の生は常久ならぬ。世はうつろい、周囲の情況はとどまる事なく変転し、川の流れに乗るようにして親しい人は次々と去って行く。一方ではまた新しい世代が現れ、一つの潮流、一つの時代を作って、そしてやがてまた消えて行く。

人が生まれ、死ぬ——その果てしなく延々と繰り返されるサイクルにはどういう意味があるのだろうか。、、自分が偶然の一存在として今この地球上にあるのは何故か。、、死んだら、以後何億年たとうとも二度と再びこの世界に出現する事のない己れの、その魂は一体どこへさすらって行くのか。、、

この歳になって、そんな問いが、いよいよ強く私の心に迫って来るのである。

（平成十年三月）

別離

夏が終わり、もう季節は秋にさしかかっていた。九月上旬の土曜日の午後、仕事を終えて帰宅し、たまっていた新聞や雑誌を読み終えた後、私は居間で横になりながらぼんやりと外をながめていた。夕刻に近い時だった。道路を隔てた向かいの白い洋風の家の窓ガラス一面に夕陽が当り、神秘的な感じを漂わせながら、きらきらと美しく輝いていた。庭の木々の間から、彼方に薄緑色の山脈《やまなみ》が小さく見える。

その日、私は何とはなしに四十年余り前に北国の田舎の家でながめた「十五夜」の月のことを思っていた。

もう他界してしまった祖母が、今夜は十五夜だと言って一人でせわしく楽しげに月見団子を作り、それをリンゴと一緒に皿に盛ってすすきをそえ、縁側に置いた。夜、祖母と私と兄たちは、小さな庭に面した縁側に座りながら、団子を前にして皓皓と照り輝く十五夜の月を見上げていた。静かな明るい夜だった。

祖母が月を指差して、あそこにはウサギがいて、杵で餅をついているのだよと笑いながら言い、何も知らない四歳の私は、ただただびっくりして、一生懸命月の中にウサギを探し求めていた。

まだアポロ宇宙船など存在しない、はるか昔のことである。

それはあどけなくも幸福で、美しい、幻想的な中秋の夜だった。

人は何故、過去の二、三の特定の出来事を終生忘れることなく、何度も何度も繰り返しては思い出したりするのだろう。苦であれ、楽であれ、悲しみであれ、歓びであれ、出来事の種類を問わない。日常生活の何かの拍子に、何かの時に、何の脈絡もなく不図思い出したりするのだ。それらの出来事は、私達の精神や心理の機構と特殊で密接な関わりでももっているのだろうか。、、

私は幼年時代のことを色々に思い出し、そのうち思いは両親や兄達と別れた時の情景をたどっていた。もう何十回も私の意識をかすめた情景である。

その日、どうした事か、私はその時の情景を一々こま

かに思い浮かべているうちに、涙を流していた。痛恨と哀切の涙ででもあったのだろうか。涙は最初は眼にうっすらと滲む程度だったが、やがて心の奥底から突き上がるようにして、とどまるところを知らず溢れ出て来た。悲しいとか、寂しいとか、そんな感傷的な涙ではなかった。何かよく分らない。ただ涙がはらはらととめどなく頬を流れ落ちていった。

何十年経っても、私達は幼い時に刻まれた心の衝撃から逃れる事が出来ないのだろうか。

小学校三年・八歳の時、私は新潟の両親のもとを離れ、母の実家である山口の叔父のところへ養子に来た。それより前、母が体調を崩した為、すぐ上の兄と、同じ山口の叔父のところへ二年間預けられていた私は、小学校二年の時、一旦新潟へ戻った。子供のない叔父夫婦は寂しがり、私と一緒に暮らした日の思い出を、何度も手紙に書いては新潟に住む私のところへ送って来ていた。

新潟へ戻った翌年、叔父が寂しさに耐えかねたのか、私を養子に欲しいと言って新潟へ迎えに来た。当時、私の両親は教員をしていたが、五人の子供を抱えて、生活は楽ではなかっただろうし、叔父の熱意もあっただろうし、弟である叔父と、私の母は気心が通じていてとても仲がよかった。養子にやっても何の心配もなかったのだ。

叔父が新潟へ来た日の翌日、私は階下の部屋に一人呼ばれて、自分の子供になってほしいと叔父から言われた。既に二年間を過ごした山口は知らないところではなかったし、何よりもおもちゃだの何だのと色々と買ってもらえて贅沢が出来そうなのに私は眼がくらんだ。深い考えもなく、気安く私は承諾した。叔父と話をする前に、養子の話らしいと感付いた三人の兄達から、「絶対にうんと返事をするな」と言われていた命令を、私はいとも簡単にホゴにしてしまったのだ。

「馬鹿だなあ」

二階に戻った私に、次兄が笑いながらも落胆したように言った。

叔父は四、五日滞在し、やがて新潟を離れる時がきた。

「神山君は、このたび事情があって、遠い山口県へ行く事になり、、」

別れの日、担任の先生から話を聞いた同級生のほぼ全員が、家路につく私と歩を共にした。私を家まで送ってくれるというのだ。私たちは校歌とか唱歌とかを、肩を組んで大声でほがらかに合唱しながら家に向かった。一団は楽しい笑いに包まれていた。が、家に近づくにつれて、私は段々悲しくなって来た。別れを惜しんでくれる同級生の友情と善意がひしひしと胸に伝わった。私は彼等と一年間しか一緒にいなかったが、人畜無害の、陽気でひょうきんな私を、彼等はとても好いてくれた。

家に着くと私は中に駈け込んで、溢れる涙をふいた。

「神山くーん！」

「修ちゃん、どうしたのお?!」

口々に彼等は外で私を呼ぶのだった。

しばらくして私は外に出た。

「さようなら」

「さようなら！」

「元気でね」

「もう会えないかもね！」

「きっとまた会えるよ！」

「さようなら！　さようなら！　さようなら、、、」

その日の午後二時、担任の先生と同級生の大半がまた、駅に私を見送りに来てくれた。

「小千谷《おじや》駅」という、人口四万人余りの、北国の小さな市の、小さな古い駅だった。

私は先の悲しさも吹き飛び、何だか旅行気分で、すこぶる陽気だった。気分はとても明るかった。親兄弟と別れる寂しさなど微塵もなかった。また山口に行って優しい叔母さんやあれこれの友達と会える。今よりは豊かで楽しい生活が山口で待っている！　何だかそんな思いだった。駅には他に近所の人や、私を知る両親の同僚などが、見送りに来ていた。

出発時刻になり、プラットホームには両親と姉、それに三人の兄達が見送りに出た。残りの人達は駅舎の中から私を見送った。プラットホームは屋根のない、土のプラットホームだった。

やがて真っ黒い大型の蒸気機関車が煙を吐き、轟音《ごう》を立てながらホームに入って来た。

私と叔父は汽車に乗り、窓から顔を出して両親と兄達に別れを告げた。悲哀感などなく、私はほがらかに笑ってはしゃいでいた。ベルが鳴り、汽車が「ガクン」と音を立ててゆっくりと動き出した。皆、手を振っている。私も笑顔で窓から手を振った。汽車は速度を増し、人が小走りする程の速さになった。まだ皆手を振っている。見送りの人達が次第に遠くなっていった。私は最後の別れの一振りをしようと窓から身を乗り出した。

と、この時眼を疑うようなことが起こった。

ホームに立って手を振っていた長兄が、突然汽車を追って走り出したのだ。中学校の制服を着た、下駄ばきの兄が、プラットホームをわき眼もふらずに猛然と走り出した。右手を懸命に大きく振りながら、兄は真剣な、切実な顔をして、私との別離を食い止めようとするかのように、窓にいた私の手を握ろうとせんばかりにして、私の眼をしっかりと見つめ、車両の連結音を大きく響かせ、スピードを加速している汽車をやみくもに追って来た。

『兄ちゃん！』

衝撃が私を襲った。胸底から激しい感情が湧き上がってき、私は言葉を失った。熱い何かが私の心を貫いた。馬鹿陽気な気持ちは一変し、私は顔をくしゃくしゃにした。

私は肉親との別れという、事の重大さが全く分かっていなかったのだ。両親や兄達の悲しみを私は知らなかった。皆、私と同様に陽気に楽しくやっているものとばかり思っていた。まさかこんなことになろうとは思いもしなかった。小学校三年の私と中学校二年の長兄では年が違いすぎた。いつか、私に自転車の乗り方を、夕方迄かかって熱心に教えてくれた思い出くらいしか残っていない。長兄はぼんやりしていて余り私たちと話さず、一人でひよこを買ってきては電球を入れた手製の木箱の中で飼ったりしていた。鳩なども一、二羽飼っていた。

すりきれた木綿の貧乏な学生服を着て身なりをかまわず、いつも日が暮れる迄外で遊んでいた。命令をしたり、勉強を教えてくれたりしたこともなかった。クラスの長について回る人の好い中学生で、優等生の次兄に比べて、勉強の方も余りしている気配はなかった。

そんな兄だったから、私の驚きも一層であったのだろう。別れを悲しんで、汽車を追いかけてくる程に私を深く思ってくれていたなどとは、全く想像もしていなかった。

心が取り乱れるうちに汽車は速度を増し、もう人が追いつけるスピードではなくなった。

　プラットホームの先端で兄は走り止め、そこでなおも大きく手を振っていた。私も無我夢中に手を振った。

　やがて汽車はカーブをきりながら左傾し、プラットホームは見えなくなってしまった。兄の姿も消えた。

　私は動揺し、悲しい嵐が胸の中を吹き荒れていた。私は眼にいっぱい涙を溜めていた。向かい合って座っていた叔父が、二言三言何か言ったが、よく覚えていない。

　汽車は七十キロ近いスピードでトンネルを走り抜けた。叔父が窓外に眼をやった隙を見て、私は隠すようにして、こぼれ落ちる涙をそっとふいた。泣くのは何だか恥ずかしかったし、子供心にも、両親や兄達と別れるのに悲しんで泣くのは、叔父に悪いような気がした。しかし、大人である叔父が私の涙を知らなかったはずがない。気をきかせたのだろう、叔父はちょっと私を見たきり、また黙って外の景色に視線を移した。

　しばらくして私は洗面所に立った。母が用意をしてくれていた真新しいハンカチをポケットから取り出し、私は洗面所でむせび泣きながら、流れ続ける涙をぬぐった。

　駅を発ってから大分時間が過ぎていた。汽車は「親不知《おやしらず》・子不知《こしらず》」付近を走っていた。芭蕉の「奥の細道」にも出て来る、北陸沿岸きっての難所である。

　眼の下に断崖が迫り、荒い日本海の波が岩に激しく打ち当って白く砕けていた。

荒海や佐渡によこたふ天の河

はるか向こうには佐渡ヶ島が見えたはずである。

六月の初夏の日差しは強く、海は銀色にぎらぎら輝いていた。何艘もの漁船が、太陽の光に乱反射するまばゆい日本海に網を下ろして揺れていた。

　急行「日本海」は汽笛を鳴らし、煙をもくもくと吐き、蒸気を四方に噴射し、車輪の音をけたたましく響かせながら、勾配急な曲折する沿岸沿いの北陸路を、大阪へと疾走した。

　昭和三十一年――今からもう三十九年前の、私が八歳の時の話である。

　優しい「ぼんやり兄ちゃん」は、その後地元の高校に入学し、何の心の変化があったのか、高校生になった途端、兄はまるで人が変わったように猛烈な勢いで勉強をし始め、旧帝大系の大学に進学した後、役人生活を経て弁護士になった。

父とは、二度と生きて会うことはなかった。

別れてから五年後、校長になって初めて赴任した中学校で、職員会議の途中父は脳溢血で倒れ、意識を回復せぬまま三時間後に息を引き取った。五十一歳だった。

死亡の報せを受け、中学生だった私は山口の祖母と一緒に、一昼夜かけて新潟へ行った。

今と違って交通の便は悪く、新潟は恐ろしく遠い異郷だった。

新潟へ着くと、お前が来るまで遺体を焼かずに待っていたのだと、母が悲しそうに言った。

頑強な身体《からだ》を床の間の部屋に横たえ、父は重く沈黙しきっていた。

私の生いたちを知る人が、親の死に目に会えなかった私を哀れんで泣いていたが、不思議な事に、私は悲しくも何ともなかった。ただ珍しかっただけだ。小さい頃に別れた父の顔形《かおかたち》がどんなに変わったか、それしか関心がなかった。寡黙な父と、私は二、三度しか話をした記憶がない。楽しい思い出も、怖い思い出も、何もなかった。

両掌《て》を胸の上で硬直させて組み、噛み合って動かぬ歯車のように固く黙り込んだまま、父は私達の知らないどこか別の世界で、独り深い考えに耽っているようだった。

「お父さん」

私が呼んでも、父は眼を開けて応えてくれるはずもなかった。

（平成七年八月）

予期せぬ出来事

事件・事故　**ひき逃げ容疑で逮捕**（**山口署**）平成十五年十一月十三日、山口市大内御堀、新聞配達所事務員N・R子容疑者（二十九）を業務上過失致死と道交法違反（ひき逃げ）の疑いで。調べでは同日午前二時ごろ、同市本町二丁目の県道交差点で軽乗用車を運転し、同市泉都町、会社社長阿部逸雄さん（六十八）をはね、そのまま逃げた疑い。阿部さんは頭を強く打ち、約八時間後に死亡した。現場周辺に落ちていた車のバンパーの破片から、軽自動車と分り、捜査していた。N容疑者は「人をはねたと思い、怖くなって逃げた」と話しているという。

〈朝日新聞〉

（記事引用）平成十五年十一月十四日
朝日新聞山口版　朝刊記事より

「阿部逸雄の妻でございます。主人が交通事故にあいました。…、これからの手続きの事で、またお電話します」

その日の午前五時頃に、自宅の留守番電話に吹き込みがあった。

朝、更に知人からも電話があって、急いで救急病院に連絡を取ったところ、看護婦が応対に出た。阿部さんは集中治療室から個室に移っているという。その口ぶりからして危篤のような様子ではなかったので私は安堵し、昼休みに見舞いに行こうと思った。ところがそれから一時間もしないうちにまた知人から電話があり、今程阿部さんが亡くなったという。脳内に多量の出血があり、担ぎ込まれた時にはもう手がつけられない状態だったというのだ。

二十年来の友人であった阿部さんはこうして、不意に、全く突然に逝《い》ってしまった。

にわかに信じ難く、私は茫然自失となった。

阿部さんとは三週間前に、一緒に酒を飲みながら懇談したばかりだ。

「修ちゃん、今日は楽しかった」

その日の夜、別れ際に阿部さんは笑顔で私にそう言って、歩きながら自宅に帰っていった。

その後ろ姿に死のオーラ（光暈《こううん》）はなかった。いや、既にどぎついくらいにオーラはあったのだが、霊能者ならぬ普通人の私にはそれが見えなかった。

本人も周囲の者も全く関知し得ないどこかで、その時、死亡の時刻はもう予定され、その場所もセッティングされていたのだ。

それにしても、何ものが指図して、その人生の最後に私を阿部さんと引き合わせたのだろうか。

酒を飲みながら小説や詩などの事を気楽に語らい合う、その夜の「文学の小宴」に、都合をつけて阿部さんはほぼ二年ぶりに顔を出した。久し振りに開宴するのだから、是非来てくれと私が誘ったのだ。

その直前にも、不動産会社を経営する阿部さんは、続けて仕事を私に依頼してくれ、何度も事務所に書類を持って訪ねて来た。

最近では一年に一度、会社の忘年会に呼ばれる程度だったので、そんなに頻繁に会うのは珍しい事だった。

それだけに印象が強く、阿部さんの言葉や仕草の一つ一つを、今でも鮮明に思い出す事が出来る。

そこには死の影も臭いもない。

まさか別れてから丁度三週間目の土曜の日が、葬儀の日になろうなどとは。

恐らく本人もあっけにとられた事だろう。

事の本質を的確に見抜く鋭い眼をもっていた阿部さんが、自分の突然の死を第三者の死としてみたら、一体どんな評を下したかと思う。


老いも若きも、明日の命は知れない。


予告のない死に遭遇して、我々は天の摂理の不合理と不明を嘆き、無策のうちにただうろたえるばかりである。

傲岸気紛れな死神の残忍な毒牙にかかって、かくして長年の賢明な友であった阿部さんは、いともたやすく、一瞬のうちに命を抹殺されてしまった。

その肉体はこの地上から完全に消えて無となり、絶対的に沈黙してしまった。

あの夜、私が小宴に呼ばなかったら、阿部さんはあるいは死んでいなかったかも知れない。葬儀の後で、ふと私はそんな事を思った。

小事・大事の連続からなる日常生活の中での、僅かの時間の「ひずみ」や「ずれ」が死に直結しているのだ。

横断歩道をあと一歩で渡り終えようとしたところで、阿部さんは車にはねられて死んだ。僅か二、三秒の足の遅れが、彼の命を奪った。という事は、『時間の連鎖』という事を視点にすえて考えれば、三週間前のあの小宴がなければ、三時間半のその時間が短縮されて場面が一変し、阿部さんは横断歩道にいなかったかも知れないのである。

だが、と私は考えて自らを納得させ、胸をなでおろした。

翌日、阿部さんは取引先の会社の創業祭に招待されていて、十時に防府市の会場に行くと言っていた。そして阿部さんは実際に行った。式典はスケジュール通りに進行して、十一時から、防府市出身の女優を招いての、メインイベントである講演会が始まった。

十一時に、皆等しく同じ講演会場の椅子に座ったのである。遅れた者も、早く来た者も同時に。

この時、各参加者が有していたそれ迄の「連続の時」は遮断され、全員の時計が一斉に十一時にリセットされたのだ。

そしてそれからまた、時計は各人各様にあらためて秒を刻み始め出した。

阿部さんの死後、「不意の死」という想念が終始つきまとって、頭から離れなくなった。

せめて最後の別れの言葉が聞きたかったと、奥さんは私に言って泣いていた。

交通事故死が恐ろしいのは、本人にも肉親にも、全く心の準備というものが出来ない事だ。患った後での病死は、それが若い人であるならなお更に悲しいが、それでも唯一の救いは、当人を含め関係者が死に対していささかの心構えが出来るという事である。あきらめのうちにも些少の納得があるのだ。しかし、阿部さんのような不慮の、予期せぬ死のどこに、納得と了解が見出せよう。そこには、虚を衝かれた衝撃と、聞くにしのびない慟哭があるだけだ。

「百年後には、ここにいる者は全部死んでいるよ」

阿部さんは、小宴の日、居酒屋にいた人たちをながめ回しながらそんな事を言っていた。人間の生のはかなさというものを思ったのだろうか。百年以内には確実に死んでしまわなければならない、人の命の短さを嘆いたのだろうか。

そして多分、阿部さんは当夜そこにいた人たちの中で、一番最初に死んでしまった。、、

阿部さんは今どこにいるのだろう。

その人生は、そのいた世界は夢幻であったのか。

二千億の星を有するこの銀河系、そして更に我々が住む銀河系と同じ規模の銀河が一千億以上も存在し、百三十八億光年彼方に迄、ほとんど無限に広がる大宇宙

——


或る日、突然、死によって、その大宇宙の実在が眼の前からふっつり消えてしまう。

巨大な宇宙は果たして虚像だったのか?、、

今日もまた、深夜に電話が鳴っている。

血族、親族、友人、知人の不意の死を伝える恐ろしいベルの響きに、身体が震える。

そして自身への予期せぬ出来事の来襲にびくつき、おびえる日が、明日も、あさっても、まだまだ続いて行こうとしている。


(平成十六年一月)

てんとう虫とガリバー

真夏の炎天下、自宅の庭の芝生にじょうろで除草液を撒いていたら、足元にてんとう虫がいた。子供の頃には畑や野原を駈け回って色々な昆虫を目にしたものだが、歳をとるにつれて外に出る機会も少なくなり、てんとう虫など見たのは何十年ぶりかだった。

僅か六〜七ミリの半球形の真っ赤な甲に、まん丸な黒色の点紋が数個あるてんとう虫。

それが精巧なおもちゃのように小さくて、丸くて、色鮮やかだったので、思わずしゃがみ込んで見た。

てんとう虫は三センチ程の芝生の穂に登ろうとしては落ち、また登ろうとしては落ちていた。

小さな生命《いのち》が懸命にそんな仕草を繰り返しているのを見て不思議な気持になった。

ミリ単位の身柄の中に触角があり、呼吸があり、排泄があり、生殖があり、そしてこの世での二ヶ月の「時間」と「存在」がある。

一体誰がどんな理由《わけ》でこんな生き物を創ったのだろうかと思った。

太陽と絶妙な距離にあったが故に大気と海水が生成されたこの地球の、四十六億年の歴史が、こんな昆虫を含む何百万もの種を生んだのだろうが、それにしてもその一つ一つが実に良く出来ているものである。

銀河系の二千億の星の中に、生命体は一万くらいあるといわれるが、この地球上の種の繁栄は、ほとんど「奇跡」といってよいのではないか。その進化の極みである人間の生体構造に至っては、余りに精緻な出来栄えに、感嘆の声しか出ない。

何十兆個もの細胞から成り立っている人体。ミクロの世界で展開されるあまたの人体内劇。白血球の外敵への攻撃、免疫反応、拒絶反応。五感五臓六腑の驚くべき組織と機能。（人間の肝臓と同じ物を人工で造る事は出来ないし、もし造ったとしても、大化学工場並の設備が必要だという）。

その他、染色体や遺伝子――デオキシリボ核酸（DNA）等、分子生物学で解明された数々の分子の存在。、、人体の異形の一《いっ》であるガン細胞に至っては、現代の最高の知性と科学力をも凌駕する対応力を以って攻略を回避し、抗ガン剤をかわしている。

IQ二百を超える大秀才の学者達の知能が、ガン細胞に勝てないでいる。つまりガン細胞の方が頭が良くて、人知を愚弄し続けている！　どうしてこんな神業のような能力を一個の細胞が持っているのか？

そして脳——理論の積み重ねから、原子爆弾などというこの世になかった恐ろしい物を作り出して、一瞬の内に万物を消滅させる事を可能にしたのは、銀河系の中でも唯一地球の人間だけだろう。更に、三階建てのビルディングみたいなジャンボジェット機を空に飛ばし（どうしてあんな巨大な物が空を飛べるのか?!　まるでおとぎ話の世界だ）、電波などという眼に見えない物を作ってテレビに画像を流し、世界中に通信網をはびこらせた。身の周りにある何千万何億もの、人間の脳が考えだした驚異の発明品の数々。、、、そして脳から醸成された『心（こころ）』という奇異なもの。、、、
私は能天気な無神論者だが、こんな「人間」という超絶的な組織を持つものが創造された事に、否応なく〝神の意思〟・〝神の息吹〟というものを感じざるを得ない。それでなくして、（いいにしろ悪いにしろ）「人間」というとんでもないものの存在を説明する事が出来ないのだ。

この偉大な（？）人間と芝生で見たてんとう虫の体の大きさの違いは、そのまま両者の進化の度合に比例しているようだ。複雑で巨大な人間と、単純で、豆粒のように小さいてんとう虫。

更にこの対比が、あのガリバーと「小人国」の小人を連想させるからケッサクである。

てんとう虫にとって、人間は何百メートルもの高さの高層ビルであり、その足音は大地震の如き地響きとなって体を揺さぶり、吐く息は猛烈なハリケーンみたいに激しく頭上に吹き巻き、汗の玉は何トンもの塩水の塊となって虫の体に降りかかる。人間が放つ身体の臭いの粒子は、岩のような大きさに化けててんとう虫の鼻っ柱を直撃する事だろう。

このたとえで言えば、私——この人間という大悪《ワル》の傲慢な巨人《ガリバー》がじょうろから流した除草の猛毒液は、大洪水となっててんとう虫を襲い、そして何の罪もない可憐な

その命を奪い取ってしまった事になる。ああ何という事を！　なむさん。

ひとりてんとう虫だけでなく、この地上の全生物を生殺与奪する権を握って進化の頂点に君臨している、「栄耀栄華おごれる平家」の不遜な人間であるが、この最高等の種の中でも、また最下層と最上層の社会的、経済的な格差があるもんだから、話はこじれてややこしくなって来る。

毎日何万人もの人間が食べる物もなくガリガリに痩せて餓死している一方で、何百億円もの使いきれない程の金を持って美食と豪華な生活に明け暮れ、でぶでぶに肥満しきっている糖尿病の富豪どもがいる。エリート街道を突っ走って高い社会的地位につき、大衆を好き放題に操って虐待したり、生殺しにしたりしている支配者がいるかと思えば、才能も力もなく、牛馬の如くにこき使われ、くたくたになって朽ち滅んで行っている貧しい民の群れがある。

同じ人間なのにどうしてこんなにひどい格差があるのだろう。

この人間界の不条理なありようは、どう考えても納得がいくものではない。人間の死の唐突性、その人生の不合理性についても全く理解し難い。

去年の夏の事だが、私の実家の近くに住む男性が突然、いかにもあっけなく死んでしまった。前の日の夕方、私はその男性を見かけたが、次の日の夕方には葬儀屋が来て、葬式用の小さな垂れ幕をその家の玄関に掛けていた。

朝《あした》に元気だった人間が「ぽっくり」死んで、夕べにはもうこの世にいなくなってしまっている。

その男性——仮に岩崎某氏は、五十歳代の独身生活者だった。ちょっと思考がボンヤリしていて、高等教育を受ける事もなく、従って学歴偏重社会のこの日本ではロクに仕事にありつけず、親族の扶助を受けながら一年中ぶらぶらして過ごしていた。最後の二年くらいは、近くのガラクタ物整理屋の手伝いをしていた。しかし毎日ではなく、岩崎氏は作業服を着て軍手をつけ、整理屋の前の道路の縁石に座って構えているのだが、店が余程忙しい時だけ、御慈悲のように仕事をさせてもらっている風だった。整理屋からすれば、勘が鈍くて動作もとろい岩崎氏など、どうでもいい人足だったのだろう。

が、しまいの頃にはもうまるでお呼びがなく、岩崎氏は足元にタバコの吸殻を散乱させて一日中ボーとしており、五時になると腰を上げて、ピョンピョンと跳ねるようにして家に帰って行っていた。

言っては悪いが、背中を丸め、両手を前に垂らして前屈みに跳ねるその格好は、あのチンパンジーとそっくりだった。その浅黒く日焼けした顔も、何だか奇妙なくらいに猿の顔に似て来ていた。

岩崎氏の死因は熱中症だったという。炎天下でずっと太陽光線を浴びてバテ気味な上に、夜は夜で冷房のない暑い部屋で蒸し上げられては、熱中症で死んでしまうのも当然だ。しかし、料理も作れず、身体の自己管理も満足にできなかった岩崎氏にとって、そのような死に方は、あるいは必定の事であったのかもしれない。

妻も子供も無く、酒も飲まず、賭け事もせず、本も読まず、一般的なサラリーマンが経験する楽しみも喜びも識らない彼の人生って、何だったのだろう。そうした孤独な存在である自分というものすらも何等考え得ない人の哀れ。

大芸術家、大科学者、大実業家――グローバルで多彩な世界で八面六臂に活躍するガリバーのような人達に比べれば、岩崎氏の矮小で狭隘《きょうあい》な人生は、まるであの芝生のてんとう虫の、豆粒のような一生と同じではなかったのか。

岩崎氏の葬式は、数人の身内だけが集《つど》っただけの、寂しいものだったと、実家の母が言っていた。

川面に浮かぶはかない泡《あぶく》のように、岩崎氏はこの世から消えて行ってしまった。

この地球に存在したという事実すらも、もう人々の記憶から消えかかろうとしている。

（平成二十四年四月）

きらめくギリシャに行って　さ迷える君は
その時一体何を考えたのか

海外に旅行をして、その印象が好ましいものであったり、予想外に素晴らしいものであったら、以後すっかり「病みつき」になってしまい、お金と時間の許す限り、毎年のように外国へ出掛けて行くことになるだろうと思う。それはもう一種の「中毒」と言った方がいいかもしれない。アル中、ニコチン中、女中（女狂い）と同じで、それなしではやっていけない症候群である。かく言うのも、一度海外旅行をしたばっかりに、私自身がてんでそのようになってしまったからなので。――

学生の頃から、一番最初に行きたいと思っていた国はギリシャだった。二千五百年前に、文明が暗闇に覆われていた地球上の一隅から奇跡のように発火、発光した国――現代の私達の文化の礎とさえなっている哲学と、文学と、建築と、自然科学が何故かそこにだけ突然のように勃興した国。このギリシャを措《お》いて矛先をアメリカのラスベガスに向け、全身これ欲の塊りになってバクチにのぼせ上がり、顔を脂ぎらせ、さかりのついた獣のように眼をぎらつかせて買春にうつつを抜かしたりしている場合ではないだろう！

紺碧のエーゲ海の美と幻想とロマン、オリーブの木々に囲まれた、朝陽に輝く白亜の家々のエキゾチックな光景――どうしても最初に行く国はギリシャでなければならなかった。

で、三年前の五月の連休に、旅行会社にツアーの申込みをしたところ、既に定員が一杯だったり、日程の都合が悪かったりなどで予約が取れなかった。それで、やむなく行き先を第二の希望地であったイタリアに変更した。ところがこのイタリアがとんでもない大当りで、冒頭に書いたように、私はすっかり旅中（旅行中毒）になってしまったのである。イタリアの事を書くのが主意ではないので詳述はしないが、あの旅行は新鮮な驚きと歓声の連続だった。何しろ初めて見る多様な外国人観光客の群れと、聞いたこともないおびただしい外国語の交錯。色とりどりの本場のイタリア料理や現地産の美味なワイン。数限りない世界遺産に、天才ダ・ヴィンチやミケランジェロの絵画と彫刻。比類のない世界的な傑作を所蔵するあまたの美術館、、、。驚きにとどめを刺したのはポンペイの遺跡だった。二千年前に火山の噴火で埋没した古代都市が、タイムカプセルに入れられていたようになって、「そっくりそのまま」生々しく現代に甦っていた。貴族の邸宅、公衆浴場、売春宿、パン屋、染物屋、劇場、闘技場。火砕流を浴び、顔に苦悶を浮かべて転がっている人間や、鎖に繋がれたまま口を半開きにして絶命した犬の石膏の像。

遺跡の中の一角にあった居酒屋の、その冷たい大理石のカウンターに手を触れて、私は二千年前の世界の現実をまざまざと肌身に感じたものだった。

あのイタリアでは、現代とローマ帝国が同居していた。「世紀」が何でもないかのように平然と混淆していた。古代の大きな水道橋の下を電車が走り、近代的なビルの横に帝国時代の遺跡が並んで、中には人が住んで今なお使っている建造物もあった。

時空がねじ曲がり、古代都市国家と現代社会があそこではごちゃまぜになっていた。

イタリアほどではないにしても、ギリシャもまた同じだった。

アクロポリスの丘のパルテノン神殿が、二千四百年前からなおアテネを睥睨《へいげい》するかのようにそびえ立ち、市中のいたる所に紀元前の遺跡が時を貫いて実在して、人々の日常の傍らにあった。衣をターバンのように身にまとったソクラテスおじさんが、民衆を説教しながら今そこをはだしで歩いている姿を想像しても、何の違和感もなかった。

――平成二十年五月三日、三年目にしてようやく手に入れたチケットを懐に、関西空港から私はギリシャへ旅立った。

そして十三時間を費やして着いたギリシャは、期待した以上の多くの感銘と美しい思い出を心に刻印してくれた。

四度の外国旅行の中で、日本に戻ってきた途端、家に帰らずにそのまま引き返し、今一度全土を隈なく見て回り、事情が許せば永住してもいいと思った国はギリシャだけだった。

帰国した時、ひなびた市の郊外にある田んぼのそばの自宅が、私にはとてもみすぼらしく感じられ、美しさも明るさも展望もない、小さな鋳型にはまったような矮小な生活の中で老い、朽ちて行くこれからの日々を思うと、ひどく惨めな気持ちになった。

ギリシャの印象が余りに強烈であったせいだろうか。それとも私には、日常生活に対する素朴な共感と、「生」というものへの感動と実直な喜びが欠落していたのだろうか。……

確かにそうかもしれない。一昨年、八重山諸島に旅行した時も同じような感覚が私を襲った。

西表島と由布《ゆぶ》島との間の、四百メートルばかりの浅瀬を、水牛車に揺られて渡っていた時の事だ。七十歳のガイドのおっさんが、案内をしながら泡盛を飲み、三線《さんしん》を弾いて沖縄民謡をゆったりと歌っていた。それで飯が食えるのだから、大層のんき気なものである。牧草やサトウキビの葉だけを食べて、寿命の三分の二の二十年間を、必死に牛車を曳きながら生きて行かねばならない奴隷の如き水牛が何とも哀れであった。

水牛車の窓の向こうには、「限りなく透明に近いブルー」の沖縄の秋空が果てしなく広がっていた。海水は恐ろしいほどに澄みきり、遠くの海面が、銀貨をおびただしくまき散らしたように、陽光を浴びてキラキラ輝いていた。聞こえているのは、水牛車のゴムタイヤが海水をかき混ぜている音だけである。明るく、そして何とゆっくりした、のどかな光景だろう。

海全体が静寂に充ち、時が止まっている。

圧迫も束縛もないこんな所で、自由気儘に一生を過ごせたらどんなにいいだろう。ネクタイを締めてスーツを着、朝から夕方迄紳士の仮面をかぶって、有象無象の責任を負いながら追われるようにして生きている自分に、思わず嫌悪を感じた。三十六年間、私は仕事や生活に身も心もがんじがらめにされ、ストレスの塊りになって生き続けて来たのだ。もう沢山だ。一切をなげうって、自分は今、あの市《まち》の暗鬱な生活から逃げ出すのだ！

――しかし、それは、所詮かなわぬ、はかない逃避の幻想だった。

現実の圧倒的な重力が直後に私の心神にのしかかり、私は重石《おもいし》の下敷きになった昆虫のように潰れてしまった。南無阿弥陀仏《なむあみだぶ》。

ギリシャを旅してから四ヶ月が過ぎた今でも、様々な光景が私の脳裏に甦る。遺跡、修道院、博物館、美術館など数多く見て回り、それぞれに感慨深いものがあったが、中でも印象的だったのは、矢張りエーゲ海だった。「美と幻想とロマン」のエーゲ海。映像や写真や絵となって、世界の人々の心の中に優美に溶かし込まれている憧憬の海。

「エーゲ海一日クルーズ」用の大型観光客船に乗り、アテネの港を出発したのは、旅の最後の日だった。朝の八時から夜の七時迄、十一時間かけてエーゲ海の島々を巡る船は、黄色やら、白色やら、黒色の膚の、色々な人種（五百人）で溢れかえっていた。

その日、恐れていた雨は降らなかったが、あいにくの曇り空で、眼の前のエーゲ海は紺碧を失っていた。私は屋上の広い甲板に並べられた椅子に座り、船内のスナックで買った水割ウィスキーを飲みながら、大小の島が浮かぶ海原を、落胆してぼんやりと眺めているだけだった。

ところが、最初の島に上がって観光した後、次の島に向かう頃から、雲間から陽が差し始めて来た。人口一万四千人のエギナ島に着岸し、観光バスに乗って島内を巡りながらアフェア神殿遺跡に着いた頃には、空はすっかり晴れ渡って鮮やかな群青《ぐんじょう》色になっていた。太陽は汗ばむ程に強烈に照り出した。小高い丘を上がって、紀元前に建てられた、石灰岩の柱が並立する神殿を見物した後、更に上に行くと、そこはもう丘の頂上で、岩石の転がる平地になっていた。

周囲には何もなく、上がった途端、三百六十度の全方角からエーゲ海が眼の中に飛び込んできた。

それは「思わず息をのむ」ような海の光景だった。荒々しい日本海の濃紺でも、穏やかな瀬戸内海の青色《せいしょく》でもない。かつて日本のどこでも見たことのない海の色だった。手前の海は藍色というか、一種凄みのある濃厚な紺色で、そこに白い布を落としたら、藍染用の甕《かめ》の液に浸けたように、たちまちにして鮮麗な紫紺色のハンカチが出来上がりそうだった。水平線が大きく湾曲し、全体が巨大なドームのように膨らんでいる遠方の海は、白い靄《もや》のようなものにうっすらと覆われ、空の群青色を映して薄めたような、ビロード状の清らかな青色になっていた。それはまるで、幾十万ものブルーの翡翠《ひすい》を砕いて海にちりばめたような美しい青色だった。

午後の静けさの中で、エーゲ海は太陽の光を浴びて燦燦《さんさん》ときらめき、両肩を盛り上げるかのようにしてエギナ島の東西南北に張っていた。

下方にはアフェア神殿が厳かにたたずみ、その向こうには、木立の間からエーゲ海がまた延々と広がっていた。

太陽、神殿、海、そして何の音も聞こえない丘の上の静謐《せいひつ》。

私はこの時そこに、ギリシャの核というべきものの一つを垣間見たような気がした。

ポロス島。午後三時。海に突き出た岩盤の上に建てられた、外壁も内壁も真っ白な小さなレストランに私はいた。眼の前にはコバルトブルーの海が展開し、岩を打ち砕く潮騒がせわしなく耳に聞こえていた。白いクルーザーがスクリュー音を響かせて、後方に白波の帯を残しながら港に向かって進んでいる。はるか彼方には、名も知らぬ大きな島が青く霞んで静かに横たわっていた。

テーブルの上に置かれた透明なグラスの中では、シャンペンが、陽光に輝いて銀色の気泡をはじかせ、心地よい海風が窓から流れ込んで、肌を優しく撫でるようにして吹き抜けていた。

夜になると、月の光がこの海を神秘画のように照らし出し、満天には美しいダイヤモンドの星が無数に輝き渡ることだろう。

青年の頃から思い続け、四十年目にしてようやく目《ま》の当りにしたエーゲ海。

自身の無知と無思慮の為に、遂に破局をせざるを得なかった、あの昔日の切なく悲しい恋《おも》いは、このエーゲ海を共に享受する感激と歓びの中で、再び奇跡のように甦らせることが出来たであろうか。

様々な過去の思い出が胸中に彷彿して渦巻き、グラスを重ねるごとに、苦い悔恨に侵蝕された私の心は、果てもなく落ち込んで行くばかりであった。

（平成二十年九月）

秋の日のつれづれに

四階建ての小さなビルの一角にある事務所の窓から、明るい陽光を浴びた、山口市街を囲む連山がシネラマのように見渡せる。生い繁る山々の緑は季節ごとに変化し、空の色もまた、四季の移り変わりとともにその紺青の濃淡を微妙に変えていく。大気の透明度も、時節によって違うのだ。秋の今ごろは、緻密なフィルターで濾《こ》したように、大気は清冽に澄みきっている。

仕事に疲れると、私は窓辺に立って、ぼんやりと遠くに連なる山々の景色をながめ、嘆息する。

あれらの山はこれから何千、何万年もあの姿のままであり続けるだろう。しかし、自分はあと生きたところで、僅か二、三十年に過ぎない。古代の人間もあの山々を見てきたし、未来の人間もまた、あの山々を見るだろう。しかし、いずれ人間は暗黒の闇の中に消えて行く。が、山は無くならず、ああしてずっとあそこにあり続ける。眼の前を行き過ぎてゆく何億もの人間の、蜉蝣《かげろう》の如き短い生をあざ笑うかのように、傲然とそそり立って。、、

そこはかとない無常感におそわれ、人間の営為の空しさを思うて私は嘆息する。

今年もまた、親しい人が四月に一人死んだ。

午後、その葬式から帰って事務所から窓外を見ると、春の陽《ひ》が一面に輝き溢れ、山々の緑は光のシャワーを浴びて萌え盛っていた。樹々の新鮮な生命《いのち》が寒い眠りから覚め、一斉に深呼吸を始めていた。

人は死に、それに関わりなく自然は飽く事なく新生を繰り返すのだ。

「されば朝《あした》には紅顔あって夕べには白骨となれる身なり、、、」

僧侶が唱えていた経文が、窓辺に立っている私の胸に、毒矢の如く突き刺さったままだ。

葬儀のあと、棺を乗せて火葬所に向かう台車の後ろを、三、四人の孫と思われる少年少女達が、泣きじゃくりながらついて行っていた。見るも哀れな光景で、思わず私は眼をそらした。

去年の四月に、死んだその女性を含めて、私たちは少人数で、宴会を催し、楽しく飲み、陽気に語らい合ったものだった。

来年もまたここで、とその時約した一年後の宴会が、まさか葬式に変わってしまおうなどと、本人も含め、誰が予想しただろうか。死の影など、そこには微塵もなかった。

秋に、彼女は咳が止まらないと言って入院し、軽度の肺癌と分って肺の一部を切除した。見舞いに行ったら、意外と元気で血色も良く、丸々とした顔で全快を喜んでいた。あと半年の命などと、医者からは告げられていなかったのだろう。年が明けて、また咳が止まらなくなり、その後肺に水がたまったからと言って、再度入院した。

そして約一ヶ月後、見舞いにも行かないうちに死んでしまった。六十三歳。長寿社会の今では早すぎる死だ。心優しく、知的で、おしゃれな女性だった。

桜の花びらが優雅に乱舞する暖かい春の日の夕暮れの頃、彼女は死神に誘《いざな》われて黄泉《よみ》の国へ逝《い》ってしまった。

五十歳を過ぎた頃から、私には「死」が異常に身近かに感じられるようになって来た。

「死」が私ににじり寄って来て、すぐ後ろから首筋に冷たい息をふぅーと吹きかけているような感じなのだ。

何故だろう。年長の近親者が毎年のように死に、葬式や法事が絶えないからだろうか。恐らくそれもあるだろう。

他に一つは、肉体の老化が影響している。今から思えば、自分の人生で一番の盛り上がりの時だった四十代の十年間は、あっという間に過ぎてしまい、五十歳になった途端に、遺伝子に組み込まれたプログラム通りの老化現象が始まった。髪が薄くなって白髪が目立ち始め、眼がたるんで顔に皺が出てきた。屈強だった腕力も弱まり、腰痛も起こって、週に一回はあんま屋に通う体《てい》たらくである。何よりも恐ろしいのは脳の老化だ。まさかボケが始まったのではないか?! と愕然とする。会話の途中で、その場に適した言葉が咄嗟に出て来なくなったのだ。「えーと」と少し考えないと、返事が出来ない。当意即妙、矢継ぎ早に口から言葉が飛び出していた若い頃にはなかった事である。酒を飲めばしばしば泥酔状態に陥り、記憶を一切失ってしまう。何をし、何を話したのか、ことごとく覚えていないのである。

こうした体力、能力の衰えが無意識に私の精神面に影響を与え、次第に死をリアルに感じるようになって来たのだろうか。

病気になって肉体が衰弱し始めたら、何だか急に死が意識されていくように。

青年時代には、死を真剣に考えた事などなかった。死は思考のはるか圏外にあった。死の「実感」というものがまるでなかったからだ。それこそ前述の山々のように、傲然とふんぞり返って、死をあざ笑っていた。

今はそうではない。死が切実な雰囲気として、私の周りに終始漂っているのである。

身近かな人の死の報せを聞くと慄然とする。

再生のない一度きりの人生——死んでしまったら、もはや絶対に戻る事のないこの世界。……二度と会う事の出来ない肉親や、かけがえのない友人たち。……

私には古《いにしえ》の皇帝の如き栄華や栄耀があるわけではない。生きる事に固執する理由はないし、いつ死んでも何も惜しいとは思わない。

「人生わずか五十年」と昔の人は嘆いたが、五十年もあればおおよその事は体験出来るし、それで充分だ。あとは惰性で生きているようなもので、日々同じ事の繰り返しだけである。

ろくな価値もない、どうでもいいような今日を生きている自分が、何故人の死に言いようのないショックを受けるのだろうか。

今迄眼の前でしきりに動いていた人間が突然いなくなり、「永久の不在」、「絶対の無」と化してしまう衝撃。死に近づいていながら、死というものの正体が全く分らないが故に、戦慄は深まる。

昔、孔子が弟子の季路《きろ》から「死とは何でしょうか」と問われて、「未だ生を知らず、いずくんぞ死を知らん」（未だに生の意味さえ分っていないのに、どうして死を知ろうか）と答えた。これは孔子が答えをはぐらかして逃げている。答えになっていない。

あの人生を慧眼《けいがん》した孔子でさえも、「死」が分らなかったのだろう。古代から今日に至る迄、いかなる大哲学者も、「死」を巨細に解析し、誰もが納得出来るような解答を出してはいない。

切腹をして首を切り落とされた直後の、意識とその世界はどうなっているのだろうかと、時々私は思う。今話していた人が、僅か十数秒後には、死の世界にいるのである。

死から甦った者はいないので、絶対に分らないその世界。、、

もし輪廻転生というものがあるなら、生まれ変わったその人間は、死から転生に至る迄の世界を見ているはずである。が、残念な事に、本人には転生をしたという事が分らない。本人と同棲するもう一つのもの言わぬ意識がそれを知っているだけだ。

有史以来人々は死を恐れ、一つにはそれから逃れる為に輪廻の思考を考え出したのだろう。死んでもまたこの世に生まれ変わって出て来れるのだという安心感。

しかし、本当に人間は再生するのだろうか。

興味深い話がある。ある人が川や海を極端に怖がり、幾度となく水に溺れて死ぬ夢を見たというのだ。占い師に観てもらったら、その人の前世は輸送船の船長で、二百年前に海難事故にあって溺れ死んだと出た。

これを読んで、いささか感じるところがないでもなかった。

私は小さい頃から高所恐怖症で、高い木や屋根の上に怖くてのぼる事が出来なかった。そして青年期以降今日迄、実に何度となく崖や山から転落する夢を見た。足を踏み外して、叫び声をあげながら落下する夢で、恐怖に戦いて眼が覚める。汗びっしょりだ。毎回同じような夢なのだが、その情景、その心理が実に克明で、リアルなのである。特にこの一、二年は頻繁に夢みるようになった。

昭和の初めの頃の、山歩きや自然観賞が大好きな、五、六十代のある中産階級の孤独な管理職。

休日に山登りの仕度をして一人で出かけ、山頂で季節の植物を採ろうと手を伸ばした途端、足を滑らせて転落し、谷底に叩きつけられて死んだ男。

私の意識の横で、その彼が、私をじっと見ているような気がする。、、

死は、近づけば、ある程度予感されるものである。

四年前、実母が死ぬ前に、私はおかしな夢を見続けた。暗澹たる雰囲気の、重苦しく、異様に混濁した夢で、一週間近くそれが続いた。そして日中も、何か茫漠とした暗い予感、死の不安のようなものが絶えず心を覆ってい

た。私は周りの者に、誰か近親者が死ぬのではないだろうかと言い、日記にもそう書いた。

遠くに住んでいて余り音信のない母が、大腸癌が悪化して緊急手術をした事など、私は知らなかった。

兄から電話があった時、私は母の死を直感した。

『この事だったのか』と思った。

前述の女性の時も、死んだその日の夜、ふと思い出して、この頃何の音沙汰もないが、まさか死んでしまって明日あたり葬式ではないだろうか、と日記に綴っている。

「虫の知らせ」、「テレパシー（精神感応）」というものはあるようである。

余談だが、これに関して不思議に思う事が最近あった。

夜、寝床に入って眠れぬままに時間を過ごしていたら、以前よく事務所に出入りしていた人の事が思い浮かんだ。そういえば長い間会っていないが、どうしているのだろうと思った。翌朝、当の本人から電話がかかって来たのには驚いた。元気な声で、仕事の依頼があったのである。三年ぶりだった。同じような事が、人を違えて、別の日にまたあった。これは一年ぶりの沙汰だった。公私を問わず、こうしたパターンでの来訪や電話があった事は一再でない。相手の思念が、時空を超越してこちらに伝わって来たのだとしか考えられない。そのほとんどが思い出してから一日二日のうちに、声や姿となって私の前に現れて来ている。不思議な現象である。

誰にも、死にまつわる思いや、思い出は数多くあるだろう。死は、生と表裏一体のものであるが故に、決して私たちの生活や意識から拭い去られる事はない。しかし、その死とは何であるのか、結局誰にも分らない。それどころか、私たちは「生」の意味すらよく分っていないのではないだろうか。奥深い森の闇の中を、磁石も懐中電灯も持たずに、無考えに歩き進んでいるような日々ではないのか。その先に巨大なブラックホール（暗黒の穴）が待ち構えている事など露も知らずに。

生もまた、解答され得ない。

最後に、百歳の老人がその心境を尋ねられて答えた言葉をもって、この不明な文を終わる。

「過ぎし日がますます夢のようになりますね。最近も郷里に帰ったが、おさななじみはひとりもいない。そこにあるのは山河と神社仏閣だけ」――加藤仁著『おお、定年』

（平成十二年十月）

雷を、見た

昔、僕は一万人の中《うち》に一人あるかないかと思われるような珍しい体験をした。

この事は今迄にも稀に他人に話したことはあったが、ある人が、「それは面白い話だから、もっと多くの人に知ってもらった方がいい。自然科学の研究にも役立つかもしれない」と言うので、書く気になった。

考えてみれば、人間はいつ死ぬか分らない。老若の区別なく、明日にも今日にも、死神は牙をむいて天上から襲いかかって来るかもしれないのだ。

珍しい話を、黙りこくって抱え込んだまま頓死してしまう事もあるまい。

話というのは、雷の話である。僕は昔、雷を見た。あのギザギザ形の稲妻ではない。正真正銘の雷の中身、「正体」を見たのだ。

昭和二十九年、僕は六歳だった。山口県宇部市に叔母が住んでおり、夏休みのこととて、ぼくは祖母に連れられて一週間の予定でそこに遊びに行っていた。最近はどうか知らないが、昔は休みになると、田舎の親戚の家に行って長逗留し、そこの子供たちと一緒に一日中遊びほうけたものだ。日本を離れ、家族同伴で海外に遊びに行くなんて考えられないような、質素で素朴な時代だった。

〝事件〟の日の朝、僕は八時頃眼を覚ました。早くから雨が激しく降っており、遠方で盛んに雷が鳴っていた。一瞬空間を閃光が走り、間を置いて、「ドカーン」という落雷の音が聞こえて来る。光より音の伝わる速度の方が遅いので、雷の音がしばらしくして聞こえて来るわけだが、小さい僕にはそんな時間差の理屈が分らず、不思議に思っていたものだ。

土間の台所に接した六畳の部屋で、僕は従妹たちと朝食をとっていた。朝の八時半頃だっただろうか。紅茶に砂糖をたっぷり入れ、バターを塗りたくった食パンをそれに浸して食べていた。景気のいい食品店だったので、その頃まだ余り食卓にのぼらなかった長い角切りパンやバター、それにジャムや紅茶などが色々とあった。麦飯に味噌汁と漬物だけ、と言った実家の乏しい朝食とは随分趣を異にしていた。

祖母がかまどのある台所の土間に立って、セメント造りの流し台で食器を洗っていた。雨はとどまる事なく降り続け、爆弾を落としたような落雷の音が頻繁に大地に轟いていた。時々近所にも雷が落ちるらしく、「バキーン」という凄まじい炸裂音がして、地響きのようなものが伝わって来ていた。

空には一面に黒く厚い雲がたちこめており、その中で激しい放電が繰り返されていたのだろう。

朝だというのに部屋の中は陰気で暗く、薄闇の中を青白い稲妻が、カメラのフラッシュのように不気味に閃光する。何やら恐ろしげな幽霊の出るドラマが始まりそうな雰囲気であった。

蚊帳の中に逃げ込む知恵もなく、僕はおびえの混じった不安な気持ちでパンを食べていた。

食事を始めて、十分くらいたっただろうか。口をモグモグやりながら僕は顔を上げ、正面の台所のかまどの方を何気なく見やった。

と、この時、正に信じられないような事が起こった！

僕の眼の前に突然、雷が落ちて来た!!

「シューッ！　バッギン！」

銃弾が大気を貫通する摩擦音のようなものが聞こえ、続いて何かが物に激しく叩きつけられて破裂したような音がした。

雷がかまどの上の屋根を突き破り、時速百キロ以上の猛スピードで一直線に天空から降って来たのだ。

それはピンポン玉を一回り小さくしたような、直径三センチほどの丸い白色の塊りだった。

後方に箒《ほうき》星のような尾を引いていた。

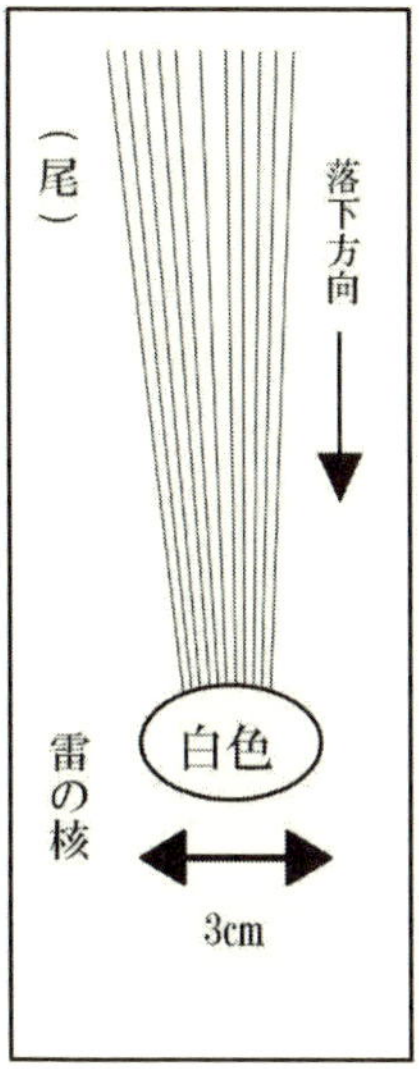

「ウワッ！」と叫んで、祖母が流し台の所でひっくり返った。

叔母か誰かが土間に駈け下り、祖母の所へ走って行った。

家の中は大騒ぎになった。

僕はショックで気がすっかり動顚し、身体がガタガタ震えていた。

六歳の幼い子供に、それは常軌を逸した、とんでもない衝撃的な光景だった。無理もあるまい。大人であっても腰を抜かしていただろう。心臓病患者だったら間違いなくショック死していたと思われる。

土間に倒れた祖母は介抱されてすぐ意識を回復したが、雷の衝撃で飛び散ったセメント片が両腕に沢山食い込んでいた。ゴム長靴をはいていたので、雷の電気はあまり祖母の身体に影響を与えなかったらしい。金属製の腕時計を外していたのも幸いしたという。

かまどの上の天井には円形の穴がぽっかりあいており、周囲の瓦が砕けていた。

かまども半壊し、雷の落ちた跡らしいところが真っ黒に焦げていた。勿論「雷」の姿はなかった。どこに消えたのだろう？

僕はパンが喉に通らないどころか、もうすっかり食欲をなくしてしまっていた。今でも、食べる気を失い、うつろな眼付で茫然としていたその時の自分の事はよく覚えている。

　やがて雨は上がり、雷も去って行った。再びあたりに静寂が戻ったが、家の中は、近所の人の「野次馬的」来訪や屋根の修理、台所の片付などでやたら騒々しかった。

　警察も調べに来た。驚いた事に新聞社も取材に来た。落雷の話は記事になり、翌日の新聞に載ったように思う。

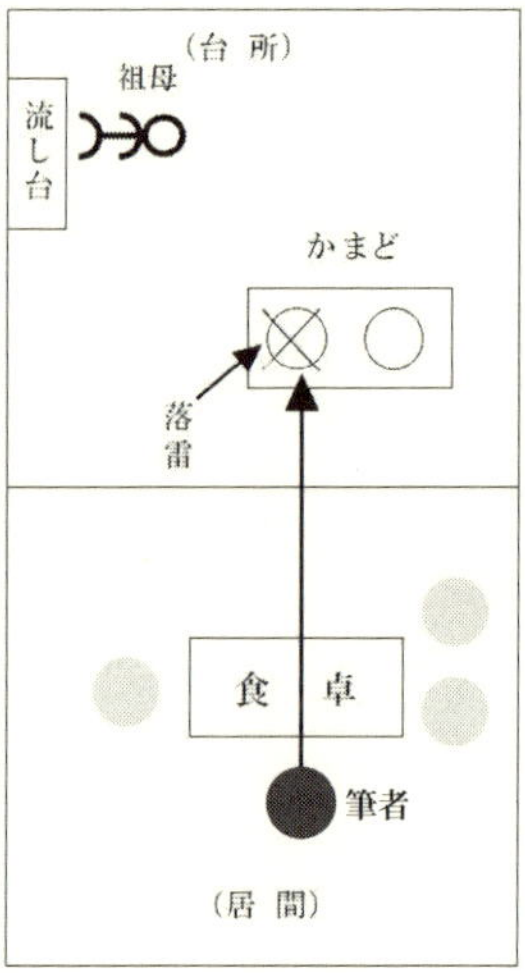

（現場見取り図）

　以上が、僕が記憶する限りの、大層稀なる雷の体験談である。

　漫画や絵本にあるように、雷は、小さな太鼓を数珠つなぎにした「輪」を背中にかついだ、あのふんどし姿の鬼ではなかった。単に、小さな白玉であった。

　しかしそれは恐ろしい速度と重力と電気を持ち、凄まじい破壊力を有していた。あんなものに直撃されたら、人間はひとたまりもあるまい。

　毎年夏になると、かなりの人が雷に当って死んでいる。死体は焦げ、頭から足に向かって何かが貫通したような穴があいているという。

　ともあれ、と僕は思う。

　僕が目撃したものが雷のような自然現象ではなく、戦争の残虐な殺戮行為であったら、どうだっただろう。あるいは残酷な拷問の場面や、悲惨なテロ行為の現場であったとしたら。

　まだ何の汚れもない真っ白な少年の心はズタズタに切り裂かれ、計り知れない深傷《ふかで》を生涯にわたってその脳裡に刻み込まれたであろう。

　遂に絶望的な人生観しか持ちえなかったかもしれない。

　あれは雷でよかったのだ。心理的な後遺症は何一つとして残らなかったのだから。

結局、面白く、珍しいというだけの話で済んだ。

（平成十二年四月）

思念伝達

先頃面白い記事が新聞に載っていた。脳波計をつけた人が、パソコンの画面に表示された五百余りの『行動用例』に向かって、自分の希望する用例を「念じる」と、画面のその用例部分がうまく点滅反応を起こしたという実験談だった。それより少し前には、ロボットに向かって脳波による行動の意思表示をしたら、ロボットがその通りに作動したという記事があった。

身体や言語に障害のある人たちの意思が、動かずして脳波によって機器に伝えられる為、それらの機器が将来人間に代わって介護の機能を担うようになるだろうというのである。脳の活動によって脳内に電位変動が生じ、それが脳波として計器に記録されるのは周知の事実だ。前述の実験は、この脳波による「遠隔操作」の成功例である。これはまた、人間の意思というものは、「思念する」ことによって相手に伝わるという事の証しでもある。

脳の中に微弱な電流（電波）が生じ、それが相手の脳内に備えられたアンテナに無線電信のようにして伝わるのだ。

何だか不思議な話だが、実際そうだと私は思う。背後に視線のようなものを感じ、振り返ってみたら、人が自分の方をじっと見つめていたという事を、誰しも一度くらいは経験しているにちがいない。学生時代、私には思いを寄せている女性がいた。大学からの帰り道、山手線の駅のプラットホームの階段を降りながらふと振り返ってみたら、その女性がすぐ後ろから熱い視線を私に注いでいたのにびっくりした事がある。後年社会人になって、宴会のあった或る夜、ふと見たら、同業者の某《なにがし》が、恨みというか妬みというか、そんなものが底に澱んだ剣呑な眼付で私を見据えていた。別の日の会合の時、他業者の某から、ひがみきったような歪んだ眼差しで見つめられているのに気付いた事がある。いずれもふと見たら、そこにその視線があった。このふとが要点なのである。相手の脳波（思念）が私の脳に作用し、私の首をふとそちらに向けさせていたからだ。

「噂をすれば影」という諺がある。噂をしていると当の本人がそこに現れるという意味の諺だ。先の実験例からいえば、これは、噂をした人、あるいは噂をされた人のどちらかの脳波（思念）が一方の相手に伝わった結果の現象であるといえるだろう。脳波が人をそのような動きに駆り立てたのである。公園のベンチに座って熱愛する人の事を思いつめていたら、あろうことか、その彼女が眼の前を通りかかったので驚愕したというエッセイを読んだ事がある。

思念伝達、精神感応、テレパシーという言葉があるのを御存知だろうか。視覚や聴覚などの通常の感覚的手段によらず、あるいは電子機器などを介さずして、自分の思いが相手に伝わるという超常現象である。超感覚的知覚とも言うらしい。

この数年、私は自分の事務所で、この種の現象を何度も経験した。最初の頃は驚いたが、余りに度重なってあるので、『ああ又だ』と馴れてしまい、大して驚かなくなってしまった。例えば、前の日の夜、ある顧客の事を何気なく思い出したら、何と次の日に本人から電話がかかって来た事がある。水中から泡《あぶく》が浮くように、何故かその人の事を「ぽつん」と思い出したら、大抵一日か二日後にその人が事務所に来たり、電話をかけて来たりするのである。時には、二、三日立て続けにある人の事が思われ、「おかしいな」と感じていたら、程なくしてその人の来訪があったという次第だ。

去年だったか、「昨日あなたの事を思ったところでした。まさか今日、ご本人が事務所に来られるなんて、びっくりしました」と言ったら、「それは不思議ですね。しかし思ってくれて有り難う」と、面白がって喜んでくれた人がいる。いつも、そのほとんどが市内に住む顧客なのであるが、たまに県内外に住む知人や親戚の者から、私が不意に思い出してから間もなくして、何らかの電話がかかって来たりしたものだ。自分には特異な霊感でもあるのかと、長い間不思議に思っていた。しかし冒頭に書いたような記事読んで、疑問が氷解した。結局、私が経験したこの「精神感応」現象は、脳波のしわざだったのである。恐らく私は、他人の脳波をキャッチする脳内機能が人一倍敏感なのであろう。別に自慢しているわけではない。絶対音感を持つ人間や、視力が六・〇を越える南洋の原住民もいる。視・聴・嗅・味・触の五感が並外れて鋭い人間は世界中に沢山いる。五感ではないが、私の「脳感」が少し異常なレベルにあると書いても、還暦を過ぎた男の埒《らち》もない虚言とはいえないだろう。

しかし、次のような例はどう解釈したらいいのだろうか。

田　英夫というジャーナリスト兼参議院議員だった人がいる。この人が死んだ日の昼、私は部屋の中を掃除しながら『そういえば田　英夫という人がいたが、生きているのだろうか、死んだのだろうか』と、本当に何気なく思ったら、その日の夕方に訃報を告げるテレビニュースがあったのでびっくりした。また、大分以前、倉橋由美子という純文学作家の事を、『この頃余り作品を見ないが、死んだのかしらん』などと深夜に階段を上がりながらふと思い出したら、翌朝の新聞に死亡記事が載っていたのには驚いたものだ。俳優の森繁久弥さんが死んだ時も、その前日に脈絡もなく氏の事を思い出し、『もういい加減に歳だから、そろそろ死ぬ頃かもしれん』などと無礼な事を考えていたら、翌日の朝刊だか夕刊だかにその死が大々的に報じられていた。

この三者に、私は面識など全くないし、特別な関心を抱いている人達でもない。向こうだって、私の事を知るはずもない。つまり、互いに接点など全然ないのだ。

ある人の私に対する何等かの意向・意思が脳波となって私に伝わり、「思念伝達」という現象が生じるのだろうとは前頁に書いた通りだ。であるなら、この三者の例は一体どう解釈すればいいのか。脳波の発信など微塵もない。「偶然」といえばそれまでだが、こんな「偶然」が三度もあるものなのだろうか。おまけにいずれの場合も、全く無縁な有名人の「死」に関わるものだったから、まことに奇妙な話ではある。

奇妙な話のついでに、もう一つ奇妙な話を書く。

「霊視」、「霊現象」、「霊媒師」、「霊能者」という言葉がある。いずれも『霊界』という世界がある事を前提に生まれた言葉だ。そんな世界があるもんかと、若い頃はせせら笑っていたものだが、評論家の立花隆の『臨死体験』を読み、その後それらに関する本を色々読んで行くうちに、すっかり考えが変わってしまった。『矢張り霊界はある』と確信するようになったのである。

瀕死の病人が奇蹟のように回復して起き上がった現象を見た人が、神の存在を信じるようになるのと同じである。視聴率目当のテレビの捏造番組などは度外視して、正常人が真面目に書いた「霊」に関する体験談は数多くある。

私の身の周りにも三つ四つあった。

昨年の秋、叔母の七回忌の法事の後、私は叔母の長男一家を自宅で接待した。飲めや歌えの宴会が終わって夕方風呂に入り、洗面所で身体を拭いていたら、風呂場の方から「ポコリ、ポコリ」と音がする。排水栓が抜けたのかと思って見てみると、湯は減っていない。しかし湯槽のどこかから「ポコリ、ポコリ」と音が聞こえて来る。変な事があるものだと首を傾げ、居間のソファーに座って頭に整髪料を振りかけていたら、今度はソファーの横の方から「ブン、ブン」とせわしい音がする。風もないのにプラスチック製のゴミ箱のフタが、シーソーのように揺れて音を出しているのである。『えっ』と驚いてよく見たが、間違いなくフタは動いている。こんな事があるのだろうかと、私は〝ぽかん〟としていたものだ。後日、この事を知人に話したら、「叔母さんの霊が、自分の法事に一家を接待してくれた礼を言いに来たのだろう」と解釈したものだ。

別に三年前、私の父は病院の玄関で足を滑らせて転倒し、脳挫傷で死んだ。それから約一ヶ月後の深夜、トイレに行こうと思って起きたら、暗闇の中で、眼に稲妻のような白い閃光が走った。繰り返し眼を開け閉めしてみると、その度に稲妻が走る。家庭用医学事典を調べたら、網膜剥離の症状と同じだった。翌日、私は眼科に駈け込んだ。九十九％網膜剥離に違いなく、緊急手術の為に入院する事になるだろうと思うと、色々な事が頭の中を駈け巡って、暗寒とした気持ちになった。正午の時報が鳴った時、呼ばれて私は診察室に入った。もう観念していた。「あなたは近視がひどいですからね」と医者も網膜剥離を想定したような事を言って、眼の拡大鏡をのぞき込んだ。——と、何たる事だろう、眼に異常など全然なかった！

事務所に戻って、留守番をしていた事務員のKさんに異常がなかった事を告げると、「不思議な事がありましたよ」とKさんが言った。話によれば、十二時丁度に、昼食を食べに帰る為Kさんが事務所を出ようとしたら、出口のドアの天井から「ゴー」という音が聞こえて来たというのである。耳鳴りだろうかと思い、引き下がって、再度出ようとしたら、また「ゴー」という音がする。もう一度繰り返してみたが、矢張り「ゴー」という音がしたというのである。Kさんが事務所を出ようとした時間と、私が眼科の診察室に入ろうとした時間は、同じ十二時だった。Kさんはこの時、『あっ、これは原田さんのお父さんの霊が降りて来たのだ。原田さんはお父さんが守ってくれて、きっと助かったんだ』と直感したという。Kさんは霊媒師ではなく、ごく普通の健全な精神の持ち主で、狂信的なオカルト信者なんかでもない。その彼女が、「ゴー」という不思議な音がした時、なぜ咄嗟に父の霊の事を思ったのだろうか。それも、私の診察が始まろうとした十二時丁度に。、、

このKさんにはちょっと面白い話がある。

今年の四月に、Kさんの祖母が九十六歳で他界した。その葬式が終わり、斎場で遺体が焼却されるのを待っている時、工業高専に通う、いつも冷静でクールなKさんの長男が不思議なものを見たというのである。「俺は生まれて初めて霊現象を見た」と言って長男が話すには、斎場の待ち合室で、眼の前のテーブルの上にあった湯飲み茶碗が、突然二センチ動いた——『?・』と見ていると、また二センチ動いたというのである。それから数日して、

Kさんが母親と雑談しながらテレビを見ていたら、卓上のテレビのリモコンが、手も触れないのに二センチばかり動いた。『!』――そして続けて更にまた二センチばかり動いた。「お母さん、今リモコンが動いた!」とKさんはびっくりして母親に言ったが、一笑に付されて相手にされなかったそうである。

死者は、「四十九日が過ぎるまでは三途の川を渡る事が出来ず、俗界に漂っている」という考えが仏教にはあるそうな。死んで霊になった祖母が、「自分はまだここにいるよ」と私達に言っていたのだろうと、Kさんは話していたが。

私だけではなく、日本中、世界中の人々の話を集めれば何万にもなるだろうこうした奇妙な事例は、三次元を越えた多次元の世界――即ち霊界の存在なくして考えられないものである。この地上に、眼に見えない電波というものがあるように、眼に見えない霊界というものがあるのだろうと私は思う。

百五十年前の江戸時代に、もしテレビを持ち込んだら、江戸の人間は腰を抜かして驚いた事だろう。この画像は、電波というものによって映っているのだと言っても全然理解されず、「化け物だ!」と騒がれてテレビを叩き壊され、挙句の果てには、テレビを持ち込んだ現代人は、「悪魔の手先」と断罪されて市中引き回しの上、打ち首獄門となった事だろう。しかし、百五十年後の今、電波は疑いもなくその存在が証明され、それによってテレビは映っているのである。(が、これは実に不思議な事だ。私には未だにその映る原理が杳《よう》として分らない)。

霊界は、テレビに於ける電波のようなものだと誰かが書いていた。テレビの画像が〝現実〟で、電波が〝霊界〟だというのである。

今から五十年もしないうちに、宇宙をも含む多次元の世界は、科学的にその構造が解明されるだろうと思っているが、果たしてどうだろう。「隠居」を間近に控えた私の、脳髄解体によるあやしい妄想にすぎないのか。

(平成二十二年六月)

夢は何かを語り、語ろうとしている

1.

この一年間、異常なくらいに沢山の夢をみた。粥の炊き上がらぬ束の間に、人生五十年の栄枯盛衰の夢をみた、あの『一炊の夢』の故事には及ばないにしても、コタツで二、三十分うたた寝している間に、三つも四つも夢をみ、八時間くらい寝ていると、長編小説のように複雑に筋の入り組んだ夢を延々とみ続けたりした。夢をみない夜はほとんどなかった。そして、時として夢は、出て来る人間の表情や仕草、その背景が実に詳細できめこまかく、且つリアルなので、まるで現実の出来事かと見まがう程だった。また、幾つかの夢には、巧妙極まりない伏線が敷いてあって、起きている時などにはとても考えつかないような、奇想天外な結末を見せてストーリーが終わったりした。自分の脳内のどこからそんな筋書きが発想されたのかと、不思議に思う。或る日の夢には漢詩が出て来た。床の間の掛け軸に、毛筆で一語一句流麗に書かれた漢詩が掲げられていて、誰かがそれを吟詠していた。漢詩の素養などまるでない私にはとても創作出来ないような、見事な詩文だった。(私には、隠れた詩才があったのか?!)。

夢の切迫感と、余りの生々しさにショックを受けて眼が覚め、胸をなでおろしたり、しばし茫然とした事も何度かあった。

一年間、何故か以前にはなかった程に、実に色々な夢をみた。怖い夢、不思議な夢、奇妙な夢、、、。その数は恐らく千を超えるだろう。これに生まれてからのものを加えれば、今迄にみた夢は何万もの数になるにちがいない。そしてそれらの夢がどうなったかといえば、この現実に何の実態も痕跡も残さず、ことごとく泡みたいに消えてしまった。しかし今なお鮮明に脳裡に刻まれ、現《うつつ》の心に揺さぶりをかけて来る夢も幾つかある。

義妹が死んだ時みた夢は、そんな夢の内の一つだ。

妻の妹は八年前、消化器系の癌で四十六歳で死んだ。その二日前、私は奇っ怪な夢をみた。木製のドーム型の屋根に覆われた建物の中に広場があり、そこに土で盛られた小山があった。薄暗いライトのもとで、子供が数人小山に上がって遊んでいた。私は下からそれをながめていたが、ふと見ると、左手の壁にドアがあった。私はドアを開けて外に出た。外は真っ暗で、何故かそこに中華料理のレストランがあった。中に入って階段を上がって行くと、二階に広いフロアがあった。そこには中国風の、枠木に龍などの彫刻が施された木製の寝台が置いてあり、闇の中でそこだけ皓々と明りが照っていた。寝台には全身白装束姿の義妹が横たわっていた。

「兄さん、苦しい、、、とても痛い、、、痛い、、、」

義妹は苦痛に顔を歪め、身体をよじらせ、あえぎながら私に言った。癌の末期の激痛に襲われて苦しんでいる義妹を眼にしながら、私はどうする事も出来ず、寝台の傍らに黙って立っていた。

最後に義妹は声を振り絞るようにして叫んだ。

「兄さん、私はあなたが好きだった。ずっと好きだった。本当に、心から愛していたのよ！」

それは真摯で真剣な、切実極まりない情感の含められた叫び声だった。

――義妹はこと切れ、夢は覚めた。

死を予告した恐ろしい夢だった。そして何よりも私を驚かせたのは、その最後に放たれた言葉だった。

頭脳が明晰で大層美人だった義妹を私は嫌いではなかったが、既に結婚して遠方に住んでおり、本気で愛を感じるとか、一緒にいなければ一時も我慢が出来ないとか、そんな懸命な性愛の情など私には全くなかった。夢が人間の心に潜む願望や欲望、不安、恐怖などの顕在化したものであるのなら、義妹のあの言葉は、私の心の中にあった願い事の表徴などでは決してない。であるなら、あの必死ともいえる訴えは、義妹自身の偽らざる思慕そのものであったのか。遠く一千キロの時空を越え、夢のトンネルの中を、義妹の魂は最後にその思いを伝えるべく、私のもとへ飛び立って来たのだろうか、、、（ちなみに、義妹の同じこの「愛の告白」を、場面を変えて、後日また私は夢にみた）。

夢が死を予告した事は他に二度あった。実母と、姉の嫁ぎ先の舅が死んだ時の事だが、いずれもその一週間前頃から、不気味な夢ばかりみ続けた。ひどく暗くて重く、それでいて形のない混濁とした夢で、眼が覚めるたびに、誰かが死ぬのではないかとの不吉な予感が私の心を暗澹とさせた。夢が始まってほぼ一週間後に、二人は死んだ。あの夢は、実母と舅が自らの死を私に告げようとした意思のさざ波だったのか。それとも人間の運命を操る「神」からの、死の黙示だったのか。あるいはこの世界の調和とバランスが、人の死によって一瞬間《いっしゅんかん》崩れようとした時に、丁度地震の前に奇妙な予兆があるように、夢に亀裂《ひび》が入ったのだろうか。

「死」にまつわる夢は同級生が自殺した時にもみた。小学校時代の友達だったAは手の付けられない悪餓鬼で、喧嘩ばかりしていたが、何故か私には暴力を振るわず、毎日のように一緒に遊んだ。母子家庭の寂しさの反動がAを乱暴な行動に駆り立てていたのだと思うが、Aは、似たような境遇にあった私の中に、自分と同じ「寂しさ」があるのを見つけて、親近感を抱いたのかもしれない。後年Aは真面目になって小さな会社を興し、順調に仕事をしていたが、縊死した。詳しい理由は分らない。あの傍若無人の乱暴ぶりからしてとても自殺をするような男とは思えなかったが、意外にも弱くて脆いものがその性格の奥底にあったのかもしれない。訃報を聞いてから一ヶ月くらいして、そのAが夢に出て来た。

薄闇の中にAが立っており、足元にはドライアイスの煙りのような白いものが漂っていた。「寒い、寒い」とAは言いながら身体を縮こませてしきりに震えていた。Aは舞台の上にいるようだった。遠くから私はAに声を掛けた。

「お前、今どこにいるんだ」

「ここか。ここは、」

私は好奇心に駆られて更に訊ねた。

「そこはどんな所なんだ」

Aは黙って答えず、寒そうに震え続けていたが、ややあって左上方に耳を傾げながら、「誰か呼んでいるから、俺はあっちに行くぞ」と言って舞台の袖に向かって歩いて消えて行った。奇妙な夢だった。どうしてAが夢に出て来たのだろう。死後の世界――霊界の存在を信じている私の、その世界の有様を見てみたいという日頃の思いが、Aの死を契機に、私自身の想像を具現化した夢となって出て来たのか。しかし畢竟《ひっきょう》私は霊能者ではないので、それ以上に夢を展開させる事が出来ず、肝心の「あっち」の世界は舞台の袖に消えてしまったのだろうか。それともあれは、成仏する事が出来ずに死界の底辺をさ迷っていたAが、ふと私を思い出して夢に出て来た正にその時、冥途への道が開かれて歩み始めた、本当の死後の世界の有様だったのか。

、、、こうした類いの夢をみて、恐怖の余り金縛り状態になった事があった。

私の家の横を線路が通っており、すぐ近くには踏切がある。線路は田んぼの中を川に沿って、何キロも遠くに延びている。

占いをやる知人が、この一体の光景を見て、ここは死界の入り口だと言った。過去に轢死した者の霊が幾体も踏切の所に見えるとも言った。私は半信半疑で聞き流していたが、ある夜、この場所が夢に出た。

線路上を、七十歳余りの痩せた老婆が、足を引きずるようにしてゆっくりゆっくりと向こうへ歩いている。白いスカートをはいて薄いレースの夏服を着たその老婆を、私は義母ではないかと案じたが、見も知らぬ他人だった。このままでは轢かれてしまうと思いながら見ていると、案の定後ろからディーゼル機関車が急速度で走って来て、老婆ははねられて空中に舞い上がった。私の頭上を、老婆の身につけていた服やちぎれた肉片が飛んで向こうの川に落ちて行った。私は瞬間身を屈して地面に仰向けになった。と、ここで場面が転換して夜になった。私の傍らには二十メートル以上はあろうかと思われる巨大な、真っ黒な鉄像が立っていた。人間の姿をしたその鉄像は幅広いマントを背中に掛け、大きなシルクハットのような物を目深かにかぶっていた。その鉄像に、先の老婆が、踏切の方角から無表情に歩み寄って行っていた。鉄像は片手を伸ばして老婆を持ち上げ、胸元に抱きかかえた。くぐもったような唸り声を上げながら鉄像は動きだし、仰向けに転がっている私を踏みつけようとした。私は半ば眼を覚まし、半ば夢の中で、鉄像を見上げながら必死に逃げようとしたが、恐怖に全身が硬直して身動きが出来ず、叫び声を上げようにも喉から声が出ず、「うー、うー」と呻くばかりだった。巨大な鉄像は何か分らぬ大音声を口から発しながら、のっしのっしと老婆を抱いて向こうへ遠ざかって行った。

あの鉄像は、果たして「死神」の化身だったのか。、、、

2.

夢は、人間の心の深層に潜む思念や情念が表象化したものだと思う。それは私達が意識していないが、確実に無意識の世界に存在している、嘘偽りのない、真実の心理の世界の絵模様なのである。深い涸れ井戸の底がサーチライトに当てられ、そこにうごめいている奇妙な虫けらやら、気味の悪い蛇やら、グロテスクな蝦蟇《がまがえる》やら、ぬるぬるした汚い苔やら、堆積した泥土やら……、そんな物が照らし出されて眼に映じたもの、それが即ち夢なのだ。夢はまた、ひっくり返された硬貨の裏側の図柄でもあるといえよう。同一の硬貨、同じ人間の裏面の世界の姿なのだ。

誰がどうあんなにうまく脚色するのか、現在自分が置かれている危機的な状況などというものも、舌を巻くくらいに巧みなストーリーや映像に変えられて、夢は私達に提供される。

記憶にある限り、私はかつて三度災害に遭遇した夢をみた。一つは、大洪水が町を襲って、いつも通っている国道が一面激しい濁流の底に沈んでしまい、その有様を丘の上から、恐怖に震えながら見ている自分。もう一つは、山奥のダムが決壊して巨量の水が流れ出し、それが大波を打って街中を浸水して行く様を、マンションの屋上で戦きながら望見している自分。更に一つは、四方を高い山々に囲まれた、果てしない荒野の中にただ一軒建てられた、粗末な丸太小屋に一人いる自分。風速何十メートルもの巨大な台風の襲来が予想され、真っ暗な夜の広大な天空には、早くも風が恐ろしげな唸り声を上げながら吹き始めており、それが山々の間でこだまのように反響し、増幅して圧倒的な烈風となり、やがて丸太小屋は全体が激しく揺れ出し始め……。

この台風の夢は、一義的には、私が少年時代に体験した台風被害のトラウマ（心の傷）の再生であろう。国道が水没し、ダムが決壊した夢は、いつあってもおかしくないそうした災害への日頃の恐怖心が表徴化したものだと思う。が、別の角度から見れば、これらの夢は、仕事や対人関係の中で私が陥っていた危うい状況の象徴画だったのではなかろうか。その時、恐らく私は、何等かの危機的な気配を身の周りに察していた為、それがこうした形の夢となって現われて出たといっても、あながち見当違いの妄言ではないだろう。

夢はしかし、前章1．でも書いたように、必ずしもその全部が、その人自身の現在の精神心理を表象しているものとはいえない。「死人が夢枕に立った」だの、「夢が知らせた」などという超現実的な事も夢にはしばしばあるからだ。

もう何十年も前の学生時代、私は義父と政治的な考えの違いから大喧嘩をし、それを機にそれ迄の不満が一気に噴き出して、家の中は手の付けられない混乱状態になった。遠く県外に住んでいた実母が、そんな日の続くある時、突然訪ねて来た。夢の中でクモの巣が一面に張り、暗鬼な恐ろしい情景ばかりが毎晩のように出て来るので、矢も楯もたまらず駈けつけて来たと、実母は言ったものだった。つい先頃も、昔交際していた女性が頻繁に夢に出て来た。余りに立て続けに、生々しい現実感を帯びたその女性の夢をみるので、思い余って電話してみたら、何とひどい家庭内暴力で、女性の家族関係は崩壊寸前の地獄状態に陥っていた。また別の日、親しかった友人がしきりに夢に出て来たので、なにかあったのではないかと思って電話をしたら、急に体調を崩して思わぬ手術をし、一週間余り入院していたと友人は言うのだった。丁度彼の夢をみた時期とそれは重なっていた。

夢は時として、死を予兆し、不幸を暗示し、近未来を語る。日常の現実からかけ離れた世界の姿を、夢は私達に垣間見せてくれる。だが、夢の不可思議な姿・態様はこれだけにとどまらない。

『胡蝶の夢』という荘子の故事がある。ある夜荘子が蝶となった夢をみて眼覚めた後、自分が夢で蝶となったのか、蝶が夢みて今自分になっているのかと疑ったという話である。これは一般に、夢と現実の境が判然としない事とか、この世の生のはかない事の例えとか解釈されているが、荘子は夢の中に、そんなものではない、異次元の世界を知覚したのだと私は思っている。

現世と並行してある別仕立ての世界、すりガラスの窓の反対側の別世界、押し開いた扉の向こうに拡がる未知の世界。、、、、
奇妙な事に、私がみた夢の中で、同じ都市、同じ建物が何回も繰り返して出て来た事がある。『あっ、これは前に来たところだ』と夢の中で私はいつも思ったものだ。

コンピューターグラフィックスで描かれたような、ＳＦまがいの人工的な未来都市――そこを歩く自分の姿を、私は幾度か夢にみたものだ。あるいは、全部屋の周囲をぐるりと大きな廊下が取り囲み、何故か、右奥にある出口の戸がいつも破れて開けっ放しになっている和風の屋敷。――

　夢を媒介とするもう一つの世界が私達にはあるのかもしれない。それはあり得ない事ではない。ブラックホールを抜けた彼方には、巨大なもう一つの宇宙が存在するだろうと予想する天体物理学者もいるのだ。この私達の、百三十八億光年の凹型の宇宙とは別個に存在するかもしれない、壮大な凸型の宇宙。

　二千十年五月十三日午後十一時の今、これを書いている自分は、あの未来都市・あの和風の屋敷で寝ながらにもう一人の自分が夢みている、夢の世界に於ける自分であり、真の自分は、「あちら側にいる自分」の方にあるかもしれないと、私は半ば本気で考えるのである。

（平成二十二年五月）

あきれた悪条文

――その奇ッ怪な脳構造

（この一文は、私が所属する山口県司法書士会の会報に載せたものである。この度当誌に転載するに当って、平易な文に書き直そうと思ったが、止めた。専門用語を一般的な用語に改めかえるなど、とても出来ない相談だと分ったからである。従って当初の文のまま登載したが、用語は専門的であっても、言っている事は、普通人なら誰しもが抱くであろう普遍の憤りである）。

　先日、共有物分割登記の依頼を受けた。ＡＢ両名が共有で相続した一番地、二番地の土地を、共有物分割によりＡが一番地を、Ｂが二番地をそれぞれ単独所有にしたいという依頼である。共有物分割登記は、登録免許税法別表第一―一―（二）ロにより、税率が千分の四となっている。しかしこの税率をめぐっては、実際は売買であるのに、共有物分割を仮装して脱税を繰り返す事例が絶えず（どこにでも、普通人が思いもつかない悪知恵を働かせる輩がいるものである）、平成十二年に、租税特別措置法に八四条の四の規定が新設されて、一定の要件を具備した共有物分割のみに千分の六（当時）の税率が適用される事となった。このたび、登記を申請するに当って、租税特別措置法を調べてみたが、その条文がなくなっていた。何の曰《いわ》くがあってなくなったのだろうかと不思議に思いつつ、本則の千分の四の税率で計算して登記を申請した。調査が終わって補正もなく、事前通知の登記だったので、一週間後に、本人限定受取郵便の返信状を法務局へ持参して受付けてもらい、安心していた。ところがその翌日、担当の登記官から電話があった。登記の税率を誤っているというのである。登録免許税法施行令第九条に規定があり、今回の申請は千分の四ではなく、千分の二十《その他の原因による移転の登記》の税率になるというのだ。(件《くだん》の登記官氏もこの事に気付かなかったらしく、校合の段階で、別の登記官から誤ちを指摘されたらしい)。

そんな条文があろうなどとは寝耳に水で、あわてて施行令第九条を読んでみたら、これが全く何の事やらサッパリ分らない条文であった。以下に掲げるが、これを一読して即座に理解出来るど秀才がどこにいようか。

「共有物である土地の所有権移転において法第一七条第一項又は表第一第一号（二）ロ若しくは（十二）ロ（2）の規定の適用がある場合におけるその共有物について有していた所有権の持分に応じた価額に対応する部分は、当該共有物の分割による所有権の持分の移転の登記に係る土地（以下この項において「対象土地」という。）につき当該登記（以下この項において「対象登記」という。）の直前に分筆による登記事項の変更の登記（以下この項において「分筆登記」という。）がされている場合であって当該対象登記が当該分筆登記に係る他の土地の全部又は一部の所有権の持分の移転の登記（当該共有物の分割によるものに限る。以下この項において「他の持分移転登記」という。）と同時に申請されたときの当該対象土地の所有権の持分の移転に係る土地の価額のうち当該他の持分移転の登記において減少する当該他の土地の所有権の持分の価額に応じた当該対象土地の持分の価額に対応する部分とする」

（意味が分りますか？　分ろうはずがない！）

自分は極端に頭が悪いのかと側頭部を叩きつつ、三、四回読み直してみたが、なおも意味不明であった。別に、平成十二年「登記研究」六二七号の租税特別措置法改正についての解説を読んでみて、どうやらやっと理解出来た次第である。要するに、土地を分筆し、更にその分筆した物件を、共有物分割により連件で移転した場合のみ、従前の持分に応じた部分に限って、共有物分割の税率である千分の四が適用されるというのである。

全く眼に見えぬ落とし穴だ。租税特別措置法から施行令第九条にいつくら替えしたか知らなかったし、それにまた、この条文を読んだだけで、それが前記の如き主旨のものであるなどと分るのは、余程法律に詳しい上に法律的な勘が並外れている人間か、当の条文の立案者だけであろう。ではこの立案者はとんでもない秀才だろうか。とんでもない。秀才であっても皆目ものの分らない馬鹿者である。こういうのを世間的な常識を欠いた「法律馬鹿」という。学生時代から朝に晩に脳味噌に法律を叩き込まれて、他分野の学問や芸術的な教養を取り入れる余裕などまるでなく、知性の潤滑油を欠いたまま、法律でギューギュー詰め・がんじがらめにされて司法試験や国家公務員上級職試験に合格した類いである。恐るべき専門馬鹿だ。頭脳が完全な視野狭窄に陥っている。だから一般人が読んでもてんで分らないこんな悪文を平気で作るのだ。

以前新聞に、珍妙奇天烈《きてれつ》・解読不能の法案が国会に提出される例が挙げられていて、それを書いた記者が紙面の裏で噴飯している記事を読んだ事がある。いずれも、頭が良いだけで世間知を欠いた高級官僚が作った法案であったらしい。残念ながら手元にその記事がないのでここに掲げる事が出来ないが、例えばこんな法案だ。

「地球温暖化の防止によって生ずる各種の障害の存続を阻止する事を目的とする非温暖化阻害事由の排除を基本とする温暖化防止に関する法案」（筆者作案）

筋らしい筋は通っているが、ぐねぐね曲りくねって、けったい難儀な法案である。どうしてこのようなものが、日本国の最高議決機関である国会でまかり通っているのか。邪を正す常識人はどこにもいないのか。

私の知人に、西欧文学とギリシャ悲劇を大学で六年間学んだ後、法律家に転身した者がいる。その彼が、某法律団体の機関誌の編集を任されてあきれたと言ってぃた。法律の論文以外の文を書かせたら、これが「てにをは」無視の文法知らず、起承転結なしの手前勝手な一方通行で、文が体をなしておらず、悪文・拙文のオンパレードであったというのだ。どこか、施行令第九条の立案者の姿がそこに浮かび上がって来ないか。これはもう無知などというものではなく、頭の構造自体がいかれて、完全に捩れ切ってしまっているのである。

幅広い視野と広汎な教養を培う姿勢を見失い、専門科目ばかりで凝り固まってしまうとこんな事になる。

高等官吏登用試験である中国の科挙の合格者とはえらい違いだ。古代、彼等の中から何故あれだけの秀れた詩人が輩出したのか。その試験が、古典的教養と文才と政論を問う、多角多岐な科目から成っていたからである。それに、文を重んじる宮中では、詩才がなければ、出世出来る可能性など全くなかった。「頭の切れる秀才」だけでは通用しなかったのである。

理論物理学者の湯川秀樹博士は、四歳の頃から中国古典の素読を親にさせられたらしい。面白くもなく、意味も分るはずもなかったが、不思議な事に、その古典の文章がいつの間にか脳に溶かし込まれて、後年の自身の思考に少なからぬ影響を与えたのではないかと言ってぃた。博士の理論の根底には、東洋哲学の思想があるのではないかと書いた評論家もいた。

ともあれ、専門馬鹿ほど恐ろしいものはない。

昭和十六年、東条英機を首領とする陸士・陸大出のエリートどもが、軍学・軍事・軍国主義に頭をガチガチに凍結させて大局的見地を見失い、太平洋戦争を引き起こして、三百万人もの日本人の命を抹殺した。戦後、彼等は戦犯として罰せられ、或いは自害し、絞首刑となった。無辜の民を悲惨な死に追いやった、偏狭な偏狂者どもの、最悪の成れの果ての姿がそこにあるのである。

（平成二十一年一月）

言葉というもの

1.

私はテレビのグルメ番組を見るのが好きで、食通のタレントが国内のあちらこちらを観光しながら、当地特有の料理を賞味する場面などをながめては、よだれを垂らしたり、生唾を飲み込んだりしている。時には、おいしさに触発されて我慢出来なくなり、近くの寿司屋や料理店に駈け込んで行くことがある。ところでいつも全く腹立たしいのは、このテレビに出て来るタレントたちが、ほとんど例外なく、料理を食べた途端に「おいしい!」と、馬鹿の一つ覚えの叫び声を上げることである。中には、口に沢山食べ物を放り込み、未だろくに噛んでもいないのに、眼をしばたたかせながら「おいひい」と言って、料理人にこびを売ろうと焦っている阿呆もいる。

要するに、何を食べても「おいしい」としか言わないし、言えないのである。

もし、ディレクターから、「おいしい」という言葉を使ってはならないと厳命されたら、彼等は一体何と言うのだろうか。

学識の不足、読書の欠如。その語彙の重度の貧血状態にはあきれてしまう。

もう一つ、この種の番組でいらいらするのは、言葉の冠《かんむり》に、いつも「物凄く」とか、「超《ちょう》」とか、「大まじで」などとかを置く輩がいることである。大体「物凄い」などというような事は滅多にあるものではなく、そういう大げさな表現で他人にインパクトを与えることによって、正確に描写すべき実態を塗抹して貧弱な己れを虚飾し、且つは大きく見せようとしているのだ。浅学非才な自惚れ屋に限って、その中身の稀薄さを補おうと、やたら難解な言辞を吐いて見栄を張ろうとするのと同じである。

グルメ番組で見た多くのタレントたちの中で、私が唯一感心したのは、ソムリエ世界チャンピオンの田崎真也だ。さすがにワインの味ききを専門とするだけあって、その分析と表現の見事さには舌を巻いた。微に入り細に入り、実に精刻多岐に料理を解析し、そして何よりも彼は言葉をもっていた。評された料理人が、「一々その通りです。おそれいりました」と、びっくりまなこで恐縮していた顔が忘れられない。

この田崎という人は相当な知恵者で、あるいは文才もあるのではないかとその時ふと思った。言った言葉が、その原質を確かにとらえていたからだ。中々そういうことはあるものではない。冒頭のタレントたちのように、陳腐な言葉で終始するのがせいぜいだ。

的確な言語で表現する力――これは矢張り一つの才能というべきだろう。


私は、不思議に売れない小説を書き散らしながら無聊《ぶりょう》を消殺している者だが、たった一行の短い情景や情態を書くのに、二晩も三晩も苦吟することがある。文章の才がないからだと言えばそれまでだが、表現しようとするものに見合う言葉を探し出すのは、大層難しいものである。安易に処理しようと思うなら、俗的な擬声語や擬態語を使えばいい。しかしそれは、文学を志す者にとっては、「創造する」という営為からの無惨な逃避に外ならない。常套語の多用からは、新しい文学など決して生まれては来ないのである。

少年少女向きの小説や、俗物的な大衆小説ならいざしらず、もし純文学と称する小説に、擬声語や擬態語が頻出していたら、その作者は余程の魯鈍《ろどん》か無能と断定してよい。(時には著名な作家の文に、そうした言葉が散見していることがあり、唖然とする)。

言葉に対する無自覚と無感覚は、間抜けな作家の作品に限らず、翻訳小説においてもしばしば見受けられる。翻訳者の多くは大学の教授か、その道の専門家なのだが、これが文学を生業《なりわい》とする者の訳する文かと、その言語感覚を心底疑うことがある。犬が「ワンワン」と鳴き、ドアが「バタン」と閉まったなどと、外国語では決して表現しないはずである。美女が「にっこり」笑い、その瞳が「キラキラ」輝き、その隣にいたオッサンのはげ頭が「ピカピカ」に光っていたなどと、そんな平俗な擬態語を、外国の一流の作家が表現手段として使うはずがない。しかし、驚くべきことに、そうした安直に意訳された陳腐な言葉が、翻訳小説には平気で闊歩《かっぽ》しているのである。

翻訳者の中には、言語知識はあっても言語感覚はほとんどゼロに等しい者が、いかがわしい宝石店のエセ宝石の如くに大量に混じっているのではないかと推断せざるを得ない。

ともあれ、常々私は、言葉で表現し、造型する能力──即ち小説家たる才能が最も鮮明に発揮されるのは、「比喩」においてであると考えている。優れた小説家は、斬新で独創的な、リアリティに豊んだ比喩によって、従来とは全く別の角度・視点から、対象を描き出す。秀逸な比喩は、しばしば事の真髄を透徹し、万象の本質の一端を垣間見させてくれる。

その昔、私は大江健三郎の初期作品群に見られる、意表を衝く感覚的な比喩に衝撃を受け、三島由紀夫の（「豊饒の海」の）、典雅にして華麗な比喩に戦慄し、ヌーボーロマンの尖鋭クロード・シモンの、科学的な目線による精巧な比喩に驚愕した。

それらの作品を読んで、天才的な作家は意識的に比喩を多用し、且つまたそれに、己れの認識を短的に表現する一切を傾注していると思った。平凡な言葉をだらだら数十語も連ねるような無駄はせず、彼等は一つの並外れた比喩によって、自身の把握した世界を一瞬のうちに読者に提示しているのだ。勿論、思想と構成の力なくして小説の形成などないが、「表現の方法」というものに注目する限り、「比喩」は、作家の才能を計量する最重要のバロメーターであると私は確信している。

（余談だが、昭和四十五年、私が大学四年生の時に、フランス政府の文化使節として、前述のクロード・シモンが来日した。彼の作品に心酔していた私は、その講演会にテープレコーダー持参で出席し、かねがね考えていた作中の「比喩」について、あれこれ質問しようと意気込んでいた。ところが、アルバイト先の会社の都合で、その日どうしても休みが取れず、結局講演会には行くことが出来なかった。──十五年後、矢張りというべきか、スウェーデン王立アカデミーのさすがの見識というべきか、シモンはノーベル文学賞を受賞した。馬鹿真面目に会社に忠義立てをした一日の為に、私はノーベル賞作家の直筆のサインと、生々しい質疑の現場の貴重なテープの記録を、永久に失ってしまったのである。ああ、やんぬるかな）。

2.

（1）

新聞を読んでいる時や、会話をしている時に、「その言葉の使い方は少しおかしいのではないか」と首を傾《かし》げることが間々ある。もっとも、おかしいのはこっちの方で、あっちの方ではないかもしれないが。

「遺憾」という言葉がある。これは本来、「残念だ」という意味のものだが、この頃では、与党の政治家が政治上の失態を突かれて謝罪する際の常套語になっている。しかし、自身が政治的な殺人行為や強盗をやっておいて、「残念だ」はないだろう。責任を正面から受け止めておらず、まるで他人事にように事をあしらい、主客逃れをして、何のことはない、毛頭謝罪などしていないのである。

「遺憾である」などという狡猾にして無責任な言い方を考え出したのは、私の記憶によれば、佐藤栄作元首相だ。在任中に、野党から責め立てられて、そのたびごとにこの「遺憾である」を連発していた。初めて聞いた時は、「変なことをいう総理大臣だ」と思ったが、たちまち他の政治家が便乗して使い出し、マスコミも深慮することなく平気で、「首相が遺憾の意を表明」などと書くものだから、全国の政治家（屋）の弁解用語として広まり、完全に定着してしまった。何とも恐ろしいことである。言葉が考え違いをして、勝手に一人歩きをしてしまった。もうどうしようもない。制御不能だ。軽佻浮薄、無反省に言葉を曲解して使うとこんなことになってしまうのである。

（ついでに書くが、昭和三十九年から、佐藤首相の在任期間は七年余りに及んだ。しかし、彼は国会審議中に人事録を読み、「人事の佐藤」と言われたような、官僚出身の、典型的な役人気質の政治家で、ケネディのように燃える情熱も理想もなく、凡庸で、ダイナミズムを欠き、覇気のない「待ち」の政治に終始した。新聞の諷刺漫画に、「佐藤無作」と書かれて嘲笑されたものだ。後年ノーベル平和賞をもらったのでびっくりしたが（（本人も！））、どうも側近が相当な画策をした結果らしく、全くの噴飯ものである。無能でも、「非核三原則」などと、本音なのかどうなのか分らないことを言って賞をもらったのだから、気楽なものである。前述のクロード・シモンの天才と、そのしかるべき受賞とはどえらい違いだ）。

言葉というものは、心のありようにまで影響を与えているのではないだろうか。

（2）

「レイプ」、「おじん狩り」などと、マスコミも私たちも軽々しくこうした言葉を使っているが、「レイプ」は「強姦」の意で、強姦罪は三年以上の有期懲役。「おじん狩り」は「強盗」だ。即刻刑務所行きの重罪である。ところが言いやすかったり、書きやすかったりすると、その中身までも軽量・軽調なものになってしまって、その言葉が本来もっている重い意味を稀薄にするという現象が起きるという主旨の事が、いつか朝日新聞の『天声人語』に書いてあった。それはその通りで、安直な言葉は私たちの思考体を麻痺させ、「レイプ」、「おじん狩り」などという、非人道的な凄惨な行為が、何だか軽い遊びのように思われて来て、犯罪であるという意識は次第に薄れて行き、遂にはたやすい気持ちで実行行為に及んでしまうのである。

軽薄な馬鹿者どもが、集団で頻繁にこの種の事件を起こしているのは、事の重大さの認識が、言葉が言い換えられたことによって欠落してしまったせいではないだろうかとも思う。

軽々しい言葉は、それにまつわる意識までも軽々しいものにしてしまうが、平易・平穏な言葉というのもまた問題だ。私は高校時代に、病院に行って医師から薬をもらった時、「この薬には『副作用』があるかもしれないから注意して下さい」と言われた。副作用とは初めて耳にした言葉だったので、どういう意味かよく分らなかった。二次的に何か軽い作用でもあるのだろうくらいにしか思わなかった。そして薬を服用したらひどく眠くなってしまった。それがいわゆる「副作用」だったのである。言葉が脅威感を含んでいない為、私たちはついつい気軽に考えがちだが、薬の副作用とは、「悪作用」ないしは「副悪作用」の意味で、とんでもなく人体に有害なものである。抗癌剤などがそのいい例で、重い病に使う薬ほどその悪作用は激しく、時には本来の病気より薬の悪作用の方が原因で死んでしまうという本末転倒的な事が起きる。「副作用」という言葉はあながち間違いではあるまいが、その語感からして、平穏で、毒が無く、無知な者には誤解を与えかねない。薬の「副悪作用」とでも言い換えるべきではないだろうか。

その情況（情態）に適した言葉であるなら、刺激的で嫌悪感を与えるどぎつい言葉も、即座に且つ直感的に分らせる為には、使わなければいけないと思う。

人を諭す場合と同じだ。穏やかに言っていては、深慮のない愚か者は永久に覚醒しない。

（3）

「ふれあい」という言葉がどうにも好きになれない。聞くたびに白々しく、そして苦々しく思う。おおよそ二十年くらい前にどこかの自治体がこの言葉を使い出して、乾燥した山林の大火事の如くに、あれよあれよという間に日本の全土に広まって行った。「遺憾」と同じ、言葉の流行現象だ。何かの行事の際に使った言葉であろうが、それからというもの、何をするにしても、猫も杓子も「ふれあい、ふれあい」とくる。あきれたことに、とうとうしまいには「ふれあい館」なるものまで出来てしまった。

「人間みんな友だちに」というわけなのだろうが、その底に、安直に〝差別〟を回避しようとする心理が潜んでいるような気がする。この言葉の使い手の主が、概ね市町村や自治会などの行政関係の団体であるのがみそだ。

「私共は決して差別を助長しようとしているわけではありません。皆、上下のない同じ人間です。だからごちゃごちゃ言わずに気軽にふれあって、みんな仲良くやりましょう！」。

「ふれあい」と言っておけば誰も文句は言うまい。曖昧のうちに友好ムードをかもし出せる。この際何もかも「ふれあい」でごまかしてしまえ、、、
全く口先だけの、薄っぺらな言葉だ。男女の関係ならいざ知らず、赤の他人同士がちとふれあっただけで、どれほどに真摯な、深い友愛が育まれるというのだ。人間の関係というものはそんな浮薄なものではあるまい。

どうせ「ふれあい」の行事から一晩明けたら、「ふれあった」ことなどすっかり忘れ、またぞろ睨み合いの喧嘩が始まるに決まっている。

それが、浅薄な接触がもたらす当然の帰結というものだ。

（4）

「米国」「英国」「仏国」「独国」「濠州」――これはそれぞれ「亜米利加」「英吉利」「仏蘭西」「独逸」「濠太剌利亜」の略語で、「アメリカ」「イギリス」「フランス」「ドイツ」「オーストラリア」の、各国名の当て字である。未だローマ字が余り普及していなかった明治の頃の造語だろうが、何だかおかしい。小学生の頃、私は新聞に「米」、「米国」が何々をしたと書いてある見出しを読んで、「こめ」、「こめの国」が一体何をしたのかと思った。「仏国」とあるのを「ほとけ国」と読み、てっきり仏教の国だと思っていた。「独国」を「独立国」と誤解していた。無知を笑われても仕方ないが、今時の青年でも、この当て字を正確に知るものはほとんどいまい。

当て字は、「漢字本来の意味に関係なく、音や訓を借りてあてはめた漢字」とある。

しかし、漢字というのは、元来その一語一語が固有の意味をもっているもので、これをただ発音にそわせる為のみの手段として表記するのは間違っていないだろうか。当て字は、その字の意味がデタラメなので、事情に疎いと、私のようなトンチンカンな小学生が現れて来るのである。

日本の大学の文学部の専攻学科の呼称は、ほとんどが「英文科」または「仏《ふつ》文科」となっている。そして一般にイギリス語は「英語」と書き、フランス語は「仏語」と書く。何故イギリス語が「エー語」で、フランス語が「仏語（ほとけご）」なのか。フランス文学科は「仏《ほとけ》文《ぶん》科《か》」か。いい加減な当て字を、何でも略すのが好きな日本人が、更に略語にしたものだから、甚だ珍妙な言葉が普遍化してしまった。「公文書」にまで当て字が正当面をして闊歩している。外国にもこんなことがあるのだろうか。日本語を勉強し始めた外国人が、この当て字の略語を見たら、何のことか分らず、ひどく面喰らうに違いない。

要するに私が言いたいのは、「英語」はイギリス語と書き、「仏語」はフランス語と書き、「米国」はアメリカと、面倒臭がらずに書けということだ。意味をなさない当て字など乱用せず、言葉の本来の姿を尊重して使えということだ。

ちなみに、中国ではコンピューターを「電脳」と書き、テレビを「電視機」と書くらしい。変な当て字を四苦八苦考案して、「昆比由宇多亜《こんぴゅーたー》」、「手礼備《てれび》」などと書くより、意味を斟酌している中国語の方が、余程理にかなっていると思うが、どうだろうか。私はおかしいのか?

（5）

新聞の全国版のカラー広告料は、一ページ四千万円するらしい。何とも法外な金額だが、取る方もぬけぬけと取り、取られる方もまた、気前よく支払うものである。一般庶民には想像も出来ないお金が、雲上の巨大な経済界では操作され、流動しているのであろう。何せ、ホリエモンやら、村上ファンドやら、アメリカの投資会社などが、機に乗じて一気に何十（百）億円もの荒稼ぎをし、日本の一流企業の売上高が、外国の群小の独立国家の年間予算をはるかに上回るような御時世である。そこには、湯水の如くに使っても使いきれない資産が溢れているのだろう。国民年金の支給額が月六万五千円の（これでどうして生きていけというのだ！）私には全く関係のないことなので、そんなことはどうでもいいが、問題は、新聞広告の中身だ。有名俳優の笑顔やら、美しい異郷の風景やら、コンピューターグラフィックスのデザインやらが全ページを覆い、上下の片隅に文字が二、三行書いてあるばかり。おまけにそれも、フランス語やら、ギリシャ語やら何語やら分らない外国の文字だ。余程の高等教育を受けていないと解読出来ない代物である。一体誰に向かって、何を宣伝しているのか。「イメージ」だけが先行して、無知蒙昧・ナンセンスな読者には、何の事かサッパリ分らない。どうして日本語を使って、広告すべき事をもっと具体的に書こうとしないのだろうか。

新聞だけに限らない。巷の商店街でもこの種の現象が溢れかえっている。ローマ字の屋号が氾濫し、看板も、イメージ画とか、へんてこりんな外国文字とかが書きなぐられていて、何を売ってる店なのか皆目見当がつかない有様である。

この何年か、日本のいたるところで、外国文字が勝利の雄叫《おたけ》びを上げながら跋扈《ばっこ》している。

マスコミも、文化人も、政治家も、企業も、やたら外国語を使って得意顔をしている。

その心底には、外国語を使えば、何やら高尚で、教養がありそうで、センスがありそうで、とにかく格好よく思われるだろうという愚劣な意識が張っていると推測する。

「馬鹿も休み休みにしろ！」。あきれて、ものが言えん。

（6）

人は、何事であれ、それを等身大以上のものに見せようとして、オーバーな言葉で表現したがる珍奇な性向を持っている。

たった二十五年間のことを、「四半世紀」とわざわざ世紀付けにし、ちょっと大きな事件が起きると、警察にはたちまち「特別捜査本部」なるものが設置され、国会には「特別何とか委員会」が出現する。本の売れ行きが少し良かったら、すぐさま「ベストセラー」と帯に印刷されて、巷のあちこちにベストセラー本が溢れ、読んでも全然笑いを誘発しない小説を、「抱腹絶倒」の物語と大ゲサに書いて、阿呆な批評家どもが善良な読者を欺く。流行を同じくする者が多少なりとも増えたと思ったら、すぐさまマスコミが「一億総〇〇」と、億単位の言葉で統括して喧伝《けん》する。

言葉のみに限らず、おしなべて人間は、色々なところで自身を過剰に誇示しようとしたがる。そうすることによって、己れの存在価値というものを世に示したいからである。一千万円を超えるやたらにでかい高級車に乗って得々としている者は、そこにステイタスシンボル（社会的地位の象徴）としての、高位な自分の姿を見出し、且つそれを他人に見てもらっているから、存在価値を実感し、そして自らを誇らしく思うのである。

結局、プライドの問題であろう。これを傷付けられたら、下手をすると、人間は人殺しだってやりかねない。五十九年間、海千山千・生臭くこの世に生きて来て、私は人間の本性が、この「プライド」と、「金」と、「色欲」であると悟った。

新聞沙汰になった事件を見てみるがよい。その源を辿って行くと、必ずこの三つのうちのどれかに打ち当るはずである。さもしい性だ。紳士も、淑女も、高貴なお方も、この「三業《ごう》」に収斂《れん》されて行って、例外は稀にしかないどころか、全然無い。坊主は神妙な顔をしてお経をあげながら、心中では舌なめずりをして御布施の勘定をしていることだろう。新興宗教のうさん臭い教祖が、偉そうなことをのたまいながら実は下劣なことしか考えておらず、女性信者を次々と姦淫して逮捕され、悪たれ神父はザンゲに来た純真な信者を脅して手込めにする。

こうなれば、一体何を頼り、誰を信じればいいのだろう?!――しかし、かく嘆く自分も、生傷だらけの、強欲なロクデナシときているのだから、何をか言わんやである。

つまるところ、この人間界には信じるに値する綺麗事など何もないということだ。イカ墨をぶっかけられたように、全部が全部真っ黒である。

、、、言葉に関して常日頃思っていたことを書いた文章が、何やら絶望的な結語になってしまった。

まるで、「人間悪」という強力な磁石に、「言葉」が吸い寄せられて行って我を失い、とうとう狂ってしまったかのように。、、、

（平成十九年八月）

哲学書について思うこと

一

小中学生の頃は全然勉強せず、本もロクに読まない阿呆な生徒だったが、高校生になると少し改心して勉学にいそしむようになった。で、家にあった小説なども片っ端から読み始め、哲学に関する本もひもといた。ところが小説ならまだしも、哲学書となるとこれがサッパリ意味が分らず、しかしそれでも虚栄心から読み続けた。同級生が理解できない難解な書物を読んでいることに優越感を覚えて、見栄を張り通していたのである。

初めて読んだ哲学的な書物は倉田百三の『愛と認識との出発』だった。阿部次郎の『三太郎の日記』と並んで、昔は青年の知的バイブルとして相当に人気のあった本である。

しかし十五歳の無学な少年の頭では到底理解出来る代物ではなかった。続いて読んだのが西田幾多郎の『善の研究』。日本初の独創的な哲学ということで著名な書物

だったが、これまた何のことやら全然分らず、途中で放り出してしまった。

哲学を理解出来るか出来ないかは、読む人間の頭の構造の問題であるのかもしれない。

哲学は論理である。人生を論理的に解釈する学問である。同じく経済学も論理であり、法学も論理である。昔ギリシャの哲学の学校は、数学が出来なければ入学が許されなかったらしい。哲学も経済学も法学も論理――即ち数学的な思考力があって初めて体を成し、さまになるのである。だとすれば、数学的な能力など微塵もない自分に哲学など根本的に理解出来るはずがない。

高校の頃、「数Ⅲ」で無限大（∞）だのシグマ（Σ）だのと教えられてもてんで興味もなく分りもせず、「物理」の授業でレンズの屈折率の数式の解を求められても答えなど思い浮かぶはずもなく、「化学」の亀の甲の図や化学式など完全に理解不能であった。（ところが、これがすらすら分る奴がいるのだから恐れ入る）。

要するに自分は理科系の能力が完璧に欠落していたのだ。しかしだからといって、哲学書を読まなければ思考も思想も酸欠状態になってしまうので、おいそれと捨てるわけにもいかず、大学に入ってからも義務として毎日三十分ほど哲学に読書の時間を当てた。が、どうも面白くない。何かその時間は、荒野に一人立って寒さに震えているような孤独感があった。ところがこれが小説なんかになると俄然元気になって、暖かい湯に浸かってうっとりと夢想を楽しんでいるような案配だった。法学も同じで、民事訴訟法や行政法なんかはてんで面白くなく、欲しくもない冷や飯を無理矢理口の中に押し込まれているような感じだったが、民法の親族・相続や刑法各論などとなると、これが何だか面白くてぐいぐいと引き込まれていく。きっとその中に人生――人間の生の形みたいなものが透けて見えたからであろう。とどのつまり、自分は徹頭徹尾文学脳の人間だったのだが、小説を書くにも哲学的な含みがないと、愚劣な私生活や薄っぺらな私情の羅列にだけなってしまって、深淵も思想もあったものではない。で、前に書いたように絶対強制的に読書に哲学系の書物の時間をさいた。

貧困な読書体験から掻く振り返ってみるに、中国哲学――老子、荘子、孟子、孔子（論語）、、などはどうにか理解することが出来た。きっと同じ東洋人としての共通の思考感覚がそれらの著作の中に流れていたからであろう。

特に毛沢東の『実戦論』・『矛盾論』には驚いた。平易な言葉使いでもって整然と論理が構築されており、且つそこには厳然たる哲理がある。恐らく毛沢東は近代の政治家で、「哲学思想」をもつ唯一無二の人間ではなかったのか。(これに比べて、日本の官僚出身の総理大臣などお粗末なものだ。秀才で頭が切れる分、行政処理能力には長けているが、そこにはこれっぽっちも「哲学」なんかない。あの「光クラブ事件」(昭和二十四年)の〝ほぼ全優の東大生〟山崎晃嗣の日記類を読んで、その思料の稚拙さと狭小さにあきれたことがある。秀才必ずしも哲人にあらず、である)。

二

中国哲学から一転して西洋哲学となると、これが途端に変な具合になってしまう。カントの『純粋理性批判』など、最初の一ページ目からつまづいてにっちもさっちも行かなくなってしまった。弁解するようで何だが、これは翻訳の仕方が悪い。平仮名と漢字の混じった軟質な和文に、西洋哲学の甲羅のように硬質な観念用語は当てはめられないのである。言語の質がまるで違っているのだ。こうしたことを頭において言葉を十全に噛み砕き、時には超訳的にでも訳さないと、三角形の器に四角形の物体を強引にねじ込めたようになってしまって、遂に言葉がばらばらに分解し、何とも解読不能な悪文になってしまうのである。

翻訳者(学者)の考え方も間違っている。難解韜晦《とうかい》なものほど高尚な哲学だと思い込んでいるふしがある。とんでもない考え違いだ。実に易しい言葉こそが難解を凌駕するのである。難しい事ばかり吹聴している曲学阿世の輩の言は、中味の無い空回りを繰り返すだけで、何等根本の真理を語ってはいないのである。

ハイデガーの『存在と時間』にもえらく難儀した。これは翻訳の良し悪しというより、ハイデガーの「思想」の総体が、我々日本人の貧弱な「思想」の範疇をはるかに超えている為、これに適う言葉が日本語の中に見当らないことによる。従って「現存在」だの「実存」などと、聞いたこともない無理な造語を眼の前に突き出されても、知恵も知識も足りない小人は戸惑って右往左往するばかりである。

ドイツ文学専攻の大学生に聞いたら、ハイデガーは原書で読むと意外とすらすら理解出来ると答えたのに驚く一方で、矢張りそうなのかと得心もした。（なおハイデガーはこの書の中で、何だかえらく「物」にこだわっていたように記憶するのだが、それも主題に欠かせないものの一つだったのかしらん）。

アリストテレスの『詩学』は、短い上に洞察力に溢れた明晰な芸術論が展開されていて興味深く読めたが、『形而上学』となるともういけない。六百ページの大部の著者の中に睡眠誘発剤でも仕込まれているようで、読み始めた途端にいつも眠くなり、そして本当にグーグー眠ってしまう。とうとう四分の一ほど読んで本棚の奥にしまい込んでしまった。海が広すぎて島一つ見えなかったというべきか。

かくして苦行僧の如くに呻吟しながら読んだ西洋哲学だったが、それでも奇跡のように了解できた哲学者が二人いた。

プラトンとベルグソンである。その著書が実に平易な言葉で柔らかく表現されていたので、（自分なりの低いレベルで）それなりに理解することが出来た。ソクラテスが日常的な言葉を使って徐々にソフィスト（詭弁家）を追い詰めて行く作品や、ベルグソンのエラン（生命の飛躍）などの概念は抵抗感を覚えず素直に読みこなすことが出来た。シンプルで明瞭な言葉の下に、海面下の氷山の巨大な塊りのような思想があるのがまざまざと感じられた。

ベルグソンの『道徳と宗教の二つの源泉』は、その優しい名文ゆえに、自分が読破し得た唯一の長編の哲学書だった。

哲学に関する書物を読んだということは、自分にとって果たして有益な所為だったのだろうか。

今からほぼ五十年前、団塊世代の自分たちは過当な受験競争の波に激しくもまれていた。恐らく大学入試の志願者は空前絶後の数であったにちがいない。受験勉強の弊害を憂える識者の声が数多く新聞の紙面に寄せられていた。自分はその受験勉強に挫折してひどい目にあったが、勉強したこと自体は後悔していないし、してよかったと思っている。人生で脳が一番活性化している

十七、八歳の頃に、様々な分野の学問に首を突っ込んで脳を鍛え、酷使するのは決して悪いことではない。若い脳はそれに耐えられるだけの力を持っている。勉学し、知識が増えることによって認識は深まり、視野が多角化してこの世の諸相が一段とよく見えてくる。思惟することによって軽挙妄動を慎み、いかれポンチのような直情径行的な行動をとらなくなってくる。そして恐らく人生で勉学にいそしめるのは、この高校大学の七年間を除いて他にはない。

社会人になったら生活や出世争いに翻弄されて勉強なんか出来なくなるし、またしなくなってくる。僅か若き日の七年間に教養の基盤がかたまり、思考の形態が出来上がってしまうのだ。

哲学体験の効用も、このガリ勉体験のそれと同じようなものだと思う。哲学書を読んだことで、脳の底に微量ながらも「思想の液」みたいなものが溜まり、それが思考作用に何等かの影響をもたらしてくれているような感じもする。

朝から酒を飲み、一日中パチンコにのぼせ、深夜までAKB48（エーケービーフォーティーエイト）の歌番組ばかり見ていたのでは、精神の進化などとても望めまい。もっともこれは個々の価値観の問題であって、そうすることがいいの悪いのとつべこべ言うべき筋合いのものではない。

人生なんて結局楽しければそれが最高なのである。

――さて、難しい本なんかドブに投げ捨て、外に出てかわいい子をゲットし、ドンチャン騒ぎで夜を明かすか。

（平成二十五年二月）

Ⅲ——フィクション

Xからの手紙

死は深い眠りに似ている。ただ、耳を近づけても
寝息がまったく聞こえない。

某日、小学校以来の友人のXから手紙が届いた。毎晩のように歓楽街に出没して大酒をくらい、ホステスや尻軽女相手の享楽にうつつを抜かして、酒地肉林・堕落の極みのいかれた私に、その手紙は、こん棒で頭蓋骨を一撃されたようなショックを与えたものだ。反省も懺悔もない能天気な俗物には、正に「うってつけ」の刺激であった。

手紙を読んでいささか神妙な気持ちになると同時に、不安に駆られ、あわててXに電話をしたところ、奥さんが出て来て、「主人は昨晩死にました。自殺です」と平然とした口調で冷ややかに言ったのには驚いた。

不仲の噂はかねがね聞いていたが、それにしても亭主の死を前にして、あの女房の冷めきった態度はどうだ。行き場を失った時、最後の拠り所となるのは、互いにその妻であり、その夫ではないのか。全く開いた口が塞がらなかったものだ。

以下に掲げるのが、Xのその手紙の全文である。贅沢と飽和と肥満が闊歩して、オール呑気・全員無自覚ボケの現今、他人の内部に潜むこの種の生の苦渋を覗き込んでみるのも、あながち悪趣味な事ではあるまいと思って、全文を載せる事にした。

——合掌

人生は茶番です。虚妄であり、虚飾であり、終わってしまえば一切は虚《から》であり、一片の夢でしかありません。灰燼と化した斎場の骨は風に吹かれて四散して行き、故人がこの世にあった痕跡をまるでとどめません。

蓮上《かいじょう》の露《つゆ》　何《なん》ぞかわき易《やす》き
露《つゆ》はかわくも明朝更《みょうちょうさら》に復《ま》た落《お》つ
人《ひと》は死《し》して一《ひと》たび去《さ》れば何《いず》れの時《とき》にか帰《かえ》らん

——無名氏

（ニラの葉の上の露は、どうしてあんなにかわきやすいのだろう。しかし露はかわいても、明朝にはまた現れ出ている。人は死んで一たびこの世を去ったら、いつの日に帰って来るのか。決して帰ってなんか来はしない）

往年の麗人は無惨にも老いて腰が曲がり、美青年は禿頭のよれよれ老夫となり果てる。

知っていますか。どんな熱愛もやがては冷め、かつて甘い言葉を囁いた恋人は、悪辣根性むき出しの鬼女となるのです。

が、誰も他人には決してその本当の姿を見せず、表づらを繕い、ごまかし、嘘を重ねながら生きているのです。

馬鹿正直に己れをさらけ出し、無防備に邁進しようものなら、「けたぐり」を食らったり、卑劣なだまし打ちに合ったりなどして、地獄に引きずり落とされてしまいかねませんからね。

「友よ、拍手を。喜劇は終わった！」と死の床で天才ベートーベンに叫ばせた、この人生という残酷な劇場。

七十三歳の川端康成は、ガス管をくわえて哀れにも自殺しましたが、窮極の孤独、絶対の孤立の状況にあって、ノーベル賞も、またいかなる名誉も不要だったのでしょう。否、むしろそれこそが、過酷な重圧の源であったのかもしれません。

最優秀の成績で東大――大蔵省の、垂涎のエリートコースをたどった二十九歳の秀才官僚が、大蔵省のビルから投身してしまいました。

「理由を説明出来ないままに、ほかにどうしたらいいか分からない」と書き残して。

自分にもその気持ちが分ります。

間断なく追いつめられた毎日の、葛藤と重圧の渦の向こうに、突然死の淵が見える事があるのです。そしてその瞬間何もかもが厭になり、一切が空しく感じられ、この世の総てを放棄して「無」になってしまいたいと切実に思うのです。

死神の持つ手綱に首を曳かれるようにして、よるすべのない人間はビルから飛び降りてしまうのです。

こうした心境は創作に行き詰まった時にも襲われます。君も承知のように、自分は若い頃から作曲に専念し、そしてそれに自身の総てを賭して来ました。しかし年と共に頭脳が不活性化して想像力が枯渇し、長い時間をかけて培ってきた歌劇の構想が頓挫した日、曲が土台から崩れ去って行くのと一緒に、自分は自身の「存在」までが崩壊してしまいそうな感覚に見舞われたのです。

そしてこの時、己れの肉体の重さが不意に意識され、その重さに精神がほとんど耐えられなくなってしまいました。

中に一本の管が通って、表面のあちこちに穴があいているだけの物体――この「人間」という単なる物体の重量に、創造的精神が圧迫され、へしゃげてしまったのです。

時を置かずして死の想念がかま首をもたげ、それは傷口から迸り出る血が、水中で拡散してみるみる水全体を染色していくような感じで、自分の脳中を侵してゆきました。

商売に成功して、気ままに且つ裕福に暮らしている君にはとても分らないでしょうが、「書けなくなった」芸術家は、時として死を選択するのです。真面目で、誠実で、潔癖であればあるほど、ごまかしのきかない芸術家は苦悩し、打ちのめされるのです。

豪放で華やかな生活と、不動の名声に包まれていたあの文豪ヘミングウェイは、「書けなくなる」という不安から神経を衰弱させ、とうとう猟銃を口にくわえて自殺してしまいました。顔面は吹き飛び、現場には顎だけが残っていたそうです。何という悲惨。豪胆な性格の裏側は、セロハンのように薄くて繊細な、傷付き易い作家の心だったのです。

過去の些少な名声に安閑として乗っかり、何の意味も創造性もない身辺生活記を売文して能天気に生きている文士などに、真の芸術家の深刻な自己相克など分りようもないでしょう。勿論、俗世の湯にどっぷり浸かって満足しきっている君にも。

自らの心に問う事もなく、自分を表現する事も知らず、たらたらお世辞を言い、へつらい、おもねり、金もうけに専心して人生を消費し、遂に「真理」に覚醒しないまま漫然と死んで行く哀れな連中。、、

三千年を解くすべをもたない者は
闇のなか、未熟なままに
その日その日を生きる

――ゲーテ

（池田香代子訳）

破局した歌劇の後に手がけた交響曲も、全く先に進んでいません。

もう旋律が自分の内奥から湧き上がって来ないのです。若い頃には、抑えようもない程にとめどもなく溢れ出て来た、あの千変万化の空想と曲のイメージの群れが、今は泉が枯れたように消失してしまいました。

全感性、全知力、一切の価値を傾注したこの創作の生活が瓦解した時、一体その後には何が残されているというのでしょう。六十歳になった今となり、もはや人生をやり直す事など出来ません。希望と活力と可能性に満ちたあの青春を、人生の終盤に持ってくる事など、絶対に出来ないのです。

だめを押すかのように、この頃老化現象も著しく、同時に「死の徴候」も随所に現れて来ました。三日前には医者から酒を禁じられました。大量の飲酒によるアルコール性肝炎が、肝硬変に悪化したらしいのです。喜びを倍化させ、人生を様々に拡幅、拡大してくれたあの「生の泉」を絶てなんて、まるでもう「天国の廃止」です。君もよく知っているでしょう。酒がもたらす陶酔と夢幻の桃源郷を。

「肉袋」も相当に傷んでおり、中から色々な液体が、とりわけ赤い液体がしきりに漏れ出して来ます。医者は大腸からの出血があると言っていました。いずれ肥大した癌が自分のこの痩せた身体にとどめを刺す事でしょう。しかし、肉体がいかれる前に「心」の方が朽廃しそうです。恐ろしい事にアルツハイマーの初期症状が見え隠れし始めたのです。

物忘れをするなどという甘いものではなく、日常の出来事の「記憶」を失ってしまう事が頻繁にあり始めたのです。先日音楽会に行った事が、全く思い出にありません。様々な生活の足跡が、パソコンのフロッピーを『消去』してしまったように、完全に脳内から消え去ってしまっているのです。時には昼食をとったという事を忘れ、二度食べたりします。親しげに話しかけてくる来客者が、どこの誰だかさっぱり分らない事があります。

このまま行けば、細胞が死滅して脳が萎縮し、二、三年後には完全な痴呆状態になってしまうのは間違いありません。「恍惚の人」となるのです。信じられますか?!そんな事、自分のプライドが断じて許しません。

自意識を失って、眼は虚空をさ迷い、ただ食べて排泄

するだけの一器官に成り果てた哀れな姿。、、

自分の周囲では、最近敬愛する人たちが次々と死んでいっています。互いに年をとった必然の結果なのでしょうか。訃報を聞くたびに、この自分という木になった大切な果実が、一つまた一つと、強引にもぎ取られていくような気持ちになってしまいます。やがて果実の全部を失い、木は存在する意味と意欲を無くして倒壊してしまう事でしょう。

「八方塞がり」の状況が間近に迫って、自分には何だかあらゆるものが馬鹿馬鹿しく感じられるようになりました。

この人生で自分のした事も、おもちゃのタンバリンの上で、小さな人形がリズムに乗って愚かしい踊りをしたようにしか思われません。

あるいは自分は、何等根拠も実態もないセリフを吐いて軽薄な寸劇を演じ、それが見物人の嘲笑を浴びていたという事に、全く気付いていなかったと言ってもいいでしょう。何という醜態、何という愚劣な恥さらし！、、、

円環は閉じる事なく葬られます。自分は作曲の能力の限界を知るに至りました。とりもなおさずそれは、芸術家にとっては死の宣告に外なりません。

もはやこの上、病苦にあえぎ、老醜をさらしてまで生きて行く必要など何もないでしょう。

こんなしがない自分に暖かい手を差し伸べてくれ、常に変わる事なく優しい励ましを与えてくれた人達。美男子でも何でもない自分を真剣に、心から愛してくれ、決して置きざりにして行こうとはしなかった数少ない女性達。

今、それらの人達の限りない思いやりと優しさが、何故か鮮烈に自分の心に甦って、不覚にも熱い涙が溢れています。

さようなら、のんき者の原田君。毎日がハネムーンのような、素晴らしく、楽しい人生を送って下さい。

自分の人生は、無能な三文画家が描《か》いた、恐ろしく貧相で下手くそな風景画というべきもの以外の何物でもありませんでした。

（平成十五年四月）

随想体小説

不意の訪問者

或る日の午後、私の会計事務所に、一人の女性が幼い子を連れて訪ねて来た。年の頃は四十一、二歳だっただろうか。女性は固い眼付をして、何も言わずに事務所の中に入って来ると、応接テーブルの横のソファーに勝手に腰を下ろした。そして、「誰か分る？」と、デスクに向かっている私を見つめながら、無表情に、ふてぶてしい態度で訊いた。

それは一見して、たちの悪い水商売をやっていそうな、荒《すさ》んで崩れた、やくざ風情の女だった。眼の底には、意地の悪げな、歪んだ暗い光が漂っている。

私は一瞬面喰らってぽかんとしたが、女性に凄まれるような悪業などはなかったので、内心胸をなでおろしつつ、女性の顔を探り見た。何秒もたたない内に、私の記憶の奥底から、その女性の三十年前の、少女時代の顔が浮かび上がって来て、カメラのレンズの焦点が合うように、眼の前の顔と精妙に重なり合った。

「博子ちゃん？」

「そう、分った？」

女性の表情が少し緩んだ。しかし警戒心を含んだ、冷たい、陰鬱な翳《かげ》は顔から消えない。

——その女性は、私の義理の従妹の博子だった。私の叔父の妻の、その姉の子である。中学校以来、三十年間音信は途絶えていた。

博子はハンドバッグからタバコを取り出し、ライターで火をつけると、左の掌に右肘を乗せて、図々しい態度で吸い始めた。

「随分久しぶりだね。元気だった？」

「ええ、まあ何とか」

もう身元が知れたというのに、うちとけぬ調子で、博子は不愛想に言った。相手を疑り、自分の懐の中に他人が入り込んでくるのを拒否しようとしている意思が、ありありと透けて見えた。

「実はお願いがあって来たの」

「え？」

「アパートの保証人になってもらいたいの」

聞いてみると、博子はつい先日、市内の温泉街のアパートに引っ越して来たというのだ。家主から、地元に住む人に保証人になってもらうよう求められたという。

躊躇する事なく私は応諾し、博子が持ってきたアパートの賃貸契約書にサインをし、押印してやった。借家の保証人になったところで、大した責任が生じる事もあるまいと思ったからだ。それに、昔一緒に遊んだ親しい親戚の女の子の手助けをしてやりたいという気持ちも多分にあった。

用件を済ませると、近況を語るでもなく、ふて腐れたような顔をして、「有り難う」も言わずに博子は帰っていった。

『えらく変わったものだ』

博子が帰った後、私は幾ばくかのショックを心に覚えながら、三十年前の博子との思い出に、しばし時がたつのを忘れていた。

その日の夕方、家に帰って、博子が事務所に来た事を母に話したら、母は驚き、そして複雑な顔付になった。

博子はヤクザの男と同棲し、自堕落な、ろくでもない生活をしているらしいと言うのだ。

私はそんな事を全然知らなかった。

保証人になった手前、いささか心配になって、夜、私は叔母の家へ電話をかけてみた。

「どうして博子があなたの所に行ったの?!」

叔母はひどくびっくりし、私がアパートの保証人になった事を言うと、「すぐにやめてちょうだい」と叔母は厳しい口調で言を返した。

博子は異性関係が乱れ、金銭的にも叔母に散々な迷惑をかけた為、家に出入りするのを禁じていると言った。

「どんな面倒になるか分らないから、博子には今後一切関わりあわないで。保証人は、他の人になってもらうよう、私から博子に電話をしておきます」

怒り、興奮し、そして取り乱した様子で叔母は言って、電話を切った。

予想外の叔母の反応に、私は唖然とした。博子は、叔母に蛇蝎《だかつ》の如く嫌われる程の、とんでもない悪女になり果ててしまったのか。あの愛くるしくて、優しく大人しかった博子が、、、
その夜、私は寝床に入って、事務所での博子の言動やその顔を思い浮かべた。

『いい子だったのに。きっと淋しかったんだ』

博子の無礼なともいえる態度を憤る気持ちは全然なく、むしろ博子への憐憫の情が、私の心の奥底に漂っていた。

三十年前、中学校一年生の時に、私は初めて博子と出会った。

その年の春に結婚した叔父に連れられ、私は叔父の妻の実家に、従兄の健至と遊びに行った。

バスで約一時間、山陰地方の、山々に囲まれた村のはずれの田園地帯に、その家はあった。隣の家との距離が百メートル以上もあるような、過疎地の農家だった。

それは市街地に育った私が初めて目にした、「田舎」の、「百姓家」だった。

茅《かや》葺屋根の相当の古家で、ガラス戸などはなく、廊下には障子と雨戸があるだけ。広い土間の台所には煤にまみれたカマドがあり、井戸水が大きな甕《かめ》に溜められていた。

三畳、四畳半、六畳、八畳、十畳の間、、と、やたら部屋数の多い暗い家だった。

明治の頃に建てられたと思われる、何やら時代劇映画に出て来そうな、昔ながらの貧しい日本農家だった。

その家に、博子は祖父母と一緒に住んでいた。小学校六年生の小柄な女の子だったが、端整な顔立ちをしていて、大きな二つの瞳が聡明な輝きを放っていた。そこいらの田舎の子供とは全然顔形の異る、スマートで可愛い、利発そうな女の子だった。しかし、その顔には何か陰《かげ》りのようなものがあり、その態度にも少し捻《ひ》ねたようなところがあった。

博子の母親は、博子が小さい頃に結核で亡くなったらしく、父親もそれ以前に病死したという。博子の下に、小学校三年生の洟を垂れた、ぼんやりした顔付の妹がおり、老いた祖父母が農業をやりながら二人の面倒をみていた。

明るさも、豊かさのかけらもない、貧しくて、暗くて、うらさびしい雰囲気の漂う家だった。

私は健至と一緒に、そこで夏休みの一週間を過ごした。

一人っ子の私と、両親をなくした博子と、どこかその淋しい気持ちが通じ合ったのだろうか。

私は博子とたちまちすっかり仲好しになった。私には妹が出来たような嬉しさがあった。それによく見ると、博子は中々の「美人」だった。可愛い女友達が出来た喜びもあった。

朝日が昇ると起き、夕日が沈む迄、私達は三人で田舎のそこいら中を遊び回った。延々と広がる田の中の畦《あぜ》道を競って走って転げ、また灌漑用の小川に裸足を浸けて、中に泳ぐ「どんこ」や稚魚を洗面器一杯にとった。

夏草のはう家の裏の段々畑で健至と相撲をとり、か細い博子とも取っ組み合って、容赦なく投げ飛ばした。私は博子に強いところを見せて、格好いい自分を誇示したかったのだ。転んで痛がっている博子を見て、人のいい健至がびっくりして抱き起こしに走って行った。

遊び疲れ、喉を渇かせて家に帰ると、台所にはおいしい井戸水があった。青銅色のポンプの把手を上下にこぐと、冷たい井戸水が排水用の円筒から勢いよく流れ出して甕に溢れ、それをブリキのひしゃくで汲んで飲むと、清冷でみずみずしい、硬質なミネラルの味が口腔一杯に満ちた。

家は「自然」に囲まれていた。

台所から裏に出ると、そこには小さな清水が流れており、山から山水を引く為、竹筒が竹木に支えられて長々と連ねられ、大きな石枠の水溜めの中に、音を立てて絶え間なく流れ落ちていた。

朝の大気は明るい透明感に満ち溢れ、午後の太陽はまぶしく強烈に輝いて、おびただしい紫外線が、半袖シャツの腕の皮膚を黒々と焼き焦がした。

いつも味噌汁と漬物と野菜の煮物だけの質素な、しかし湯気が立つ銀色のご飯だけはふんだんにある夕食を済ませて満腹になると、私たちは三人で花札遊びをした。本も漫画もテレビもなく、他にする事がなかった。

博子の妹の知江も、私達と一緒に花札遊びをやりたがったが、知江は動作が遅く頭の回転も鈍い、まるでの「遅鈍《ちどん》」で、私と健至は一回だけですっかり懲りて、以降は遊びの中に入れなかった。しかし知江は別に落ち込むでもなく、私たちが花札をするのを、ボーとして横で見ていた。(それから二十年後、叔父の家で再会した時、知江が看護婦になっていたのにはびっくりした。言動はきびきびしていて、しっかりした顔付をしており、結婚もして二人の子供を育てていた。「本当にあの知江ちゃん?!」と、その時思わず私は叫んでしまったものだ)。

夜になり、寝る頃になると、博子の祖父が「地獄絵」

を見せて、私達を怖がらせた。その家に代々伝わるという地獄の長い絵巻物を、祖父はどこかから取り出して来て広げ、最初から一つ一つの絵を私達に指差して説明するのだった。

そこには阿鼻叫喚の地獄の様が描かれてあった。釜の湯の中で煮られる者、火で焙られる者、大石で頭を潰される者、洪水に襲われて溺死しかけている者、吹きまくる炎の下を火傷しながら逃げまどう者、、ありとあらゆる無惨な人間の最後の姿が、世にも恐ろしげに、長い巻物に延々と描かれていた。

「悪い事をして死んだらこうなるよ」と祖父は言って、生まれて初めて見た恐ろしい地獄の様子に、何やらおびえている風の私と健至を見て、面白そうに笑っていた。

夜は、皆で十畳の間に雑魚寝《ざこね》をした。博子は私と健至の間の蒲団の中で寝た。山に囲まれた盆地の夜は蒸し暑くて寝苦しく、私は頻繁に寝返りを打ち、そんな時ふと博子に手がふれると、博子はそっと私の手を握り返し、私達はそのまま手をつないで寝た。私も博子もお互いに好きだったのだ。日中遊んでいる時も、眼が合うと、博子は何だか真剣に私を見つめたまま、しばらく眼を離さなかった。しかし、それだけの事だった。博子は栄養不足のせいか、年の割には身体が未熟で、可愛かったが、「色気」などとはおよそ無縁の女の子だった。

一週間は瞬く間に過ぎて行った。学校での行事も色々あり、そう長い間泊まっている事も出来なかった。

帰る日の朝、博子と知江が小さなバス停まで私達を見送りに来てくれた。

あたり一面が田んぼの、その中を通っている石ころだらけの狭い道路のわきに、バス停はあった。

妹の知江は、私達との別れを淋しがる風でもなく、のんきな顔をして洟を垂れ、何やら歌を口ずさんでいたが、博子は思いつめたような顔をしてずっと無言だった。

古い、小さな箱型のバスが停留所に着いた。

「さようなら。また来るからね」

私と健至が二人に言うと、知江は「さようなら！」と張り切って声を返したが、博子は「さようなら」と、ようやく呟くように言ったきり、田んぼのどこか向こうの方に眼をやって、顔を外らした。

バスは発車し、遠ざかって行く私達に向かって、知江は盛んに手を振っていたが、博子は立ったまま、ただじっ

とこちらを見つめているだけだった。暗い、今にも泣き出しそうな顔をして。、、

街に着くと、バス停で健至と別れて、私は家に帰った。そして四畳半の勉強部屋で、博子の祖父がくれた手製の「ひょうたん」をいじりながら、私は博子と過ごした田舎の一週間を思い浮かべ、またいつものようなひどい落ち込みと淋しさに襲われた。

私の家は商売を営んでおり、父と母は毎日夜遅くまで出店に行っていた為、学校から帰っても、いつも家の中には誰もおらず、夕食も私は一人でとっていた。話し相手も、テレビもなかった。そんな日常の中で、春休みや夏休みになると、県内外から従弟達が遊びに来て、一週間から十日間くらい泊まった。朝から夕方迄、好き放題に私達は遊び惚け、夜は遅くまで蒲団の上で騒ぎまくった。

そして楽しく心を通わせた従弟達が帰って行くと、後は台風一過のように静かになって、何か大きなものがごっそり抜け落ちたような空虚と寂謬が家の中を覆った。

私は、家に帰っても、話して遊べる兄や弟や妹がいる従弟達の、そのにぎやかしさと、明るい一家団欒の楽しさを、心底からうらやんだ。

私の少年時代は、兄弟も、友達もいない、本当にたった一人だけの、孤独な、淋しい少年時代だった。それだからこそ、従弟達との別れはいつもつらく、耐え難い淋しさを私にもたらした。

博子との別れも同じ事だった。しかしいつもとは違って、その淋しさの中には、何か底の知れない哀しみがあった。

可愛かった博子。、、別れる時の博子の、あの泣き出しそうな顔。、、

かつて経験した事のないような、人を恋う哀切が、それから一週間以上も私の心を支配し続けた。

その後、私は博子と二度会った。

同じ年の冬休みに、博子は叔母に連れられて健至の家に遊びに来て、四日間泊まった。私も一緒に泊まり、今度は三人でトランプ遊びなどをして、騒々しく、楽しい正月を過ごした。

翌年の夏休みに、県内に住む別の従弟の繁樹と博子の家に遊びに行って、また一週間過ごした。中学一年生の博子は何だか急に大人びたみたいになっていて、身長も伸び、身体が少し丸味を帯びていた。以前のように私達と無邪気に駈け回るような事はなく、寡黙で、よく勉強をしていた。女子では学年で一番だと、祖母が嬉しそうに言っていた。

勉強嫌いの私には、そんな博子が、年上の、落ち着いてしっかりした姉のように見え、更にまた、私の内部には成績コンプレックスと自己卑下が混ざり合ったような妙な気持ちも生じていて、博子に話しかけるのも、何やら遠慮気味になるのだった。とはいえ、博子は相変わらず私に好意的で、食事をしている時なども、ふと見ると、その美しい眼で私をじっと見つめている事もしばしばあった。

しかし、もう「女性」になりつつあった賢い博子は、前とは確実にどこかが違っていた。

博子と会ったのはそれが最後だった。

博子はその後も、相変わらず真面目に三年間ずっと勉強を続けて中学校を卒業し、隣市の県立高校に進学した。そしてそこでもまたひたすら勉強をして、常時全校でも三番をくだらない成績をとっていた。その頃一期校といわれていた、有名国立大学にも進学できるほどの優秀な成績である。ところが、二年生の後半の頃から次第に遅刻や無断欠席が目立ち始めて、勉強を全然しなくなってしまった。そして三年生になると、校内の不良グループと接触して喫煙や飲酒行為を繰り返し、二度停学処分になった。異性交遊もし始めて、とうとう完全にぐれてしまい、高校を退学させられた途端、家出して行方知れずになってしまったと叔母から聞いた。

私には、そのようになってしまった博子の気持ちが分るような気がする。人一倍知的で、感受性が鋭かった故に、博子は傷付き、悲しみ、崩れてしまったのだ。まるで世代が違って話の合わない祖父母と、遅鈍な妹しかいない、あの暗い大きな家で、多感な博子は、誰一人として心情を吐露する相手もなく、孤独にさいなまれ、頼りなくも悲しい気持ちで毎日を過ごしたのだろう。両親の愛情にも飢えていたにちがいない。幼少女期の親の愛の欠落は、致命的な傷手《いたで》を子供の心に与えてしまうのだ。

妹の知江は、鈍感で、何も分らないが故に、傷付く事もなく、一途に己れの道を邁進する事が出来たのだろう。中学校を卒業後、知江は医院に住み込み、そこから学費を出してもらって学校に通い、看護婦の資格をとったという。

繊細な博子に、知江のようなたくましさはなく、それにいくら好きな勉強をして好成績をとったところで、大学に進学出来る経済的な余裕など全くなかった。焦燥と挫折。——慰め、助言し、支援してくれる人を身の周りにもたなかった博子を、一体誰が責める事が出来るであろう。

——博子が事務所に訪ねて来てから三ヶ月後、偶然にも私は仕事で、博子の住んでいた村の役場に行く事になった。村での用を済ませて、三十年ぶりに博子の家の方に回ってみたら、家は既になく、そこいら一帯には大きなショッピングセンターが出来ていた。昔の面影など微塵もなかった。

大切にしていた故郷《ふるさと》の写真を、無謀にも焼き捨てられてしまったような感じで、私は少なからぬ落胆を心に覚えながら事務所に帰って行ったものだ。

その日の夜、一家で食事をしながら、すっかり様変わりしてしまった博子の村の事を私が話していたら、聞いていた父が突然、意外な・仰天するような事を言い始めた。

「今迄黙っていたが、もう話しても差し障りはないだろうから」と父は言って、次のような博子の出生にまつわる秘事を語った。父はそれを、たまたま博子の村に嫁いだ、同業者の娘から聞いたという。

博子は、本当は、母と思っていた人の、その姉の子供だった。

その人——実の母は、女学校を出た後、某大手都市銀行の地方支店長邸の住み込み女中として働いていた。終戦後間もない頃の事である。

その邸で、東京の本店から単身赴任して来た、五十歳代の帝大出の支店長と関係が出来て（鬱積した性欲のはけ口に、無理矢理させられたのかもしれない）、博子が生まれた。支店長には東京に妻子がいた。不義理の子の出生に、どうにも困った挙句、誰かが知恵を働かせて、当時実家の跡を継いで結婚していた妹(博子の母の実妹)

の子供として、出生届を役場に出した。昭和二十四年、戦後の混乱は未だ完全に治まらず、行政もずいぶんとずさんだった頃だ。産婆の出生証明書を偽造して届け出ても、容易に受理されたのであろう。あるいは、役場の方も、事情を承知の上、知らぬ顔をして受理したのかもしれない。何せ、村民のほとんどがどこかで血が繋がっているような、小さな同族の村だ。

博子の母は産後の肥立ちが悪く、博子を生んで間もなく死んでしまった。博子は実際にも、叔母の子として祖父母のもとで育てられた。（知江は叔母の実子なので、博子とは従妹という事になる）。

博子の父は、任期を終えて本店に戻った後、重役にまで昇進したが、六十歳にならずして病死してしまったらしい。その父から、音信も援助も一切なかった。

、、これが父の話した博子の出生の顚末だった。

歳をとると共に、時間は益々加速をつけて走り去って行くような気がする。

博子と事務所で再会したあの日から、既に十五年が経ってしまった。夢をみながらひと眠りしている束の間に、十五年の歳月が過ぎてしまったかのようだ。

叔父も叔母も亡くなってしまい、博子の消息を知る者は、今は誰もいない。その生死すら定かでない。もし生きているとすれば、今年五十六歳になっているはずだ。未だに荒《すさ》んだ生活から抜けきれないでいるのだろうか。運命が急変して、「負」が「正」に裏返ったとは考えられない。博子は生まれながらにして「不遇」という宿命を背負っていた。

本人の力ではどうしようもない、それをはるかに上回る、「運命の力」によって誤った軌道に入れられ、後戻りする事も、方向転換する事も出来ず、動力をもたない貨車のように、「負」の軌道上をそのまま進んで行く外はなかったのだ。

いくらもがいても終生逆境の中から這い出しきれずに死んでしまった人、病気や事件や事故などでエリートコースからの脱落を余儀なくされてしまった人――博子もまた、そうした人達と同じ不運な人間の一人だったのだ。

私のようにたまたま経済的に恵まれていた為、学問をする気などどろくすっぽないのに、能天気に私立の大学に進学し、四年間好き放題な事をした挙句、卒業前にちょっと勉強をしただけで、まぐれ当りに国家試験に合格した者もいる。

卒業して会計事務所を開いてみると、地元の有力者だった父のお陰で、何もしないでも人が仕事を持ち込んで来てくれた。

「その人の責任」とかいうものとは完全に別物の何かが、私達の人生に影響を及ぼしているような気がしてならない。

高橋和巳は、傑作『悲の器』で、作中人物の医者に次のような事を言わせている。

「ときおり、どんなに恵まれた条件の下にあっても、また、優秀な素質をもちながら、何故か敗残の側にまわってしまう学生もおりますがね。私の考えでは、それは誰の責任でもなく、趨《すう》敗残性物質とでも名付くべきホルモン性の分泌物が、そういう人間には過剰なんではなかという気がしますね」

人間の運命というものを、医科学的な視点から見た、中々ユニークな解釈である。

私なんかは、さしずめ「趨優利性物質」が過剰だったというべきか。冗談だが。

今は、後出の若い世代の者に仕事をどんどん取られてしまって、私の事務所は閑古鳥が鳴いている。しかも、昔ながらの「遊興癖」だけは治まらず、消費者金融の借金が雪だるま式に増えてしまって、自己破産寸前の勢いである。

恵まれた環境に感謝し、それを大切にしていこうとする気持ちなどまるでなく、馬鹿のん気に遊びぼけていると、私のように情けないざまになってしまうのだ。

「運命の力」によるのではない、完全な「自己責任」による落日である。

先月、町内会の日帰りの慰安旅行があり、隣家の夫婦に誘われるまま、暇つぶしに行ってみたら、何とバスが着いたところは博子の住んでいた村だった。「村」は市に吸収合併されてもう無くなっており、以前あったショッピングセンターは全部取り壊されて、かわってそこには第三セクター方式による一大レジャーランドが出来ていた。変われば変わるものである。温泉の施設などもあり、小宴が終わった後、私は露天風呂に入った。あり余る借金のことなどてんで念頭になく、どこまでも能天気に、頭にタオルを乗せてのんびり鼻歌を歌いながら、私は外に見える山の景色をながめていた。と、そのうち、眼の前の山をどこかで見たような気がして来た。お椀をひっくり返して二つ並べたような丸い山。昔、博子の家の裏窓から見えた山――博子が、「あれは双子山というのよ」と指差しながら言っていた山だ。錯覚かもしれないと思ったが、あり得ない事ではない。レジャーランドは、博子の家の近辺の広大な田畑を整地して造られたものだ。左方の小山には、段々畑がいくつも見えた。

深い井戸の底が、懐中電灯で小さく照らされたようにして、四十五年前の色々な記憶が、私の脳裡に浮かび上がって来た。

風呂からあがり、私は山の方に歩いて行ってみた。家はもう跡形もなかったが、山水を溜めていた大きな石枠が草むらの中に埋もれて見えた。

かつてここには人が住み、生活があり、そして様々なドラマがあった。しかし、それがまるで幻ででもあったかのように、今は何もない。

夏草や兵《つわもの》どもが　夢の跡　　芭蕉

時はあたかも夏の盛りだった。山の繁みの奥の方から蝉の鳴く声がしきりに聞こえ、陽光に照らされて萌えさかる草々の上を、数匹の蜻蛉《とんぼ》が飛び回っていた。

私達人間の存亡とはまるで関わりのない別の世界で、この昆虫達は一ヶ月にも満たない、閃光のような短い生を終えて消えて行くのであろう。

一体何の故があって、昆虫達はこの世に生まれて来たのだろうか。……そんな事を考えながら、沈んだ気持ちで、私はレジャーランドの方へと帰って行った。

（平成十七年七月）

「美智子」――その愛と背信

I

今まで気にもとめなかった或る人の名前が、次第に磁力を放ち始めて、重力を生じて来る。そのありふれた名前が、葡萄が熟《う》れて膨らんで行くように、意味を、果汁をたっぷりと含み始める。そして音楽がいつになく繊細に感じられて心の奥深くにまで滲《し》み込み、淋しさが訪れて来て、詩情が切なく、激しく昂ぶる。もうじっとしておれなくなる。感情の乱気流の始まりだ。恋の始まりだ。新しい心の星座が誕生し、輝き始めたのだ。――

等身大のガラス戸から、「楕円形の鏡面」のような静止した湖が見下ろせる友人の別荘で、僕は紅茶を飲みながらこれを書いている。カップの中に落した、サイコロ型の純白の角砂糖は、素早く底に沈んだ。小粒な気泡を液中で連鎖的に放散しながら、角砂糖はゆっくりと角を崩して溶解しようとしている。

これが二杯目の紅茶だ。先程飲み干したもう一つの紅茶のカップの底に、混ぜ残された砂糖が、薄茶色の湿った小さな堆積を作っている。しばらくしたら、砂糖は堅く乾いて、表面が細かくひび割れてしまうだろう。

それは美智子の飲んだ紅茶だ。ついこの間までは確かにそうだった。しかし、今は僕が美智子の紅茶を飲み、そして二杯目の自分の紅茶を口にしている。僕は紅茶での対話の一人芝居を演じている。

美智子はもういない。積木の一角が抜き取られたように、美智子の存在したその部分が、僕の心に空洞を作ったままだ。しばしばその空洞に悲しみが勢いをつけて流れ込んで来る。

何一つとして別れの言葉を言う事もなく、美智子は或る日突然、いとも簡単に他界へ――死の世界へ移動してしまった。まるで、カーテンの裏側にちょっと物を取りに行ったような感じで。今もって悪ふざけをされているような気がしてならない。「ごめんなさい」と言って、はにかみながら、美智子が今にもカーテンの後ろから出て来そうだ。

死はまことにあっけなかった。礼儀正しく、几帳面だった美智子は、その人生に最も重要な儀礼を要する場で、自身の性格に全く相反するように、挨拶もせず、後片付もしないで、無言のまま立ち去って行ってしまった。後に残された生者に対する、これ以上の残酷な非礼があろうか。、、

もう美智子は僕の中で、思い出としてしか、記憶としてしか生きる事はない。

現実から完全に脱落してしまった人間——屍《しかばね》——死。、、

平成＊年八月三十日に美智子は死んだ。にわか雨が真昼の湖水に銀色の長い針を無数に突き刺し、湖面には水玉がおびただしく跳ね上がっていた。

「強い雨が降る時には、ベートーベンのような激しい曲が雰囲気に合うのよ。外が静かな時は、ビバルディのような優しいバロック音楽。心の状態と音楽との関係もそうみたい。相似形なのね」

雨が降り始めると、故分《ゆえ》らぬモナリザのような微笑《えみ》を浮かべて美智子は言い、LPレコードをオーディオにセットして、ロッキングチェアーに座った。

交響曲第五番『運命』の強打の響きが、スピーカーから「飛び出して」来た。

雷混じりの驟雨にふさわしい曲だ。追い続く楽器の、躍動する大量の音のうねりが、僕の頬毛の周りの空気を微かに揺すった。友人の高崎は、この自分の別荘に、六個の大中のスピーカーを備えた、本格的なオーディオルームを造っていた。高崎は、生演奏の迫力と、その臨場感の再生に取り憑かれた、あのオーディオマニアの一人だった。

室内には『運命』第一楽章の雄渾壮大な調べが鳴り響いていた。しかしそれは、椅子に座ったまま、もはや息を引き取ってしまっている静かな淑女を送るには、余りに雄々しく、激烈な曲だった。

モーツァルトの、珠玉のきらめく連なりのような流麗なピアノ曲こそが、その死にふさわしい音楽だったのだ。

不意に訪れた死。死神の気まぐれで、理由不明の裁可が下されるや、多くの人物の出現と出来事の発生が仕組まれていた美智子の明日は、粉々に砕かれて、そして消失してしまった。一切の約束事が反古《ほご》になり、スケジュールを記すカレンダーは一瞬のうちに真っ白になってしまった。

死を予兆するものなど何もなかった。

その日の朝、僕達は二人で山の麓に広がる田園を散歩した。

霧のたちこめている朝。あちらこちらの畑には、球形の、ボーリング玉のようなスイカが列を成して並んでおり、その表面に霧の水滴が、ひどく汗をかいたようにびっしりまとわりついていた。

「この連中、早朝ランニングでもしてきたのかね!」

畑のスイカを指差し、笑いながら僕は言ったものだ。

「きっと早割り引きのボーリングをしてきたのよ!」

矢張りスイカにボーリング玉を連想したのか、美智子は笑ってギャグを飛ばした。

陽気な明るい朝だった。

長く続いていた美智子の前夫との離婚の審判が確定して、僕達は正式に夫婦になる事が出来たのだ。

僕はすっかりうかれていた。多分に狂躁気味で、大層気分が高揚していた。

こういう時には口も多弁で、動きも活発だ。

スイカ畑のすぐそばを余り大きくない川が流れていた。衝動的に僕ははだしになり、畦《あぜ》道から坂を下って川に入った。水は恐ろしく冷たかった。浸かっていると足が痛いくらいだ。山の湧き水が流れていたのだろう。

美智子も素足になって川に下りて来た。

「メダカとりをやろう!」

単細胞の愚鈍のように野放図な調子ではしゃぎ、僕はメダカだか何だか分らない小魚を追いかけ出した。

夢中になってそれからどれくらい川の中を走っただろうか。

息が切れて僕は立ち止まり、前屈みになって「ぜーぜー」と、顔に苦悶を浮かべて吐息した。

足元の水草の周囲に無数の透明な水泡が輝いてひしめき、流水の上でせわしく踊っていた。

澄んだ冷たい水の層の底では、足の甲が屈折して拡大し、水流に歪んで揺れていた。

霧はさほど濃いものではなかったが、それでも遠くに行くに従って重層的に密度を増しており、ある地点から、霧は白煙の部厚い帳《とばり》のようになって、先の景色は何も見えなくなっていた。

自分の周りの一定の空間が、霧のベールに囲まれて他から遮断され、孤立した一つの世界を作っていた。

静けさがあたりを支配し、水のせせらぎだけが聞こえている。

両手を円筒状のメガホンにして、僕は美智子の名を呼んだ。が、何の返事もない。

川面を荒々しく音を立てて裂き、大ぶりな飛沫を自分のジーンズに浴びせ返しながら、僕は上流に向かって大股で駈け始めた。

朝の陽線が霧に溶けて、大気は薄い乳白色になっていた。

百メートルばかり上流へ上った頃、向こうに人影がシルエットのようにぼんやり見えて来た。

近づくにつれ徐々にその輪郭は明瞭になり、霧の中から美智子が現れて来た。それは何だか映画のシーンのように詩的で、幻想的な光景だった。藤色の下地に、鮮やかな黄色の夏花を描いたワンピース服姿の美智子はきらめき、凛とした気品が全身に漂っていた。

以前、美智子の母が入院した時、見舞に行った僕を出迎えた彼女の姿が思い出された。

その時、美智子は濃紺のスーツを着て、微かな消毒液の匂いの漂う病院の、ほのかな明りの夜の廊下の静寂《しじま》の向こうから、ゆっくりとした足取りで歩いて来た。

ハイヒールをはいた美智子の、背の高い、均整のとれた容姿。優雅な雰囲気をたたえて、穏やかに微笑みながら美智子は近づいて来た。その容貌には息をのむような美しさがあった。まどろんでいた僕の愚図な美感は強烈に覚醒させられた。

「それにしても」と僕はその時驚き、そして思ったものだ。

『あの輝き、あの美しさは一体彼女のどこから出て来ているのだろう！』と。

音楽は、時として、埋没していた記憶を脳裡に突発的に喚起させてくれる。匂いや香りもまた、過去の光景を瞬間的に心中に甦らせて、「感情」までを再生させてくれる。時の経過の中で化石化してしまったある体験が、ある匂いや香りを嗅いだ途端、フラッシュの閃光のように心中に髣髴し、その当時の情念、思念、情感、身体感覚などの一切のものが、生々しい現実感を伴ってそっくりそのまま心に再生される事がある。日常生活に間々ある、脳内作用の不思議な現象だ。

今も、病院や薬局などで消毒液の匂いに接すると、以前のあの夜の光景がまざまざと甦って来て、胸はうち震え、美智子への愛惜の情が次々ととめどなく溢れ出して、僕は平常心を失ってしまうのだ。

「どこまで行ったの？」

「ずっーと向こうまで」

僕は照れ笑いをしながら言って美智子に近づいて行き、その手を握って引き寄せた。そして直後に、思いっきりの力を込めて美智子の身体を抱きかかえた。

「何をするの?!」

ブランコを揺らすように、「振り」をつけて僕は美智子の身体を横にして空中で左右にし、その余力を以って足元の一点を中心に、浅瀬の上で美智子を抱いたまま勢いよく回転し始めた。

美智子は驚いて悲鳴をあげたが、しかしそれは何だか「歓声《たんせい》」のような、嬉しさが溢れる声だった。

「こんな事されたの初めてよ!!」

五、六度回って美智子を浅瀬に立たせると、めまいにくらむ身体を僕にもたせかけながら、美智子は満面笑顔のびっくり眼《まなこ》で叫ぶように言った。

僕は心中に急に湧き上ったいとおしさに衝《つ》かれ、そんな美智子の頬に激しく唇をつけた。

先程美智子を見失った不安の反動もあった。

霧に包まれた僕達の姿はどこからも見えはしないだろう。安心感が大胆さを促し、僕は両手を美智子の背中に回して身体を抱きしめると、貪るようにその唇に唇を重ねた。

「あっ」

あとは言葉が続かない。唇を覆われた美智子はうなじを後ろにそらせながらも、その腕にあらん限りの力を含めて僕に抱きついて来た。

『愛し、愛されているのだ』

喜びに震えながら、心底から、痛烈に僕は思った。

僕と美智子との、全くの二人だけの世界がそこにあった。そしてこの時、これがこの世での最後の抱擁になろうなどと、僕は知るよしも、知るすべもあるはずがなかった。

『この瞬間の為なら、何もかも、一切をくれてやる！』

美智子を強く抱きしめ、僕は心の中で、迸る歓喜に浸

りながら叫んでいた。、、、

こうして、ここに至る迄の、美智子と僕との短い愛の物語があった。どこにでもある愛の物語。しかしそれは、当の一個人にとっては、たった一つの、決して消え去る事なく永久に心の中に刻み込まれた、かけがえのない愛の物語なのである。

1

江南《こうなん》市は、街全体が緑地の公園のような明媚な所である。市の中央部を大きな川が太い動脈のようにして流れ、その両側の広い河川敷はほとんど芝生で覆われていて、四季の色彩豊かな花々が、芝生の随所に造られた花壇にふんだんに植えられている。温暖な南国風の気候の為、熱帯樹が生成し易く、街路や家々の庭のあらゆる所に蘇鉄や棕櫚の木などが繁茂して、街はさながら光と緑の氾濫する南洋の島国のような景観を呈していた。

市の、台形を成すその地形の底辺部は海に面している。商船が碇泊する港があり、その隣地には広大な市立の公園が造られている。

陽の光りがきらめき溢れ返る或る日の午後、僕と美智子は公園内の木製のベンチに座って、眼の前に広がる海をながめていた。前方の海面ではさざ波が立ち、それが幾重もの白いめくれを繰り広げていたが、ずっと遠方では、水平線が大きく膨らんで広大な円形を成し、藍青色の濃いインクのような海はゆったりとした静寂に包まれていた。

外国に向かう船が三隻、はるか彼方で模型のように小さく浮かび、煙がその上空で細い帯になって止まっていた。

「動いている船のようには見えないわ。でも、油断をしていると、いつの間にか水平線の向こうに消えてしまっている。海のあちら側に落っこちてしまったみたいに。そこには崖があるのかしら。それとも滝になっているのかな。落ちたら、血が熱湯のように煮えたぎっている地獄の滝壺があり、船はばらばらに砕けて、欲をぎっしり肉袋に詰め込んだ邪な人間達が、次々とそこで溶けながら泣きわめいて死んで行っている、、、」

その顔にいたずらっぽい笑いを浮かべて美智子は言

い、僕の顔を見た。

時々想念が三段跳びをしたような事を言う女性だ。

「おー、まるでダンテの地獄か、ボードレールの悪の華の世界だね！」

両掌を上向きに開いて肩をすくめ、外人のような大袈裟なジェスチャーで、眼をしばたかせながら僕は美智子に言った。

「馬鹿ね！」

美智子は破顔一笑して僕の肩をぽんと叩き、ここで二人一緒に大笑い。

ロマンチックな海への想いはこれで断ち切れた。

付き合っている内に、いつか僕達の間にはこんなふざけたやりとりが頻繁になっていた。

おどけて、ジョークばかり飛ばしている僕の珍妙な「磁力」に作用されて、美智子もその方面の性向が開花したのだろう。

かつては決して戯《ざ》れ言を口にするような女性ではなかった。

毎日長時間ピアノのレッスンにはげんで夜は静かに読書に耽り、日々の生活に於ては、何事であれ真面目に且つ真剣に対処する姿勢を崩さず、下俗な冗談や野卑な言動からは常に数歩隔てた所にその身を置いている、謙虚で物静かな女性だった。

お世辞にも上品とは言えず、おっちょこちょいで、多少助兵衛で、駄洒落と滑稽が二本足で酒を飲みながら歩いているような僕と出会って、可哀相に、美智子はすっかり俗化し、滑稽化してしまったものだ！

その日二人でいた公園——市立中司《なかつか》公園で僕達は出会い、語らいあったものだった。

初めて僕がそこで美智子と出会ったのは、知り合ってから二週間後の事だった。僕は得体の知れない憂愁に浸りながら、ロダンの「考える人」のような格好で、眉間に皺を寄せて頬杖をつき、ベンチに腰掛けていた。秋の休日の夕暮れ時だった。

僕はその二日前、大学の図書館のロビーで偶然すれちがった美智子を呼び止め、数分間会話をした時の事を、一々こまかに思い浮かべていた。

そうして美智子への思いが次第に膨張して行き、心が惑乱と、美智子の夫への嫉妬の渦の中に巻き込まれようとしていたまさにその時、何と当の本人が僕の眼の前を通りかかったのである。

『！』

全く驚いたものだ！

美智子は僕に気付かずに行こうとした。

「柳原さん！」

追いすがるように、必死の感じで僕は思わず叫んだ。

美智子は振り返り、「意外」というような顔をして、ややこわばった眼付で僕を見た。

後になって美智子が告白したところによると、実はこれは演技だったのだ。

美智子は、僕を識るずっと以前から、僕がしばしば中司公園に行き、散歩をしながら考え事をしたり、ベンチに座って海をながめたりしているのを見かけていたらしい。（美智子の実家は公園の裏手にあった）。

美智子はその日、公園内を通る用事など何もなかったというのだ。

「いつも公園にいた、見るからに先生らしい風貌の人が、あなただと分ったのよ。それで〻、私、――――とにかくあなたに会いたかったの」

後日、美智子ははにかみながらこの日の事を追想し、「真実」を告白したものだ。

「どこに行かれるのですか？」

「ちょっと港の方まで〻」

「お急ぎなのですか？」

「いえ〻」

「ここは夕焼けが綺麗に見えて、海のながめもいいし、とても気持が良いですよ。少し座って話していきませんか？」

「え？〻ええ、少しだけなら〻」

美智子は瞬間戸惑うような素振りを見せたが応諾し、僕が座っているベンチの隣りに腰掛けた。

うっすらした香水の、爽やかな香りが優しく漂って来た。

喜びと期待と緊張で、僕の心臓は大人げもなく早鐘を打っていたが、鷹揚そうな笑顔を浮かべてごまかした。

しかし身体が硬くなり、笑顔もひきつっているのが、自分でもよく分った。

「公園にはよく来られるのですか？」

「実家の近くですから、こちらに来ている日は時々散歩に」

「僕は高校生の頃からしょっちゅう来ていますよ。一日一回として、合計もう二万回も来ました。僕が生きていた日数《ひかず》よりも多くね。へへ！」

「まあ」

「何百本もの樹や、沢山の植物がせわしく呼吸《いき》をしている音が聞こえて来るようなこの公園にいて、あの重濃な紺色の、果てしなく広い海をながめていると、僕は重い気持から解放されて、洗われたようなすがすがしい気持になるんです。特に今は思い煩う事が多くて……（僕は美智子の顔をそっと見た）。あの海の向こうは一体どこなんでしょうか。恐らくアメリカの西海岸あたりの州でしょうね。そこには見知らぬ外国人が何百万人もおり、時間の違う別の世界がこっちに関係なく存在していて、活発に動いている。不思議ですね。いつか港にいる船に乗せてもらって、真っすぐ延々と海の上を向こうに行ってみたいですね」

「三週間もしたら、コロンブスみたいに大陸に遭遇ですわ」

「そう、アメリカ大発見！　ノーベル賞ものですわね、これは。ノーベル大陸賞。へへ！」

「ふっ」

美智子は相好を崩して吹き出し、首を半転させて、僕の顔を横から笑いながら見据えた。その眼差しには暖かいものがあった。

僕は勇を鼓して美智子に顔を向け、そのままその眼を、思いを含めてじっと見つめた。

と、美智子の顔から笑いが消え、急に真顔になった。心の中の何か確かなものを掴もうとするかのように、互いに真剣な顔をしてしばらくの間見つめ合った。

それは愛の所作だったと思う。何のいわれもない男女がそんな見つめ方をしはしない。

『「あなたのことをとても思っています」河上先生と目を合わせながら、わたしは心の中で言っていた。わたしは河上先生が好きだ。二人だけの、この機会を逃したくないと、わたしは必死だった。……』

後日、美智子はこの時の事を書いた日記を僕に見せてくれたものだ。

僕とても懸命だった。しかしいつもそうなのだが、僕は他人の眼を長く見つめている事が出来ない。一体何故なのだろうか。羞恥に耐えられなくなり、すぐ相手から眼をそらしてしまうのだ。特に女性に対してはそれが病的なくらいにひどかった。

で、突然ぷいと眼をそらし、(照れ隠しの) 気難しい顔をして、僕は海の方を見やった。美智子はまだ僕を、横から「じっ」と真剣な眼差しで見つめていた。

「大学の授業は大変なのでしょうね」

顔の向きを変えないで、強いて落着いた風を気取りながら、僕はその場にそぐわない事を口走った。

「えっ?」

「あの、週に何日授業を受け持っているのですか?」

「月、水、金と隔日に三日間ですの。でも負担にはなりませんわ」

「、、、」

早や次に持ち出すべき言葉が頭に浮かばず、僕は心中うろたえた。

美智子は僕が話しかけるのを待っている。

「あの、、」

「?」

「何を話しましょうか」——そんな間抜けな事は言えないだろう。

焦りが気持をせき立てたが、しかしどうにもならなかった (全く言葉が湧き上って来ないのだ!)。

僕はワイシャツの胸ポケットから、不様なくらいにあわててタバコを取り出そうとした。

「河上先生って」

「はあ?」

「恥ずかしがり屋さんなんですね」

僕は「苺《いちご》」のように顔が真っ赤になっていた事だろう。そんな僕を窺いながら、美智子は首を傾げて「にっこり」笑った。

僕は両腋の下にどっと発汗し、いよいよものが言えなくなって困窮した。

「お休みの日に」

少しの沈黙の後、美智子が微笑みながら助け舟を出した。

「また、ここでお会い出来るといいですわね」

「はあ」

　へまな感じで頭頂部辺りを意味もなく掻き掻きしいしい、僕はのろまに言った。美智子のその言葉が、婉曲な愛の告白だったなどという事には全然気付かずに。

　僕はすっかりのぼせ上がって何が何だか分らなかったが、この時木材を満載した運搬船が、小さなタグボートに曳航されて港の中をゆっくり移動しているのが眼の端に映り、『あんな小さな船が、大きな重い船をよく引っぱって行くものだ』と変に感心したのを、はっきり覚えている。どんな興奮状態にあっても、どこか一ヶ所くらい意識が妙に冷めているものだ。そして自身も、その冷めている所の自分をまた意識している。

「用事がありますので、私はもうそろそろ」

　言いながら美智子はベンチから立ち上がった。

「明日は授業ですね」

「明日は大学の創立記念行事がありますから、授業はお休みですの」

「そ、そうでしたね！」

　僕は額にまで汗が一気に吹き出し、それは小粒な数珠みたいになって横列にびっしり並んでいた事だろう。

「さようなら」

「さ、さようなら！」

　微笑みを含めて一礼すると、美智子は今来た道を静かな足取りで歩いて行った。

　美智子は港の方に用事があったはずだったのに、行く方向が違っていた。上気《（ボー）》していた僕は、勿論その時、そんな事に気付きもしなかったが。

2

　中司公園で美智子と出会ったのは、正確にはそれが初めての事ではなかった。

　美智子と過ごした間に撮った、二冊のアルバムの、第一冊目の最初のページに、友人の高崎と一緒に、一人の異様に美しい少女が写っている写真が貼ってある。その少女が美智子だ。

「これ、私よ!!」

　かつてその写真が収められていた僕の古いアルバムを一緒に見ていた時、美智子は吃驚して叫んだものだ。その少女がまさか美智子であったとは。そして十四年後にその少女と再会して、深く愛し合う仲になってしまおうとは。

現象のもととなる種子は、既に昔に播かれていたのだ。時を経るうちに、それが養分や水分を吸収して成長し、やがて熟して果実となり、現実の一つの事実となって現れて来た。

世に「偶然」と言われる出来事も、丹念にその過程を辿って行くと、必ずその奥に、下地ともいうべき予備的な、小さな伏線が網の目のように存在しているのが見えて来る事だろう。

その写真の美智子は、正面を向いてVサインを作っている高崎の左後方で、女友達と談笑しながら横向きに立っていた。白いテニスウエアを着て、白い靴下に白い運動シューズをはき、右手には白色の柄《え》のついたテニスラケットを持っている。全体が白で統一され、若さと清潔感が溢れ返っていた。

ずっと以前からしばしば中司公園で遊んでいた、すこぶる可愛い小学生の女の子の事が強く心に残っていたが、帰省して久しぶりに公園で見かけたその少女は、既にその時中学生で、背も一段と高くなっており、随分と大人びた顔付になっていた。

整った濃い眉毛と、聡明さが宿る美しい大きな瞳、そして一級の彫刻家の手で造られたかのような、高い、見事な線を成す鼻梁。少女は子供の頃の可愛さを順調に成熟させて、確実に成人女性の洗練された美しさへと変容しつつあった。身長は百六十七、八センチくらいあっただろう。

写真を撮る時、たまたま少女の姿が見えたので、僕は高崎に場所を移動させ、意識的に彼女を被写体に入れたのだ。

この時の事はよく覚えている。(これを書いている)今から十五年余り前の八月の夏休み、美智子は中学三年生で十五歳、僕は大学四年生で二十二歳だった。

中学生になって、美しさが精緻な磨きをかけたように益々輝き始めた美智子を見て、少なからず動揺した事を、僕はその日の日記に書いている。

その三年前の日記の随所にも、公園で近所の子供達と遊ぶ、図抜けて美形の小学生の女の子の事が書いてある。しかし、美智子はただ美しかっただけではない。僕の心を直感的にとらえて離さない何かをもっていた。

あの熱的に愛し合う男女のみにある、出会った瞬間に感じる、一切を了解し、その総てを底まで貫く光源のようなものを、彼女はもっていた。

写真を撮ったその年の夏、公園内にあるテニスコートでテニスをしている美智子を僕はしばしば見かけたものだ。美智子は中学校のテニスクラブに入っており、公園のテニスコートが学生の専用の試合場になっていた。僕は立ち止まってよく見物をした。

無情にも美貌とは生まれながらにして完全に無縁であった、偏平顔《ぺちゃんこ》の女友達がかつて僕に言った事がある。

「美人は何故かしら、不思議なのね。顔が綺麗なだけじゃなくて、言葉遣いも、仕草も、肌も、指も、髪も、何もかもが優美で、さまになっているの。服を着れば着たてで、どんなものでもぴったり決まって美しい着こなしになる。不潔とか、不調和とか、どじとかいうイメージが全然ないの。道を歩いていても、石につまづいて不様に転ぶなんてことは絶対にないわ。本当に得よね。全部揃っているの。どうしてなのかしら？　そんなことって許せると思う？　全然不公平よ！　私なんか醜顔《これ》のせいで、今までどれくらいひどい目に――」

その言う通り、テニスをしている美智子の姿態は、完璧な一つの美しい絵のようだった。

上半身を大きく後ろに反らせてボールを空中に放り上げ、バネのように反動してダイナミックにサーブをすると、ボールは変則的な鋭いカーブを描きながら強烈な勢いで相手方のコートへ「突進」して行く。

ボールが打ち返されると、美智子は激しいダッシュですかさずそれに追いつき、地面を跳ね上がりながら上半身を前方に捩って、思いっきりの力で、叩きつけるようにラケットを振る。乾いた硬球の音がコート内に響き渡る。

翻る短い白色のテニススカートから、美智子の成熟に近い、長い脚線が露わになっていた。

公園内を散歩する人達のうちの何人かがテニスを見物していたが、美智子の秀でた運動神経を裏打ちする敏捷な動きと、その白色のテニス服姿に見事に調和する美貌に、讃嘆の声を上げていた。

「綺麗な子ね」

「うむ」

「凄いね！」

「全く!!」

もし大通りを歩いていて美智子とすれちがえば、恐らく十人のうち九人の者が、「えっ」と眼をしばたかせて後ろを振り返る事だろう。それ程に美智子の美しさは桁外れなものだった。

おおよそある人間への極端な礼讃の底には、その度合に比例した礼讃者のコンプレックスか、鬱屈した感情が潜んでいるものだが、僕には「美」に対してひがみや妬みを抱くべき心のトラウマはなかったし、また「美」への格別な執着があったわけでもない。ただ美智子を見ると、「美しい」という言葉が、一切の思惑や深慮なしに、衝動的に口から飛び出して来るのだ。

何とも尋常ならざる美人だったが、美人の総てが女優や、王国の妃になるわけではない。

そのほとんどが、下司な男どもの執拗な誘惑や、情欲にぎとついた邪悪な「姦視」に苛まされながら、取り立てて美男ではないが、温厚で裕福な男に情熱的に愛されて結婚し、恐ろしく大切にされて平板な一生を終える。かつて市井に埋もれた、何千・何万人のクレオパトラや、幻の大女優がいた事だろう!

時勢と、僅かの偶然に乗じた者のみが表面に浮上して脚光を浴び、歴史に名をとどめる。

美智子も大学時代に、首都圏の映画会社から女優の話が持ち込まれたらしい。(その道に携わる者は、その道の情況を早急に窺い知る異常な嗅覚をもっているものだ)。

しかし美智子は拒否した。

「いやだから、いやだったの」

その理由を聞いた僕に、仔細を語らず美智子は言ったものだ。大方の予想通りにはいかない考え方もあろう。結局美智子は銀幕のスターにも、王妃にも、社交界の花形にもならず、飲ん兵衛で、好色で、お人好しで、ひょうきんな僕の妻になり、その虚飾のない短い一生を静かに終えた。

しかし僕と生を共にした事が、美智子にとって、「高名」な人生より不幸であったなどとは絶対に言わせない。

「私だけよ。、ずっと、ずっとよ」

抱き合った僕の手を強く握りしめ、美智子はすがるように、切なげな声で言っていた。熱く唇を重ねながら、僕もまた同じ言葉を美智子に返した。

そう、それ程までに真摯に、真剣に、まさに全霊を注いで愛し、愛された女性は美智子より外にいなかった。「愛している」――この気障《きざ》で浮いたような西洋風の、日本人の語感にそぐわない言葉が、何の抵抗感もなく素直に互いの口から迸った。

「私は今、とても幸せなの。でもよくテレビのドラマなんかで、恋をしている女性が言うわ。『いの。この信じられないような幸福が、明日にもガラスのように砕けてしまいそうな気がして、ひどく、ひどく不安なの』――あの言葉って本当ね。しみじみと感じるわ。今の私の気持がその通りなのだから。明日あなたが突然死んでしまったら、私はどうすればいいの!? そんな事って考えられない。もし大地震が起きて日本中が壊滅状態になってしまったら。…怖いのは戦争なの――核戦争が始まってアメリカやロシアがどこかに水爆を落したら、もう駄目ね。世界は破滅よ。それが明日かもしれない。今日かもしれない。そんな事が百パーセントないなんて、誰も言えないわ。… 幸せを殺す凶器は私達の周りのあちらこちらに、それこそ無尽蔵に潜んでいて、獰猛に出る機会を窺っているのよ」

漠たる不幸の予感が僕達の愛をせき立て、益々二人を緊縛させて行った。

そして一年にも満たない僅かの間だったが、僕達は「愛の壺」の中の蜜を存分に共有しあった。

「もういい。これ以上のものはいらない。他に何が在《あ》っても後悔する事はない。君を識っただけで充分だ!」

美智子を愛しながら、何度僕は言った事だろう。

「私もあなたと同じよ。今も、これからもあなただけでいい。あなただけなの」

そして或る日、化粧を直しながら鏡の中を見つめつつ、美智子は小さく、驚いたように言ったものだ。

「まさか男の人をこんなに愛するなんて、思った事もなかったわ。

ついこの間まで、私は別の世界に住んでいたのよ。その暗い裏庭の舞台が突然回転して、登場人物も風景も全然違う表側の明るい世界に出て来てしまったみたい。夢中になって自分が自分で舞台を回したのかもね」。

そう、愛が僕達にもたらす行動は予測不能だ。そいつは突然何をしだすか分らない。それも想像も出来ないような激しいエネルギーを伴って。恋する人間達は大胆不敵になり、一途に明日に向かって駈け走る。

内向的だった美智子も、愛の魔力《ちから》によってことごとく変容した女性だ。

美智子の、型枠にはまった平凡な日々は、僕との出会いによって突然方向転換し始めた。例えてみれば、棋盤の直線上を進んでいた鉄駒が、左端にあった強力な磁石に吸引されて、いきなり直角に「左折」したみたいなものだ。以後駒は二度と元の枠に戻る事なく、別の運命線に入って、そこから全く別様の世界が展開して行った。、、、

3

いつの頃からかゆっくりと気温が下がり始めて夏が衰退の気配を見せ出すと、烈しい日照りに炙られていた大気の、オブラートの薄い膜のようなその表層が一枚一枚とめくれて行って、あたりに清冷が漂って来た。

目にする風景は、その色彩が濃くなって輪郭がいよいよ鮮明になり、清冽な青空のもとで、爽やかな秋の息吹が静かに聞こえていた。


そんな九月の末の土曜日の午後に、僕は美智子と出会った。

その日、僕は高校時代の友人の高崎に招待されて、湖の近くの高台に建つ彼の別荘を訪れた。

高崎はアメリカの大学で数学を教えていた。二ヶ月の休暇が終って日本を離れる事になったので、彼は親しい人達を呼んで別れのパーティーを催したのだ。

その日、僕は十一時に車で家を出たが、交通事故の渋滞に巻き込まれ、高崎の別荘に着いたのは一時を大幅に過ぎての事だった。平常ならば、江南市から郊外のその別荘までは二十分もかからない。

僕が着いた時には、正午に始まったパーティーは盛り上がりの真っ最中で、開け放たれた窓から、シャンペンを抜く軽快な炭酸音《「ポン」》や、笑い声やら掛け声やらがにぎやかに聞こえていた。

「遅かったなあ！」

部屋に入って席に座った僕を見て高崎が上機嫌な酔い口調で言い
「トラックが転んで、道路が閉鎖されてしまったものだから、、」

と汗を拭きながら弁解する僕の眼の前に、誰かが大型のジョッキを突き出した。僕はせかされ、なみなみとジョッキに注がれたビールを一気に飲まされた。

更に高崎の妻が寄って来て、挨拶をしながらシャンペングラスにシャンペンを注いだ。シャンペンはグラスの中で無数の泡を昇らせ、泡は外気に触れると、小さな発泡音《ピチピチ》を立てて次々とはじけた。隣りに座っていた同僚の宮本も、透明なワイングラスに血のように赤いワインを一杯に注いだ。ワインは表面張力の作用で丸く盛り上がり、グラスから少しはみ出して、今にもこぼれそうに揺れていた。

またジョッキにはビールが威勢よく入れられて、「白い泡の層」が上口から膨らむようになって溢れ出した。

「遅れて来た罰にそれを全部飲めええ!」

無責任にはやし立てる馬鹿陽気な声が聞こえ
「酒の三種混合飲みかね! へへ!」

といいながら僕は相好を崩し、グラスやジョッキの酒を次々と飲み干した。そして更に調子に乗って、卓上の瓶の中にあったシャンペンを、息もつかずに「ラッパ飲み」した。

「ふうー」と、早や酔眼になって酒臭い息を吐くと、同時に口笛が鳴り、満座拍手と喝采《やんやごえ》。僕はお調子者よろしく右手を挙げてこぶしを作り、「ガッツ」のポーズ。阿呆の狂言回しみたいな事をやれば、雰囲気は更にくだけようというもの。

部屋の中ははずみがついたように一層にぎやかしくなった。

食堂とリビングルームとを合わせて二十畳以上あろうかと思われる空間に、テーブルが長方形に置かれ、高崎の同級生や大学関係の友人など二十人ほどが座っていた。ほとんどが僕の顔見知りの者だった。

美智子は高崎の妻の音楽大学の後輩として招かれ、僕から四人隔てた右横に座っていた。

僕は料理に僅かばかり箸をつけた後、すぐに席を立って真向いに座っていた高崎の所へ酒を注ぎに行った。

「遅れて申しわけない」

僕は高崎に再度詫びを言ったが、豪胆で気さくな高崎はもとよりそんな事には拘泥せず、講義のスケジュールの都合で、来年は日本に帰って来れないと嘆息し
「今日でお前ともしばらくお別れだなあ。ひょっとした

らこれが最後の別れになるかもしれないぞ。明日の事は誰にも分らないからね」

と笑いながら言った。

「まだ死神はお出ましにならないだろうが——今時そいつらはハンモックに揺られて、のんびり昼寝をしているよ！　——しかし、別れは辛いね。、、君に勧む　更に尽せよ一杯の酒　西のかた陽関を出づれば故人無からん」

「王維か」

「そう『高崎康彦の米国に使いするを送る』だよ」

「あれは心に滲《し》みるいい詩だなあ。

渭城《いじょう》の朝雨《ちょうう》軽塵《けいじん》を浥《うるお》し
客舎《きゃくしゃ》青青《せいせい》柳《りゅう》 色《しょく》新《あら》たなり、、」

該博な高崎は専門外の文学にも随分と通じていた。深い教養と卓越した知性。それでいて少しも傲るところがない。ざっくばらんで陽気な、とてもいい男《やつ》だった。高校時代からの僕の無二の親友だ。もっとも互いに一人の女性を（今は高崎の妻！）競い合った恋の仇敵でもあったが。

「ここに座れよ」


空席になっていた高崎の妻・治子の椅子を勧められて、僕は高崎の隣りに座った。つい先程まで座っていたのだろう、椅子には未だ高崎治子の温《ぬく》もりが残っていた。嫌な人間の温もりなら身震いがするが、かつては僕が恋慕した女性の体熱だ。心の奥底に、親愛な、嬉しいような微妙な思いがあった。

僕は酒を飲みながら高崎と談笑しつつ、何気なく出席者を見回していた。

美智子は僕の（不在の）席から四つ離れた席に座り、横顔をこちらに見せて、隣りの女性と何事か熱心に話し込んでいた。

酔って軽佻に浮遊していた僕の目線は、突然、漏斗《じょうご》の穴に吸い込まれていく液体の如くに、抗うすべもないといった感じで、話をしている美智子に吸引されて行った。絶頂期にある映画スターや、勢いに乗る「時の人」が、身体全体からとめどなく発光する、あの華やかな光暈《オーラ》のようなものが、そこにいる美智子にはあった。それはまた、「美」が、ダイヤモンドのような宝石の結晶を原資として燃え、それが外に向かって秀麗な光彩を放って輝いているかのようにも見えた。

美智子の容貌には衝撃的な美しさがあった。

僕の心中を雷電の閃光の如きものが貫通した。愛すべき女性と邂逅した刹那の、あの感動と戦慄――

僕の眼は、初老の女性と話しながらしきりに頷いている美智子に釘付けになった。

美智子は、緻密でなめらかな光沢を放つ白色の絹のドレスを着て、緩やかな楕円状の真珠の首飾りをつけていた。

ふと、『この女性はどこかで見た事がある』との思いが僕の脳裡をかすめた。

瞬間考えたが、思い出せなかった。振り下ろした鶴嘴《つるはし》は、硬い岩石の地殻にはじけ、その内側にある柔らかい記憶の堆積層にまで食い込まなかった。

その女性が、十四年前に、中司公園で人々を感嘆させた、あのテニス服姿の美しい中学生であったなどと、どうして思い起こす事が出来たであろう。

大学を卒業して、辛うじて大学院に進学した僕は、学資稼ぎの為塾の講師をあちこち掛け持ちし、休みにもほとんど帰省する事がなく、公園に行く事もなかった。そして院を終了後、担当教授のえこひいきとお情けで大学の助手に採用されて、僕はそのまま六年間東京にへばりついていた。窓ガラスに四肢を粘着させて、つついても動こうとしない頑固なヤモリのように。若い僕に、文化と情報の多彩な坩堝《るつぼ》である東京は、大層に魅力的な都市であり、たゆまぬ刺激体であった。

、、やがて種々雑多なものを飲み下しながら「時」はうつろいで行き、それと共に透明なガラス質の思考の水晶体は、白内障患者のそれのように白濁して行って、その奥にある古《いにしえ》の体験の団塊を見えなくしてしまった。、、

美智子に眼を固着させたまま、僕は隣りに座っている高崎の身体を肘で突いた。

「あれは誰？」

「ん？」

「あの白いドレスを着た女性」

僕は首を振って、引っぱるように眼で高崎の顔を美智子の方に誘導した。

「ああ、あの人は柳原美智子さん。妻君の大学の後輩で、江南芸術大学のピアノ科の講師をしているよ。綺麗な人だろ」

「、、」

「どうしたんだい。放心したような顔をして。眼が空ろだぜ！」

言いながら高崎は笑った。

「ちょっとあっちへ行って話してくる」

「何だったら紹介してもいいよ」

「いや、いい」

僕は卓上のビールの瓶を持って席を立った。

そんな直情的な行動に出るなど、普段の僕にはあり得ない事だった。

特定の女性を意識した途端、僕は極度に臆してしどろもどろになってしまうのだ。

その時は酒の勢いもあったのだろう。酒を飲むと、臆病が姿を消して、自制のバネも緩み、ひどく大胆になる。しかし、それ以上に、恥じらいや小心な思惑を打ち砕く、心の奥底からの力強い、盲滅法な「棒の如き」突き上げがあった。

僕はテーブルの間を横切って、美智子の座っている席に行った。

「ビールをどうぞ」

いきなりぞんざいに、隣りの女性と話している事など全然無視して、僕は美智子にビールの瓶を差し出した。

「、、、」

話を止め、怪訝そうに顔を上げて美智子は僕を見た。しかしそれは邪険な、射るようなそれではなく、穏やかな、優しい眼差しだった。

「江南芸術大学文芸学部の河上真一郎です。あなたも江南芸大で教えていらっしゃるって？」

「音楽学部でピアノを、、」

「これは奇遇だ！」

僕は素っ頓狂な声を上げた。隣りの女性が驚き顔で僕を見た。

「あなたが同じ大学とは知らなかった。僕はフランス文学科で教えています。しかし、それにしても、大学では一度もお目にかかった事がありませんね。いつからお勤めなのですか？」

「去年の四月から、、」

「近すぎるとかえって出会わないのかもしれませんて。逆に遠い所ではばったり出会う。ここから千五百キロ離れた人口千二百万人の東京で、銀座の交差点を渡っていた僕の近所の人が、隣りの家の人と出会って、それはびっくりしたと言っていましたよ。一人は観光旅行で、一人は大学生の子供のアパート探しで上京していたそうです。お互いに眼を丸くして、交差点の真ん中でしばらくポカンとしていたらしいです。不思議と思いませんか？『偶然』というか『確率』というか、これは一考に値する現象ですよ。哲学にしろ科学にしろ、これに関して優に五百枚くらいの大論文が書けるかもしれませんね。へへ！」

「…」

「ところでお住いはどちらです？　僕は旭町二丁目に住んでいます。十三階建の賃貸マンションですよ。両親がいるんですが、一々細かく干渉されるのがいやで、それで家を飛び出したんです。何しろ僕は長男ですから、親がうるさいの何のって…」

僕はドストエフスキーの小説の、あの奇っ怪な登場人物のように、その場の情況や相手の気持などまるでお構いなしに、いきなり勝手に、一方的に、自分の事を滔々としゃべり出した。

「びっくりして、もう開いた口が塞がらなかったわ」

後日、美智子はあきれ顔で述懐したものだ。

「こちらが聞いてもいないのに、自分の事ばかり凄い早口で、それも大声でべらべら話し始めるのだもの。そんな奇妙な人、初めて。時々言い焦ってどもったり、『へへ！』って、何か卑下するような、余り上品でない笑い方をするの。それがとてもちぐはぐな感じを与えるのよ。知的な風貌で、ちょっぴり童顔の好男子なんだけど、『へへ！』と笑うと、全体の調子が崩れてしまうって感じ。まるで不協和音なの。私、戸惑ったわ。どう判断したらいいか分らないんだもの。善い人なのやら悪い人なのやら。高踏なのか、低級なのか。陽気で優しそうだけど、軽薄なものが所々に見え隠れする。酒のない人生なんて考えた事もない大酒飲みだとか、青臭い女子学生には全然興味のない、中年女性好みの助兵衛野郎だとか、そんな事を、小さな口で、ずけずけわめくように言う。そして『へへ！』。少しカチンと来て、私が睨みつけたら、さっと眼をそらした。そういえば、話している間中、私を見ているようで、私の眼を見ていなかったわ。私の瞳から微妙に視線をずらして、少し下の方を見据えているの。この人は豪快でラフなようだけど、見かけによらず恥ずかしがり屋で、照れ屋で、小心で、ナイーブな人だと直感したわ。それを大声やがさつさを装ってごまかしているのよ。自分では隠していると思っているようだけど、そうはいかないわ。傍《はた》から見ると、意外とよく分るものよ。渦の外側にいるんだから。それに鋭い観察眼をもった人は、こんな小さな市《まち》でも沢山いるわ。馬鹿にしては駄目よ。それにしても、手を振り回しながら、しゃべるわしゃべるわ、飲むわ飲むわ！　もうびっくり。私にビールを注ぎに来たのに、自分のコップにばかり注いで、一言《こと》言っては飲み、また一言言っては飲み――興奮していたのでしょうね。夢中になっておしゃべりをしながら、のべつまくなしにビールを口に流し込んでいた。味なんか分らなかったでしょ？

　そして延々と自分の事ばかり御披露目した挙句、今度は何を言うかと思ったら、僕の心には四つの引出しがある、なんて妙な事をウインクしながら言うのよ。

『何ですの、それ?』って私が少し〝関心〟の態度を示したら意を得たりというような顔をして、何だかラッパを吹くように少し上向いて、甲《かん》高い声で話し出した。

　すぐ調子に乗る、単純な人なのね。それに自信家というか、自惚れ屋というか、自分を限度以上に信じきって満足している手合の一人。鼻白むわ。世に打って出ようという野心のある人なら、誰にもそんな所はあると思う。それはそれでいいの。それを内に秘めておけばいいのに、偉そうにふんぞり返り、才能を見せびらかそうと焦って、唯我独尊的にべらべらしゃべるから嫌われるのよ。あなたの悪い癖。謙虚にしていれば尊敬されるし、見る人が見れば、ちゃんと分ってくれるわ。気を付けてね。

『一つの引出しはですね』

　私がちょっぴり不愉快な気持でいるのも知らずに、自己耽溺病、ナルシストのあなたは続けるの。

『一つは、普段の、日常の生活の、心の引出し。これが開いている時は、穏やかな顔をして、時々ユーモアを混えながらざっくばらんに話している。二つ目は、講義をする時の、妥協を許さない、真面目一点張りの、峻烈なそれ。三つ目は、論文や小説を書いている時の、鬼気迫る感じの、後ろにバリアを張って、声を掛けるのも憚られるような、まるでデーモンに取り憑かれたような状態のそれ。そして四つ目は、酒をたらふく飲んだ時の心の引出し。馬鹿陽気になって、べらぼうに寛大になり、人におごりまくり、人をやたら許し、挙句の果てには歌って踊り出す。周囲には人の輪が出来て、満座の笑声《しょうせい》限りなし。

それぞれ四つの場面で、それぞれに適度に応変し、そこにはそれに適《かな》ったそれぞれの人がいる。——つまり四つの心の引出し、四つの世界をもっているというわけ。分りますか？』って。

変なの。心の振幅が大きいというだけで、度量の大きさとか、人間の偉さとかいうのとは別の問題じゃないかしら。

『僕は、博士からルンペンまで、あらゆる階層の人とつきあえますよ』って、指をパチンと鳴らして得意げに言う。『バルザックの小説みたいに』ですって。確かにあなたとつき合っていて、幅広い教養、人の気持の分る深い心、それに優しい感性とか、鋭い機智や珍無類のユーモアに、感じる所は少なからずあったわ。それがまた、あなたの捨て難い魅力でもあると思うの。でも、だからって、威張っては駄目よ。

それで、ようやく話が終ったと、ほっと安堵したのも束の間、あなたは先輩の仁科先生を押しのけて、私の隣りに強引に座り込んでしまった。覚えている？　覚えていないでしょう。飲んだくれて、いい加減に出来上がっていたんだから。

席を取られた先生はびっくりするやら憤慨するやら。パーティーが終った後で、私は先生に平身低頭して謝まったけど、散々な嫌味を言われたわ。あの年で独身で、少し人生にひねくれた女性《ひと》なの。機嫌を損ねたらそれは大変。

あなたはお酒が入ると、本当に常軌を逸するのね。その内酔ったついでに、うっかり命までどこかに落してしまうのじゃないかしら。とても心配。

私の横に座って、その後あなたは何をしたか覚えている？　いきなり私の手を握ったのよ！　初対面の人にそんな事をされたの初めて。全く図々しいセクハラ行為以外の何物でもないと思うわ。酔うと誰にでもそんな事をするの？（はっきり言いなさい！　もう、）

あなたは私の手を痛いくらい強く握って、激しく上下に振り、あろう事か、その後、ビールに濡れている暖かい唇を私の手の甲に押し当てたの！　もう面喰らって、仰天。信じられない事の連続。

向こうの席で見ていた高崎さんが、助けに来てくれた

わ。高崎さんが来なかったら、一体どうなっていた事やら。ひどい狼藉なんだから!」、、、

その日、お別れ会は五時に終った。

半数の者は家路についたが、後刻の予定のない者や、酒を飲み足りない者が居残って、庭で宴が続行される事になった。

酔って何やらたがが外れ、美智子と出会ってでたらめに活気づいていた僕も、勿論残ったが、美智子も高崎の妻に誘われて、残っていた。

別荘の庭は三百坪余りあり、全面に芝生が植えられていた。庭から眼下に、楕円形の湖が一望出来た。細密な波紋を浮かべている湖面に、秋の夕暮れの太陽が静かに輝いていた。

「美しいながめですね」

高揚した気持で、僕は美智子のそばに歩み寄って行き、声を掛けた。

「ええ、とても」

美智子は婉然として微笑んだ。深い情感をその眼に湛えて。

庭に置かれていた木製の大型のテーブルを囲んで、高崎夫妻を中心に、酒を飲みながら様々な話が陽気に交わされ始めた。

「あちらの方で話しませんか」

端《はな》から宴に加わる気はなく、僕は強引に美智子を促し、グループの席から離れた、庭の一隅に置かれていた小さなテーブルに美智子と向かい合って座った。

高崎が向こうの方から、笑いながら僕に手を振っていた。

アルコールが入り、酔いが本格的になり始める頃から、時間は急激に加速する。そしてやがて人は時間の観念を完全に喪失してしまい、振り返れば、時間は記憶の中でだんご状態になっている。

美智子を相手に、相変らず自分の事ばかりを——大学で講義をしているフランスの小説の事や、県内新聞に連載中のエッセイの事などをウィスキーを飲みながら勝手にしゃべり続けているうちに、いつの間にか藍色の夕闇があたりを覆い始め、庭園灯が点《つ》いて空には月が昇っていた。

肌を撫でる涼しい秋風が高台に吹き流れ、オリーブの葉を優しく揺すっていた。

「いいですねえ。僕はこういうながめが、実に、大好きです」

月の光が湖面に照っていた。静寂に満ちた、神秘画のような光景だった。

「見て下さい。このウィスキーのグラスにも月光が溢れていますよ。、、光がこぼれ落ちそう。、、もう何年も前から、今のこれに似たような状景を、僕はいつも想っていたものです。

ギリシャの或る小島にある邸の、芝生が敷きつめられた広大な庭。眼の前には夏のエーゲ海が広がっている。芝生に置かれた椅子に座り、アイスバケットに浸かって冷えているワインを飲みながら、肩を寄せ合って手を握り、黙って海をながめやっている二人の恋人。海から吹いて来る爽やかな微風が、女性の長い黒髪をしなやかに撫でている。遠くには潮騒が微かに響き、銀色の、眩しいくらいの月が、水平線から波打ち際に向けて、末広がりの長い光芒を投げかけている。夜空は星座で一杯、開け放たれた窓からは、少女の弾くベートーベンのピアノソナタが小さく聞こえている。、、

エーゲ海を湖に置きかえたら、何だか少しこの状景と似ていると思いませんか？」

「ロマンチストなのですね」

「三十六歳になっても、心は純情な少女のままです。百歳になってもそうかもしれません。もっともそうなると、いささかグロテスクな観は否めませんがね。老婆がけばけばしく若造りな化粧して、セーラー服を着ているようなものですよ。〝変態！〟と言われて、若者から石を投げつけられるでしょうね。へへ！」

「、、」

僕は美智子を相手にずっとしゃべり続け、のぼせ上がってウィスキーをがぶ飲みした。結果、完全な泥酔状態に陥ってしまい、記憶をことごとく失ってしまった。高崎の肩に抱かれて寝室に連れて行かれた事だけを微かに覚えている。

美智子との出会いの、最初の一日はこうして終った。とんだ酔態を淑女の前で晒したものである。

翌朝、純白のレースのカーテンを濾《こ》して、朝陽がまばゆく寝室に揺らめき、陽の湯の中で小さな塵埃が浮遊していた。

眼が醒めた時、僕はそこがどこか分らなかった。ビバルディの『調和の霊感』が、天井に埋め込まれたスピーカーから聞こえている。心の繊毛を優しく撫でる、典雅なバロックの、黄金の旋律。

歓びを帯びた高揚感のようなものが心中にあり、音楽が更にそれを鼓舞したが、一方では心のずっと奥の方に、鬱陶しい錘りのようなものがぶら下がっていた。気分を負の方向に重く引き下げるもの。どうしてこんな心理状態になっているのだろうと思い、酔いの残る頭の中で、昨日の朝からの記憶をゆっくり辿っていたら、段々と事の次第が明瞭になって行った。

『柳原美智子！』

僕の心の視界に新しく現れ出た女性。

その女性の面前で披露に及んだ不様な酔態。……

一瞬罪悪感と自己嫌悪に襲われ、身体がぶるっと震えた。

『どうにかならないだろうか』

僕は髪の中に両手を入れて、リキッドで湿る乱れ髪を掻きむしったが、どうにもなるはずがなかった。手がべとついただけだ。

『ひょっとして、酔っぱらったのは夢ではなかったのか⁉』

突然そんな想念が踊り出て、寸時喜んだが、夢であるはずがなく、反動で心は更に暗く落ち込んだ。

『しまった！　しまった！』――泥酔して喧嘩相手を負傷させてしまったり、悪女にかどわかされてその手中にはまってしまった後に呟くような後悔の恨み節。

もはや取り返しのつかない事態。思念では操作出来ない冷厳な事実。……

『うーむ……』

僕はうめくような声を上げて、またぞろ髪を掻きむしり、拳固で頭を自罰するように連打した。

寝室の明るさがやりきれなく、僕は蒲団を頭からかぶった。どこかほら穴にでも逃げ込みたいような心境だった。蒲団の小さな闇の中で身体を丸めて呼吸をしていたら、カバーが息で湿って来て、胸苦しくなった。で蒲団から頭を出して、とどみたいに深呼吸をして、またぞろ中に潜り込み、今度は手で蒲団を持ち上げて隙間を作った。空気の流れをよくしたのである。

蒲団をかぶって眉をしかめ、僕は黙然としていた。「水の中に落した石」のような速さでぐんぐん僕の気持は沈んで、ひどい鬱状態になって行った。泥酔から醒めた後にしばしば僕を襲うあの「鬱」。柳原美智子に対する不行状への自責が、それを一層ひどいものにした。

酒を飲むと、（アルコールの刺激で）脳内に「躁」を促す物質Xが大量に放出され、その為僕はいつも馬鹿陽気になって、大はしゃぎをする。しかしXの量にも限度があるので、長時間騒ぎ回るうちに、やがてそれは枯渇してしまう。そして酔いが醒めた後、Xはもう残量が0《ゼロ》の為、元来Xの下層に張っていた鬱物質Yが抑圧を解かれて流れ出して、感情中枢全体を覆ってしまう。——そうした脳内作用なのだろうか。

「躁鬱」に限らず、およそ人間の感情や性格は、脳内の種々の物質が引き起こす化学作用か、色々なホルモンが体内で分泌される、その量の多寡によって左右されているにちがいない。

酒を飲んだら、突然温和な人格が変容して狂暴になる人間は、「アルコールが、狂暴性を促す物質を異常に放出させる」というパターンを生来脳にもっているのだ。怠惰な人間は、「努力」を促進する何かの物質が脳内に慢性的に不足しており、反対に、猛烈型の積極人間は、「邁進性向上物質」の蓄蔵が過剰なのだ。

いつも元気で異様に溌溂としている人間は、「活性ホルモン」の分泌が並外れて盛んなのである。脂ぎって恐ろしく好色な禿げ頭の男の男性ホルモンの分泌が、他の男より二、三倍活発であるのと同じように。、、

蒲団の中で息をひそめていた僕に、「存在の根底」に揺さぶりをかけるような、得体の知れない不安な震えが生じて来た。陰惨な想念が続々と湧出し、中でも父と母が、荒廃した大地に、殺害されて無惨に横たわっている死体の、そのイメージの出現に僕はおびえ上がった。僕は気弱に、へなへなになり、水を抜かれた氷嚢のようにぺちゃんこになってしまった。罪悪感が心に二重三重に覆い重なり、自分がこの地上で最低の愚か者のように思われた。一縷の光明もなかった。こめかみにずきずき脈打つ頭痛と、喉奥には嘔吐感の暗鬱不快な籠《こも》りがあった。高圧釜の部厚い蓋で、上から完全に密閉されたような心の窒息状態だった。

ここで綻《ほころ》びが生じたら、あるいは一線を越えて狂気の世界へ踏み入ってしまうのかもしれない。、、その瞬間

の感覚。そして目にする狂った世界の像とは。、、
ドアを誰かがノックしたが、僕は返事をする気力もなかった。

「おはよう」

笑みを含んだ女性の快活な声が聞こえた。同時にドアが開き、カップと受け皿が小刻みに触れ合って放つ、硬いガラス質の磁器の音が室内の静寂を破った。

僕は蒲団を手で持ち上げて、物憂げにのそっと外に顔を出した。瞬間部屋の明るさにうちひしがれ、僕は眼をしかめた。

高崎の妻——治子が寝台の横に笑顔で立っていた。屈託がなく、いつも明るさと笑いを失わない女性だ。

「あなたの好きなレモンティーよ」

眼の下にくまを作り、僕は陰鬱な顔をしていたにちがいない。

「気分が悪いの？　余り顔色が良くないわ」

「うん、、」

「きのうは柳原さんと沢山飲んだものね！」

からかうように言って、治子は軽快に笑った。

「もう皆さん起きて、コーヒーやお酒なんか飲んでいるわよ。朝食の用意がしてあるから、シャワーを浴びて、すっきりして下に降りて来たら？、、
はいっ、バスタオル」

「有難う」

「朝刊を持って来たわ。あなたのエッセイが載っている。、」

蒲団にうつ伏せ、顔を横向きにして息をしている僕の肩に手を置き、治子は二、三度そこをこするように撫でて、部屋を出て行った。

『一体どういう意味なんだ？』と僕は思った。それは単なる親しみから来た仕草だったのだろうか？

僕は蒲団から起き上がった。

ベッドの上にあぐらを組んでレモンティーを口にすると、清涼な柑橘の香りが鼻腔に流れ込んで来た。匂いは人の心に微妙な屈折を与える。

甘みの濃い紅茶を、息を吹き吹き飲んだら、身体も気持も少し和《なご》んだ。

僕はぼんやりした感じで、治子の置いて行った「江南新聞」を手にした。

〃ミステリー殺人事件〃
一人の人間が二度殺された！

新聞には、平成＊年四月に近くの市で起きた、奇妙な殺人事件のいきさつが書かれてあった。何となく興味をそそられ、僕は記事を眼で辿った。

『F地検は九月二日、村田由香《ゆか》（23）を殺人罪で起訴した。この殺人事件はミステリアスな経過を辿っている。

今年の四月十九日、K市のアパートで木下栄介さん（45）が他殺体で発見された。K警察署は当初、木下さんと交際のあった村田由香から事情を聴き、問いつめたら犯行を自供した為、同女を逮捕した。ところが、五月九日、窃盗の疑いで留置されていた品川大輔（34）が、突然、木下さん殺しを自供。自分が殺《や》ったのに、無実の女性が犯人にされて申しわけないと、品川大輔が泣いて謝った為、村田由香の犯行を確信していた警察は仰天。互いに無関係の二人が、一人の人間を、自分が殺したと主張する異例の展開となった。

供述によると、所持金に窮していた品川大輔は、アパートの隣室に住んでいた小金持ちと評判の木下さんから金を奪い取ろうと、殺害を計画。四月十七日、いい加減な口実を作って木下さんを自宅におびき寄せて、背後からバットで頭や背中を殴打し、その後息が止まる迄首を絞めて、木下さんを「殺した」。そして木下さんの部屋の押入れに「遺体」を運び込んだ後、金銭を物色して逃走したという。

この品川大輔の供述により、F地検は、殺人容疑で拘置していた村田由香を、「証拠が不十分で公判を維持出来ない」と処分保留で釈放した。

しかし、合点のいかないK警察署の担当刑事は、二ヶ月余りかけて事件を再捜査し、その結果、またもや釈放されていた村田由香を殺人罪で逮捕したのだ。

起訴状によれば、村田由香が木下さんを訪れたのは、木下さんが「殺された」日から半日たった翌日の午前二時半頃。村田由香は、働いていたスナックで知り合った木下さんと関係を持っていたが、別れ話が出てもめていた。その日、決着をつけようと、仕事を終えて木下さんのアパートに行ったところ、瀕死の重傷を負って押入れから這い出ていた「死んだはず」の木下さんを発見。村田由香は、「木下さんが別れ話に悩んで自殺を図った」

と勘違いし、「それならいっそ死んでしまった方がすっきりして、すべて片付く」と勝手に決め込んで、木下さんの首を二度にわたって締め上げ、顔を浴槽に沈めて水死させた。

こうした事実の結果、一人の人間の殺しについて二人が起訴され、一人は「殺人」、他の一人は「殺人未遂」という前代未聞の起訴内容となった。

半日の間に、木下さんは、それぞれに関係のない二人から殺意を抱かれて二度殺され、「遺体」もまた同じ場所（押入れ）に隠されたのである。

「自分が木下さんを暴行しなければ、村田由香さんの殺人事件はありえず、幻だったのに」と公判で品川大輔は後悔し、同じ被告席にいた村田由香に「謝罪」したという。

木下さんの母親は、「優しい息子だったのに、残酷に二度も殺されるなんて、何の因果でしょう」と悲嘆にくれている。、、、、』

「江南新聞」は、僕の高校時代の同級生の原口清が、父親の後を継いで発行している県内新聞で、大手の新聞社と配信契約を結んで、県内外の記事を幅広く掲載している。

ただ、文化・文芸欄に幾分執筆の陣容を欠き、記事の調達に手間どって穴埋めするものがないと、原口は切羽詰まって僕の研究室に電話をかけてよこし、「何でもいいから、何かすぐ書いてくれ！」と悲鳴に近い声を上げるのが常だった。

その日の新聞に『死に至る病は重複しない（？）』と題して、僕はエッセイ風の一文を書いていた。

常に不思議に思っていたのだが、不治の病を患う人間に、更にもう一つの不治の病が襲う事はほとんどないという事だ。一つの重病は、他の諸々の重病に対する強力な「抗体」を有しているのではないだろうか。病気だけに限らず、死に繋がる外的な事故などに対しても、強烈な「排斥力」を有しているのではないか。

戦前、死病だった肺結核の患者に、癌の患者はほとんどいなかったらしい。丸山千里博士は、この現象をとらえて病理の面から考察し、結核菌が癌に「免疫力」をもっているとして、丸山ワクチンを発案したという。

追い詰められた重度の自殺志望者は、重篤な死の病を発症しないし、余命いくばくもない末期癌の患者が車にはねられて死ぬ事は滅多になく、また凶悪な事件に遭遇して殺される事もない。

即ち、死に至る病・事故は互いに反発し合って、重複しないのである。同じような事をカミュが『ペスト』に書いているのを読んでびっくりし、更に確信を深めたので新聞に書いたのだ。

このように、「法則」めいた不思議な社会的・自然的な現象は種々あり、斜《はす》に構えて見据えてみると、曇りを取ったガラス窓の向こうの風景のように、不意にそれがはっきり見えて来たりするものだ。

新聞を一通り読み終えると、僕はベッドから降りて、室内にあるシャワールームに入った。二日酔の鬱状態のまま、太陽がきらめく澄明な秋の日を無為に過ごすのは賢明ではない。身体を動かせば、沈んだ思考も感情も流れ出す。行動によって、沈殿し、固まっていたものが、氷の塊が融けるように融け出して流れ始め、心身全体に推進力と活力を与えてくれるはずだ。寝転んでいては、全く何の流動も変化も起きない。

僕は裸になり、足裏にひんやりする碁盤目模様のタイルの床に立って、シャワーの把手を握った。首元に吹き出し口を当てて栓をひねると、熱い湯の棘が強度の圧力で一斉に噴出して来た。連続的にせわしく皮膚を打つシャワーの無数の刺激は恐ろしく心地良く、汗と一緒にアルコールもどんどん流れ落ちて行くようだった。シャンプーの液をたっぷり髪に振りかけて頭を泡だらけにし、ボディーソープを身体に塗りたくってスポンジでこすると、頭から足まで泡に包まれて「泡人形」のようになってしまった。

泡立つ石鹸なんぞ、誰が発明したのだろう——身体を洗いながらふとそんな事を僕は思った。考えてみれば、僕達の身の周りは、人々のあらゆる創造物——発明品の陳列で成り立っている。…

全身に思いっきり熱いシャワーを浴び、身体を「ぽかぽか」にほてらせて僕はシャワールームを出た。

寝室の、畳大の厚い透明なガラス戸を開けると、外は一階にある食堂の屋上で、全面に人工芝が張られて、湖が展望出来る十畳余りの空間が設《しつら》えてあった。シャツを着て僕はそこに出た。足裏を、陽に温められた合成繊維の人工芝の群小が柔らかくくすぐった。

澄んだ大気の上層に晴れ渡っている青空から、溢れんばかりの太陽の光線が浴びせかかって来た。巨大な照明器で、大量の光を爆発的に照射されたようで、シャワーの熱気の残る僕の体内は、更に一気に加熱させられて蒸し上げたような感じになり、眼の底がぎらぎら光った。

周囲の事物が異様に色調濃度を強めて明るくゆらめき、生々しい存在感が――「肉体」と「意識」の明瞭な存在感が僕の内部に突出し、更に、今、自分はこの世に人間としてあるのだという実存の思念が、不意に閃光のように頭中を走った。

肉体が、普段と異なる状態に陥った時に生じる、不可思議な感覚と思念。、、

屋上から見える湖は、はるか彼方まで広大に続く清爽な青空を、鏡のように湖面全体に反映し、孤独で、静謐だった。明るい自然の賑《にぎ》わいが、湖とその周辺一帯では静止しているかのようだった。

僕は屋上にめぐらされた、艶やかに光る銀色の、冷たいステンレスの柵に両肘を乗せ、一面に青色の薄いガラスを張ったような清冷な湖と、湖を囲んで深閑と茂る森の緑をながめやった。

美しい自然の景観は、乱れて疲れた心を鎮静し、優しく癒してくれる。

「食事の用意が出来ましたわ」

湖をながめていると、屋上の静寂《しじま》の背後から、突然若い女性の声が聞こえて来た。

おもむろに振り返って見ると、柳原美智子が、少しこわばった微笑を浮かべて立っていた。

「柳原さん、どうしてあなたが!?」

素っ頓狂な驚き声を僕は上げた。

「昨夜は遅くなりましたので、泊めさせて頂きましたの」

「――」

いつものふざけた饒舌はどこへやら、一瞬のうちに心身共にこわばりが生じて、僕は一言も言葉を発する事が出来なかった。何という不様だ。即座に前夜の非礼な醜態を詫び、土下座でもするくらいの大袈裟な演技をして、寛しを乞う態度をとるべきではなかったのか。例えそれが見え透いた行為だと分っていても、ぬかずかれ、謝まられ、おだてられ、持ち上げられたら、人は顔を緩めて喜び、満足し、そして寛大になってくれる。

あわてて食った餅を喉に詰まらせた粗忽者のような案

配で、僕はただ眼窩《か》の目玉をグルグルさせるばかりであった。

「皆さん、もう食事を始めていらっしゃいますわ」

「――」

『何か、何かしゃべるんだ!』

　しかしうつむきになって、僕は顔を茹で上げたように赤くし、すっかり照れた感じで、「無言のまま」美智子の前を横切って、寝室の中に入って行った。美智子はそんな僕を、興味深そうに、一種特別な情がこもった眼差しで見つめていた。後ろを振り向いて美智子を気遣う素振りも見せず、僕はカッターシャツの袖に手を入れ入れしいしい、逃げるようにして階段を降りて行った。


「おはよう!」

　ドアを開けて一階の食堂に入ると、途端に高崎が、面喰らうような快活な声を僕に浴びせかけて来た。いつも活気に溢れている不思議な男だ。へこたれる事などないのかしらん。(一体どこから絶え間なくそんな元気が湧いて来るのだろう?「活性ホルモン」の作用なのか?)

「おはよう」

　へこんだ声で僕は言った。

「余り元気がないじゃないか。二日酔でいかれたのか?」

「うん」

「きのうは大分酒に飲まれていたからな!」

「すまん。迷惑をかけてしまって」

「たまにはいいさ。馬鹿飲みしてストレスを発散しないと、やってはいられないよ。毒を溜め込んでいたら碌な事はない。それに、美智子さんみたいな絶世の美人を前にしたら、誰だっておかしくなってしまうさ。美が、時には悪魔の使いになる事だってあるよ。僕も、女房と出会った時が、美智子さんを知った後だったら、今はどうなっていたか分らない」

「まあ!　――悪かったわね、今ここにいるのが私で」

「ははは!」

「へへへ」

　高崎は豪快に笑い、僕は気弱な迎合笑《へへへ》いを洩らした。

　食堂には、見知らぬ二十歳前後の女性と、毒気のある変人で有名な江南芸大文芸学部の早瀬教授がいて、食事をとっていた。いやな予感がした。この教授がいると碌な事はない。険を含んだ皮肉で毒づいて人を傷付けるなど、彼には朝飯前の事で、教授会でもすぐに怒って「激情化」し、気にくわない相手を、意地悪くサディスティックに、「こてんぱん」にやりこめ、罵る。頭脳明晰なものだから、理論武装も完璧で、やられた方は口を「糊封じ」にされたみたいになって、一言も反論が出来ない。被害者は人々の面前で容赦ない屈辱にさらされるのである。並外れた知性に邪悪な心が宿っていたら、とんでもない事になる。

その存在が、いつもどこかで悶着や騒動を引き起こしているへんちきりん極まりない男だ。

聞くところによると、つい一ヶ月前にも、居酒屋で隣席の男にからみ、淳朴で生真面目な、恐ろしい腕力の持主のその農夫を、無学者とそしって激怒させ、拳固で殴り倒されたという。

彼は東京の大学の教授をしていた高崎の父の教え子で、度量の大きい高崎は、大学の先輩でもある早瀬教授をそれなりに尊念をもって遇し、傲岸不遜な男（独身）であるにもかかわらず、しばしば家に呼んで酒食を供していた。一昨年、高崎がアメリカの大学に移籍する前までは、僕はよく高崎の家で早瀬教授と出会って酒をつきあわされ、そして散々に嘲弄されたものだ。前日のお別れパーティーにも教授は出席していたが、傍に行くとすっぽんみたいに貪欲に食らいついて、どんな難癖をつけて来るか分らないので、僕は意識的に遠ざかっていた。

空いている席は早瀬教授の隣りしかなかったので、仕方なく僕はそこに座った。

「飲み物は何にします？　ビールを出しましょうか？」

「いや、もう酒は沢山」

「まあ、主人も、早瀬先生も、懲りずに召し上がっていらっしゃいますわよ」

「音楽を聴きながら飲む休みの日の朝の酒は、とてもおいしいです」

「飲んだらどうだね、河上さん。人間はいつ死ぬか分らんぜ。楽しい事を後回しにしていたら大損をするぞ。それとも何かい、今は酒よりも若い女の方がいいのか？」

嘲《あざけ》り笑いを顔に浮かべながら、からかうような調子で教授が言った。

人の弱味とか欠点を鋭敏に嗅ぎつけて、嗜虐的につつき回しながら、なぶりものにする男なのだ。

「メロンとパインとミックスサンドとパスタ。冷たいミルクとオレンジジュース、外にも色々あるわよ。遠慮なく食べて」

「有難う。いただきます」

僕は教授に取り合わず、仏頂面をして、メロンをスプーンで掬って食べ始めた。

何分も経たないうちに、美智子が食堂に戻って来て、僕の真向かいの椅子に座った。

僕はうつむき加減のままメロンを食べ続けた。勿論、僕の広角な視野に美智子の姿はちゃんと入っていたが。

美智子は正面から僕を見据え、その眼は何だか奇妙なくらいに輝いていた。

「美智子さんもビールはいかが?」

「ええ、いただこうかしら。今日はとても気持がいいの」

「それゃいい! 飲みなさい、飲みなさい。酒精も大喜びだ。何しろ美人のお腹の中にただで潜り込めるんだから」

早瀬教授が愚にもつかぬ冗談口をたたいて、早速美智子のグラスに、朝陽に輝く黄金色のビールをたっぷり注ぎ込んだ。美女を前にしては、溢れる毒気も抜かれてしまうらしい。

「乾杯!」

教授が嬉しそうに音頭を取って叫び、高崎の妻を除いて四人は一斉にグラスを右上に上げて乾杯の仕草をし、直後手を左下方に移動して、ビールを口に流し込んだ。

「河上さん、うまいぜ! へへ!」

ビールを一気に飲み干した教授が、吐き出す息と共に、僕にいやみたらしくわめいた。

実にしつこく、藻《も》のようにからみついて離れない男だ。そうしたら嫌われる事を知っていて、わざとやっている。相手の、その嫌悪感を楽しんでいるのだ。

僕は一瞬「むっ」としたが、何も言わないでメロンの果汁を啜った。美智子の前で、悪感情むき出しの低級な取っ組み合いをするような、愚かな場末劇を演じたくはない。

ビールを飲んで気持が和らいだのだろう、皆、弛緩した陽気顔で、前日のパーティーの事を話し始めた。

僕は黙然として、伏目がちにミックスサンドを口にし、周囲に小さな汗を浮かべているコップの中の、冷たいミルクを飲んだ。冷えたミルクが、レントゲンで見るバリウムの軌跡のように、喉を通って食道を降りて行くのが、はっきりと分った。大量のアルコールで食道の粘膜が糜《び》爛《らん》し、敏感になっていたせいだろう。

食堂に置いてある古風な木製の大型のステレオから、バッハの『管弦楽組曲』が静かに流れていた。

朝陽が豊饒に差し込んで、ニスが塗られた木の床で光沢を放ち、照り返っていた。食堂とリビングルームを取り囲む大きなガラス戸からは、眼下に湖と、そして左右に連なる山々が幅広な映画のスクリーンに映し出されたように見渡せ、後ろを振り返れば、木立の合間に光線が注ぎ込んで、それが棒状に幾本も乱立しているような林の中が、ずうっと奥の方までながめられた。自然がかもし出す詩的な光景だった。

こんな風景に囲まれて食事をしているうちに、僕の心には、地底から圧力を含んで溢れ出る泉水の如くに、喜びが――ほとんど「歓喜」に近いものが湧き上がって来て、陰鬱に沈みがちだった気分を押しのけ、濁りを濾したように澄みきった、明るい躍動感に身体全体が覆われて行くのであった。

この、オクタープが三、四段階はね上がった感情の根源《もと》は、眼の前に座っている美智子である事は分っていた。

「恋」は、心身に生のエネルギーを横溢させ、免疫力をも数倍に高めてくれる。

美智子は話しながら、何度も僕に、優しく潤んだ眼線を向けていた。

早瀬教授はと、警戒気味に盗み見ると、傑出した画家によって描かれた、世にも美しい貴婦人の肖像画を、真摯な驚きと讃嘆を含めてながめるような眼で（そこには下等な欲情のきざしも、侮辱的な毒々しい悪意もなかった）、美智子を見つめているのであった。この男は、心底からの悪党ではないのだとふと僕は思った。

幼い頃に両親に死なれ、極貧にあえぎながら幾多の挫折を重ねる日々の中で大量の人生の「苦汁《にがり》」を飲まされたらしい経験が、この男の心をいびつにし、忌わしい毒念を心内に貯留させたのだろう。

多感で且つ純真であればある程、外圧による心の歪みは激しく、そしてその反動もまた凄まじいものであったのかもしれない。

美智子の隣りに座っている学生風の女性は、この早瀬教授の暗鬱な、「渋《しぶ》」が満面に塗られたような顔とは対照的だった。

ビールを飲んでうっすらと紅がさしいているその顔の肌は若々しく、きめ細かでつるつるしており、一点のしみも芥《あくた》も浮いていなかった。苦労も重圧もない生活がそのまま素直に顔に反映されているようで、乙女のみがもつ、あの無垢な清純さが身体全体に漂っていた。

やがてこういう初《うぶ》な女性が男を識って裏切られ、人生の波間で「ごぼう」のように揉まれてこの世の悪意と非情をたっぷりと味わされ、その結果いけ図々しくて底意地の悪い、色気も愛嬌もない冷めきった中年女に変容していくのだ。、、
ミックスサンドを口の中で反芻《もぐもぐ》しながら、僕は何だかそんな事を思った。

こうしてシニカルに、「負」の方向に物事を考えたがるという事は、僕にもまた、人には語り得ない苦渋と、屈折した過去があったという事なのか。

「ご主人はお変わりありませんの？」

会話が少し途切れてやや沈黙が続いた時、唐突といった感じで、高崎治子が美智子に聞いた。僕は美智子の顔が急に曇ったのを見逃さなかった。

「ええ、、」

語尾を曖昧にし、余り話したくないような様子で、美智子は下を向いた。

前夜の会話で、僕は美智子が既婚者である事を知ったが、夫について根掘り葉掘り執拗に問う事はしなかった。強い電気が流れているむき出しの電線に触れる事を避けたのだ。自分の心を奈落に突き落としたくはなかった。

僕の美智子に対する気持を牽制する積りなのか、それとも知識を授けようとする親切心からなのか、高崎治子は美智子の夫の事を、僕に向かって笑みを含めながら話し始めた。

「河上さん、美智子さんの御主人の柳原隆信さんも、江南芸大で教えていらっしゃるのよ。美術学部の陶芸科の講師なの。お父さんは陶芸の世界では有名な柳原作太郎さん。今はお父さんの窯元で一緒に創作していらっしゃるけど、新しい時代感覚を取り入れた斬新なものを作って、東京で個展を開きたいんですって。とても東京に出たがっていらっしゃるみたいよ」

「ふん、今どき東京もクソもあるもんか！」

早瀬教授が、顔に毒をはびこらせて、いきなりがなり出した。

「この情報化社会だし、話題性のあるものなら、メディアはどこへでも飛んで行く。昔のように、天才が陽の目を見ないで地方で埋もれてしまうなんて事は絶対にない。

東京に出たいなんぞといっても、東京なんて外観は格好よく見えるが、行ってみればお粗末なもんだ。けち臭くて、貧相で、スマートさとか、華やかさとか、ハイカラな『文化』とか、そんなものは日常生活には疎すっぽありゃしない。ほんの一握りの社会の富裕なエリート層だけが『都会』のうまみを享楽しているにすぎん。

芸術家がそんな都会に行ったからって、都会は何もしてはくれないし、何の役にも立ちはせん。

必要なのは天分、才能だけ。闇の中で宝石が発光したら、気付かない者はいないし、誰も放ってはおかない。

『新しい時代感覚を取り入れた斬新なもの』などと陳腐な事を宣《のたも》うてのぼせ上がり、何を焦って東京、東京と地方から出て行きたがるのか。有名になりたいという下等な虚栄心か。田舎者の惨めな都会コンプレックスか」

早瀬教授は、テーブルにいる一同を見回しながら、軽蔑しきったような調子で吠え上げた。

美智子は表情を硬くして身体を委縮し、肩を狭めてうつむいている。

「人にはいろいろな考えがある！」

美智子を横眼で見ながら、突然、僕は反発を含めた大声を上げた。

自分でも意外な、全く衝動的に口から飛び出した言葉だった。

「何だと?!」

早瀬教授が血相を変えて、食ってかかるように僕にわめいた。

他人の意見など断固として聞き入れない、自分本位で病的なくらいに傲岸な男だ。

「大体あなたは、人の気持など全然分っていない！」

抑えられていた怒りが、熱湯になって僕の心中から吹き出した。

「やめて下さい！」

美智子が哀願するように叫んだ。眼には涙が溜っている。

「主人の事なんかどうでもいいんです。ですから言い争いなんかしないで下さい！」

懸命な言い方だった。

「まあまあ」

高崎がとりなすように言い
「酒を飲んだら楽しくやろうや」と屈託なげに笑いながら、グラスに残っていたビールをぐいと飲んだ。

高慢ちき無類の人間が、てんで低級な輩から屈辱的な嘲りを食らったように、早瀬教授は顔を醜いくらいに歪め、恐ろしい眼付で横から僕を睨みつけた。

容易ならざる雰囲気だった。僕の耳には、室内に小さく流れているバッハの『管弦楽組曲』が妙に鮮明に聞こえていた。

「ところで美智子さん」

意識的にテンション（緊張）を切りほぐすような調子で高崎が美智子に顔を向け
「もう話はついたのですか？」と聞いた。

美智子の顔に一瞬逡巡が走ったが
「年内にはどうにかなると弁護士さんが」と涙を指で拭きながら、美智子は小さく、呟くように答えた。

「実は河上」

高崎が僕に顔を向けて
「美智子さんは御主人と別れる事になったんだ」

「えっ？」

「それゃいい、ブラボー！」

早瀬教授が軽薄この上ない、場違いな歓声を上げた。

知性《あたま》は優れているが、心はまるっきりの馬鹿だ。

「早速僕が立候補しようかな、へへへ！」

早瀬教授の低劣な、愚かしいへへへ笑いが食堂内に響いた。

高崎治子は眉をひそめ、僕は眼尻を吊り上げた。

「この馬鹿野郎！」と罵り、皿の中のメロンを投げつけてやろうと思ったが、どうにか僕は抑えた。

僕の手はわなわな震えていた。

「美智子さんは長い間、旦那さんの嫉妬と暴力に苦しめられてね。、、、」

高崎がいつにない真剣な顔付で僕に言った。

美智子の顔には、心中でいろいろなものが激しく葛藤している有様が、そのままはっきり現れていた。

いたたまれなくなったように、美智子は席を立った。

そして眼をハンカチで覆うと、直後美智子は小走りに食堂を出て行った。

早瀬教授が、あっけにとられたような痴《し》れ顔をした。女子学生は戸惑いを顔に浮かべ、心配そうに一同をそっと見回した。

「あなた本当なの?!」

驚きを声に含ませながら、治子が高崎に、ほとんど叫ぶように言った。

「うん」

「私、全然知らなかったわ。美智子さんの話、あなたいつ聞いたの？　どうして私に言わなかったの！」

妬みが滲んだ鋭い詰問調で治子が続けざまに言った。

「去年の夏休みに帰っていた時に、弁護士を紹介してくれないかと、美智子さんから電話があった。誰にも言わないでくれと頼まれたので、君にも言わなかった。随分と切迫した様子だった」

「ふーん」

納得出来ず、なお猜疑心を捨てきれない様子で、治子は探るような眼付をして高崎を見た。女性の悋気は凄まじい。治子のこんな側面を見たのは初めてだった。底抜けに明るく陽気で、大らかな気質の女性だと思っていたのだが。「性」のからんだ男女間の感情となると、また平素のそれとは別のものなのだろう。重力が空間を曲げるように、そこには意外な屈曲と別仕立の世界があるようだ。

手にしていた台本を取り上げられてしまったみたいになって、しばしの間、誰もが黙り込んだ。バッハの『管弦楽組曲』がひとり室内に響きわたっている。噛み合わぬ、ちぐはぐな緊張が席に張っていた。、、

「それじゃあ」

「高崎君！」

治子と早瀬教授がほとんど同時に声を発して、二人は顔を見合わせた。譲るような素振りを示して、固い表情のまま治子は眼を下に落とした。

「柳原さんの旦那は狂っているのかね」

渋面を作りつつも好奇心を抑えきれない様子で、早瀬教授が高崎に聞いた。

「性格は普通じゃありません」

「二、三度大学の構内で出会った事があるが、背が高くて、身体が相撲取りみたいに肥満している、あの男だろ？

態度がでかくて、人を食ったような生意気な顔をしていた。親父はその筋の賞を沢山もらって随分有名らしいが、息子にも才能はあるのかね？」

「柳原の父と僕の父は生前に親交があったので、僕はあの親子の事はよく知っています。彼は父親の器に押し潰されていますね。その劣等意識の反動が、あんな尊大と虚栄を彼の心の中にはびこらせたのでしょう。

僕は生理的に彼と合わないし、嫌いです。だからこきおろすのですが、彼には造形の才能はありません。うだつの上がらない凡くらな男です。工房では、いら立った父親から怒鳴られ、時には頭をこづかれたりしていましたよ。しっかりした教養なんか碌にないくせに、生かじりのうすっぺらな知識を吹いて虚勢を張り、芸術家気取りでふんぞり返っている。陶芸の良し悪しなんて、素人にはよく分らないし、曖昧なものです。多少の器用ささえあれば、権威とか伝統を後楯にして、いくらでもごまかす事が出来ますよ。彼は父親の名声に乗っかっているだけだと思います。

去年、弁護士を紹介する際に、僕は美智子さんから直接詳しく話を聞いたのですが、彼の性格も異常としかいいようがありませんね。病的な嫉妬心と猜疑心、それにサディズム——加虐性変態性欲ですよ。美智子さんはそんな彼を見るのも嫌で、夜の交渉も一切拒んでいたらしいんですが、それに逆上して、あの男は彼女の髪を引っぱって床をひきずり回したり、殴ったり、蹴ったりと、無茶苦茶に暴力を振るったらしいんです。優しくて、謙虚で、頭のいい、あんな美人が、低級な、飢えた野獣のように獰猛な男からむごい暴行を受け、毎晩、無理矢理辱しめられていたなんて、身の毛もよだつくらいにおぞましい事です！」

話をしているうちに段々と感情がせり上がってのぼせたのか、高崎は顔を紅潮させ、興奮気味に言葉を切った。

「そんな馬鹿な男に、賢明な彼女がどうして惚れ込んで、結婚までしたのかね？」

「彼女の不幸に、あの男がつけ込んだのです」

我慢がならないといったような表情で、怒りを声に滲ませながら高崎は言った。

「どういう事かね？」

「美智子さんの実家と、柳原の家は町内が隣り合わせている上、二人の父親は幼馴染みの同級生で、大変仲が良かったらしいんです。江南高校の先生をしていた美智子さんのお父さんが交通事故で急逝した時、美智子さんは高校生だった。精神的にも金銭的にも、突然支えを失って途方に暮れた美智子さんのお母さんは、柳原の父親に相談したらしいんです。柳原の父親は、これは人物も中々なもので、度量の大きい優れ者です。陶芸で名を成し、資産もそれなりに持っている。親友一家の困惑を見て、彼はあらゆる支援も惜しまなかった。それに彼自身も、昔は母子家庭で育って苦学し、人生の辛酸を散々になめて来た。貧困の為、有為な青年が才能を開花する事が出来ずに朽ちてしまった例を幾つも見たと、彼は実に残念そうに言っていた事があります。美智子さんは小さい頃からピアノが上手で、県の高校生のピアノコンクールでも優勝していたし、先には芸大でピアノを専攻するつもりでいた。美智子さんの弟も、これがまた飛び抜けた秀才で、その神童ぶりは界隈でも評判でした。柳原の父親が黙っておくはずがありません。

お蔭で、美智子さんは芸大に進学して才能をいかんなく発揮する事が出来た。音楽界の芥川賞といわれる新人のピアノコンクールで二位に入賞しましたよ。弟の方も、法科大学に行って、在学中に司法試験に合格して、今は判事補になっています。

みんな柳原の父親の援助のたまものです。

ところがどんなに冷静で賢い人間でも、自分の子供や、熱愛する異性の事となると、信じられないくらいに理性を失って、とんでもなく愚かな考えにはまってしまう事がありますよね。実にこれは不思議な事です。計測し難い人間性の怪奇とでもいうのでしょうかねえ。柳原の父親の事です。

柳原は、今はあんなに醜く太っていますが、若い頃はスマートで、背も高く、顔立ちも悪くなかった。女性にも随分もてていましたよ。異性をひきつけて口説き落す天性の資質をもっていたのでしょう。そんな男は巷の所々に必ずいますわね。現代版カザノヴァです。その身内から発する特異なフェロモンにひかれて、美醜賢愚を問わず、あらゆる女性が次々と面白いくらいに網にひっかかって行く。一体どうなっているのでしょう。不思議なというか、うらやましいというか。、、

柳原の女癖の悪さと遊び呆けに、柳原の父親はほとほと困り果てていました。僕の父に、溜め息をつきながら

愚痴をこぼしていたのを見た事があります。親馬鹿のえこひいきで、多少の陶芸の才を子供に見たのでしょうか、それに自分の窯の跡を継がせたい気持もあったのでしょう。生活をちゃんとさせて、自立の道を歩ませなければと父親は焦り、柳原を厳しく諌めていた頃に、美智子さんのお父さんの事故死です。前後の混乱につけ込んで、柳原は、将来、美智子さんと結婚させてくれるなら、身辺を潔くして、陶芸に本気で専念すると、殊勝な事を父親に宣《のたも》うたらしい。柳原は以前から美智子さんに眼をつけていたのでしょう。父親の友人の娘の、あんな凄い美人を――本当に物凄いの一言につきます！――あの女好きのプレイボーイが見逃すはずがありません。

　柳原の馬鹿さ加減や、こんな男と結婚したら、相手の女性がどんなに苦しむだろうという事も全部分っていながら、柳原の父親はすっかり理性を失い、自分の息子の為にのみ、美智子さんを嫁にもらおうと決めてしまった。

　もっとも先に言った通り、美智子さん一家への援助は、柳原の父親の、親友の血族に対する高潔な精神の発露によるものであった事に疑いはありません。しかし、それに彼は後刻、条件を付け加えてしまった。美智子さんが大学生になった時、柳原の父親は、美智子さんのお母さんに、はっきりと息子の結婚の意志を伝え、以後の援助の絶対条件にした。お母さんがどうにも拒めるはずがありません。しかしよく考えてみれば、これは決して悪い縁談ではない。むしろ望むべく事かもしれない。お母さんは、柳原の愚劣さも、好色の本性も全く知らなかったのでしょう。

　大学一年生の夏に帰省した時に、美智子さんはそれとなく柳原と見合いをさせられた。未だ十八歳の、世間を知らない純情な乙女に、稀代のプレイボーイ。優しくソフトな対応と、女性の心理の隅々まで細かく把握して、巧みに操る術。芸大の陶芸科で聞きかじった『芸術的教養』のあげ底売り。掌の上の小さな玉のようなものです。どうにでもなる。美智子さんはたやすく柳原の騙しにはまってしまった。

　当時の彼の、あの二枚目俳優並の顔立ちと、好色な男のみがかもし出す、妖しい性の雰囲気にも幻惑させられたのでしょう。純粋培養器に入れられて育ったような美智子さんは、男に対する抗体などもっていなかったのかもしれません。

つきあい始めて半年もたたないうちに、美智子さんは柳原に身体を許してしまった。

何という事だ！　畜生、、」

高崎は身震いをし、実にくやしそうに歯をきりきりいわせた。眼がぎらぎら光って、何だか一種物凄い形相だった。高崎の、美智子に対する思い入れは、これはなまじのものではない。

治子は高崎が話している間中、高崎の顔を睨みつけるようにして見ていた。テーブルの手元にナイフとフォークが並んでいたが、治子はナイフの柄を指で掴んで、(無意識に)始終しつこく揉み回していた。

高崎の話が終ると、早瀬教授は咳払いを一つして、何やら心中に強度の屈折があったような案配で黙り込んでしまった。

「あなた、いやに美智子さんの事を詳しく知っているわね」

普段聞いた事もない、怨念がこもったような異様なうわずり声で、治子が高崎に切り込んだ。

「弁護士に相談する前に、美智子さんに会って事情を聞いたら、彼女は泣きながらそれまでの経緯を僕に話してくれた」

「どこで?!」

「美智子さんの家でさ。お母さんも一緒だった。美智子さんはもうその時、柳原とは別居していた」

「、、」

治子は嫉妬と憎悪が混淆した具合の、どす黒い視線を高崎に浴びせていた。

治子の亢進している心臓の鼓動が、僕の方にも聞こえて来るかのようだった。

会話が途切れ、座をまた沈黙が覆った。

早瀬教授は眉間に皺を寄せて腕組みをし、テーブルの上の任意の一点をじっと見つめている。高崎は、治子の存在などまるで無視して見向きもせず、窓外の湖に眼をやっていた。しかし表情に冴えはなく、頭の中で何か気掛かりげに思いめぐらしている風だった。僕は、表面に水滴が幾筋も垂れているコップの中で、もう生温《なまぬる》くなってしまったミルクの残りを口に含みながら、上眼遣いにちらと四人の様子を窺った。

女子学生は、眼の前で交わされた会話に少なからずショックを受けたようで、蒼白い顔をしていた。

ふと僕と眼が合ったので、気持をなごませてやるつもりで微笑んでみせたら、何を誤解したのか、女子学生の顔にうろたえが走り、困窮したような表情になった。

誰もが何かを心に思いながらも、それを言い抑えているような、ぎこちない沈黙が続いた。

バッハの音楽も、もう終わっていた。室内は静まり返っていた。陽光がまぶしく差し込んで、壁や天井に打ち当っている。余りの静けさに、光が物に当って折れ砕ける極小の音さえもが、微かに聞こえて来るかのようだった。

「美智子さんはどうしたんだろう?」

高崎が、忘れていた大切な事を不意に思い出したように言った。

「私が見てきます」

女子学生が、その言葉に飛びつくようにすかさず言って、椅子から立ち上がった。行き場のない心理状態にあったのだろう。女子学生は急ぎ足で食堂から出て行った。

高崎はまた、湖の方にぼんやり眼を流した。

治子は、険しい表情を崩さず、高崎を執念深く見据えていた。恐ろしい不信の眼差しである。

早瀬教授が治子を一瞥して、苦々しい顔をしながらビールを飲み始めた。

いつもならこんな時、早瀬教授は毒汁を満杯した、容赦のない痛罵を浴びせかけて人心を蹂躙するのだが、独身の身柄で、治子に種々迷惑を掛けている負い目があるせいか、黙り込んでいた。

僕が横眼で「観察」している事に気付いた教授が、僕に顔を向け、視線が合った。その瞬間、互いに恐ろしい早さで眼をそらせて、そっぽを向いた。

「おば様、柳原さんはお帰りになったみたいですわ」

何分もしないうちに、女子学生が足早に食堂に入って来ながら、あわてた口調で言った。手にメモ紙のような物を持っている。

治子が紙を受け取って素早く眼を走らせ、無言のまま射るような眼付をして高崎に渡した。

「――」

高崎は読んでも何も言わなかった。

治子のいびつな黒い感情が、場の雰囲気をどうにもならないものにしていた。

「そろそろ僕は失礼しよう」

ナプキンで口元を拭きながら、僕は立ち上がった。もうこれ以上いても面白くない。

それにしても、治子の高崎への執着ぶりはどうだ。もはや治子の心に、僕という存在などいささかも入り込む余地はない。(残っていた僕のほのかな思いは、完全に打ち砕かれてしまった。……)

午前十時丁度に、僕は高崎に別れを告げて、別荘をあとにした。

美智子と存分に語り合えず、二人の時を共有し得なかったくやしさと不満足感は、終日僕の心中から消え去る事はなかった。

翌朝眼が醒めると、「恋の思ひを深めるあのさびしさ」(ラディゲ/堀口大学)が僕の心の一面にうっすらと張っていた。……

男性と女性が恋に陥るのは、理屈や論理ではない。直感だ。相性の良い男女が時間と空間(場)を一にした瞬間に、求め合っていた何かが恐ろしい早さで結合して融け合い、「愛」という精妙で夢幻的な、多彩な変化に富んだ熱情の世界を作り上げて行く。

両者の感覚は研ぎ澄まされ、情意は激しくうねり、眼に映る周囲の物は輝きを帯びて躍動し始める。覚醒と、漲《みなぎ》りと、異様な精神の高揚。

一方理性は感情に屈伏して冷静さを失い、意識はデーモンに取り憑かれたような夢遊状態に陥る。物の見方は変容し、価値観も一変する。

恋をする前と後では、外観は同じだが、心の中は、人格の入れ替わりがあったかと思われるくらいにすっかり変わってしまっている。

外でもない、これは僕自身の事なのだ。

平成*年九月二十日、あの高崎の別荘のパーティーで美智子と出会った日から、僕は未だかつて経験した事のない心象の世界に入り込んでしまった。

特異な薬液を脳内に注入されてしまったように、僕の感情は著しい変化をきたし始めた。

そして眼に見えない神秘な力に影響を受けたかのように、僕の内部で何かがゆっくりと動き出し始めた。

4

「お元気にしていらっしゃいますか？」

送別会から三週間後、全く予想もしていなかった電話が美智子からかかって来た。

僕はうすら寂しい憂愁のオブラートに心を包まれて、十階にあるマンションの自室で、黙然とウィスキーを飲んでいた。

丁度満月の夜で、円い銀盤のような月がアルミ枠のガラス窓の真ん中に、まるで絵のように嵌《は》まって照っていた。夜空は塵埃を完璧に濾過したように澄みきり、遠くに星々がダイヤモンドの硬い光輝を放っていた。

こんな満月の夜には、人間は興奮し、狂暴になるという。身体の六十パーセントを水分で構成されている人間は、海の潮と同じく、月の引力に心身の動向を強力に作用されているというのだ。僕達の運勢もまた、月のような天空の、何か計り知れない力によって、遠くから操られているのかもしれない。︙︙そんな事を月を見ながら漠然と考え、思いはまたしても美智子のあのパーティーの日の姿、言動へのそれへと逆流して行くのであった。

もしこの時の僕を他人が見たら、僕の眼は、まるで何かに囚われていたように空ろだったと言うだろう。テレビをつけていたが、ただ網膜に映じているだけで、思考の回路には全然接続していなかった。ウィスキーも、味わうというには程遠く、気をよそに取られ、ただ惰性で飲んでいたようなものだった。

九時頃に一度電話があった。呼び出し音が長く鳴り続けたが、僕は受話器を取らなかった。その頃の時間に電話をして来るのは、いつも母だったからだ。

どうせまた、日常生活の瑣末な用件の処理方を、一々うるさく電話口で指図するのだろう。世によくある、一人息子や長男への、度を越した、ほとんど病的な思い入れと干渉である。

下手をすると母は、想像を絶する邪悪を人間界にはびこらせた罰として、僕が断頭台の露として消えるであろう日の朝でも、「顔は洗ったか、歯はちゃんと磨いたか、髭はきれいに剃ったか」と傍につきまとってせかせかと言い続け、挙句の果てには、獄吏に連れられて処刑場に赴く時も、後ろから追いかけて来て、「ハンカチは忘れずにポケットに入れたか」と、息せききって叫ぶにちがいない。完全にポイントがずれた、徹底的に方向違いの入れあげなのだ。

僕は思いに耽っている自分を、そんなとんちんかんな母の言動によって攪乱されたくなかった。

それから二十分後にまた電話がかかって来た。

「性懲りもない親だ、全く！」

舌打ちをして、いらいらしながら僕は電話器を取った。

「もしもし！」

突っ慳貪《けんどん》な声で、怒鳴るように僕は言った。

「！、、」

僕のえらい剣幕に、驚いたような沈黙が電話の向こうにあった。

「もしもし」

「あの、、」

「あん？」

「河上先生のお宅でしょうか」

「そ、そうですが」

「私、先日高崎先生の別荘でお会いしました柳原美智子と申します」

「えっ」

「覚えていらっしゃいます？」

「もちろんです！」

「すみません、夜分こんな時間に突然お電話をして」

「とんでもない！、、僕はてっきり母からと思っていました。まさかあなただろうなんて」

「お母様のお電話を待っていらしたのですか？」

「冗談じゃない。全くその反対。もう口うるさくてかないません」

「、、今、少しよろしいでしょうか？」

「どうぞどうぞ！」

「、、お元気にしていらっしゃいますか？」

「余り元気じゃありません」

「何か心配事がおありなのですか？」

「恋の病です」

「まあ」

「犯人《ほし》は誰か分りますか？」

「いいえ。どなたですの？」

「あなたです」

「、、」

「、、」

「いつもふざけて軽口ばかりたたかれるのですね。でも本当なら嬉しいですわ」

「本当です！　天地神明、ゼウスの神に誓っても」

「まあ、大げさに」

「大げさではありません。僕の心がそれ程大きく膨らんでいるという事です！」

「有難うございます。私も同じ、、」

「えっ？」

「いいえ。、、」

河上先生」

「はっ」

「、私、今実家に帰っていますの。、もう、柳原の所に戻る気持はありません」

「そうですか。この前少しお話は聞きました。何か僕に力になれるような事があったら、遠慮なく言って下さい」

「有難うございます」

「柳原さん」

「はい？」

「僕は、あなたから電話をもらって、びっくりしています。とても現《うつつ》のようには思われません」

「嘘ではありませんわ。先生の頬をつねってみて下さい」

「、、」

「どうでした？」

「へへ！　痛いです」

「ふっ。先生って面白い人ですのね」

「僕は、顔も心も滑稽色で塗りたくられていますからね」

「滑稽色？　何色ですの、それって」

「赤色です。赤っ恥」

「まっ！」

「へへへ」

「先生」

「は？」

「今日は月がとても大きいですわ。先生のお部屋からも見えますか？」

「よく見えますよ。皓々と輝いています」

「私、今、二階の部屋の窓際に立って、月を見上げていますの。先生も窓の近くに行って下さいます？」

「いいですよ」

「……行かれました？」

「ええ」

「月を見て下さい」

「もう見ています」

「先生と私、今、一緒に月を見ているのですね。離れていても、あそこにある本当の月を、二人で、今、この時間に、同時に見ているのですわ」

「月が鏡だったら、受話器を持って話しているあなたの美しい顔が、あそこに映って見えているでしょうに。僕の不様な顔もね」

「先程ピアノを弾きながら、ふと窓の外を見たら、満月でしたの。本当に明るくて、大きな美しい月ですのね。手を休めてしばらくながめていたら、抑えられない気持がこみ上げて来て、それで先生にお電話をしてしまいました」

「それは月の引力のせいです」

「え？」

「月の引力は、地球の海の潮を満ち干きさせるくらいの、巨大な力を持っています。極小の、泡《あぶく》のような人間が、月の引力の度合に心身を左右されないはずがありません――と、これはうら寂しく一人ウィスキーを飲みながら、誰かさんの事を思いつつ、さっきぼんやり考えていた事です。

満月の夜に事件は起きるのです」

「面白い考えですね。でも余りロマンチックじゃありませんわ」

「しかし、煎じ詰めれば、この世の総ては、理化学の原理と法則で統せられているのかもしれませんよ」

「恋愛感情なんかもですか？」

「脳内物質の化学変化でしょうね」

「まあ、甘い夢もぶち壊しですこと」

「現実は恐ろしく厳しいです」

「ふざけていらっしゃるのか、本気なのか、私よく分りませんわ」

「いつも本気。『真実一路』の愚直一点張りです」

「大真面目に言いながら、笑っていらっしゃる顔が見えますわ」

「へへ！」

「これからも、もし何か相談ごとがあったら、聞いていただけます？」

「もちろんです。喜んで」

「嬉しいですわ。とても心の支えになります。私、もろい女ですから、、」

、、、こんな調子で、一時間以上も僕は美智子と電話で話し続けた。

最後に、再会の約束を、と言おうとしたが、切り出す事が出来なかった。断わられるのではないかとの不安が僕をおびやかしたのだ。一見図々しそうだが、僕の心の奥底には意外な臆病が潜んでいる。特に女性に対しては、生来それがひどかった。愛のない情事には、何ら臆する事はなかったのだが。、、
美智子からの、予期せぬ電話に対する驚きと興奮は、電話を切ってからもしばらく続いた。信じられない事だった。

ベッドに入ってからも一向に心の昂ぶりは鎮《おさ》まらず、僕は電話での会話の一部始終を仔細に思い起こして、美智子のその言葉の一つ一つの真意と意味を探り、あれこれ憶測をたくましくして希望を抱いたり、一転して弱気になって悲観したりした。そして電話での自分の応対ぶりの軽薄さを恥じて後悔し、気持は段々すり鉢の底の方に落ち込んで行った。

こげ茶色のカーテンの繊維を、朝の光が外側から薄く透かし始めた頃になって、ようやく僕はまどろんだ。

そして眠りと現の混淆する狭間で、僕は夢を見た。

夢——それは人間の心の、ひっくり返した、裏側の世界だ。銀貨の裏面のように、表とは全く異なる、深層心理の摩訶不思議な絵図。それは、欲望と願望と不安と怖れの象徴であり、その表出である。

ある特異な人達にとっては、夢はまた、霊界や別次元の世界との交感の場であり、更には未来を暗示し、予知させてくれる奇異な時空でもある。

人が病に伏すと、往々にして夢は「死」の風情を呈し始め、恋に陥ると、夢はおどろおどろしい欲情と嫉妬に彩色された奇天烈な葛藤劇となる。

二度、僕は夢をみた。

最初にみた夢は奇っ怪な夢だった。

僕は七年前に八十歳で死んだ祖母と電話で話していた。祖母はどうやら冥界にいたらしく、「寒い、寒い」と声を震わせながら言っていた。僕は、好奇心に駆られて、そこはどんな所なのかと聞くと、「あたり一面真っ

暗なのよ」と祖母はおびえ声で答えた。更に詳しく色々と聞こうとしたら、「向こうから誰が来るから、もう電話を切るよ」と祖母は切迫した口調で言った。後でかけ直すから、そこの電話番号を教えてくれと僕は食い下がり、それに対して、「九二五の七七三二番」と祖母は早口で返事をして電話を切った。

——と、ここで眼が醒めた。

変な夢をみたものだと僕は思い、聞いた電話番号は記憶に残っていたので、試しにそこへ電話をしてみた。

「もしもし」

「……」

「あの、もしもし。…失礼ですが、どなたのお宅ですか?」

「畑中です」

「……」

「畑中香織です」

「!」

僕は絶句した。畑中香織とは、大学院時代の同級の院生で、ある一時期深く交際していた女性だ。彼女は穏やかで控え目な感じの女性だったが、奇妙に男の情欲を煽り立てる魔性的なフェロモンを放っており、それにかどわかされて、僕はつき合い始めた。ところが、互いに気を許し、身体を許し、何でも腹蔵なく話し出すようになると、意外に勝気で攻撃的な性格を、野犬が唸り声を上げながら次第に牙をむいて行くようにして露呈し始め、病的なと思われる程の同性へのやっかみと、僕の浮気への異常な警戒感を露わにし出した。それ以外にも日常の僕の言動に些細に拘って、何であれそこに誤ちや齟齬があると、それをヒステリックに、声を荒らげて糺《ただ》し、且つ責め立てて、終りには形相を変えて拳固まで振り回す始末だった。僕はその姿に、おぞましさと尋常でない何かを感じ、気持がすっかり冷めてしまって、一年足らずで一方的に別れてしまった。勿論、一種異常な精神状態の女性だったので、しばらくの間、僕に対して、気違いじみたストーカー行為を繰り返していた。が、或る日、どうした事かふっつりそれが止んだ。そして大学院もやめてしまって、以後消息が知れなくなったが、卒業して後に送られて来た同窓生名簿を見たら、物故者の欄に名前が載っていた。恐らくあれからの彼女の人生も、その異常な性格に即した、錯乱と混乱の、奇形な人生であったにちがいない。

「もしもし！」

「……」

「もしもし！」

畑中香織が電話の向こうでいら立しげに叫んでいる。

僕は戦慄しつつ電話を切った。

――と、ここでまた眼が醒めた。

それも、夢だったのだ。折り重なり、重複した夢。向き合った二面の鏡の真ん中にある像の如くに、果てしなく連鎖し、無限に重なり続けている夢。病気で意識を失い、植物人間となって昏々と眠り続けている人間は、あるいはそんな夢をずっとみており、夢が醒めてもまた夢の中で、もはや永久に眼が醒める事はないだろうと、ぼんやり僕は思い、そしてまたまどろみ、夢をみた。

その夢には美智子が出て来た。彼女は何ら抗う素振りも見せずに柳原隆信に抱かれ、そして身体を反らして喜悦の声を口から迸らせていた。それを僕は薄暗い部屋の片隅から見ていた。慄然として。様々な姿態でグロテスクに交接する美智子と柳原隆信。大きなハンマーで叩きつけられたような、重い衝撃に僕はうちのめされた。

拭っても拭っても脳裡から拭いきれない、忌わしく、恐ろしい性夢。

何故あんな夢を僕はみたのか。一体それは何を暗示していたのか。

その当時の情況からして、夢の中のような事は、現実には絶対にあり得ない事だった。であるならそれは、美智子と柳原隆信との、「過去の性」に対する、僕の羨望の表象だったのか。そして、僕の心の中には、愛と平行して、早くも「嫉妬」という、始末におえない邪悪な毒蛇が巣を作り始めていたのか！

美智子にまつわる呪わしいセックスの妄念に翻弄され、夢が醒めてからはもう一睡も出来なかった。

十時頃、僕はベッドから陰鬱な気分で起き出し、トーストと冷ハムの朝食をとったが、機械仕掛けの物食い人形のようにただ顎を動かして、味わいもなく咀嚼するだけだった。

昼過ぎに大学に行った。

三年生のクラスでフランス語の授業をしたが、意識の底にずっと暗鬼なものが横たわって、気持は重く沈澱していた。

「先生、今日は元気がありませんでしたね」

感情の機微に鋭利な洞察眼をもつ者には分ったのだろう。

詩を書いている女子学生の江川晴美が、授業が終った後に教壇の傍に来て、探るような眼付をしながら、からかい気味に僕に言った。その詩に溢れるシニシズムがそのままもろに性格に反映しているシニカルな女性だが、何故かいつも僕に親しげに接近して来て、へ難しい詩論を吹っかけてみせたり、いきなり自作の詩を滔々と朗じてみせたりするのだ。

慎重に秘匿していた心の中のものを、不意に横から衝かれたような案配で、僕はいささかうろたえた。

「そうかね」と僕は言い、とぼけて平静を装おうとしたが、動揺は隠せなかったのだろう。江川晴美の顔には、早くも皮肉げな笑いが浮かんでいた。

何やら幾分面目を失した態で、僕は黙ったまま教室を出た。江川晴美の、もはや冷笑に変わっているであろう視線を背中に意識しながら。、、
いかなる未来もやがては現実となり、現実は触れた途端にたちまち変質して過去となる。映画フィルムの絶え間ない連続のようにして、現実は次から次へと僕達の意識と体内に流れ込んでき、そして瞬時に流れ去って行って固まってしまう。

固まってしまった過去は、以後は、個々の人々の脳裡に、思い出の映像として、あるいは「イメージ」としてあるだけである。

そんな失なわれた日々から主要な原質を取り出して形象化し、それに意味と象徴を付与するのが芸術家だという。

大学の教員をしながら日夜小説書きに刻苦している僕は、才能のあるなしは別にして、少なくとも芸術家たるもののはしくれであるにはちがいない。

僕は美智子と共にあった歳月の中から「愛というもののかたち」を見出し、それを単なる記憶としてではなく、僕自身の最も重要な「記録」として残さんが為に、これを書き始めた。急逝した美智子を今一度甦らせて、僕は美智子と時を共有し、そしてそれに意味を与え、僕の「人生」という家の、永遠の紋章としたい為に。、、

5

あの十月二十一日の満月の夜以降、毎日美智子から電話がかかって来るようになった。そして僕達は一時間、二時間と、時の経つのを忘れて、熱心に互いの事を語り合ったものだ。その日にあった事や思った事など、自分の身辺を取り巻く様々な事柄や、あるいは自身の過去の事どもを、知ってもらい、理解してもらいたい為に、夢中で僕達は話し続けた。「愛の心」は刺激を受けて、いよいよ振幅を拡げて行った。しかし、美智子は未だ人妻である上に、高崎の話によれば、「嫉妬と情欲の醜怪な肉塊」である柳原隆信の監視のもとで――柳原隆信は別居している美智子から始終眼を離さず、執念深くつきまとっていたらしい――二人の出会いの時を作るなど、全く叶わぬ事であった。

昂ぶる気持をどうにも抑える事が出来ず、とうとう或る日、僕は美智子の講義の時間を事務局で調べて、大学に出掛けて行った。

そして音楽学部の三階建の学棟の廊下を、僕はいかにも何か用事がありそうな顔をして歩き回って時間を潰し、美智子の講義が終る頃を見計らって、教員控室の前を通りかかったものだ。

「やあ！」

「まあ」

その時、目論見通りに美智子に出会えた好運に、僕はほとんど狂喜した。

僕の「作為」など知らない美智子は、本当にびっくりした顔をしたが、直後にそれは喜色に輝いた。

「どうして音楽学部に……」

「全学教授会の連絡役を頼まれましたので」

咄嗟に思いついた嘘を、僕はいかにも磊落げに（顔をこわばらせつつ）言い放ち、獲物を逃がすまいとする貪欲な猟師の如き必死の眼付で、美智子の瞳に見入った。

美智子はすっかり真っ赤になり、羞恥の戸惑いがその顔に漂っていた。

僕は何を言ってよいか分からなかった。（またしても言葉が出て来ない！）

「も、も、もう講義はこれで――」（終りですか、それならちょっとお茶でも飲みに行きませんか）と続けるつもりだったが、口元がけいれんを起こして二の句が継げない。美智子は手に楽符を持ち、緊張した微苦笑で棒立ちしている。巨大な「ひょうたん」を縦割りにしたような楽器ケースを、肩にベルトでぶら下げた女子学生が、僕の顔・身体を上下にじろじろ見やりながら、訝しげな表情をして通り過ぎて行って振り返り、また上下に一回僕を見直した。

確かに、新米の役者が大見栄を張って即興の演技をやり始めたものの、たちまち行き詰ってしまって右往左往しているような、見苦しくも珍妙な光景であったのだろう。

「これからどこかに」と、ようやくうめくようにして僕が言い出しかけた時、美智子の眼が前方の何ものかを捉《とら》えて、膠着した。間髪を入れず、「驚愕」が美智子の顔を走り、「あっ」と短く叫ぶと、身をすくめて、美智子は教員控室の中に駈け込んで行った。

僕が後ろを振り向いたのとほとんど同時に、背広服姿の男の影が廊下の曲り角に消えた。

『柳原！』

何か重い、脅迫的な圧力が僕の心の上にのしかかって来た。

性がもたらす「執着」の、危険な、醜いむき出しの姿を瞬間僕はそこに見た。

閉じられた教員控室のドアの内側では、美智子が言葉を失って縮み上がっていた事だろう。が、部外者の僕が控室の中に入って行くわけにはいかなかった。

しばらく控室の前で立っていたが、僕は踵を返した。

廊下を歩きながら、心の芯棒をへし折られたような、一種のショック状態に僕は陥っていた。様々に不吉な想念が僕の頭の中を駈け巡った。

学棟の出口で、誰かに見られているような気がして振り返ったが、廊下に人影はなかった。

しかしこの時、僕は確かに視線を感じた。執拗に、食いつくようにして見つめている棘のある視線を。、、

その日の夜、美智子から電話はなかった。

教場にまでつけねらって来た柳原隆信の行動に、美智子はうちのめされてしまったのだろう。

滅入った、暗鬱な気持ちに浸されながら僕はベッドに入ったが、教員控室前での美智子の驚愕の表情が何度も思い起こされて、眠る事が出来なかった。

夜中の二時頃に、深い静寂をはじくようにして電話が鳴った。

僕は美智子からだと咄嗟に思い、ベッドから跳ね起きて受話器を取った。

「もしもし！」

「……………………」

「もしもし！」

「………………………」

息遣いだけが聞こえる長い沈黙の後に、一言もなく電話は切られた。

『柳原にちがいない！』

僕は直感した。いかにもあの陰湿な卑劣漢（僕は柳原隆信を、もうそう決め込んでいた）のやりそうな事だ。

憎悪を含んだ物凄い怒りがこみ上げて来て、「馬鹿野郎！」と僕は思わず天井の闇に向かって叫んでしまった。

故あらぬ深夜の突然の咆哮に、階上の住人はびっくりして飛び起きた事だろう。

『しまった！』

僕は恥じ入るように身をすくめてベッドに入った。

『これも柳原のせいだ！』

たちまち怒りが再燃し、僕は歯ぎしりしながら柳原隆信を呪い上げた。

――その晩、とうとう一睡も出来ないままに夜が明けた。


空気中の不純物が、一夜の強風によってことごとく一掃されたかのような、濁りのない透明な朝だった。

十一月になり、青空は硬く張って、南国の江南市の大気にもうっすらと冷たい感触が漂っていた。

その日、朝から僕の神経は何だか異様に昂ぶっていた。

紅茶とトーストだけの簡単な朝食を済ませて新聞を読み終えると、心中の何物かの力に衝かれるような感じで、僕は自転車に乗って中司公園に向かった。

公園の前方の広大な海が朝陽を浴び、まるで「銀箔」を薄く全面に張り付けたようにまぶしく輝いていた。

僕は、以前に美智子と座ったベンチの所に行き、自転車を止めた。

興奮した心の底で不吉な感覚がざわめいていた。

かつて、僕のそんな不吉感はしばしば恐ろしい程に現実と手を取り合った。が、それは決して喜ぶべき事ではない。凶事など、予知せぬにこした事はないのだ。知ればそれだけ戦慄の時間が増殖して、その負荷に心は不必要に痛めつけられる。

『柳原はきっと今日、美智子の実家に押しかけて行くにちがいない』

そんな思いが頭の中をよぎった。

『もしかしたら、もう昨晩乗り込んで行ったかもしれない！』

不意に浮かび上がった想念に僕はぎくりとし、水中でイカが墨を吐いたように、僕の心の中はたちまち一面どす黒く濁った。

ベンチに座って五分も経たないうちに、どうにも耐えられなくなって、僕は立ち上がった。そして自転車を引いて、美智子の実家の方に向かって歩き始めた。

『果たして訪ねて行ってもいいのか。これでは余りに性急で唐突すぎはしないか？』

自問自答しながらも、僕の足は勝手に動いて止まらない。

公園の裏門を出て右に曲り、狭い道路を七、八十メートル行った所に美智子の実家はあった。僕は美智子に電話で場所を訊ね、散歩がてらに家を「下見」していたのだ。

木造二階建の、質素な日本建築の家である。日本中のどこにでもある月並な家だが、そこに恋する人が住んでいるとなると、家全体が並々ならぬ意味を帯びて、様々な夢想を誘引し、特殊な輝きを放ち始める。

僕は家の前に自転車を止め、木製の小さな門扉を開けた。

逡巡はあったが、何かに押されているような感じで、もう自制がきかなかった。

狭い庭の敷石を踏んで十歩ばかり行けば玄関だった。僕はインターフォンのボタンを押した。

「どなた様でしょうか」

すぐに年配の女性の穏やかな声が聞こえて来た。

「江南芸大の河上と申します。美智子さんは御在宅でしょうか」

「お待ちくださいませ」

廊下を足早に進む音がして、格子作りの玄関が開けられた。

「突然お伺いして申しわけありません。文芸学部の河上です。美智子さんはいらっしゃいますか？　たまたま近くに来ましたので、寄らせてもらいました」

「美智子はいますが、身体の調子が良くないといって、休んでおります」

「風邪でもひかれたのですか？」

「いえ、そうでは、、、」

美智子によく似た顔立ちの、その豊満な身体から妖しい色香を漂わせている母親の表情が少し曇り、口ごもった。

「ゝゝ」

「ゝゝ」

「お邪魔してすみませんでした。別に用事があったのではありません。美智子さんによろしくお伝え下さい。失礼します」

「申しわけございません」

母親は静かに頭を下げた。

門扉を後手に閉めながら、これでいいのだと僕は思った。

いきなり訪ねて行った事自体が突飛で、異常なのだ。強いて自分をそう納得させたものの、胸中の鬱屈した気分は払拭出来なかった。

自転車をとぼとぼと引きながら公園の中を歩いて海の見える所に出たが、風景は先程のような光と活力を失って死んでいた。

外界がもたらす重量感や、その存在感は、人間の内なる心のありように照応するものなのだろう。

僕は自転車を止め、ベンチに腰掛けた。

あちらこちらの樹から、枯葉が小さな擦過音を立てて舞い落ちており、僕の手の甲や膝の上にも二葉、三葉と飛んで来た。葉は所々が黒ずみ、色褪せて湿気を失い、カサカサしていた。まるで（植物の）死骸だ。

僕は葉を手に取って、何故ともいう事なく仔細に「点検」し始めた。

枯葉に格別の興味があるわけでもないのに、そんな所作に耽ける事によって注意をそらし、自身の心にあった得体の知れないおびえのようなものから逃れようとしていたのだろうか。

乾ききった薄い古紙のような枯葉は、いじくり回すうちに形を失って粉々になってしまった。

する事もなく、僕はぼんやりとあたりを見やった。公園に人はおらず、閑散としていた。

あるいは美智子が僕のあとを追って駈けて来るのではないかと、ありもしない事を期待して、公園の裏門の方に眼をやってみたが、人の来る気配はなかった。

心中に大きな陥没が出来、ひどく寂しかった。

いい加減づくしであった遊蕩からめ、一人の女性を真剣に、本気で愛し始めた自分を痛切に感じた。

そうしてベンチに腰掛けたまま、美智子と交した会話の事や、初めて出会った時の情景などを色々とこまかく思いだしているうちに、不思議な事に、感情の渦が反転して、奇妙に明るい方向へと流れ出し始めた。「負」に包まれていた劣等な情念が捨棄されて、「希望」ともいうべき、明るい分子をたらふく含んだものが、溶岩が地中から盛り上がるようにして、心中に現れ出て来た。

「よしっ！」

僕は勢いよく鼓舞された人のように思わず叫んで、ベンチから立ち上がった。

と、丁度その時、七十歳くらいの婦人が僕の前を通りかかった。婦人は僕のいきなりの叫び声を聞いてびっくりし、両手にこぶしを作ってすくみ上がった。

僕に注がれた婦人の眼には、怪しい気違いを前にした正常人の「おびえ」がまざまざと浮かんでいた。

『またヘマをやった！』

僕は顔が熱くなって赤面しているのを意識しつつ、ばつが悪げにベンチに座り直した。

婦人は掌を胸に当てて呼吸《いき》をしている。心臓が悪いのかもしれない。

「お、驚ろかさないで下さいまし！」

非難口調で、苦しそうな表情をして婦人が言った。

「どうも、すんません」

婦人は肩を上下に荒く息をしいしい、少しよろめくような足取りで小径を向こうへと歩き始めた。

「女にのぼせ上がって理性を撹乱された」男の為に、平穏な老後の散歩の一《ひと》時が、とんでもない事になったものではある。


午後三時。――睡眠不足で意識が集中せず、ぼんやりした頭で僕は大学で講義をしていた。

フランスの詩人の、日本語訳の詩と、その原文とを一語一句対比させ、詩情と、詩のもつ言葉の微妙なニュアンスを、他国語に転移する事がいかに困難で、ほとんど絶望的な営みであるかなどという当り前の事を、僕はぼそぼそとしゃべっていた。

朝、公園に座っていた時に奇妙な感じで心中にせり出して来た、あの異様に明るい気分の「漲り」は、もう跡形もなく消え失せてしまっていた。

いつもと同じように江川晴美が教室にいた。最前列の真正面の席に座って、一段上の教壇に立つ僕を、何やら熱を帯びた眼で食い入るように見つめていた。

江川晴美は三年生のフランス文学関係の科目を、必修・選択を問わず、僕の受け持つものは全部受講していた。

空ろな状態で講義をしながら、前に座っている江川晴美を見て、うかつにも不意に僕は感じた。既に無意識の段階《レベル》では分っていたのだろうが、突然それが層を貫いて表意識に踊り出て来たのだ。

『この娘《こ》は僕に――――』。

何人かの学生が生あくびをしていた九十分間の講義が終った後、『来るぞ』と思っていたら、やはり江川晴美は教壇へやって来た。

しかし、いつもの小生意気な冷笑はその顔に浮かんでおらず、江川晴美は少し思い詰めたような様子で意外な事を僕に言った。

「先生、今晩お家《うち》にお伺いしてもいいですか？」

「えっ？」

「初めて書いたフランス語の詩を読んで、直してもらいたいのと、他にも御相談したい事があるんです」

「、、、今日は別に予定はないので、構わないけれど」

「お家は知っています。旭町二丁目のSマンションでしょ？」

「、、」。

江川晴美は七時にマンションに来ると言っていた。

夕方大学から帰り、安いレトルト食品の、風味もこくもないまずい夕食を済ませた後、僕はウィスキーを飲みながらブラックチョコレートをかじりつつ、「江南新聞」を読んでいた。

『性倒錯者――加虐性淫乱の作家　マルキ・ド・サド』

その日の朝刊の文芸欄にまた僕は一文を載せていた。

高崎から聞いた柳原隆信の異常な「変態性欲」のおぞましさを、何の罪もないサド侯爵を引合いに出して、槍玉にあげたのだ。恐らく新聞を読むであろう柳原を念頭に置いて。阿呆でなければ、誰の事を言っているのか察しはつくはずだ。

「この江南市の某大学にも、その種の類いの教員がいると仄聞した。事実であるなら、何とも由由しい限りである」などとほのめかしている。

何の事はない、正論を装っての下等な人身攻撃に外ならなかったのだが、「情意」が昂ぶって燃え盛ると、人は理性など金輪際失ってしまうのだ。それに僕は決して聖人なんかではない。

七時を少し過ぎた頃にインターフォンが鳴った。

「どうぞ!」と僕は受話器で答え、ドアのカギは外していたので、出迎えずにソファーに座って待っていたら、

「お邪魔します」と言って江川晴美がリビングルームに入って来た。何か手土産でも持って来たかと思ったが、手ぶらである。そういう事には、主義として気を遣う女性ではない。情緒排他の合理主義、冷静、冷徹、冷笑。

その顔も心の通りに冷ややかで、平板で、ほとんど無表情である。眼だけは変に大きく、いつもはそこに人を見下したような皮肉な蔑みが浮かんでいるのだが、少しでも外部から刺激や攻撃が加わると、たちまち怒って睨みつけるような眼付に変わって、眼球が異常にむき出しになり、負けん気な性格がさらけ出て来る。

髪は「ボーイッシュ・カット」にしており、女性らしい色香など微塵もない。スポーツシャツにジーンズといったいでたちだ。胸の膨らみがなければ、男なのか女なのか瞬時には見分けがつかない。

「まあお座りなさい。食事は済んだの?」

「ええ、ここに来る途中でケーキ屋さんに寄って喫茶してきました。私、ケーキが大好きなんです」

「そう、」

「先生、これですの。読んでいただけます?」

それ以上無駄話をしようとはせず、江川晴美はショルダーバッグの中から原稿を取り出して、早く読んでくれといわんばかりに、せっかちに応接テーブルの上に置いた。

「全然自信がないんです。詩って、文法を無視したり、言葉がとんでもない所に飛躍する事があるでしょ? 日本語なら、その辺の所をどれくらい加減したらいいか分るんですけれど、三年間齧っただけのフランス語ではとても。でもランボーを読んだら、詩心が昂ぶって、どう

してもフランス語で詩を書いてみたくなったんです」

江川晴美は短い詩を六篇書いていた。早速僕は読んでみたが、残念ながら秀作とはいい難かった。本人の言う通り、未だフランス語を充分に把握しきっていないのだ。レポートならまだしも、今程度の語学力で詩を書くなど、どだい無理な話である。詩は一語一語に陰翳があり、艶があり、重みがある。一語だけで、独立した思想をも持ち得るのだ。凝縮された言語の極みが詩である。言葉というものを知りつくしていなければ、詩など書けるものではない。

江川晴美は、詩を読んでいる間、ずっと僕の顔を前から見つめていた。

自作を、尊敬している人に読んでもらう時の、あの不安と期待の入り混った極度の緊張の気持。

僕にもそれはよく分る。

「まあ良く出来ているね」

原稿から顔を上げながら、思っている事と反対の言葉を、僕はつい口走った。自意識過剰の、プライドの高い江川晴美を傷付けたくない、「回避の心理」が咄嗟に僕の内部で働いたのだろう。それに、人の心を痛めて喜ぶ、早瀬教授のような嗜虐志向も、僕にはない。江川晴美の、その性格も、考え方も、全く僕の好みには合わなかったが、しかし、それはまた別の問題である。

僕の言葉を聞いて、江川晴美のこわばった表情が急激に緩み、大層な鉄の重しを頭上から取り除かれたような解放感と安堵がその顔に漂った。いつもは冷たいマスクが、何やら血色を帯びて赤くなり、ほんのり艶っぽくなった。

「コーヒーでもいれようか？」

「ええ、お願いします！」

すっかりもう声が弾んで、意外に単純で素直な内面がさらけ出た。

生まれながらにこんなに冷ややかで皮肉な女性ではなかっただろうに、虐げられた過去か、屈辱的な出来事がその人生にあったのだろうか。物体と同じく性格も、叩けば歪んで曲り、その素《す》の形を失ってしまう。

「詩はもう一度よく読んで、あとで批評を書いてあげるよ。……ところで、相談って、何なの？」

僕のいれたインスタントコーヒーを、眼を細めて息を吹き吹きしながら飲んでいる江川晴美を見やりながら僕は言った。

「別に相談なんてありません」

「えっ」

「先生の所にお伺いする為の口実でしたの」

「うっ」

「いけませんでした?」

江川晴美はずるそうな微笑を浮かべてその大きな眼を見開き、下から覗き込むように言った。

「:」

「先生はフランスの心理小説や恋愛小説など沢山研究していらっしゃって、女性の心も、透明なガラスケースの中の物を見るように、よくお分りでしょ?」

「いや、学問を実生活に応用する事など出来るものじゃない。『論語読みの論語知らず』という言葉もあるよ。人の心が分るのは、むしろ長年の経験とか、直感だろうね」

「じゃあ、先生はそちらの方はどうなんです?」

「並以下、かな」

「まあ、がっかり」

「どうして?」

「だって、女の気持ちを分ってもらいたい時ってあります。鈍感な人は嫌いっ」

「:」

「先生、私にもそのウィスキーをいただけますか?」

江川晴美が、僕の飲んでいるグラスに眼をやりながら言った。

「いいけど、飲めるの?」

「私、お酒は滅茶《メチャ》強いんです。飲ませて下さい、ぜひ」

心底に少しひっかかるものがあったが、強引なともいうべき江川晴美の要求を拒む事が出来なかった。

クリスタルグラスの中に、「ジョニ黒」をたっぷり注いで氷を落とし、僕はチョコレートと一緒に江川晴美の手元に置いた。

「いただきまあーす」

軽快な浮かれ声を上げて、江川晴美はウィスキーを勢いよく口に流し込んだ。

「うぷわっ!」

直後江川晴美はむせて、ウィスキーが口から逆噴射した。

「ごぼっ! げふっ、げふっ!」

江川晴美は胸を押さえて咳き込みつつ「ウィスキーが気管支に、」と苦しげにうめいて眼に涙を溜めた。

「大丈夫かね?!」

「ええ、大丈夫です。、げふっ」

胸をなでなでしいしいあくまで強がりの態度を崩さず、江川晴美はまたウィスキーを口に含み、むせるのを押さえこむようにして飲み込んだ。

「君、本当に酒が強いの?」

「当り前ですわ」

「そうかなあ」

江川晴美は平静を装おうとしていたが、その顔は少し引きつっていた。

「無理をしない方がいいよ」

「無理なんかじゃありません!　私、もう子供ではないんですからっ」

決然と、断ち切るように江川晴美は言うと、チョコレートを口に入れて、またウィスキーを一飲みした。

「うっ」

眼球をむき出しにし、むせるのを懸命にこらえつつ、江川晴美は口に含んだウィスキーを飲み下した。

僕はそんな彼女を、あきれて見ていた。何と強気で頑固な小娘なんだろうと思いつつ。

飲むたびにむせながら、とうとう一杯目のウィスキーを全部飲み干すと、江川晴美は今度は自分で勝手に「ジョニ黒」をグラスに注いで、アイスバケットの中の氷を入れ、また一杯「ぐっ」と飲んだ。

虚勢を張って無理をしているのは明らかだったが、その痩せた身体から人を撥ねつける電磁波のようなものが放射されていて、制止出来ず、僕はただ啞然として見ているばかりだった。

二杯目のウィスキーが減ってグラスの底が見え始めると、何やら江川晴美の眼が据わって来た。そして瞳が湿って不気味に黒光りし出した。

「せんせえーい」

変に低音の、どすのきいたしわがれ声が江川晴美の口から出て来た。僕はぎょっとした。多重人格者が別の人格に転換してしまったような、江川晴美のではない、全く別の人間の声がそこに聞こえたのだ。

「この際はっきり言っておきますけれどおー」

酔っぱらい特有の、あの間伸びした少しろれつの回らない調子で江川晴美は言い、片手を開いて、掌で部厚い木目のテーブルを「バン！」と叩いた。まるでヤクザの姐御のおどしのようだ。

「先生は中川美奈や、浜田由紀に色目を使いすぎですよおっ！　美人ばっかりに。、それに、先生は何ですか、今、恋でもしているんですかあっ！　どうも様子がおかしいんだ、これがあー！」

図星を衝かれて僕は面喰らった。僕は滑稽なくらいにうろたえ、あわてて返す言葉を探していたら

「ほれごらんっ！」

と、勝ち誇ったように顔を反らせ、僕を見下しながら江川晴美は吠えた。

が、直後、その顔は一変して毒々しく陰鬱になり、眼には凶的な兆しが漂った。アルコールが脳内物質に悪作用を及ぼし、為に人格が極端に悪辣・劣化する典型例のようだ。

江川晴美は、何やら「殺意」さえうかがわれるような気味の悪い酔眼でじっと僕を見据えていたが、ややあって不意に、その顔から諸々の情意・情念の紋様が、手拭できれいに拭き取ったように一切消え失せた。そしていつものあの平板な無表情に戻ったかと思うと、眼玉が回り始め、江川晴美は頭をふらつかせながらソファーに崩れ倒れてしまった。

クリスタルグラスが木の床に転がり落ちて砕け、グラスの小さな破片が飛んで、僕の足の甲の皮膚の上に落ちた。

江川晴美は眼を朦朧とさせて、苦しそうに息をしながらスポーツシャツの丸首に手をやり、広げようともがいていた。

急性アルコール中毒の症状だ。

「江川君大丈夫か！」

僕は江川晴美の傍らに跳んで、上半身を抱いて揺さぶった。

「うえっ」

江川晴美の口から、ウィスキーの混じった未消化のケーキがどろっと吐き出た。

全く正視に堪えない無様な姿だ。

僕はティッシュペーパーで口から垂れ出た吐瀉物を性急に拭い、その着ていたスポーツシャツを、（身体に通気を与えて冷やしてやる為に）引っぱり上げた。

両手万才の格好で、ブラジャーをつけただけの江川晴美の上半身が蛍光灯の明りのもとにさらけ出た。

その上半身を見て僕はびっくりし、思わず生ツバを飲み込んだ。

江川晴美の乳房は、その痩せた身体に似合わぬ異様な巨乳で、はち切れんばかりに盛り上がり、小さなブラジャーから「肉塊」の大半がはみ出していた。

どぎつく情欲を刺激する光景だ。が、まさかこんな状態の女性を弄ぶ事など出来ない。僕は洗面所に走り、タオルを濡らして駈け戻った。そうしてソファーに横たわっている江川晴美の首元を、冷たいタオルで荒々しく拭いた。下手をすると命を落とすかもしれないとの不安に駆られ、夢中になって更に腋から腹に向けて拭いていると、江川晴美の右手が伸びて来て、僕の空いている片方の手首を握った。そして左手を僕のその手の甲に当てがって力を入れ、引っぱり上げながらブラジャーの中に押し込んだ。

その顔を見ると、未だ朦朧として苦しそうにしている。一体、酔った演技でもしているのか。驚いて引こうとした僕の手を放さず、江川晴美は一層の力を両手に入れた。

僕の掌に、柔らかくて大きな、量感に溢れる乳房の感触が満ちた。掌の真ん中には、固くなった乳首が当っている。

「せんせえー」

江川晴美が、あの異様な低音の「第三者の声」でうめくように言った。

「――――」

「どうかしてえー」

急に調子が変わり、それは実にいやらしい、甘えてこびるような酔い声になった。僕は嫌悪感に襲われ、ぞっとした。そこにいるのは、いつものあのクールな江川晴美ではない。アルコールに脳をやられ、「化け猫」になってしまった見知らぬ女だ。

江川晴美の両手が少し緩んだ瞬間、僕は手をブラジャーの中から抜いた。興ざめがして、性欲なんぞいささかも湧き起こらなかった。

僕はまた洗面所に行ってタオルを洗い直して戻り、仰向けになっている江川晴美の胸元に広げて置いた。

顔を上気させて、呼吸が乱れてはいたが、江川晴美の苦しげな表情は幾分和らいだ。

身体を冷やして通気を良くし、安静に寝かせておけば、その内回復するだろうと思った。

約一時間、僕は江川晴美の傍にいて何度もタオルを取り替えてやり、「うちわ」を取り出して扇いでやったりしていた。

次第に呼吸が落着いて行って、江川晴美はやがて寝息を立て始めた。

僕はいつものように本を読んだり、創作をしたりする気持が起きず、江川晴美に毛布を掛けて早々に寝室に入った。

翌朝、眼が醒めてみると、もう江川晴美はリビングルームにいなかった。

テーブルの上にメモ書きがあり、それにはボールペンで
「仮面紳士の、セクハラ野郎」

と角々とした正確な字体で書いてあった。

江川晴美らしい、きつい冗談を書くものだと僕は苦笑いし、丸めてクズカゴに捨てた。

6

――それから五日が経った。十一月六日の朝、僕は美智子と、大学の構内のフェニックス並木の道で偶然出会った。

恋に、「偶然」は必須であるかのようにつきまとう。

僕達の人生に、「偶然」がもたらす出来事は何十回ともなくあるが、「恋愛」はドラマチックな出来事であるが故に、しばしばその成就の手助けとなる「偶然」が、殊更に強調されて意識されるのだろう。

二時限目の講義に向かうべく、両側に芝生のキャンパスの広がる長い並木道を、僕は急ぎ足で歩いていた。多くの学生達がいた上に、僕は講義で話す内容の事を考えていたので、向こうから来る者の中に美智子がいる事に、全然気付かなかった。美智子も考え事をしていたのだろうか、すれちがいざまに顔が会って、互いに気付いた。

「柳原さん!」

僕は思わず驚き声を上げた。二、三人の学生が僕の方を振り向いた。

立ち止まったまま僕と美智子はしばし見つめ合った。

美智子の眼は暗く、その底に悲しみの色があった。

「元気だったの？」

「ええ、、」

逃がれようとするように、美智子はすぐに歩き出した。

「また、電話をして下さい！」

僕が大声で追うようにして言うと、美智子は振り返らずに少しうなずいた。

しばらくの間、僕は足早に並木道を遠ざかって行く美智子の後ろ姿を見ていた。

美智子の悲しい眼差しが意識にひっかかったが、しかし僕の心は出会えた喜びの感情に満ちていた。

気持を昂ぶらせながら三階の教室に入ると、二十人程いた学生の中に、江川晴美の姿もあった。しかし江川晴美はいつものように最前列の席ではなく、最後列の左端の出口の辺に座っていた。

僕は心が弾んでいた。フランス語文法の講義だったが、しばしば本題から外れて、文豪のゴシップ種などを持ち出して学生達の好奇心を煽り、またそれらの話をネタに皮肉やジョークを連発して、誰が見ても上機嫌の態で講義を進めて行った。時々江川晴美の方を見やったが、僕を見る彼女の眼は、熱いものではなく、蔑みのこもった憎々しげなものだった。

どうしてあんな眼をして見るんだろうと、僕は思った。

講義の途中で、江川晴美は冷めきった顔をして教室から出て行ってしまった。

定時に講義を終えて、僕は研究室に戻った。何か心の負荷が減少したような、軽やかな気持だった。

「お疲れさま」

部屋に入ると、助手の平沼理恵子が僕に声をかけた。

「先生、文芸学部長の尾形教授から電話がありましたわ」

「尾形教授から？　何だって？」

「学部長室に来て下さいって。なるべく早く」

「何だろう、、」

思い当るふしがなく、僕は首を傾げながらすぐに二階の学部長室に行った。

ドアをノックして部屋の中に入ると、尾形教授は大型のデスクに向かって、何やら部厚い書類に眼を通していた。老眼鏡がずり落ちた、「鼻メガネ」の状態で。

「フランス文学科の河上です。何か御用がおありですとか」

「どうぞこちらに座って下さい」

尾形教授は書類から顔を上げてメガネを外し、硬い表情で言って、またメガネを掛け直した。

応接テーブルを挟んで、僕は教授と向かい合わせに座った。

尾形教授はドイツ文学の専攻で、見知ってはいるが、親しい交際はない。還暦を過ぎた老練な教授だ。学内での評判は悪くなく、あらゆる面で左右によくバランスのとれている男である。

「実は困った事になりました。これを見て下さい」

沈痛な面持で尾形教授はテーブルの上に便箋紙を置いた。

「何ですか、これは？」

「告発状です。昨日綱紀委員会に提出がありました」

綱紀委員会とは、近時あちこちの大学で教員の不祥事やセクハラ事件が頻発する時世に鑑み、前年の春に江南芸大にも設置された、セクハラ等の監視、懲罰の委員会である。いずれかの学部長の内の一人と、各学部選出の三人の教授が委員となっている。

「読んでもいいですか？」

「どうぞ。あなたに関する事ですから」

告　発　状

文芸学部フランス文学科三年一組12番
江川晴美

フランス文学科河上真一郎准教授のセクハラ行為を告発します。

恥ずかしいけれど、事実をありのまま全部書きます。

河上准教授（以下、いまわしいので「あの男」と書きます）は、十一月一日、第四時限の講義が終った後、私を呼び止め、課題の創作詩について二三言いたいことがあるから、七時に自宅に来いと一方的に言いました。私はその日はクラスの仲間と合コンの予定があり、それにいくら先生でも、独身の男性の家に一人で行くのは、女として不安だったので、はっきり断ったのですが、「単位が不足しているが、それでもいいのか」とあの男は恫喝するように私に言いました。進級のサジ加減を握る先生にそう言われては、弱い立場にある学生はとても拒むことは出来ません。あの男はそういうことをちゃんと知っていて言ったのです。いやいや私は承諾せざるを得ませんでした。

そして一日の夜七時に、私はあの男のマンションに行きました。私は不安な気持でいっぱいでした。ドアをノックすると、あの男は威張りくさった傲慢な態度で私を出迎え、挨拶の返事もロクにしませんでした。そして、リビングルームのソファーに私を座らせ、あの男は初めは私の詩を手に取って読む素振りをしながらぶつぶつ何か言っていましたが、ものの十分もしないうちに、私の書いた大切な詩をテーブルの上に放り投げ、「ああもう先生稼業がいやになった。気晴らしに一杯飲もう」といきなり私に言いました。きっと最初からそのつもりでいたにちがいありません。私はアルコールを受け付けない体質で、お酒はほとんど飲めず、きっぱり断ったのですが、あの男はそんなことはお構いなしに、用意をしていたグラスを持ち出して来て、アルコールのすごく強そうな外国のウィスキーをそれにいっぱいにつぎました。

「乾杯！」とあの男はやけに陽気にはしゃいで、私にも飲むように執拗に言いました。

私はもう怖くなって、一刻も早く帰りたい一心で、むせ返りながら、いやいやグラスにいっぱいのウィスキーを飲み干しました。そしてその直後に、私は急性アルコール中毒でソファーにひっくり返ってしまったのです。それがあいつのねらいだったと私は絶対に思います。

ソファーに倒れてもうろうとしている私のスポーツシャツを、卑劣なあいつは無理矢理はぎ取り、飢えたいやらしい眼をしてブラジャーを外し、私の乳房を散々に揉みました。そして私の××に手を入れようとしましたが、私はあの日は生理がひどく、大きめな生理バンドをきつくつけていましたので、あいつは中に手を入れることが出来ませんでした。

「畜生！」とあいつはいら立って叫んで、私の頬を二度平手打ちし、「それならこうしろ！」と言ってズボンを脱ぎ、下半身をさらけ出しました。そして毛むくじゃらのレンコンのような、変な形の、ぞっとする男のそれを私の手に押しつけて無理矢理握らせたのです。××は熱く、どくどく脈打っていました。処女の私は、今まであんな気味の悪いものを見たこともさわったこともありません。私はただもう恐怖心でいっぱいでした。あいつはそれからその××を、強引に私の口の中に入れようとしました。私は灰皿をあの野郎に投げつけて必死に抵抗し、床を転げ回りながら、着のみ着のままでマンションの廊下に飛び出しました。そして、エレベーターに乗ったら中でまた何をされるか分らないので、非常階段から下に駈け降りて行きました。十階から外壁伝いに階段を降りて行く時の気持は、もう恐ろしくて、何と書いてよいか分らないくらいです。よろめいたり、つまづいたりしたりして、私は三回も階段から転げ落ちそうになりました。

ふらふらしながら走ってアパートに戻ってからも、私は怖くて、そしてくやしくて、とうとう一睡も出来ませんでした。

あんな下劣な色情野郎が最高学府の教員だなんて、絶対に許せません。私は強姦未遂か強制猥褻のどちらかで警察に訴えてやろうかと思いましたが、准教授を辞めさせ、マスコミなどを通して広く社会的な制裁を受けさせるには、大学の綱紀委員会に訴えた方がいいと思いました。どうか事実をありのまま公表の上、あの野郎を懲戒免職にして下さい。このまま放置しておくと、これから何人の同級生や後輩が、あの野郎の恐ろしい毒牙にかかって貞操を汚されてしまうか分りません。同じクラスの中川美奈や浜田由紀も、私と同じような手口で、あの野郎に、もうやられてしまったと思います。というのも、授業中に二人を見るあの野郎の眼付がとてもいやらしいのです。それにぞっとするくらいなれなれしいのです。

伝統ある江南芸大の名誉の為にも、あんな低級な男を教員としてのさばらせないで下さい。綱紀委員会を開いて、どうかすぐにクビにして下さい。衷心から、涙を流して告発します。

「開いた口が塞がらない」とはこの事だった。まるで事実とは逆ではないか。一体どんな魂胆があって、江川晴美はこんな告発状を書いたのだろうと僕は訝った。あの夜、僕が彼女の誘いに乗らなかった事を恨み返したとしか思えない。何とも恐ろしい事だ。怨恨や屈辱から、人は時として、信じられないような歪んだ観念を頭の中に創出する。そして己れ（観念）を正当化する為なら、平気で嘘をついて、ありもしない事を捏造する。たまたまその人間が知性に秀で、なまじ文才などがあったりすると、舌を巻くくらいに見事な偽文を作り上げて、善意の人々の心を欺きおおせてしまうのだ。

「これはびっくりしました」

言いながらしかし僕は動揺していなかった。やましい事など何もしていない。正義の、真実への自信だ。

「本当の事実関係はどうなのですか」

眼の底に疑りの色を宿しながら、尾形教授がメガネごしに覗くようにして聞いた。

「ありもしない事です」

僕は断然として言い
「あの日講義が終った後で、江川晴美の方から……」

それから僕は、当日の事の経過を尾形教授に逐一話した。……

「……そうですか。……しかし困りましたね。あなたのおっしゃる事を裏付ける証拠というものが何もありません。もっとも江川晴美君の方にもありませんがね。両者が全然違う事を言っています。どうすればいいのでしょう」

眉間に小皺を寄せ、困惑の表情で尾形教授が言った。

この人は本当に善良な人なのだろうか、それとも狡知にたけた演技者なのだろうかと、そんな事を僕は思った。

しばらくの間沈黙が続いた。広い学部長室は静かで、子供の背丈くらいある大型の時計の振り子が、ゆっくりと規則正しく往復している音が聞こえていた。

「一週間以内に聴聞会を開く事になると思いますが、その時に江川君とあなたに出席してもらって、双方の言い分を詳しく聞きたいと思います。出席されますね？」

「勿論です。こんな誣告を許すわけにはいきません。全く、冗談じゃない」

「私も、教員としてのあなたの潔白を信じたいと思いますが、何かあの日の事を録音したテープとか、会話の記録とか、そういうものがあればいいのですが……」

「そんなもの、あるはずがありません」

「そうですね……」

「そうだ、あります。江川晴美が書いたメモ紙がある！」

〝浮き〟が水面に「ぽっこり」浮かび上がったように、不意に僕はメモ紙の事を思い出した。

事実が告発状の通りだったとしたら、酔っぱらってふらふらしている江川晴美が、「仮面紳士の、セクハラ野郎」などと、整然とした字でメモ紙に記せるはずがないし、マンションから逃げ出すのに必死だった彼女に、メモを書く余裕など一秒たりともなかったはずだ。

「何ですか、それは」

尾形教授が怪訝《けげん》な顔をして言った。

「しまった！　ゴミ捨場に出してしまった！」

尾形教授は「わけが分らない」というような表情をしたが、僕はもう取り合わず
「失礼します。証拠の品があったのですが、捨ててしまいました。まだ間に合うかもしれませんから、ゴミ捨場に探しに行ってきます」

「疑問形の表情」の尾形教授をうっちゃらかして、僕は学部長室から飛び出した。

自転車で五分程の大学からの道のりを、僕は息せききってペダルをこぎながらマンションに戻った。

一階のゴミ捨場に、ゴミ収集車は未だ来ておらず、出したゴミ袋は積まれたまま残っていた。

『あった！　やれやれ、、』

僕は周囲の眼を気遣いながら、ゴミ袋からメモ紙を探し出した。、、

その後、僕はもう大学に戻らなかった。回収したメモ紙は、聴聞会の時に委員に見せればいい。わざわざ引返して行って、尾形教授にメモ紙を見せて一々説明するのが、何だか馬鹿〳〵しくなった。

僕の心中にはいささかの動揺も不安もなかったが、人間の心――とりわけ女心の奇天烈な構造と、「恐ろしく変則的な魔球」のようなその心の動向に、ただあきれるばかりだった。

世に数あるセクハラ事件も、女の奇っ怪に歪んだ、邪な私怨によってでっち上げられたものも少なくないだろう。電車の中での痴漢行為を裁判所に訴え出て、逆に断罪された女もいる。一体どういう神経をしているのか。ターゲットになった男こそ、全くいい迷惑というものだ！　高い社会的地位を、この種の冤罪によって失った者も数多くいるにちがいない。

江川晴美との三年間のつき合いを思い、かくの如き理不尽且つ低劣な誣告をされた事への怒りが次第に湧き上がって来て、僕はすっかり頭に血が昇ってしまった。

江川晴美のアパートに怒鳴り込んで行こうかと一瞬思ったが、理性を欠いた行動をとって、次元の低い情念

の世界で悶着を起こせば、自分までもがその低級な相手と同質、同等の人間になり下がってしまう。結果、僕は直情的な行動はとらなかった。しかし「性欲」と同じく、こうした怒りの感情はどこかで発散させるか、吐き出さないと、奇妙にねじ曲って凝り固まってしまい、それが後になって予想だにしない悪作用を下意識の精神域全体に及ぼしかねない。

まさかそうと自覚したからではなく、怒りの反動からであったのだろう、僕はほとんど衝動的に美智子へ電話をかけた。否、僕の心はその頃、電話をしなければならない「沸点」の状態にあったのだ。

「岡崎でございます」

「江南芸術大学の河上真一郎です。美智子さんはお帰りになりましたでしょうか」

「今、学生さんにレッスンをしておりますが」

「申しわけありませんが、美智子さんにかわっていただけないでしょうか」

「少しお待ち下さいませ」

「……」

「…お待たせしました。あと十分ほどでレッスンが終りますので、美智子の方からお電話を差し上げると言っております」

「よろしくお願いします」

電話を待つ時間がとても長く感じられ、美智子にまつわる様々な思いやイメージの断片が僕の胸中を駈け巡った。

「遅くなってすみませんでした」

十分を少し過ぎた頃に美智子から電話がかかって来た。

「ぶしつけに電話をして、迷惑をかけました」

「迷惑なんかではありません。…先生からお電話をいただいたの、初めてです」

「僕は臆病者だから、あなたに電話をかけたくても、その勇気がなかったのです」

「そんな」

「僕は見かけによらず意外と気が小さくて寂しがり屋で…」

「先生が照れ屋さんであるのは分っていますけれど、小心だなんて。強気で、自信たっぷりじゃありませんか」

「とんでもない。それは見せかけだけのものです」

「本当かしら。でも電話をいただいて、有難うございました。今晩、私の方からお電話をするつもりでいました」

「この前、あなたから電話がなかったので心配していましたよ」

「……」

「御主人との間で、色々と不愉快な事もあるでしょうが、困った時は遠慮なく僕に言って下さい。何かの力になってあげられると思います。後退せず、落ち込まず、積極的に、前向きに物事を考えて行きましょう」

「そうですね」

「実は、今日電話をしたのは、あなたにぜひ聞いてもらいたい事があるからです」

「何でしょうか？」

「セクハラ行為で、僕は大学の綱紀委員会に訴えられました」

「えっ！……まさか、そんな――嘘でしょう！」

「本当です」

「まあ、どうして?! 誰から?!」

「江川晴美という、フランス文学科の学生からです」

「そんな事信じられません。先生はエッチで、ふざけていて、軽薄そうですけど、本当は誠実で、真面目で、潔癖な人だと信じています。そうでしょ？」

「そうです。僕はセクハラをするような男では絶対にありません。誣告罪ですよ。全くの捏造、でっち上げです」

「どうして江川さんという人はそんな嘘をついたのでしょう」

「おそらく恨みからでしょうが、詳しい事は分りません。僕はもう怒り心頭に発して、どこにも気持のやり場がなくて、それであなたに考えもなく電話をしてしまいました。話を聞いていただけますか？」

「それは、もう、私でよければ」

「電話では何ですので、今晩でも少し時間がとれないでしょうか」

「今晩は駄目ですの。離婚調停の件で、弁護士さんと打ち合わせの予定があります。それに私はまだ籍が柳原にありますので、主人以外の人とお会いしたりする事は……」

「明日はどうです？」

「明日の夜は、テニスの同好会の学生さん達のコンパによばれていますの」

「何時に終るのですか？」

「九時頃だと思います」

「場所はどこです？」

「大学の近くの『バイキング』という居酒屋さんです」

「中司公園の傍にある『クイーンホテル』は知っていますね？」

「ええ」

「あそこの十五階に、『泉』というスナックバーがありますが、明日の夜、僕はそのスナックで待っていますから、コンパが終ったら来ていただけませんか」

「でも……」

「ぜひお願いします。どうしても話を聞いてもらいたいし、あなたともお会いしたいのです」

「……」

「僕は一年でも、二年でも、死んでも『泉』で待っています」

変な言葉でしめくくって、美智子の返事を聞かずに、僕は一方的に電話を切った。拒否されるのが怖かったのだ。

美智子と話をしたら、怒りが幾分鎮まり、メトロノームの目盛を〝遅〟の方に動かしたように、心の振り子もその振幅が緩慢になった。しかし告発状の文言が頭にまとわりついて離れず、冷めきった江川晴美の侮蔑的な顔や、あの酔っぱらった時の、凶的な、不気味な眼付が、濡れたセロファンのように僕の意識にへばりついていた。

——翌日。夜の八時に僕はクイーンホテルのスナックバー「泉」に行った。「泉」は、五十歳の大人しいマダムが経営する、客席が十席余りの、小じんまりとした瀟洒な店だ。そこの透明な一枚ガラスの窓から見える夜のながめは美しい。右下方に中司公園のライトアップされた、鮮やかな濃緑の樹木の群れが浮かび上がって見え、前方に広がる、月光が輝く沖合には、時折、派手なイルミネーションを海面に映しながら豪華客船が悠揚と航行し、港には、大小の商船が、丸窓に明りを連らねてゆったり揺れながら碇泊している。重い質量感を呈する海の、その上空には、宝石箱をひっくり返したようにおびただしい星が美しくきらめいている。左手は江南市の街並だ。街灯や、ネオンや、ビルの灯が一塊りになって、蛍の巨大な集団のような光を放っている。大気の濁りがほとんどないので、窓からはこれらの夜景が鮮明に望まれるのだ。

月に一度か二度、大学からの帰りに僕は「泉」に立ち寄り、窓辺の席に座って、琥珀色のウィスキー液に浮かぶ氷片を口の中に入れて転がしながら、外の景色をながめてぼんやりと物思いに耽ける。マダムが、僕の好きなチョコレートを、細工ガラスの透明な小皿に入れて、いつも何も言わずにそっと差し出してくれる。

その日、美智子が「泉」に来てくれるかどうか、僕には分らなかった。未《いま》だ柳原家に籍を置く人妻であるという事実に加えて、執拗に監視してつきまとっている柳原隆信の事や、教員としての学生達への体裁を考えれば、いかにも恋人らしい男性とスナックで落ち合う事など、出来ない相談だったからだ。

僕は心中の不安と恐れから逃れようとして、その夜、いつもの寡黙とは裏腹に、マダムを相手に、政治やスポーツや、新聞種になっている事件などの、種々雑多な世間話に没頭していた。マダムは嫌な顔もせずそんな僕の話に耳を傾け、微笑みながら、相槌を打っていた。やんちゃな弟を見守る姉のような緩んだ暖かい眼差しだった。僕がいつもと違って、何やら「胸騒ぎに駆られての饒舌」に陥っていたのを、マダムはちゃんと見抜いていたのだろう。

——九時を過ぎ、九時半になっても美智子は来なかった。

不確かな愛の狭間に置かれて、恋する人を待つ時の、あの不安と、失望の戦き、、、。予想に反して約束通りにその人が来てくれた時の、あの溢れ出る歓喜、、、。

「どなたかお待ちですの？」

しゃべりながら度々入口の方に眼をやっては腕時計を覗いていた僕に、マダムがやんわりと声をかけて来た。

「ええ」

「何時のお約束ですの？」

「九時、、」

「遅いですわね。もう十時になりますよ」

マダムがそう言ったまさにその時、小さな正方形のステンドグラスが嵌《は》め込まれている、黒塗りの木製のドアが激しい勢いで開いて、上に取り付けた二つの鈴の、甲《かん》高い金属質の接触音が室内に響きわたった。飛び込むようにして入って来た美智子の切迫した表情が、鈴の鳴る音を聞いて驚き顔になった。スナックにいた全員の眼が一斉にドアの方に向いた。

もう互いに、その光の発せられている源《もと》が分っていたかのように、僕と美智子は瞬時に眼を見合わせた。

美智子は息を切らしながら、奥の席にいる僕の方に小走りに寄って来た。

その顔は上気して真っ赤になっていた。

「遅くなってすみません」

真摯な、力強いものを眼の底に湛えながら美智子が言った。

「来てくれたの?!」

僕は思わず椅子から立ち上がって、両手で美智子の手を握った。美智子の手は温かく、汗ばんでいた。

花火が夜の闇の中で弾《はじ》けて、大空が一面凄まじい明るさと華麗さに満たされたかのようだった。僕のその時の心模様は。

「さあ座って!」

僕は美智子の手を引っぱって椅子に座らせた。

「ビールを下さい!」

マダムが僕の有頂天な興奮ぶりを見て笑っていた。

「コンパが盛り上がって、学生達に囲まれ、出るに出れなかったのです」

「待つ時間が凄く長かったですよ! もう来てくれないと思っていた」

「ごめんなさい」

「乾杯!」

逆円錐形の、やや細身の華奢なグラスを互いに手に持って軽く触れさせ、僕は一気にビールを飲み干した。

「うまい! これは天国の味ですね」

「まあ」

横に座っている美智子が僕の眼を見つめて微笑み、僕もその眼をしっかり捉えて微笑み返した。許しあった者だけにある、あの深い親愛の眼差し。その奥底で、確かなものが堅く触れ合った。

僕が指を広げて美智子の手にそっとからめると、美智子は力を入れて握り返した。手を通じて、熱い感情の血が体内で流れ合っているのを僕はまざまざと感じた。

低音の、太い、唸るような船舶の汽笛が下方から窓を通して微かに聞こえて来た。

「見て下さい」

僕は美智子を促し、ガラス窓の外を指差した。

「素晴らしいながめでしょ」

「凄い。、、ここの夜景がこんなに美しくてきらびやかなんて、全然知らなかったですわ」

「時々ここに来て、この美しい夜景をながめながら、僕は、恋する人とお酒を飲みかわす光景を夢想していたものです。今夜それが現実のものになった」

「、、、」

「有難う」

「こちらこそ」

マダムが僕達二人のグラスに黙ってビールを注ぎ、いたずらっぽく僕を見つめると、含み笑いを浮かべながらカウンター内を向こうへ横歩きに移動して行った。

「きのう聞いた江川さんという人の話ですけれど」

少し沈黙の後、美智子がビールを一口飲んで話し出した。

「名前を聞いただけで不愉快になります」

「詳しく話していただけませんか」

「、、、そうですね。それが今日あなたとお会いした目的なんだった」

僕はからめた手を美智子から離し、渋い液体を飲むような顔をして、ビールのグラスを傾けた。

美智子は僕の動きを横からじっと見ていた。心配そうな眼差しで。

「江川晴美はフランス文学科の三年生で、僕の担当する講義を全部受講しています。それで、あの日、、」

僕は、当日の江川晴美とのいきさつを、かいつまんで美智子に話し、綱紀委員会に出された告発文のあらましと、残されたメモ書きの事を言った。ただ、話の中で、江川晴美が僕の手を取って自分の胸元に押し当てた事は言ったが、ブラジャーの中に手を入れさせて、乳房を直接触わらせたとは言わなかった。そんな事は言えるはずがない。

「あなたはどちらの話を信じますか?」

――話し終えて僕は美智子に聞いた。探るような眼付をして。

「私は河上先生を信じます」

確信に満ちた声が美智子から返って来た。

「先生は正直な、優しい人です。女の人に無理矢理おかしな事をするような人ではありません。私には分ります。

江川さんは先生に好意を寄せていたのに、先生に受け入れてもらえなくて、きっとそれを恨みに告発文なんかを書いたにちがいありません」

「そうです。僕もそう思っていました」

「聴聞会でも、先生のおっしゃる事は誰もが認めて下さると思います」

「恐らく江川晴美は聴聞会に出て来ないでしょう。出てくれるはずがない！　ボロが続々と露呈して、抗弁も、反論も、しようがないでしょう。恥をさらすだけだ」

僕は苦々しく、吐き捨てるように言った。本当に不愉快極まりない女だ。

その卑劣な裏切り行為に、またしても憤怒がこみ上げて来たが、一方では、美智子に話したら、心中に溜っていた毒液が外に押し出されたようになって、妙に気持が軽くなった。「しゃべり」の効能だったのだろう。

「ウィスキーか何か飲みませんか？」

急に機嫌を持ち直した人のような明るい口調で、僕は美智子に言った。

「いいえ、もう沢山。これ以上飲めませんわ。それに時間も時間ですから、そろそろ帰らないと」

「そうですね。それじゃ酔いざましに公園で海風にでも当って帰りましょうか」

「ええ」。

僕達は「泉」を出てエレベーターに乗り、人気のないロビーを通って、ホテルの外に出た。

ホテルの前には四車線の道路が走っており、その向こう側はすぐ海だ。夜空に半円の月がかかっていた。蘇鉄が横に一列に立ち並んでいる広い歩道を、僕達は公園の方に歩いて行った。海岸に打ち寄せる波の音が、緩慢なリズムを繰り返しており、一面に漂う海の塩のにおいが大量に僕の鼻腔に流れ込んで来た。二十メートルおきに設置されたオレンジ色の球形の街灯の向こうに、人影はなかった。

もう十一月だったが、南国の江南市は、夜に強く冷え込む事はなく、その日はむしろ暖かいくらいの気温だった。

人がいないので、僕は歩を緩めて、後ろから来る美智子と並んだ。嬉しい、幸せな気持だった。「凄まじい」美人が、反発も抵抗も示さず、気を許して僕について来てくれているのが信じ難く、夢ではないかと思われた。

どうして美智子は僕を好きになってくれたのだろう。、、

『『泉』のママさんて、先生の事が好きなのかしら」

並んで歩いていた美智子が、僕の顔を覗き見しながら笑みを浮かべて言った。

「先生を見るママさんの眼、とても優しくて、愛情に溢れていましたわ」

「ママさんが僕を好きだなんて、それは誤解です。ママさんは五十歳。僕より十四歳も年上だし、旦那さんもいます。彼女は迷える弟を見守る姉のような人です」

「そうかしら」

「そうに決っています。僕達には恋愛感情なんて一切ありません！」

むきになって、僕はほとんど叫ぶように言った。

「ふっ」

美智子は笑い

「ごめんなさい。私、先生をちょっとからかってみましたのよ。おかしいですわ、そんなに感情的になられるなんて」

「――――」

月の光に、僕の顔はどう映っていたのだろうか。何だか妻に、女との不祥事を不意に問われて窮しているような男の顔。、、

美智子の言う事は当っていないでもなかった。時に、女性の直感は恐ろしい程に心の深層を衝く。

「あの、来月の体育合宿の事なんですけれど」

僕は、話をそらした。

「え？」

「僕は扇岳《おうぎだけ》の登山合宿にするつもりですが、あなたはどこにされるのですか」。

「体育合宿」とは、江南芸大のカリキュラムに体育実技の講義がないので、それを補う為、一・二年生の時にそれぞれ一回、集中的に行う体育単位取得の為の合宿講義だ。体育大学の講師が専任で行い、それを補佐し、且つ学生達を監理する為、芸大の講師と准教授が各コースに希望配属される。体育実技の講義といっても、一種気分転換のリクリエーションのようなもので、水泳あり、登山あり、テニスあり、ソフトボールありと、科目や合宿の場所も多様で、学生や教員の間でも評判がいい。

「この前はテニスの合宿に参加しましたが、次はどうするか、まだ決めていません」

「じゃ、登山合宿にしましょう！」

「でも、私、登山の経験なんてありませんわ」

「経験は無用。登山というよりも、あれは高原を行くハイキングみたいなものです。扇岳は稜線もなだらかで、ながめが美しいし、バンガローの設備もちゃんとしていて、中々いい所ですよ。ぜひ一緒に行きましょうよ」

「そうですね。、、どうしようかしら」

「よし、決めた！」

僕は馬鹿陽気に叫んで、もう強引勝手に決めてしまった。

「まあ」

美智子があきれ顔で笑った。

フランスの凱旋門をミニチュア化したような中司公園の入口の門が見えて来た。夜も十一時を過ぎており、人はいなかった。

公園の地面には、四角形のスチール製の枠に収められた照明器が随所に置いてあり、樹木を下方から天空に向けて皓々と照らしていた。

様々な絵模様が描かれているタイルの敷地の上を歩いて、僕達は海の見える所に出た。芝生が敷きつめられた広場の、白い木製のベンチに僕と美智子は並んで腰掛けた。眼の前には茫洋とした夜の海が無数の星を戴いて横たわり、左方の港には幾隻もの商船が錨を下していた。つい近くで見ると、船はビルディングのように大きい。つい先程までいた、クイーンホテルの十五階の「泉」の窓の明りもベンチから小さく見えた。

二人共黙ったままだった。ただ一緒にいるだけでいい。それだけで幸せに感じた。僕は美智子の手をそっと握った。

「高崎の別荘であなたと出会った日から、そしてあなたから電話をもらった日からなお一層、一時《いっ》も僕はあなたの事を忘れた事はありません」

真っ直ぐに海の方を見つめながら、切迫した口調で僕は言った。それは、僕自身、まるで口にする事を思ってさえもいなかった言葉だった。

美智子は頭《こうべ》を回して、黙ったまま横から僕を見つめた。美智子の息遣いと、その身内から発する熱気に触されて、僕は握った手に更に力を入れた。

「美智子さん」

「え？」

僕は美智子の頬ににわかに唇をつけ、瞬間離した。

「まあ」

美智子はうろたえながら恥ずかしそうにうつむいた。

「へへ、、」

僕は弁解気味に照れ笑いをしながら頭を掻いた。

『まるで中学生だ！』

直後僕は自嘲し、自分を、女も世間も碌に知らないひどく頓馬な男のように感じた。

「河上先生、、」

「はあ？」

「私、とても嬉しい」

「本当ですか？」

「ええ」

「僕も嬉しいどころか、もう天にも昇ったような気持です」

拙劣で陳腐な事しか言えない自分を、僕は呪った。どうして緊張したり、あがったりすると、こんなへまな態になってしまうのか。

「あのう、すみませんが」

背後から不意に男の声が聞こえて来た。振り返って見ると、警務服姿のガードマンがベンチの後ろに立っていた。

「公園は十一時半で閉門になりますので」

「そうでしたっけ」

「そうです」。

『この男は見ていたな』と僕は直感し、同時に羞恥が身を覆った。

「美智子さん、行きましょうか」

僕は恥隠しのぶっきらぼうな口調で美智子に言い、ベンチから立つと、後ろも見ずにそそくさと歩き出した。

美智子が小走りに追って来た。

「お家《うち》まで送りましょう」

「いえ、いいですわ。裏門を出たら家はすぐですので、一人で帰ります」

「でも」

「いいえ、門が閉まったら、先生は大回りをしなければお家に帰れなくなります。ですから」

「僕は遅くなってもかまいません」

「いけませんわ。明日は講義がおありなんでしょ。本当に大丈夫ですから、どうぞお気を遣わないで下さい」

「そうですか。、、では、またお会い出来る日を待っています。電話を下さいね」

「ええ、きっと」

僕は美智子の手を握った。

「さようなら、先生」

「さようなら、気をつけて」

僕は去って行く美智子の後ろ姿を見送った。一度美智子は振り返り、右手を上げて大きく振り、そして微笑んだ。やがて美智子は左に曲って、樹の繁みに隠れて見えなくなった。

ガードマンが向こうから僕を「観察」しているのが見えた。

『折角いい所だったのに！』

僕はガードマンをほとんど憎み、呪うように一瞥して広場から出た。


マンションに戻って、僕はその日にあった事々を逐一日記に綴った。書く事によって思考は整理され、それに伴って心もまた平静を取り戻す。ガードマンの要らぬ介入で、心中の上昇気流が妙な急カーブを描いて下降したような具合になったが、鬱屈した不満感も、日記を書き進むうちに消失して行った。

しかし、一人の女性の（それも類い稀れな美人の！）愛情と信頼をかち得たという確信は、その夜の僕を有頂天にさせ、とうとう明け方まで一睡も出来なかった。

「恋」の前にあっては、いかなる賢者・哲人も正常心を失う。丁度、ライトを浴びせられた夜行性動物が、ただならぬパニック状態に陥って我を見失ってしまうように。

次の日の夜、心待ちにしていた美智子からの電話は、何故か、かかって来なかった。僕のその時の心境たるや、推して知るべし、である。

7

聴聞会開催通知

文芸学部フランス文学科三年一組・江川晴美君の
綱紀申立（平成＊年第四号）に関わる聴聞会を左記

の通り開催しますので、出席の上意見を陳述願います。

記

日時　平成＊年十一月十日　午後一時

場所　本学本館二階・二〇六号会議室

平成＊年十一月七日

江南芸術大学　綱紀委員会

委員長　文芸学部長　尾形春雄

一個人の思惑などに関係なく、社会の現実は作動し、先へ先へと展開して行くのであろう。聴聞会開催――それは何か、自分の力技を絶対的に行使出来ないまま、大きな檻に入れられて、或る仕組の中を無理矢理移動させられて行くような、奇妙な感じのする催事だった。

十一月十日、決められた時間に僕は聴聞会の会場に行った。まさか出席するはずはないと思っていたが、江川晴美が居直ったような図々しい顔をして出て来ていたのには驚いた。更に驚いた事に、あの毒虫の早瀬教授が綱紀委員の一人だった。

長いテーブルを前に四人の委員が一列に並び、それに対面する形で、僕と江川晴美が椅子に並んで座った。口頭試問の会場のようだった。

「それでは聴聞会を始めます」

尾形教授が口を切り、余分な事は言わずに江川晴美の告発状を読み始めた。

「告発状――フランス文学科河上真一郎准教授のセクハラ行為を告発します。、、、、、、、、、、、、、、、、、、、、、、以上です。

江川君、あなたの出されたこの告発状の内容に、間違いはありませんか？」

「ええ、間違いはありません。全部本当です」

「河上准教授、あなたの意見は？」

「全部嘘です」

「この世界に二通りの事実はありません。良心に従って真実を述べてくれなければ、委員会は適切な判断を下す事が出来ません」

「河上君、本当にやっていないのか、あん？」

早瀬教授が顔にあからさまな侮蔑の色を浮かべ、見下すような生意気な態度で横から口を出した。

「私がそんなセクハラを、するはずがない！」

僕はかっとなって声を荒らげた。

「それはどうだか。こんな詳細でリアルな内容の告発状が、でっちあげとは考えられない。**やって**いないという確かな証拠でもあるのかね。へへへ！」

顔を下劣な笑いに崩しながら、早瀬教授がからかうように言った。煮ても食えんサソリ野郎め！

「私は委員の先生達に訴えます。この男はいかがわしい行為をして、私の処女と人格を辱めました。絶対に許せません。どうか、今すぐ大学から追放して下さい！」

江川晴美がヒステリックにわめいた。

「江川君、落着いて下さい。あなたの言う事が正しければ、委員会は厳罰を以って臨みます。しかし、河上准教授は、そんな事はしていない、冤罪だ、と言っています。ここは捜査機関ではないので、双方の食い違う主張の真否の裏付けを取る事は出来ません。従って有力な物的証拠か証言がない限り、先に刑事告発をしてもらって、その結果を見て後に、綱紀委員会としての懲罰の可否を決定せざるを得ません」

「そんな事をしていたら、この先何ヶ月かかるか分りません。その間に、こいつはまた女子学生に手を出して、第二、第三の被害者が続出するのは眼に見えています。どうして委員会としての独自の判断を、早急に下せないのですか！」

今度はもう、尾形教授を罵るような激しい調子で江川晴美が言った。

「委員長、ここは裁判所ではないのだから、そう厳格に構えなくても、情況証拠とか、二人の話による心証とかで判断してもいいんじゃないですか。そうでないと、だらだら延ばしていたら、江川君の言う通り、また被害者が出て来ますよ。伝統ある江南芸大の面子は丸潰れですわ」

早瀬教授が、早くも江川晴美にくみして、いい加減な事を、僕を横眼で見ながら、意地悪げに言った。人を痛めつけて、その苦しむ姿を見て喜ぶ男なのだ、こいつは。

「私も早瀬教授の意見に同感です。この告発状が嘘だとはとても思えません。今少し二人から話を聞いて、今日にでも結論を出してもいいのじゃないでしょうか」

見た事はあるが、よくは知らない禿げ頭の、五十五、六歳の委員が、早口でぺらぺら言った。どこから見ても大学教授とは思えないような、軽薄な面構えの男だ。時々テレビに出て低級な駄洒落ばかり飛ばしている某漫才師に顔がそっくりだった。しかし、どうして江川晴美の主張の方に、皆傾いてしまうのだろうか。

「植田教授、あなたのお考えは?」

「私も判断は延ばすべきではないと思います。ただこういうセクハラ行為は、双方の言う事をよく聞いた上で対処しないと、とんでもない事になってしまいます。私は綱紀委員を発足以来やっていますが、誤解があったり、実は合意があったり、恨みがあったり、中傷だったりと、種々様々で、実に男女関係は奇っ怪で、理屈の通らない情念の世界なのだとつくづく思いました。今回の件も、どちらかが完全に嘘をついています。これは一体どういう事なのでしょうか」

植田教授とやらが、「真意を測りかねる」というような顔付で、首を傾げながら言った。六十歳前後の、温厚な感じの教授だ。

「もう一度河上准教授に聞きますが、あなたは本当に、告発状に書かれたような事はしていないのですか?」

「絶対にしていません。この前委員長に話した通りです。他の委員の方も、私の話はお聞きだと思いますが、仕掛けられたのはこっちの方です!」

いら立ちがつのって、癇癪玉が破裂せんばかりだった。

「これを見て下さい」

僕は胸ポケットから荒々しく江川晴美の書いたメモを取り出し、委員達に広げてみせた。

「何ですか、それは?」

「江川が私のマンションに残していったメモ書です」

「何と書いてあるのです?」

「『仮面紳士の、セクハラ野郎』と書いてあります。マンションから逃げ出すのに必死だった女が、こんな事を書く時間がいつあったのですか。それもアルコール中毒の状態で。告発状の内容と全然筋書が矛盾しているじゃありませんか!　これは挑発に乗らなかった私を恨んででっち上げた、江川の仕返しのメモ書です」

早瀬教授が、毒を含んだ疑わしげな顔をして首を伸ばし、メモ書を覗き込んだ。

禿げ頭の「軽薄教授は」は〝ぽかん〟としていた。事を認知し得ない間抜け者め。尾形教授はすっかり驚いたような顔をし、「温厚教授」は、さもありなんというような顔をして、小さくうなずいた。

江川晴美はと見ると、表情が凍りついていた。

まさか僕がメモ書を保存していようなどと、想像もしていなかったのだろう。それに、復讐心にのぼせ上がってしまって、メモを書いた事をすっかり失念していたのかもしれない。

『しまった』という思料が、ありありと江川晴美の顔に表れていた。

「江川君、これはどういう事ですか」

尾形教授が憮然とした顔をして、江川晴美に少しきつい口調で聞いた。

「………」

江川晴美は返答に窮し、三十秒余り黙り込んでいた。と、突然江川晴美は椅子から立ち上がった。そして踵を返すと、何等釈明する事なく、無言のまま会議室から、まさに「逃げる」ようにして走り出して行った。己の嘘を暴かれて追い詰められてしまった人間の、浅ましい、醜い姿がそこにあった。

「軽薄教授」は〝唖然〟としていた。

『この男は本物の馬鹿だな』

並々ならぬ軽蔑心を抱いて僕はこの教授を見やった。

予想外の事の展開に、意表を衝かれたような案配で、会議室を沈黙が支配した。

「委員長」

僕は声を上げた。

「何ですか、河上准教授」

「これでもう、この件は終りという事になりますね」

言内に喜びを響かせながら、僕はほとんど勝ち誇ったように言った。

「そのようです。江川君は虚偽の申立をしたみたいですから」

「しかし、河上君」

早瀬教授がまた横からしゃしゃり出て言った。

「潔白だかどうか知らんが、一瞬たりともおかしな疑いをかけられたという事は、不徳のいたす所と思って、君は猛省せにゃならんのだ」

負け惜しみを顔に滲ませて、早瀬教授はさも憎々しげに言った。

「な、何だとおーっ！」

僕は声を荒げた。骨の髄まで悪意地な教授に、心中の怒りが沸騰した。

「お、お前にそういう事を言える資格が、どこにあるんだ！」

僕は早瀬教授を指差しながらわめき上げた。

「そのいい方は何だ！」

自省のかけらもなく、傲慢な面《つら》つきで早瀬教授が声高に言を返した。

会議室は険悪な雰囲気になった。

「軽薄教授」は胆を潰されたような顔をしてのけぞっていた。

僕は心の中でこの「軽薄教授」に唾を吐きつけた。

「これで聴聞会を終ります！」

尾形教授が、事の進展を断ち切ろうとする意思丸見えの大声を出して、椅子から立ち上がった。

「散会します！」

何等正統性のない、奇天烈な、馬鹿〳〵しい聴聞会は終った。

しかし、怒りの勢いを頓挫させられてしまったようなその終り方に、排便を途中で止められてしまったような不満と不快感が残った。

過去に何度も高崎の家で早瀬教授に毒を刺されたが、今回のような公の場で、たちの悪い侮りを受けた事はなかった。

僕は早瀬教授と同じ場所で、一緒の空気を吸うのさえ嫌悪を感じた。委員達に挨拶もせず、僕はすぐ会議室を出た。

廊下を歩きながら、邪悪な早瀬教授への憤りがぶり返して、僕の心中はぐつぐつ煮えた。

この時、誰かに身体を当てられたら、僕は怒鳴り声を上げてそいつを張り倒していた事だろう。

眉間に皺を立て、僕は獰猛な凶悪犯みたいに眼を血走らせていたにちがいない。一人の男子学生とすれちがった際、その学生は何か恐ろしいものに出会ったようなおびえを顔に浮かべて、横に飛びのいた。

本館の二階から、僕は階段を一気に一階に駈け降りた。そして事務局室の前を脇目も振らず通りかかった僕に、「先生」と誰かが声をかけて来た。僕は事務局室の入口の横の長椅子に人が座っている事に気付かなかった。のぼせ上がって、視野が狭窄していたのだ。僕は足を止め、声の方を睨みつけた。と、何と長椅子には美智子が座っていた。

心配そうな顔をして僕を見つめるその眼には、しかし優しいものが溢れていた。

「柳原さん」

「先生、聴聞会はどうなりましたのですか？」

「どうして聴聞会の事を知っているのです？」

「事務局に開催日を問い合わせましたの。それで今日、とても心配になって……」

「全くお話しにならない、馬鹿〳〵しい顚末でした」

僕は美智子の横に腰掛けた。美智子は少し身体を向こうにずらした。人の眼を気遣ったのだろう。

「江川さんは出席しました？」

「いけ図々しい顔をして出て来ていたのには驚きました」

「それでどうなりましたの？」

「あんなでっち上げが通るはずがありません。僕は委員達に江川の書いたメモを見せましたよ。急所への一撃です。虚構は一気に崩れ去りました。江川は顔面蒼白になって部屋から飛び出していきました」

「河上先生の『無実』が証明されたのですね」

「そうです。しかし全く下らない事です。意味のないものに対する、神経と時間の浪費でしたよ。おまけにあの早瀬教授が僕にからんできおった。知っているでしょ？あの傲慢な、いやな奴」

「高崎先生の別荘でお会いしたあの先生？」

「そう、あの毒虫野郎です。そいつがあろう事か綱紀委員になっていて、他の委員の前で僕を愚弄したのです！」

「まあ」

「よっ、仲良くやっているね！　ひひ」

（その人の事を話している時や、その人の事を思っている時に、当の本人が現実に眼の前に現れる事がある。互いのテレパシー（思念伝達）が誘引し合っての結果なのだろうか……）早瀬教授が男女の二人の仲を揶揄する際の、あの皮肉混りの厭味《いやみ》な口調でにたにたしながら言った。間抜け面の「軽薄教授」も一緒で、へつらうように早瀬教授の後ろについて歩いていた。

「なっ！」

怒りが瞬発し、咄嗟に立ち上がろうとした僕を、気配を察した美智子が懸命に手で押えた。

「ははは！」

廊下に哄笑を響かせながら早瀬教授は向こうへ行った。

「下司《げす》畜生！」

思いっきり品悪な言葉で叫び、僕は両手をこぶしにして歯ぎしりした。

「早瀬先生はあんな調子の人なんですから、生真面目に応対してはいけませんわ」

「でも僕は、下等な、人の心を傷付けるのが専売特許のようなあの男を許せません！」

僕は呪いに近い大声を上げた。

早瀬教授に対する「積年の恨み」が、休火山の噴火のそれのように、一挙に爆発した。

美智子は、どうしたらいいか分らないという風で、すっかり困惑顔になっていた。育ちのいい彼女は、こんな「情念が煮えたぎっている」男の存在する喧嘩もどきの場に居合わせた事などなかったのだろう。

「あっ」

美智子が、この時不意に思いついたように時計を見て小さく叫んだ。

「いけないいっ、授業に遅れてしまうわ」

「授業があるのですか？」

「ええ、ピアノの個人指導がありますの」

美智子は椅子から立ち上がり、本館の出口の方に向かってあわてて歩き出した。

「玄関まで送ります」

無言のまま玄関迄行くと、美智子は僕に振り向いて、「それでは失礼します」と頭を下げた。

「今日はどうも有難う！」

僕は言葉を返した。感謝の気持ちを一杯に含めて。

茶色いレンガが敷きつめられた小径を、美智子は音楽学部の学棟へ向かって走って行った。

背が高くて足が長い、美事に均整のとれた八頭身の姿態の美智子を、僕は玄関の階段を降りて、立ったままずっと見続けた。

江川晴美の「誣告」が、僕と美智子を親密にさせる時を作ってくれたとは、しかし何という喜ぶべき誤算だった事か。種々ある日常の出来事の中で、果たしてその何が利になり害になるか、分ったものではない。小さな針穴のような傷口から細菌が侵入して増殖し、それが遂に全身を腐敗させて死に至らしめる事があるように、あるいはまた、たまたま陽にさらされていた或る物質が、時間の経過と共に複雑な化学変化を起こして、細菌を根絶する抗生物質に変異してしまう事もあるように、ある一つの事実・事態が、先になって意外な、全く予想外の結果となって現れ出て来るのだ。

　その日の聴聞会が、更に一歩、二人を近づけてくれる時を与えてくれたとは。それに何よりも、美智子の僕に対する愛情の、明白な「証し」の場をその聴聞会は提供してくれたのだ。

　僕の心中には、嫌な早瀬教授の影はもはや微塵もなく、嬉しさが満ち溢れていた。女性《ひと》から愛される事の幸せを、この時程痛烈に感じたことはない。

「こんにちわ」

　階段の前に立っていた僕の横から挨拶をする者があった。見ると、江川晴美と同じクラスの学生の浜田由紀だった。

「あれっ？　本館に、何事なの？」

　僕は弾んだ声で聞いた。

　本館には教授の研究室や、会議室、それに大学の事務を扱う事務局室などがあり、一般の学生は余り姿を見せる事はなく、いつも閑散としている。

「会議室の使用願いを出しに来ました」

　浜田由紀は笑顔で答えて本館の中に入って行こうとした。

　大柄なグラマーで、ふっくらした柔和な丸顔が、その穏やかな円満な性格をよく表していた。中々の美人でもある。決して一線を踏み越える事はないが、しかし心の隅でひそかに好意をもち、大切にしている女子学生の一人だった。

「時間があったら、研究室に話しにいらっしゃい」

　僕は振り返りながら浜田由紀に言った。

　と、後方のコンクリートの階段を上がった本館の玄関前のフロアに、男が一人立っていてこっちをじっと見ているのが眼に入った。

　その視線は圧倒的に暗く、そこには凄まじい怨念と嫉妬の火が宿っていた。それはかつて、僕のフランス文学についての論文が、民間の学芸賞を受賞した時、同僚の准教授が僕に向けた視線と全く同じだった。（それから彼は僕にものを言わなくなり、眼が合うとあからさまな嫌悪を浮かべて顔をそらし、陰に回っては僕の悪口を言い続け、そしてとうとう他の大学に移って姿を消してしまった)。更にまた、江南新聞社主催のカルチャー教室で、僕がフランス語を教えていた時、夫婦で習いに来ていた受講生の、その中年の妻に僕はすっかり魅せられて、その為、教え方が熱を帯び、好意の言動も限度を超えた時、彼女の夫が僕に浴びせたあの視線と全く同じだった。暗鬼な、醜く歪んだ劣等感情を、恥もなくむき出しにしたあの怨みと妬みの、刺し殺すような真っ暗な視線。、、、

背の高いその男はひどい肥満体で、黄色いネクタイを結んで、ブルーのカッターシャツの上に茶色のブレザーコートを着ていた。水商売の暴力団経営者のそれのような、派手な変った服装だ。つつましい常識人の風体ではない。

僕はその男が、美智子の夫・柳原隆信であると直感した。

ずっと美智子のあとをつけて、その行動を窺っていたにちがいない。先日の、音楽学部棟の教員控室の前でのそれと同じように。

男であれ、女であれ、限度を超えて惚れ込んでしまったら、その異常な執心は理知をかどわかして平常心を喪失させ、非常識な行動を惹起させる。そして「悪の情熱」に没入してしまった当人は、己れの行動の気違いじみた異様さを全く認知出来ないし、それを制御しようとする意志なども更々ない。それどころか、場合によってはほとんど快感さえ覚えながら、殺人だってやりかねないのだ。

僕は恐怖を感じた。

事情がどうであれ、僕が一人の夫の、その権利と名誉を侵害し、法的な背理を犯しかけていたのは明白な事実だったし、当の夫は凶暴な変態性格者ときていたのだ。

僕は何気ない風を装って、美智子が先程駈けて行ったレンガ敷の径を、前へ歩き出した。急ぎ足ではなく、ゆっくりと、心の中の動揺を外に表さないようにして。ズボンのポケットに片手を入れて、トレーニングの最後の所作のように、首を前後左右にゆっくり回したり傾けたりしながら。、、、

その日の夜、美智子から電話がかかって来た。

「河上先生、、」

受話器を取ると、僕が何も言わないうちに、美智子は弱々しい声で言って、言葉が切れた。

「どうしたのですか？」

「、、、」

「美智子さん！」

「先生、柳原から今日の夕方にひどい電話がありました」

「何と言って来たのです」

「『今日のあの男は誰だ、俺は全部見ていたぞ！　お前は俺の女房なのに、恥もなく平気な顔をして浮気をしやがって！』と、もう憎しみを含めて、狂ったように金切声でわめくのです。

私は柳原が刃物を持って押しかけて来るのではないかと、空恐ろしくなりました。

『別居はしているが、離婚はしていない。今でもお前は俺の正式な妻だ』と、それだけを執拗に繰り返して言うのです。『今度あの男と会っているのを見たら、ただではすまないからな！』、最後に脅すように大声で言って電話を切りました。柳原はずっと私をつけ狙っていたみたいなのです。あの人は、そういう人間です。疑り深くて、異常な悋気もちで、そして残忍で暴力的な性格の人です。理性のかけらもありません。私はそんなあの人に耐えられなくなって家を出ました。もう顔を見るのもいやです。慰謝料も何もいりません。一刻でも早く別れたいのです。、、ぅぅ」

美智子は声を詰まらせ、電話の向こうでむせび泣き始めた。

「――――」

僕は何も言えなかった。何と言っていいか分からなかった。言葉を模索しながらうろたえていると、泣きながら、美智子は電話を切ってしまった。

僕の心は陥没し、その表層を厚い雲が暗澹と覆った。『背徳』という二文字が、重石のように僕の意識にのしかかって来た。柳原隆信の狂える「怒顔」が眼の前を行き交った。

僕は美智子に電話をかけ直そうと思ったが、言うべき言葉がない。結局なすすべもないまま、重く沈んだ気持で、頭を不安の渦に巻き込まれながら、眠れぬままに夜はふけて行った。

8

翌朝、起きても気分は圧迫されたままだった。第一時限目の講義が九時からあったので、顔を洗うと、朝食をとる食欲とてなく、すぐに自転車に乗って僕は大学へ向かった。

僕の心中とは裏腹に、江南市の晩秋の朝景色は素晴らしく、清められた薄い青空が、透明な大気の向こうに際限なく広がっていた。

五分少しで大学に着き、文芸学部棟二階の講義室に入ると、学生が十五人程いた。その中に江川晴美の姿があったので、僕は飛び上がらんばかりに驚いた。

江川晴美は最後列の真ん中の席に座って、刺客の如き陰険な、鋭い眼付をして僕を窺っていた。恥も反省もなく、一体どこ迄執念深くつきまとう女なのだ！　その精神構造に、完全に狂いが生じているとしか思えない。

奇天烈に歪み、屈折しているストーカーのそれと同じ、偏執と加虐と復讐の野蛮な情熱。そして常軌を逸した手段と方法による相手方への接近。

『こいつは気違いだ』――。

九十分の時間中、僕は江川晴美に眼をくれず、度外視している風で講義を続けたが、江川晴美は身動きもせず、じっと僕に眼を固着させていた。懐にナイフを隠し持ち、刺し殺す瞬間を狙っているかのような危険な眼付をして。

講義を終えると、すぐに僕は講義室を出た。もはや正常の感覚では対処し得ないのだ。相手にしないにこした事はない。廊下に出た僕を、江川晴美があるいは後ろから窺っているかもしれないと思ったが、振り返らず、無視した。

文芸学部棟を出て、僕は前日聴聞会の開かれた本館へ向かった。「体育合宿」が間近かに迫っており、どのコースへ配属を希望するか、早々に手続をしなければならなかったのだ。江川晴美は、文芸学部棟のどこかから、恐らく僕を見ていた事だろう。

『とんでもない女だ！』

いらいらして、むかっ腹が立った。

本館に入り、事務局室の受付の女性に用件を告げたが、怒りの連動で、乱暴な、とげとげしい声になった。

「もう一枚！」

僕は用紙を二枚もらい、受付カウンターに肘をついて、美智子の分もあわせて書き、配属希望コース欄の「登山合宿」の箇所に丸印をつけた。

美智子の恐れる柳原隆信に、もしこの合宿の件が知られた場合、それに絡んで、何をし、何を言って来ようと構うものかと僕は書きながら思った。

江川晴美への腹立ちが、何だか破れかぶれの感情を派生させて、僕はすっかり強気になっていた。

『こうなれば突き進んで行くほかはない。柳原め、来るなら来い、やったらやり返してやる！』

何やらえらく闘争的な気持になって、書いた用紙を、カウンター内に立っていた受付の女性に突っかかるように荒々しく差し出したら、それが二枚だったので、女性が訝しげな顔をして、「あのう、これはどなたのですか？」と聞いた。「音学学部の講師の柳原美智子先生の分。本人が都合で行けないから、かわりに書いて出しておいてくれと頼まれたんだ。何か、文句ある?!」

僕は食らいつくように大声で女性に言った。

「いえ、べつに」

怖そうな顔をして女性は答え、唸り声を上げて飛びかかろうとしている獰猛な野良犬から逃れるように、足早に向こうの方へ行ってしまった。

事務局室にいた五人の男女の事務員が、顔を上げて僕の方を見た。しかし頭《こうべ》をぐるりとしながら僕が睨み返すと、皆、またデスクに静かに眼を落とした。

ごっぽう気持を昂ぶらせ、力んだ調子で僕は事務局室の出口に向かった。で、ドアを勢いよく引いて外に出ようとした途端、中に入って来かけた女と危うく衝突しそうになった。

「おっ」

瞬間身体を斜めにして身をかわし、相手の顔をみたら、そいつは、江川晴美だった！　江川晴美は「じろり」と、恨みのこもったような濁り眼で僕を見つめ、無言のまま前を通り過ぎて受付カウンターの方へ行った。

僕は荒肝をひしがれ、直後冷や汗が額に滲んだ。

『つけて来おった！　一体何なんだ、あの女は?!』

江川晴美は受付カウンターから振り返り、探るような眼付で僕を見た。

ぶるっと身体を震わせ、僕は廊下に飛び出した。

『間違いなく、完全にいかれている！』

僕は戦きながら心の中で叫んだ。

玄関に向かう僕の足は、何だか不自然なくらいに早くなっていた。江川晴美が追いかけて来て「後ろからグサリ」という事だって、あり得ない事ではなかったのだ！　小心とか、へっぴり腰とか、そんなレベルの問題ではない。「正常人の心の原則」など、狂人には通用しないのだ。

レポートの採点などの教務が残っていたが、僕は本館から出ると、研究室には戻らず、自転車に乗ってそのままマンションに向かった。

江川晴美が、その心に、得体の知れない危険な執念を抱いて研究室にやって来る可能性は、多分にあったのだ。

マンションに戻り、ドアを開けて部屋に入ったら、直後に電話が鳴った。僕は一瞬ぎくりとした。江川晴美だと思ったからだ。僕は電話を取らなかった。呼出し音は一旦止まり、しばらくしてまた鳴り出した。

『こん畜生！』

僕はすっかり頭に来て、もはやこの際徹底的にやり込めてやろうと思った。受話器をわし掴みにし、怒鳴り声を上げようとしたら、「もしもし」と、女性の柔らかい声が聞こえて来た。

「えっ？」

「河上先生？　柳原美智子です」

「美智子さん！」

「…、先生、主人が実家に来ました」

「まさか、そんな！」

「今、私の家にいます。玄関で母と話している主人の声を聞いて、勝手口から飛び出して来ました」

「あなたはどこから電話をしているのですか？」

「先生のマンションの前の『セーヌ』という喫茶店からです。窓際に座って、先生のお帰りになるのを待っていたら、何分もしないうちに、あわてた様子で一生懸命自転車をこいでいる先生の姿が見えて来ましたの。それですぐに電話をしました」

「早く帰って来てよかった」

「私は遅くなってもずっと先生を待っているつもりでいました」

「部屋に入った途端に電話が鳴ったので、びっくりしましたよ。江川晴美かと思いました」

「江川晴美さん？　何故ですの？」

「江川はどういう魂胆があるのか知らないが、ずっと僕をつけ狙っています。先程も、僕の講義に出ていました」

「まあ！」

「あの女は狂っています」

「私の主人と同じですわ」

「本当に。……ところで、これからどうしますか？　僕がそちらに行きましょうか？　それともあなたがマンションに来ますか？」

「お会いしてお話をしたいのですが。…」

「マンションなら誰にも見られないし、余程安心です。こちらに来て下さい」

「でも…」

「大丈夫ですよ。心配しないで。部屋は十階の一〇〇五号室です。分りますか？」

「ええ」

「すぐいらっしゃい」

「はい」

　ここで電話が切れた。

『美智子が来る！』

　僕の胸は異様に高鳴った。「恋」の期待がもたらすあの尋常ならぬ高揚感。…

　テーブルの上の乱雑に積み重ねた本を片付け、室内にぶら下げて干していた洗濯物をカゴの中にあたふたと放り込んでいたら、十分も経たないうちにインターフォンが鳴った。走ってドアの所に行きスズメの眼のような小さな覗き窓から見たら、美智子が手に菓子箱を持って立っていた。廊下に人影はない。

「どうぞ入って下さい」

　ドアを開けて僕は言った。

「すみません、お邪魔します」

　美智子は緊張した面持ちで中に入って来た。

「上がって下さい」

「失礼します」

　靴を揃えて美智子は廊下に上がり、僕の後ろからついてリビングルームに入って来た。

「そこに座って。汚いところでごめんなさい」

　美智子は室内を興味深そうに見回しながらソファーに座った。

「喫茶店でケーキを買って来ました」

「有難う。——そういえば、江川晴美はケーキが大好きと言っていたなあ。持って来ないで、一人で食べて来て、

「未だ御主人はいるのだろうか」

「私がいないので、もう帰ったかもしれません。目的は母ではなく、私だったのでしょうから」

「でも、よくある話じゃないですか。飲む、打つ、買うに入れあげて仕事もせず、暴力を振るって妻に逃げられてしまった男が、結局一人では何も出来ない事が分って切羽詰り、妻の実家に行って復縁を迫るが断わられ、逆上した挙句、その親までも殺傷してしまうって事が」

美智子は不安そうに、おびえた眼差しで僕を見た。

『しまった、余計な事を言わなければよかった！』

僕は瞬間悔いたが、もう遅かった。

美智子は飲もうとして持ち上げていたコーヒーカップをテーブルの上に置き、深刻な顔をして眼を下に落とした。

「………」

美智子はしばらくの間黙り込んでいた。

「僕がお家《うち》に電話をかけてみましょうか？」

何か言わなければ場が取り繕えず、僕は遠慮気味に美智子に声を掛けた。

「私が電話をします」

勝手にゲロを吐いていたけど」

「え、何ですの？」

「いや。…… コーヒーをいれましょうか？」

「私がいれますわ」

「そうですか、すみません。あのテーブルの上に置いてあります」

美智子はソファーから立って、リビングルームの隅のテーブルに行った。カップの中にインスタントコーヒーの顆粒を入れ、ポットの湯を注いでいる美智子の表情は少し硬かった。トレイにコーヒーカップを二つ並べて、美智子はソファーに戻って来た。

「コーヒーはお好きですの？」

「ええ、コーヒーも紅茶も好きです。朝、昼、晩と、のべつ飲んでいます」

「依存症みたいですね」

「その通り。ところで、家《うち》の方は、大丈夫でしょうか」

僕はコーヒーに砂糖を入れながら、テーブルを挟んで向かい合っている美智子に言った。

「………」

美智子の美しい顔に屈折した陰が差した。

美智子はふと決意を固めたように顔を上げ、僕にしっかり眼を据えて言った。

「逃げていては何の解決にもならないですわ。怖がらずに、ハッキリ言うべき事は言って、私の意思を主人に伝えなければいけなかったのです」

心の一隅から今新しく湧き出た思いで自分を鼓舞するかのように美智子は言った。

「調停でも、気の弱い私は何も言えなくて、弁護士さんに任せきりでした。結局それが、私の気持が決っていないように主人の眼に映り、つけ込む隙を与えてしまったのだと思います。あの人には、相手の心を汲み取る力も、思いやりもありません。自分本位の、勝手な人です。決然とした態度で臨まなければ、何も分らない人だったのです。今、ようやく私はそれに気付きました」

「そ、そうですか」

「先生、私を応援していただけますわね！」

何だか急に表情を明るくして、力強い調子で美智子は言い、右手を僕の前に差し出した。「握って！」と言わんばかりに。

咄嗟に反応して僕は右手を出し、美智子の手を握った。美智子の掌はふくよかで温かかった。僕と美智子は見つめ合いながら、握った手を上下に振った。が、しかし、直後、美智子は少し大胆すぎた自分に気付いたのか、つと手を離すと、顔にばつの悪そうな、恥ずかしそうな笑みを浮かべながら、真っ赤になって、両手を膝の上に置いてうつむいた。

その様子は何とも愛らしかった。そこには、美智子の純情さ、善良さが、素《す》の形で現れていた。

「電話をかけますか？」

しばし沈黙の後、僕は美智子に穏やかな口調で訊ねた。

「え？　あ、はい」

美智子は顔を上げながらどぎまぎと答え、ソファーから立ち上がった。

「電話はそこにありますよ」

「はい」

美智子はリビングルームの入口の横に置いてある電話台に向かった。

受話器を手に取って番号ボタンをプッシュし、「もしもし、お母さん？　美智子です」と話し出した。僕は耳をそばだてた。

「隆信さん、どうしました?」、、「いつ?」、、「そう」、、「今、文芸学部の河上先生のお宅にお邪魔しています」、、「心配しないで。もうすぐ帰ります」、、
美智子は母親と手短かに話し終えると、受話器を置きながら振り返って僕に言った。

「主人は、私がいなかったので、『また来る』と言って、上がらずにあれからすぐ帰って行ったそうです」

「そうですか。よかったですね」

美智子は応接テーブル迄戻って来て、ソファーに座った。

「本当に、何事もなくてよかった」

「もし、何かあったら、私はもう許しません」

「強い気持をもたれたあなたを見て、僕は安心です。一人で悩み、苦しんでいるようだったので、僕はとても心配でした」

「私の事を、思って下さっていたのですね」

「もちろん! 今の僕にはあなたしかありません」

「有難うございます。先生からそんなに思っていただいて、私は幸せです」

率直な喜びに顔を輝かせながら美智子は言った。、、と、にわかにその表情が崩れて行って、泣き顔になった。美智子の両眼から涙が溢れ出した。

貯水池の水が貯留の限度を超えて堤防の外に流れ出してしまったように、美智子の心の中で、何かの感情が抑えきれなくなって外へ溢れ出したのか。美智子は手で顔を覆い、声を忍ばせながら泣き始めた。それは見るからに寂しい、孤独な姿だった。

『可哀相に。まだ苦しんでいるんだ』

僕はソファーから立って美智子の傍に行き、座りながら言った。

「美智子さん、しっかりして下さい」

顔を覆っている美智子の両手を、僕は静かに解いた。何事かを訴え、何物かを求めるような切実な眼差しで、美智子は僕を見た。

僕は美智子の眼の下に手をやり、人差し指で、流れ落ちていた涙をそっと拭った。初めは右眼の下を、そして左眼の下を。、、感にむせたように、美智子の両眼からまた涙が溢れ出した。

「わっ」

突然、美智子が僕の胸元に顔を押し当て、声を上げて

泣き出した。柳原隆信との不和から生じた一切の、総ての苦しかった思いを、美智子は泣く事によって僕にぶちまけているのだ。僕は胸に美智子の顔を抱き、その房々とした艶のある黒髪を掌で撫でた。

「大丈夫ですよ、美智子さん、、」

可哀相でならなかった。どうしてこんなに優しく、暖かい心を持つ美しい女性が、劣悪粗暴な男の虐待に苦しめられなければならないのか。それが早すぎた選択の、稚《おさな》い過ちによるものだったとはいえ。、、

美智子は僕の胸の中で何分かの間激しく泣いていたが、次第に泣き声は嗚咽に変って、間歇的なしゃくり声になった。

僕は両手で美智子の頭を持って胸から離し、顔を少し仰向けた。美智子の頬はびっしょり涙で濡れていた。切ない表情だった。僕は美智子の唇に、唇を重ねた。美智子は拒まなかった。僅かの間だった。唇を離すと、美智子は頬を僕の頬に寄せて来た。美智子の身体は熱病患者のように熱かった。僕達は何も言わずに、頬を寄せつけたまま抱き合った。

美智子の涙が僕の頬を濡らした。

「河上先生、、」

美智子が小さな声で言った。

「美智子さん」

顔を離して僕は美智子をしっかりと見た。悲しいが、しかし信頼しきっている美智子の眼差し。僕は美智子に口づけをした。激しく重なり合う唇。美智子は、小さな子供が親にむしゃぶりつくようにして、僕に抱きついて来た。

愛の行為は、胸奥にある悲しみを打ち砕き、心を塞ぐ憂いを忘却させてくれる。抱擁の間、美智子の脳裡から、柳原隆信は完全にその姿を消していた事だろう。

心と身体は一《いっ》となって融和し、甘美な時のたゆたいがあった。

が、しかし、この「愛の陶酔」は長く続かなかった。玄関のスチールドアを激しい勢いで叩く音が聞こえて来たのだ。美智子はひるんだように身体を離し、ぎょっとした顔で僕を見た。

『江川晴美!』

僕はソファーから立ち上がって玄関に走って行った。

『もう許さない!』

ノブを回し、思いっきりの力でドアを引いて、僕は外に飛び出した。廊下には誰もいなかった。前方のエレベーターの扉の上の表示盤が「↓」の方向を示して点滅していた。

『狂った下司女め！』

怒りに震えながらリビングルームに戻ると、美智子が、不安の入り混った怖そうな表情をして、身を堅くしているのが眼に入った。

「江川ですよ。畜生、エレベーターで逃げおった！」

呪詛に満ちた声で僕は言い、ソファーに座った。と、その途端、今度は電話が鳴り出した。僕は電話台に「突進」した。

「いい加減にしろ!!」

受話器を取って乱暴に声を張り上げたが、電話はもう切れていた。

「人を馬鹿にしおって……」

僕は喉奥からうめくように声を絞り出した。

「本当に江川さんですの？」

不安げな、疑りを含んだ声で、美智子が僕に聞いた。

「他に誰がいるというんです。江川が現れる迄は、僕の身の周りに、こんな不穏な動きなど一度もなかった。まさかあなたの主人ではないでしょう。第一主人は僕の名前も住所も知らないでしょうし、ここにあなたが来ているなんて、千に一つも想像するはずがない」

言った直後、あるいは柳原隆信かもしれないという思いが僕の脳裡をかすめたが、瞬時に打ち消した。

『そんなはずは、絶対にない』。

それにしても度を越した執着の臭いがする。

「私、そろそろ失礼しなければ」

未だ不安を拭いきれない様子で、美智子は言いながら立ち上がった。

「残念ですね。もっとお話がしたかったのですが」

「母が心配していますから」

「今度はゆっくり話しに来て下さい」

「ええ。先生、主人のことでもし何かあったら、そのときは助けて下さいませね」

「すぐに僕の所に電話をするか、ここに来て下さい。身体を張って守ってあげます」

「……」

僕は美智子の傍に行き

「美智子さん」と言って手を取った。

「先生」

僕が頬に軽く口をつけたら、美智子の顔が赤くなり、緊張が解けて嬉しそうな表情になった。

「今日、登山合宿の届けを、あなたの分も一緒に、事務局に出しておきました」

「まあ」

「いけなかった?」

「いいえ」

頭を左右に振り、承諾のしるしに美智子は微笑んだ。

「下の玄関のロビーまであなたを送ってあげたいんですけど、僕と一緒にいるのを、江川晴美が万一見ているといけないから、見送りはしない方がいいでしょう」

「大丈夫かしら」

「狂っていても、他人にまで無差別に危害を加えるような事はしないでしょう。江川晴美はあなたの事を知らないし、それに僕にしか関心がない女だから」

「先生は、江川さんに、大変愛されているのですね」

何やら顔に薄ら笑いを浮かべて、美智子は皮肉げに言った。

「迷惑もいいところだ!」

僕は発作的に怒鳴った。

「先生は、好かれている女の人の事で図星を衝かれると、すぐ躍起になる面白い人!」

声にたっぷりからかいのニュアンスを含めて、美智子は笑いながら言った。

『!』

僕の顔の色は「茹でたての伊勢エビ」のようであったにちがいない。

「さようなら、先生」

顔にうっすらと笑みを残しながら美智子は言って玄関を出た。ドアを閉め、美智子がエレベーターの中に消える迄、僕は覗き窓からずっと見ていた。江川晴美も、柳原隆信も、まさかそこにいるはずはなかったが、いささかの不安がなくもなかった。

美智子が帰ると、心中から重荷が急におりたような気がした。同時に疲労を感じた。二人の異常な人間の不穏の行動がもたらした、異常な経緯。こんな事に、平凡な生活にどっぷり浸っていた僕は、全く馴れていなかったのだ。

昼間から酒を飲む習慣などなかったが、食卓に置いてあるウィスキーの瓶が眼に入ると、何だか飲みたい気持が抑えられなくなった。

ソファーに座って、マンションの十階から遠くに小さく連なる水色の山々を窓外にながめながら、僕はウィスキーを口にし、『これからどうなるのだろう、、』と漠然と思った。

柳原隆信の監視と脅迫行為は止まないだろうし、江川晴美の気違いじみた執着的な行動は今後益々エスカレートして行くかもしれない。美智子との愛情の度合が深まれば深まる程、この二人はいよいよ危険な障害物となって僕達の前に立ちはだかって来るだろう。傷害沙汰に発展する可能性だってなくはない。

しかし、もはや「愛のクレバス」の中に落ち込んでしまった僕は、この状況から抜け出す事が出来ないし、それどころか、なお一層深みに向かって墜落して行く事だろう。恐ろしい悲劇が待ち構えているかもしれない闇の底に向かって。、、
光明に満ちた、活力と喜びに溢れる明日の光景など微塵も思い浮かばず、どろどろした不気味な人間の情念の液体のようなものが僕の思考に滲透して気持ちを沈ませた。

チョコレートをかじりながら鬱屈としてウィスキーを飲んでいたら、インターフォンが鳴った。

『?』

受話器を取り
「どなたですか？」

僕は物憂げに聞いた。

「河上、——宮本だ」

玄関に行ってドアを開けると、大学の教員仲間である宮本英明が「生」とラベルに書いてあるミニビア樽を胸に抱えて立っていた。

「何だい？　——まっ、入れや」

「**おう**」

訪ねて来た宮本は、高校時代に柔道選手で国体に出場した経験のある、体育会出身の豪気な男だった。話によると、数々の試合に出場するうちに力の限界を知って柔道家たる事を止め、進むべき道を「学問」の方に方向転換したらしい。肉体の強者は知に疎く、知者はしばしば運動神経を欠落しているが、宮本はその双方を兼ね備え

た男だった。江南芸大で一般教養科目の「法学」を教えている。僕と同年齢で、独身で、酒好きだ。高崎を介して知り合い、ずっと仲のいいつき合いをしている。

「河上、俺もとうとう決まったぜ！」

　持って来たビア樽をテーブルの上に置きながら、宮本は大声で言った。やけに嬉しそうだった。

「何が決まったって？」

「嫁さん！」

　二つの陶製のビールジョッキに、宮本はミニビア樽のビールを注ぎながら
「乾杯してくれや！」と顔をほころばせて叫んだ。

「乾杯！」

　お互いのジョッキを軽く衝突させ、僕はビールを息もせずに飲み込んだ。よく冷えていて、酵母の生きがいいのか、実にうまかった。

「で、相手は誰だい？」

　気分が幾分明るさを取り戻し、少し陽気な調子で僕が言うと
「お前、陶芸科の講師の柳原隆信を知っているか？」と宮本が言った。

「し、知っている」

　僕は意表を衝かれて、言葉がつかえた。

　宮本は頓着せず
「あれの従妹で、日赤病院で整形外科医をしている西島久子という女性だ」

「へええ、どうして知り合ったんだ」

「俺、大学の柔道クラブの顧問をしていて、時々学生を相手に柔道をやっているんだけど、この前、ともえ投げを不様にくらって、肘を脱臼してしまったんだ」

「で？」

「それで、日赤の整形外科へ行ったら、そこの先生が彼女だったというわけさ」

「一目惚れか？」

「何か一際《ひときわ》オーラを放っている女性だった」

「そんな人間っているよなあ」

　僕はふと美智子の事を思った。

「で、通院しながら診てもらって話をしているうちに、彼女も段々俺の事が意識にひっかかって来たみたいなんだ。或る日、診察室に入ったら、椅子に座って待ちながら俺を見ている彼女の眼が大層輝いていた。きらきら輝

いているって、あんな眼の事を言うのかなあ。興味のある物や、好きな人を見ると、人間はそれを更によく見ようとして、瞳孔が大きく開き、そして喜びの感情も表出して、瞳が輝いて見えるそうだ。相手の女性の見つめる眼が輝いていたら、それは『愛』のある証拠だって、心理学か何かの本に書いてあったよ」

「それは確かにそうかもしれない」

「それから俺も気持を決めて、彼女に猛烈なアタックを開始したのさ」

「大丈夫かい。医者は見識も高いし、プライドも高い。平凡な妻としての従順さを望んでも、中々期待通りにはいかないかもしれないぞ」

「それが何と、彼女は大層控え目で、穏やかな性格なのさ。強引な所などどこにもない。俺よりもはるかに知性も教養も上なのに、これっぽっちも威張ったりなんかしない。ああいうのは、矢張り、持って生まれた性分というものなのかなあ」

「小さい頃からの性《さが》は、歳をとっても変わらないよな。優しい人間はどこ迄も優しいし、生来の悪党は死ぬ迄悪党さ」

「きのうの夜、遂に彼女から結婚の言質《ち》を取り、それが嬉しくて、一晩中気もそぞろ。朝から躁病になったみたいに浮かれてしまって、この気持を誰かに無性に聞いてもらいたくて、それで一番近くに住んでいるお前の所にやって来たわけだ」

「僕もたまたま早く帰って来ていてよかった」

「午後の講義を休んだのか？」

「いいや、レポートの採点を残してきた」

「何か、急用でも？」

「そうじゃない」

会話が途切れた。

僕は宮本に、江川晴美の事を話すつもりなどなかったが、侵入して来た細菌に対抗した白血球の崩壊物質――膿《うみ》は、既に僕の心中に異常に溜まっていて、それは切開して押し出さないと、やがて毒化して、僕の神経全体を腐敗させかねない。

宮本は信頼おける朴訥な男だ。事の内幕をべらべら無用に他言するような軽薄な人間ではない。

「実はね」

「ん？」

「僕が教えているフランス文学科に、江川晴美という学生がいるんだ」

「おう」と言って、宮本は身を前に乗り出し、ビールを「ごくり」と飲んだ。

「それが異常としか言えない女でね、、、」

僕は江川晴美のマンション訪問の日の事から、聴聞会の様子、そしてその日の朝の講義迄のいきさつを、宮本に詳しく話した。

「これはまた、とんでもない女にまとわりつかれたなあ」

すっかり同情の態で宮本は嘆息した。

「全く、これから先どんな事が起きるやら、考えたら恐ろしくなってしまう」

「そんなおかしな人間は強制的に隔離してしまう外、手の施しようがあるまい。何せ理性に訴える事が出来ないから、話が全然通じないし、『了解』するという事がない。状況を客観視出来ず、独断的に盲滅法自分だけの軌道を暴走する輩だ」

「実はさっきも、江川晴美はこのマンションにやって来て、玄関のドアを叩いて逃げて行ったよ」

「へええ」

宮本は本当に驚いた様子だった。僕は宮本のジョッキに黙ってビールを注いだ。

「そういえば」

ややあって宮本はビールを飲みながら言った。僕と同じで宮本も実によく飲む。一言《こと》言うたびに飲んでいる。

「聴聞会の話を聞いて思い出したんだけど」

「、、」

「お前、知っているか、柳原も今、綱紀委員会に訴えられているそうだぜ」

「本当か」

「久子さんから聞いた。彼女は柳原の従妹で、家も近いから、時々柳原が話しに行くらしい。柳原は身体が大きくて、派手で、威張り屋だが、その実小心な男で、今回の事でも久子さんの所に相談に行って、眼も当てられないくらいおろおろしていたらしい」

「女子学生に何かしたのか？」

「あいつは評判の色情狂の女たらしだ。随分前から女子学生にいかがわしいセクハラをしているという噂があった。今回も陶芸科の学生を、実習と称して自宅の窯工房に呼びつけ、散々に猥褻な事をしたらしいんだ」

「そんな低劣な男だから、奥さんにも逃げられてしまうんだろう」

「よく知っているね」

「柳原の奥さんの美智子さんとは、この前、高崎の別荘のお別れパーティーで知り合って以来、時々会って話しているんだ」

僕は何もかも宮本に話したくなった。

「パーティーには俺も出席したけど、柳原の奥さんとは面識がないので、どの人か分らなかったなあ。そういえばあの日、お前は向こうの方の席で手を振り回しながら誰かと夢中になって話していたが、あれが柳原の奥さんだったのか。でも、大丈夫かい。亭主の柳原は変質的な性格で、何をしでかすか分らない怖い人間だと久子さんがもらしていたぞ。詳しくは言わなかったけれど」

「加虐性淫乱の粗暴な男だという事は、高崎や奥さんから聞いて、僕も知っている。奥さんは長い間柳原から変態的な虐待を受けていたらしい。別居してからも、執念深く奥さんにつきまとっているそうだ」

「男でも女でも、おかしな相手に惚れられたら、一生の不幸だなあ」

「奥さんはもう絶対に柳原の所には戻らないと言っている。離婚も、近いうちに調停で決まるだろう」

「柳原の奥さんと、これからつき合って行くつもりなのか？」

「あの人と会って、未だ少ししか経っていないが、何か二人をくっつける異様な力が背後で作用しているような気がしてならないんだ」

「宿命的な出会い、か」

「色々な事があるだろうが、覚悟を決めてつき合うつもりでいる。法律的な事で揉めた時は、宮本、頼むぜ、頼りにしているよ」

「俺に出来る事なら、何でもしてやるさ。いくらでも応援する。しかし、人間、何が幸いするか分らないなあ。たまたまいた場所と、時間との連結で運命が決まってしまう。高崎のパーティーに出席していなかったなら、当然の事だが、柳原の奥さんの存在も、今のお前にはなかったわけだわね」

「機会を与えてくれた高崎に感謝しなければいけないな」

「その通り」

「彼、元気にやっているだろうか」

「あのバイタリティ男の高崎の事だから、陽気に張り切ってやっているだろうよ。でも、ちょっと前に、変な事を聞いたなあ。高崎が江南市内を車で走っているのを見た者がいるというんだ。そんな事、あるはずがない。九月に別れのパーティーをやって、アメリカに帰って行ったばかりだ。何かの特命を帯びて、またお忍びで日本に戻って来たとでもいうのかい。阿呆らしい。人違いに決まっているよ」

　僕の心中を、理由の知れない暗い衝撃が走り抜けた。背広服の高崎の姿が頭の中を瞬間よぎった。

「奥さんの治子さんと、何かあったんだろうか。喧嘩をして逃げ出して来たのかも」

「それはない。仲がいいので有名な夫婦だ」

「……」

　僕は何か言おうと思ったが、喉奥に綿を詰められたようになって声が出なかった。

「それともお前、思い当る事でもあるのか？」

　宮本が僕の顔を見ながら訝しげに聞いた。

「いや、別に……」

「それりゃいくら仲が良くても、所詮赤の他人同士だから、一年に一回か二回は夫婦喧嘩をする事もあるだろうよ。俺の大学時代の友達で、弁護士をやっている小山という奴がいるんだけど、これが酒もタバコも賭け事もやらず、女房だけが生きがいという変った男でね。いつか刑法の研究会を俺の家でやって、その後食事をしながら一緒に飲んだんだが、小山は妙に不安そうな顔をして、落着かない。どうしたんだって聞いたら、女房と三時間以上離れていたら、気持が不安定になって来て、おかしくなるというんだ。びっくりしたよ。結婚して十年以上も経つのに、朝から晩迄、事務所でも家でも一緒。外に出るのも一緒で、手をつないで歩いている。まるで夫婦の一卵性双生児だ。俺なんか、久子さんと出会う迄は、独身主義の最先峰みたいな人間で、結婚なんてばかにしていたし、女にも全然関心がなかった。一体何故、成人になると当然のように結婚し、男と女が終生くっついて生きていくのかと訝しかったよ。それぞれが、頼る事なんかしないで、独立独歩、自由気儘に、したい事をして行けばいいじゃないか。どうして寂しがり屋の弱虫のように寄り添いながら、男と女が夫婦という形をとって生活して行かねばならないのかと不思議だった。——何の事はない、今はすっかり改心してしまったけどね！　へへ！　しかし、あの小山でも、三年に一回位は夫婦喧嘩をするそうだから、高崎が奥さんと諍《いさか》いを起こしたとしても、おかしい事ではない。でも、まさかそれが原因で、高崎がアメリカから脱出したなんて、考えられない」

「そうだな、全く。ただ何となく、ふと、治子さんの事が思い浮かんだだけさ」

「お前、ひょっとして未だ、高崎にとられた治子さんに未練があるのか?!」

「そんな馬鹿な！」

　あわてて、必死の感じで、僕は大声で言った。

　宮本は「ひょい」と肩をすくめ、にたにたしてビールを口にした。赤面症の僕は、顔がまたぞろ真っ赤になっているのを感じつつ、どぎまぎしいしいジョッキを乾いた口に運んだら、中は空だった。樽にもビールはもうなかった。僕はウィスキーの瓶を手に取り、やけっぱち気味にグラスに注ぎながら宮本に言った。

「ところで、結婚式はいつするんだ？」

　話の向きを変えた。

「**おう**、来年の一月の日曜日の予定だ。その日が大安だろうと仏滅だろうと知った事じゃない。俺は科学的な根拠のない暦注なんかには絶対に囚われないからな」

「法律家らしく、合理的に事を進めて行くがいいさ。それに、いつの日に結婚式を挙げようと、別れる者はいずれ別れてしまう。天命だね。僕達の知り得ないどこかで、天文学的な規模の巨大な歯車が回転しながら、矮小な人間の運命を動かしているのだろうよ。三次元のこの地球の現実にいる者には、眼の前の事しか分らないが、死んで異次元に行ったら、運命を司っている歯車の仕組みがどうなっているか、忽然と分るかもしれないぞ」

「天上からは、この世界のからくりが全部見えるのか？」

「現世の一切の『不可思議』が解けるかもね。一度死んでみたいものだ」

「阿呆な事を言うなよ。死んでしまったら総て終り。完全に『無』だぜ。五感を使役しながら生きているうちだけが、この世の華と喜びよ」

「死んだら霊界という別の世界がある」

「そんなものあるものか。脳細胞の死と共に、精神も連動して消滅。霊魂も霊界もなし。唯物的、即物的に考えればそうなる。それが現実の事実というものだろう。お前みたいに文学にはまって小説なんか書いていると、小娘のように夢想的になって現実離れしてしまうから、手が付けられん」

「貴君はそんな言を弄して小説家――ひいては文学全体を冒瀆するつもりか？」

「ちえっ、冒瀆だと？　大袈裟な！」

「冗談、冗談」

「冗談はその顔だけにしろよ！」

「なんだと?!」

……、いつものようにふざけているのか真面目なのか分らない珍問答が続き、やがて僕も宮本も「べろんべろん」に酔っぱらってソファーに崩れ伏してしまった。

9

平成＊年十一月二十三日、扇岳での三日間の登山合宿が始まった。朝の九時に、江南駅に講師・学生など合わせて三十人余りが参集した。

その日、空は雲一つなく、薄い水色のペンキを全天に塗り付けたように明るく晴れ渡り、太陽は「喜色」に輝いて、陽線がきらめきながらシャワーのように駅舎に降り注いでいた。

マンションから歩いて十五分の江南駅に、八時半に着いた。キオスクで缶コーヒーを買い、広い駅構内の待合室のベンチに僕は座った。連休の初日の行楽日で、早くから多くの家族連れが構内を行き交っていた。集合時刻迄まだ時間があったので、指に熱い缶コーヒーを飲みながら、何気なく前方に視線をやっていたら、三十メートルばかり向こうの広場を、右から左へ歩いている美智子が眼に入った。紺色のジーンズに、生地が厚目の茶色の登山用カッターシャツを着てリュックサックを背負い、運動シューズをはいていた。美智子は何か考え事をしながら歩いているような感じだった。無防備・無警戒な知り人の横顔を、傍《はた》から見るのは中々興味深いものだ。

何年か前、人妻の雑誌編集者と僕はつき合っていた事がある。夕方に、初めてレストランで密会をする約束をした。仕事を終えて、自宅近くのタクシー乗り場でタクシーを待っていたら、偶然にもその彼女が自家用車に乗って、暮れかけた路上をゆるやかな速度で通り過ぎて行った。僕はその時、「これが今不倫の待ち合わせ場に向かっている女性の顔か」と思い、その会おうとしている目的の男がすぐ傍《わき》に立って見ているのに彼女が全く気付いていない事に、奇妙な感慨を抱いたものだった。彼女は思い詰めたような、真剣な表情をしていた。深刻な思惑がその胸中を去来していたのだろうか。隠し穴から人の心を覗き見たようだった。……

美智子は構内を、何を考えながら歩いていたのか。後日、この朝の事を美智子に訊ねたら、「それはあなたの事を考えていたのよ。ずっと二十四時間、思うのはあなたの事ばかり」と答えたものだ。

そう、熱烈に愛し合う者は、二十四時間、目覚めている時も、夢の中でも、意識から相手の姿が消える事はない。愛は強靭な、固い絆で二人を結びつけ、天幕で全体を覆うようにして、互いの心を完全にその支配下に置いてしまう。そしてまた、その強力な愛が持つ作用によって、時に、男と女は狂い、相手を殺傷する。

僕は待合室のベンチに座ったまま、ずっと美智子の様子を窺っていた。

集合場所の「ヴィーナスの像」の前には、登山服姿の学生らしい男女が大勢集まり、にぎやかに談笑していた。そこからは若さが発散し、全体から〝湯気〟が立っているようだった。美智子は学生達から少し離れた場所で、正面入口の方に眼線を漂わせていた。誰か来る人を待っているような表情で。――心の内に突き上げを感じ、僕はベンチから立ち上がった。

残っていたコーヒーを急いで飲み干してゴミ箱に捨てると、「ヴィーナスの像」へ、僕は迂回しながら正面入口の方から足早に向かって行った。近づいて行くと、美智子はすぐさま僕に気付いた。眼が大きく見開き、その顔は「みるみる」明るくなって、満面が笑顔になった。嬉しさが顔に踊っている。

「お早う」

「お早うございます！」

美智子の声は弾んでいた。

しかし、学生達の前で露骨に情愛を表す事など出来ない。反発をくらうのは必至だ。

「お世話になります」

講師の滝川が横から僕に声を掛けて来た。前の年も体育大学から派遣されて来ていたので、顔は見知っている。背が低くて、筋肉の塊りが部厚く身体に盛っており、小型の力士か屈強な山岳荷揚人を思わせる。やたら快活な性格で、「溺れても、川面から口だけ出してなおしゃべり続けているだろう」と、学生達からからかわれていた程に饒舌な男だ。

「それでは皆さんいいでしょうか。今から点呼をとろうと思います」

滝川が言うと、学生達がぞろぞろ動き出して、彼を中心に輪が出来た。僕は意識して美智子から遠く離れた場所に立った。

「名簿の五十音順に呼びますから、呼ばれたら返事をして下さい。——それでは、阿部さん」

「はいっ」

「石野さん」

「はい」

「井上さん」

「はい！」

「植草さん」

「はいっ!!」

「上田さん」

「はーい」

「江川さん」

「……」

「江川さん！」

「はい……」

『えっ！』

僕は声の聞こえて来た方を思わず振り向いた。リュックサックを背負った、登山服姿の江川晴美が、向こうの方に立っていて、僕を見ていた。挑戦的な眼付で、その底には「毒念」みたようなものがびっしりはびこっていた。

僕は愕然とした。一体江川晴美はどうしてこの登山合宿の事を知ったのか。十一月十一日に、配属の手続に行く僕のあとを事務局室迄つけて来て、僕が登山合宿に参加する事を知り、未だ単位を取得していないとか何とか言って強引にねじ込んで来たのだろうか。執念に駆られた人間はどんな事だってやりかねない。

僕は円陣の向こう側に立っていた美智子を見やった。

美智子はうつむいてメモ帳に何か書いていた。

「今回の合宿の監理をして下さる先生方を紹介します。――すみませんが、お二人共前に出て下さいませんか」

点呼を終えた滝川が僕達に、促すように言ったので、僕と美智子は円陣の中央に出た。

「文芸学部准教授の河上真一郎です。よろしく」

「音楽学部講師の柳原美智子と申します。よろしくお願い致します」

「――では、九時二十分の快速電車で出発しますので、私に続いて、皆さんもホームに入って下さい。詳しい日程表は電車の中で渡します」

滝川を先頭に学生達が列を作り、順次改札口からホームの中に入り始めた。江川晴美は僕の横を通りながら憎々しげに一瞥して、列の中程に割り込んで行った。美智子と僕は列の最後尾に立った。

僕の心中に「戦慄《ふるえ》」がなかったと言えば嘘になるだろう。

険しい表情の僕を見て、美智子が「どうかされましたの？」と不審げな顔をして問いかけて来た。

「江川晴美が来ていますよ」

「えっ」

美智子は驚いて周りを見回した。

「あそこ」

僕は列の前方を指差した。

「あのグリーンの登山服を着ている学生です」

「まあ」

「どうしようもない奴だ」

僕は苦々しく、唾棄するように言った。

「江川さん、何を考えているのかしら」

美智子がひどく不安げに僕の顔を窺いながら言った。

「分りません。おかしな事をしなければいいが。、、」

いやな予感がした。

僕と美智子は押し黙ったまま改札口を通ってホームに入った。アイボリーの車体に赤いラインの描かれた快速電車がホームに停車していた。

先頭の貸切車輛に学生達が次々と乗り込んで行き、向かい合わせの四人掛けのシートにそれぞれ自由に座った。

僕は美智子と並んで座り、前の席に滝川が座った。と、見ると、江川晴美が三列先の、斜め向かいの通路側の席に、こちらを向いて座っていた。

黙りこくり、剣呑な眼付で、僕を睨みつけるようにして見ていた。

僕は眼をそらし、前の席に座っている滝川に顔を向けた。無視する外はない。

滝川はといえば、面と向かってまじまじと見た美智子の、その美貌に驚いたのか、何かに打たれたように呆然としていた。初めて美智子を見た男は、誰もがこういう顔付になってしまうだろう。

「あ、あなたは、おん、音楽学部ですか」

滝川がどもりながら美智子に聞いた。

「はい」

「ピ、ピアノ科ですか」

「はい」

「――――」

滝川は更に何か言おうとしていたが、それ以上言葉が続かない。（美智子を識った時の僕と同じだ！　美智子の前では、男は、言葉が、言葉が出ない！）

「先生はどちらの大学からいらっしゃったのですか？」

美智子が微笑みながら優しい声で問いかけた。

「こ、国際体育大学から来ました」

喉奥から必死に声を絞り出すようにして滝川が答えた。額には汗が滲んでいる。

滝川の緊張と混乱ぶりを見て、僕は吹き出しそうになった。

「体育が御専門なだけに、御立派な体格をしておられますね」

「いやあー、それほどではありません」

頭を掻きつつ照れながら滝川は答えたが、美智子の誉め言葉に満更でもなさそうな表情だった。

二人のやりとりを見ながら、眼の隅で江川晴美を観察していると、江川晴美は、首を伸ばしたり、顔を左右に動かしたりして、僕の横に座っている美智子を見ようと、しきりに苦心していた。が、その方向からは美智子の姿がよく見えなかったらしく、江川晴美はシートから立ち上がった。そして無遠慮に、えぐるような眼差しを美智子に向けた。美智子が江川晴美の視線に気付いてそちらに頭《こうべ》を回し、眼が合った途端、江川晴美はシートに座り直した。

美智子が僕の方を向いて、問うように言った。

「あの人が、江川さん？」

「ええ、、、」

美智子の顔に複雑な線が走って、曇った。

滝川が僕達を怪訝な面持で見ていた。

「スケジュール表を学生達に配らなければ」

気をそらすべく、僕は滝川に言った。

「そ、そうですね」

あわてて滝川はリュックサックを探り、中からスケジュール表の束を取り出した。

「僕が配りましょう」

「そうですか、すみませんが、お願いします」

僕は滝川からスケジュール表を受け取り、シートから立ち上がって車内の学生達に言った。

「今から登山合宿のスケジュール表を皆さんに配ります」

通路に出て僕は車輌の先頭に歩いて行った。そして、シートに座っている学生達に、僕は手渡しでスケジュール表を一枚一枚後ずさりしながら配り始めた。

「どうも」

「すみません」

「有難うございます」

学生達は受け取りながら礼を言った。

やがて、中央付近に座っていた江川晴美の所迄下がって行った。どんな反応を示すか。

立っている僕と、座っている江川晴美と眼が合った。その眼はまさに「憎悪」に燃えており、顔はひどく歪んで、口がねじ曲っていた。

僕が黙ってスケジュール表を差し出すと
「こんな物、いらない！」と江川晴美は声高に叫んで、いきなり僕の手からスケジュール表を叩き落《「バシッ！」》した。

周りの学生が驚いて僕達二人を見た。まさか怒鳴り声を上げるわけにもいかず、屈辱を感じながら僕がかかんで床に落ちたスケジュール表を拾おうと右手を伸ばしたら、手の甲を江川晴美がぶ厚い登山靴の底で踏みつけた。

直後に右上腕部に激痛が走った。

「痛っ！」

江川晴美が、刃渡り八、九センチの登山用のナイフを、狂ったような形相をして僕の右腕に突き刺した！

「キャッ！」

江川晴美の隣りの席の女子学生が悲鳴を上げた。

異変に気付いた滝川が後ろの席から走って来た。

「何をするんだ！」

滝川は、無気味にも毒々しくせせら笑っている江川晴美の頬に平手打ちをくらわせ、手に握っていた登山ナイフを取り上げた。僕の刺された腕の周りの服の布地は、血でぐっしょり濡れ、傷口を押さえていた僕の左手は血まみれになっていた。

「これで、腕を縛って下さい！」

男子学生が咄嗟にタオルを差し出して滝川に渡した。滝川は僕の腕に素早くタオルを巻きつけた。微塵の躊躇もない敏速な行動だった。

江川晴美は叩かれた頬に手を当て、憎らしげに眼をぎらつかせて僕を睨みつけていた。

「貴様！」

滝川が江川晴美をシートから引っぱり上げるようにして立たせると、両手を後ろに回してねじ上げた。

「誰か、車掌さんを呼んで下さい！」

滝川が大声で言うと、学生が一人後部の車輌の方へ走って行った。

車内は騒然となった。美智子は口に手を当て、茫然として後方から僕を見やっていた。

「放せ、馬鹿野郎！」

江川晴美が滝川を罵って、顔に唾を吐きつけた。

「誰かロープを借して下さい！」

「僕のを使って下さい！」

一人の学生が差し出した登山ロープを受け取ると、滝川はそれを江川晴美の胴体に二重に巻きつけた。

車掌が走ってやって来た。

「何かあったのですか?!」

「先生がナイフで腕を刺されました。出血しているので、どこか最寄りの駅で緊急停車して下さい。警察にもすぐ連絡をとって下さい！」

「分りました！」

車掌は言って、前の運転室へあわてて走って行った。

腕に巻かれたタオルからはかなりの血が滲み出ており、傷口はひどく痛んだ。

「先生、大丈夫ですか？」

滝川が心配そうな顔で僕を覗き込んで言った。

「ええ、、、」

ロープで縛られた江川晴美は、不景気な、しらけきった顔をしていた。

「お前は先生に何て事をしたんだ！」

滝川は怒鳴り声を上げ、江川晴美の後頭部を拳固で激しく殴った。

「やかましい！　お前の知った事じゃない！」

江川晴美が口から唾のしぶきを散らしながら汚くやり返した。

「何だと！」

滝川は、今度は江川晴美の顔面を拳固で殴った。滝川は異常に興奮していた。

殴られた江川晴美は、通路に仰向けざまにひっくり返った。滝川は転んだ江川晴美の太腿を登山靴で蹴った。

「痛いんだよおーっ！　こん畜生！」

大きな眼を一杯に開いて眼球を突出させ、額に青筋を立てて、「仁王様」のような凄まじい忿怒の顔で、江川晴美は滝川に怒声を浴びせた。

「それが講師に向かって言う言葉か！」

滝川はもうすっかり逆上して、前後の見境がつかなくなっているようだった。どうも理性で感情を抑制出来るタイプではない。体育会系の人間に多々ある性向だ。

このまま行けば収拾がつかなくなってしまいそうな危惧を感じ、僕は滝川の肩を押さえた。

「滝川先生」

僕は言いながら頭を左右に二度振った。

『もうここらあたりで止めた方がいい』という意思表示である。

硬直していた滝川の身体の筋肉が少し緩んだ。

女子学生が、通路に転んでいた江川晴美を、後ろから支えて抱き起こした。

「ふんっ！」

立ち上がった江川晴美は、登山ロープで縛られたまま、僕と滝川に向かって、毒気に満ちた蔑み顔で鼻を鳴らした。

滝川が、またぞろ怒りをぶり返して、右手を挙げようとしたので、瞬時に僕は滝川の手を握って止めた。

「あと三、四分で駅に着きますから、もう少し待って下さい」

運転室から駈け戻ってまた車掌が僕に向かって早口に言った。

「すみません、無理な事をお願いして」

「いいえ、ケガをされているのに、無理も何もありません。お客様第一ですから」

「警察には連絡されましたか？」

滝川が車掌に聞くと
「ええ、駅で救急車と一緒にパトカーも待機していると思います」

車掌が答えた。

「この気違い女を警察に引き渡さねばならん！」

滝川は大声で言いながら、懲らしめるように、江川晴美の側頭部をまたもや平手で激しく叩いた。

江川晴美は復讐心にはやった眼で滝川を睨み返した。ノーマルな域を越えた、弓なりになったような、引きつった精神の領域に江川晴美はいるように思われた。

電車が無人の小さな駅に着いた。

「さあ、来い！」

滝川が江川晴美の胴体のロープを掴んで、電車から引っぱり降ろそうとしたら、江川晴美は足をふんばって抵抗し、動こうとしなかった。

「このくそったれが！」

滝川は激昂して江川晴美の足を蹴り、身体に両手を回して後ろから抱き上げた。力士のような滝川の強力に、江川晴美の身体は軽々と空に浮いた。

「胸に触るな！　セクハラ野郎っ！」

江川晴美が金切り声でわめいた。

滝川は意に介さず、足をばたつかせている江川晴美を抱きかかえて出口に向かった。僕と美智子も、後ろから滝川に続いて電車の外に出た。

ホームには警察官と救急隊員が立って待っていた。

「この女がナイフで先生を刺しました。連れて行って、留置場にぶち込んで下さい！」

「本署に連行して、直ちに事情聴取を行います」

新米のような若い警察官が、直立不動の姿勢で生真面目に答え、江川晴美の両手に手錠をかけた。

「あなたは早く救急車に乗って下さい。病院に行きます」

救急隊員がせかすように僕に言った。

「自分は学生達がいますので、このまま目的地に向かいます。あとの事はお任せします」

「分りました」。

滝川は警察官に言い残して、電車へ走って行った。

「パトカーに乗りなさいっ」

警察官が命令口調で厳しく言うと、江川晴美は何やら急に萎縮してしまったようになって顔をこわばらせ、警察官に腕を持たれて大人しく歩き出した。今ようやく我に帰り、己れの犯した事の重大さに気付いたのか。

江川晴美を乗せると、パトカーはサイレンを鳴らして発進した。

僕は救急車に乗り、美智子と一緒に病院へ向かった。

人間がしでかす事は、本当に予測し難いものである。長い時間をかけて心の片隅で形成されていた「ひずみ」が、何かを契機として一気に外部に突出して混乱を巻き起こしたり、衝動的な感情が、理性の関門をくぐらずに、いきなり行動と直結して奇天烈な事件を発生させたりする。

結局は、人間の心の不定形と混沌が、予測し難い事態を発生させるのであろう。

江川晴美自身にも、今回何故このような殺傷事件を起こしたのか、明確な理由など分っていなかったかもしれない。ただもう振られた恨みに駆られ、わけが分らずのぼせ上がって錯乱していたとしか言いようがないのではないか。

しかし、そんな、「心が竜巻状態」の人間の周りにいる者は、たまったものではない。一緒の渦に巻き込まれて、大ケガをするどころか、場合によっては命さえ落しかねない。幸い僕は命に別条なかったものの、刺し傷を負って二泊の入院を余儀なくされ、「登山合宿」で美智子と共に過ごすべく時も失ってしまった。が、何が幸いになるか、何が災いになるか、皆目分らない。結局は、江川晴美のその狂った行動が、またしても、美智子との時を作ってくれ、愛情の深化をより強める役割を果たしてくれたからである。

10

救急車で、駅からさほど遠くない外科病院に着き、僕は傷の治療を受けた。ナイフは右上腕部に刺し入って、傷口が開いていた。医者は患部を縫合した後、一日か二日入院して、少し様子を見た方がいいと言ったので、やむなく入院する事になった。病室は、病院の二階にある個室で、窓の外には田園が延々と広がり、はるか向こうには登山合宿の予定であった「扇岳」を含む連峰が青く霞んで見えていた。

美智子は僕に付き添っていてくれたが、未だにショックから覚めやらぬ風で、話す声はうわずって震えていた。

僕はといえば、江川晴美の常軌を逸した妄動に、怒りがたぎるばかりだった。そして、これからも江川晴美が執拗につきまとって、再び同じような行動をとるかもしれないと思うと、思考が屈折して、暗鬱が心を覆った。

「暗い顔をしていらっしゃいますのね」

病室のベッドの枠に背中をもたせかけて座っている僕を見て、美智子が小声で言った。

「江川晴美の事を考えると、気持が滅入ります」

「そうですね。、、」

美智子も同様に暗い顔をして声を落した。

「あなたは、これからどうされますか？」

「私一人では登山合宿に行けませんし、授業は休講にしていますので、予定はありません。近くのホテルに泊って、先生のお世話をさせていただきます」

「有難う。こんな事が起こって、逆にあなたと一緒に過ごせる時間が出来てしまいました。皮肉なものですね。江川晴美のする事が、彼女の意思に反して、僕とあなたとの距離を益々縮めて行ってくれている」

「、、、」。、、、、、

「河上真一郎さん」

「はいっ」

天井に備え付けてある小さな円盤形のスピーカーから、看護婦室からの声が聞こえて来た。

「警察署から電話が入っていますから、そちらにおつなぎします」

「どうぞ」

応答が終ると同時に、電話機のベルが鳴った。

「もしもし」

「E警察署の者ですが」

「河上です」

「この度の件で、もしお差しつかえなければそちらにお伺いして、事情をお聞きしたいのですが」

「構いません。いらして下さい」

「それではこれからすぐにお伺いします」

僕は受話器を置き、「これから警察が事情聴取に来るそうです」と美智子に言った。

「何かと面倒ですわね」

「本当に。江川のおかげでやっかいな事になったものです」

溜め息をつきながら、銷沈して僕は言った。

十五分後。——

警察署から刑事がやって来た。五十二、三歳の痩せこけた、顔面が蒼白の男で、消化器をひどく病んでいるのではないかと思われた。

刑事は頻を神経質そうにしきりにぴくぴくさせ、眼球を絶えず左右に動かして辺りの様子を窺っていた。刑事たるものの習性が身に滲み込んでいるのだろう。

「江川はどうしていますか?」

「取調室にいますが、我々を罵倒してコップを投げつけるやら噛みつくやら、挑戦的な態度で、どうにも手が付けられません。ちょっとおかしいのじゃないかと思います。やる事言う事が普通じゃない。全然話にならないので、こちらに聴取に伺いました」

「駅でパトカーに乗せられた時には、縮こまったようになって大人しくしていたのに」

「署へ来た時はうなだれていましたが、取調べを始めた途端、興奮剤入りの薬でも飲んだみたいに、俄然態度が一変して罵声を上げ始めたんです」

「所かまわず、ちょっとの刺激で度外れに興奮するタイプの人間なんでしょう。おかげで私もひどい目に遭いましたよ」

「御同情の至りです。——で、すみませんが、事件の詳しい経過を話していただけますか」

「今日の朝、大学の登山合宿の体育講義に参加する為、江南駅に三十人余りの学生が集合したのですが、その中にフランス文学科三年のあの江川晴美がいました。私が教えている学生です。体育合宿は一、二年生に限りますので、三年生の江川がどうして参加したのかよく分りません。私に対する何かよからぬ気持から、屁理屈をでっち上げて強引に参加したのだと思います。というのも、実は今月の初めに、こういう事があったのです。……」

僕は、江川晴美が綱紀委員会に訴え出た事々から、この日に至る迄のいきさつを、刑事に簡略に話した。

「——なるほど、そういう事でしたか。あなたの言われる通り、容疑者は相手にされなかった恨みから今朝の犯行に及んだにちがいないでしょう。傷害罪で容疑をかためて、早急に検察へ送ります」

「江川は実刑になるのでしょうか？」

「恐らく。犯意は明瞭だし、下手をすると致死事件にさえなりかねないところでしたからね」

「江川晴美に関わっていると、これからも事がどんどん異常な方向に展開して行くような気がしてなりません」

「凶悪犯や、累犯者の中には、特殊な雰囲気というか、磁場を持っている者がいて、そういう人間に関わる者が、ことごとく運命を奇っ怪な方向に引きずられて行くという事があります。江川容疑者も、そうした種類の人間なのでしょう。近づかないにこした事はありませんよ」

「それは分っています。しかし、私が避けても、江川の方が執念の塊りみたいになって貪婪に追いかけて来るのだから、たまったもんじゃない」

「今、俗に『ストーカー禁止法』というものが出来ています。帰られたら、地元の警察に相談されたらいいと思います」

「しかし、いくら法律で禁止しても、やる奴は性懲りもなくまた繰り返してやるでしょうね」

「多分。、、」

「顔面蒼白刑事」は、この後美智子からもこと細かに事情聴取をして仔細に手帳に書き留め、一時間後、署へ戻って行った。粘液質タイプの、ねちねちと恐ろしくしつこい男だった。「あっさり型」の僕には苦手な人間だ。

刑事が帰った途端、朝方からの色々な事が堆積してストレスが過重したのであろう、どっと疲れが出た。

「何だか疲れてしまいました」

「少しお休みになられたら？」

「そうですね」

投与された薬の中に睡眠薬も含まれていたのか、しばらく押し黙ったまま天井を見上げていたら、意識が曖昧になり始め、川に流されながら必死に手を差し伸べて美智子に助けを求めている夢を見ながら――それはまさに、その時の僕の心の絵図だった――眠りに落ちてしまった。

、、それから二時間くらい経っただろうか、眼が醒めると、未だ陽は落ちておらず、ガラス窓の向こうに、扇岳を含む山々が列を成して小さく照り輝いているのが見えた。

美智子はいなかった。

漠然《ぼんやり》と江川晴美との朝からの事を考えていたら、看護婦が体温を計りに病室に入って来た。――

「傷は痛みますか？」

「いいえ、それ程ではありません」

「少し熱があるようですが、薬を飲んで安静にしていたら下がると思います」

「明日もここにいた方がいいのですか？」

「傷の様子を見て、先生が決められると思いますよ」

「どうせ暇だし、無理をして帰っても仕方ないので、ゆっくりしましょうか」

「その方が身体の為にはいいと思います。――何かあったら枕元の上のボタンを押して下さい」

「有難う」

すこぶる人当りの良い、大変な肥満体のミルクタンクのような看護婦が、身体を滑稽に左右に揺らしながら出て行ってしばらくすると、美智子が戻って来た。

病室に入って来るなり、「お眼醒めになりました？」と先程とはうって変わって明るく弾んだ声で美智子は言って、ベッドの傍らに小走りに駈け寄って来た。

「ホテルを探して、決めてきましたわ」

そういうと、いきなり美智子は僕の顔の上に顔を重ね、唇を押しつけて来た。

『！』

僅かの間だった。唇を離すと、美智子は顔を真っ赤にして、恥ずかしそうに小さく笑いながら両肩をすくめた。

「私、いけませんわね」

思わず愛を告白してしまった女性が、度を越したその衝動的な行為を恥じて悔いるような調子で呟いたが、その顔は一向に後悔している風ではなく、何だか嬉しそうだった。

「美智子さん」

「え？」

僕は立っていた美智子の手を握りしめ、力を込めて身近かに引き寄せた。

美智子は少しよろめきながらも抵抗せず、僕の上に倒れかかって来た。僕は左手を美智子の背中に回して身体を抱きしめた。

美智子は貪るように僕の唇に唇を合わせて来た。

緊張のせいか、美智子は眉をひそめて少し苦しそうな表情をしていた。背中に回した僕の掌を通して、美智子の心臓の早打つ鼓動が伝わって来た。

『どうして美智子はこんなに大胆になっているのだろう』

そんな思いを抱きながら僕は手に一層力を入れた。互いの身体は強く密着した。僕の心中に性の情動が激しくうねった。包帯を巻いている右手が不自由なのがもどかしかった。美智子も、もう気持を決めているのだ。

「いけませんわっ」

不意に美智子が小声で叫んで唇を離し、僕の身体を撥ねのけるようにして身を起こした。

「病院でこんな事をしてはいけませんのよ」

美智子は眼を下に向け、自身を戒めるように独りごちた。直後、ドアをノックする音がして、先程の肥満体の看護婦が病室に入って来た。看護婦は僕達二人の様子を見て、少し戸惑ったような顔をした。男と女の「睦事」が放つあやしい雰囲気を瞬間感じ取ったのだろう。

「ごめんなさい」と言って、看護婦は間が悪そうにそそくさと病室から出て行った。

「あー、よかった」

美智子は胸を撫でおろしながら、心底から安堵したように言った。

「あなたの心配が当りましたね」

僕は美智子の手を取りながら笑って言った。

「本当に」

美智子は微笑んで、僕の握った手の上に自分の片方の手をそっと重ねた。

美智子の瞳は、愛の情感に溢れ、潤んでいた。

「もう面会時間が終りますので、私はホテルに帰ります。明日また来ますわ」

病室を出る時に、美智子は嫣然《えんぜん》として言い、そして「こっくり」とうなずいた。愛する者が愛する者にのみ示す愛らしい媚態。

美智子が帰ってしばらくすると陽が落ち始め、室内が暗くなった。茫漠とした寂しさが僕の心中に忍び寄って来た。そして、それはやがて「哀しみ」に変わった。「哀切」と言った方がよいだろうか。『愛』がその内に常に包含している、切ない・哀しい情感。、、、、
小さな病室の、辺り一面の田園を静寂が覆っていた。枕元の蛍光灯のほのかな明りの中で、夜の病室は孤独に、深々《しんしん》とふけて行った。

11

「高校生の頃からずっと日記を書いているのよ」

美智子は生前にそう僕に言っていた。

「でも、人には見せられない秘密の日記なの。あなたにも見せられないわ、絶対に。だって本当は醜い私の心の中の事が全部書いてあるんだもの」。

日記は実家の、誰にも分らない納戸の引出しの中に隠してあると美智子は言った。謎のような笑みをその顔に浮かべながら。

「どうしてもあなたの日記が見てみたいな。特に僕と出会った頃からの所を。愛する人がその時どんな思いでいたかというのは、僕だけでなく、誰にでも凄く興味のある事だと思うよ。それに僕は心理学を齧ったり、売れない小説なんかを性懲りもなく書いているから、そうした面からも関心があるから、是非読んでみたいが、どうだろう。駄目?」

「駄目よ。いくら大好きな真一郎さんでも、絶対に駄目」

とはいうものの、僕が懇請したら、美智子は何ヶ所かの日記の部分を僕に見せてくれた。僕は貪欲にそれを記憶に留め、後ですかさず僕自身の日記帳に書き残した。

これは、僕が傷を負って救急病院に入院した日の翌日の事を書いた美智子の日記である。

『十一月二十五日・水曜日・晴・夜九時
きのうの夕方、河上先生と、E市のシティホテルではじめて一緒の時間をすごした。柳原のことも、江川晴美のことも、いやなことはみんな忘れて、わたしは河上先生に抱かれた。後悔もしていないし、後ろめたい気持もない。籍には残っていても、わたしはもう柳原の妻なんかでは絶対にない。
河上先生は心づかいが細やかで、わたしの一つひとつを思いやってくれるとても暖かい人。乱暴な柳原にはない、そんな先生の人柄と男性的な魅力に、わたしは心底からの愛情を感じて、無我夢中だった。そして恥かしいくらいに性の悦びに浸ってしまった。男性と女性が結ばれるということは、この世の中で最高の、極限の快楽ではないだろうか。
わたしは先生に服従し、しもべとなり、進んで犯された。

後で先生の胸によりかかっていたら、先生と愛をかわした嬉しさが湧きあがってきて――こんな気持は初めてだった――涙が流れた。先生はびっくりして、とても心配そうに「どうしたの?」とわたしに聞いた。「何でもないです。わたし、とても嬉しかったから」。

先生は善良で、すごく純情な人だと思う。それに、あんなに女性の心に気配りして、隅々にまで優しい手を差しのべてくれる男性を、わたしは今まで見たことがない。

先生は少し童顔で、眼がくりくりしていて、口は小さめ。男前だけど、何かかわいい青年でも見ているような気がする。

でも、とてもおっちょこちょいな人。八時になり、先生はあわてて病院に帰ろうとして、片方の靴下をはき忘れていた。それに、シャツは、ぬいだ時の裏返しのまま着て帰ってしまった。あわてふためいている先生の仕草を見て、先生の飾らない、愛嬌のある性格が丸出しになっているような感じがして、思わず笑ってしまった。

昨夜、わたしは女として、一生忘れられない素晴らしい愛の時をすごした。先生と出会えた喜びと幸せを、わたしは何と書いてよいか分らない。

有難う、先生。柳原によってずたずたに引きさかれたわたしの心を、あなたはたとえようのない深い愛情で癒して下さいました』

日記にあったあの夜、物静かな美智子が僕に露わにした「性」の姿態は、少し意外だった。もっとも、これは何も美智子だけに限らない。房事にあっては、女性も男性も、日常生活では絶対に見せない、天外な反応をしばしば示すのだ。

厳格で剛直な男が、閨房では赤ちゃん言葉を連発して甘えて抱かれたり、プロレスラーみたいに逞しい輩が、寝室に入るや否や軟弱なマゾヒストに変貌して鞭打たれ、よがり泣きをしたりする。清楚で慎ましい淑女が、卑猥な言葉を大声で叫んで、様々に大胆な体位を要求したり、残忍なサディストになったりする。

性の狂喜は人格を倒錯させ、理性を骨抜きにしてしまうのだ。

美智子は僕の肩や胸など、身体のあちらこちらを夢中で噛んでいた。そして終始低い、野獣のような快楽の唸り声を上げ続け、身体を弓なりに反らせて小刻みに震えていた。寝室でのしとやかな美智子を想像していた僕には、その性《セックス》の激しさは少なからぬ驚きであった。が、かといって毫も美智子への愛情が削がれたわけではない。

本能に耽溺し、激しくまさぐり、求め合った二人。僕は類いのない美女をほしいままにした歓喜に、言い知れぬ忘我の時を過ごした。

そしてあの時から、僕と美智子は、とうとう男と女の、ただならぬ関係に陥ってしまったのである。

12

女子学生への猥褻行為で、大学の綱紀委員会へ訴えられた柳原隆信の聴聞会が開かれたのは、E市の病院から僕が戻ってから五日後の事だった。聴聞会は非公開だったが、美智子は柳原の妻であり、利害の及ぶ関係人だったので、聴聞会の内容を綱紀委員長の尾形教授から詳しく聞く事が出来た。

柳原の猥褻行為は、ほとんど「強姦」まがいの悪質なものであったらしいと美智子は僕に話した。綱紀委員の一人であるあの早瀬教授の猛毒入りの言葉で激しく恫喝されたのであろう、柳原は他にも十数件の強制猥褻の悪業を白状したという。

その数の多さに驚いた委員の一人から、事を綱紀委員会内部だけの処分に終らせず、刑事事件として告発すべきだとの意見が出たが、教育の現場での一大スキャンダルとして週刊誌などに大きく取り上げられかねないような事は、伝統ある江南芸大の名誉と体面を守る為に絶対にしてはならないという意見が大勢を占めて、否認されたという。

それにしても、被害を受けた女子学生達から、柳原はよくも告訴されなかったものである。今は異様に肥満して若い頃の美男顔を失っているが、それでも、生まれながらにして持つ、あの異性を誘引する柳原の強烈なフェロモンに惑わされて、恐らくほとんどの女子学生が、夢空《ゆめうつ》ろな心理状態に陥り、幻覚に酔うマリファナ患者のようになって、抵抗するすべもなく柳原に籠絡されたのであろう。とは言ってもそれは、「強制なき合意」であったので、姦淫された後で目覚めたとしても、どうにも訴えようがないわけだ。高名な陶芸家である柳原の父親が、不祥事が起きる度に、被害者宅に行って、高額の示談金を置いていったらしい事も、告訴を免れる一因となったのだろう。

柳原のように、悪の幸運に恵まれている男もいるものではある。

思うに、人間の一生は、この世に「排出」された時から、そのレールが定められているのだろう。サイコロのぞろ目が出る人間は、何度振ってもやたらぞろ目が出るし、初めに貧乏クジを引いた者は、死ぬ迄貧乏クジを引いている。運勢が途中で反転したり、大逆転したりする事など滅多にあるものではない。

そして恐らく、運・不運は、その人間の性格にも由来している。各独自の性格から演繹された様々な出来事が土盛りのように累積して、その人間の運命を形作っているのだ。

——しかし、悪党柳原の命運もここに於て尽きた。

聴聞会で、柳原は全委員の「激昂」に近い怒りに触れ、即刻開かれた綱紀委員会で懲戒解雇処分を言い渡された。

予想だにしなかった重い処分に柳原は吃驚し、土下座して泣きながら女々しく委員達に恕《ゆる》しを請うたという。

有名芸大の教職者の資格を失う事は、社会的地位の抹殺であり、虚栄心が強くプライドの高い柳原にとって、それはほとんど死の宣告に等しい。それに陶芸の才能とてさしてない柳原は、父親の名声と、芸大のその肩書なしでは世間に通用しないし、やっていけないのである。

しかし、柳原の解雇処分はいかにしても撤回されなかった。(撤回されるはずがない!)。

——そして、この聴聞会が終った直後から、柳原の美智子へのつきまといは、以前にも増して偏執狂じみた、極端にしつこいものになり出し、三日をあけずの美智子の実家への押し掛けが始まった。柳原は木刀を持って実家に強引に上がり込み、母親と美智子へ、怒鳴りながら血相を変えて「復縁(家)」を迫り出したのである。職を失って己れの存在の拠り所を失った柳原は、残された唯一の救いの場を美智子に求めたのだ。女房に愛想をつかされて逃げられてしまった無力無能の馬鹿男どもが辿る、劣悪最低の転落の構図である。

たまりかねた美智子の弁護士からの訴えにより、柳原は、ストーカー行為に関する法律に基づき、美智子への接近と、実家への押し掛けを禁止され、従わない時は身柄を拘束する旨警察から警告された。

一方離婚の調停は、もはや聞く耳を持たない柳原の断固たる拒絶によって破綻し、審判へと移行してしまった。

E市から帰ってしばらくの間、僕は美智子と会う事が出来なかった。柳原隆信の異常なつきまといが始まったからである。

しかし互いに会えなければ、思いが益々募って行くのが、恋をする者の不変の心理だ。（抑圧された感情が「反作用の原理」によって反動し、増幅するからである）。

そしてもはや性の狂おしい惑溺の一夜を過ごしてしまったからには、生殖本能に駆られ、脳内に放出される「随喜・催淫物質」が尽き果てる迄、二人は激しく睦み合い続けるしかない。

「二十四時間、一日中あなたの事が忘れられず、食事をしている時も、ふとあなたの姿が眼の前に浮かんで来て御飯が喉を通らなくなり、無性に涙が流れ出してしまうの。この間、大学の構内で偶然あなたと出会い、柳原が後をつけていた為言葉を交わす事が出来ず、すれちがっただけで教員控室に戻った途端、涙が溢れて止まらなくなった。会いたい、そしてこの胸の恋する思いをあなたにぶちまけ、あなたに思いきり抱きしめられたい――それが叶わぬ悲しさが、感情の激流となって涙の洪水を引き起こすの。あの時、たまたま教員控室に入って来た同僚の吉岡先生が、泣いている私を見て、『入ってはいけない時に入ってしまったのね』と哀れんだ顔をして急いで控室から出て行ってしまった。女性には分るのよ。恋する者の、哀しい、切ない涙というものが」

ストーカー行為による殺傷事件が全国で頻発し、その都度警察のずさんな対応が槍玉に上げられていた事もあって、警察は警告を発した後、パトロールがてら駐在所員が柳原隆信の身の回りを監視し始めた。一つには柳原家が江南市の著名な一家であったので、「事件」にでもなったら、それがセンセーショナル化して、警察の責任を追及されるのが眼に見えていたからでもあろう。

警察の監視に気付いた小心者の柳原隆信は、恐れをなして、美智子への接近を「ぴたり」と止め、家に閉じこもってしまった。

「今晩どうしてもお会いしたいのです」

——切迫した語調で美智子から電話があったのはその頃の事だ。毎日電話をして、互いの思いや生活の情報を交換しあい、気持を確かめ合っていたが、その時は声の調子がいつもとは違い、何だか懸命というか、必死という感じがあった。柳原隆信のつきまといが止み、会いたい気持が心の制御を打ち破って、一気に外に溢れ出したのだろう。

その夜——十二月二十日の夜、美智子は僕のマンションにやって来た。インターフォンが鳴り、僕が玄関のドアを開けるや否や、美智子は走り寄って僕の胸の中に飛び込んで来た。——激しい抱擁、激しい口づけ。、、が、何分も経たないうちにリビングルームの電話が鳴り出した。僕が身体を離そうとすると、美智子は両腕に力を入れて離れようとしなかった。

「すぐに戻って来るから」

僕は幼な子をあやすようにして美智子の漆黒の厚い髪を撫でて腕を解かせ、電話台に走った。

「もしもし、お待たせしました」

「、、、、、、」

「もしもし、、、」

「、、、、、、、、、、、、、、、」

電話の向こうの不気味な押し黙り。公衆電話からなのか、車の行き交う音が周りに聞こえていた。

しぶとい沈黙のまま電話は切れた。

「どなたからですの？」

リビングルームの中に入って来た美智子が、背後から僕に訊いた。

「分らない。黙ったまま切ってしまった」

「柳原かもしれないわ」

美智子がおびえた声になって言った。

『まさか江川晴美では?!』

僕の心中に、突如黒い塊りが突き出した。

僕は電話帳をめくり、E警察署の番号を探した。「顔面蒼白刑事」に電話をかけ、江川晴美の所在を確かめようと思ったのだ。

番号を調べてE警察署へ電話をした。受付の者に、江川晴美の傷害事件の被害者である事を告げ、「顔面蒼白刑事」を呼び出してもらった。

「寺本です」

「江南芸術大学の河上真一郎ですが、先日はお世話になりました」

「いえ、こちらこそ」

「江川晴美について少し聞きたくて電話をしたのですが」

「何でしょうか」

「今、彼女はどうしていますか」

「この間釈放しました。もう署にはいません」

「えっ?! ——どうして!!」

「それがねえ、あんた」

急にテンポが落ちて、何故か刑事は変になれなれしい、くだけた口調になった。

「上の方から圧力がかかったんだよ」

「圧力って?」

「検察の上層部から。朝、突然署長に呼ばれ、理由を言われないままに、すぐに江川を釈放しろと命令された。俺は納得出来ないと言って食い下がったが、署長は頑として受け付けない。上司として命令する、聞かないなら他署《よそ》へ飛ばすぞとどやされた。全く頭に来たぜ! 俺は仕方なく引き下がり、留置場へ行って江川に『釈放だ、出ろ』と言ったら、江川の奴め、『それみろ、ふんっ』と馬鹿にしたように鼻を鳴らして言いやがった。

『ふざけるな、この阿魔《あま》!』

俺は怒りが爆発して、江川の尻を蹴り飛ばしてやった。『何をするんだよおーっ!』——江川め、逆上して飛びかかって来て、俺のきん玉を蹴り、顔を両手の爪で掻きむしりおった! もう後は取っ組み合いの大喧嘩よ。同僚が止めに入ってようやく収まったが、あの女め、最後迄悪態をついて、あっちこっちに唾を吐きつけながら署を出て行きおった。——全く、狂っているのもいいところだ。今も思い出すと腹の中が煮えくり返る」

「検察って、江川と何の関係があるんですか?」

「後で耳にしたところによると、江川の父親がS県の現職の検事正らしいんだ。それで分るだろ? 娘が傷害で刑務所にぶち込まれたりなんかしたらどうなるか。所詮保身と出世の事しか考えておらんのだ! ちぇっ、あの検察のエリートどもは」

刑事は口に溜まった汚物を吐き捨てるように言ったが、その口調にはくやしさが滲み出ていた。

電話を切って、美智子に、「江川晴美が釈放されたらしいです」と言ったら、美智子は驚愕して、真っ青になった。

　僕と美智子は互いに、恐れと不安を眼に溜めながらしばし見つめ合っていた。

　その夜、美智子は僕のマンションに泊まらせた。江川晴美が外で待ち構えている危険性が多分にあったからである。


　――それから二週間が過ぎた。江川晴美が不穏な行動を仕掛けて来る気配はなかったが、それがかえって大きな悪事を企んでいる伏線のように思われて不気味だった。

　が、美智子との愛は日に日にいよいよ緊縛して行った。美智子は大学の講義の帰りに僕のマンションに立ち寄るようになった。毎日でも会いたかった。外聞も何もない。男女が深く惚れ合うと、「愛の推す力」によってもう盲目的に突き進むだけだ。抱擁と結合、そして睦まじい言葉のとめどない奔流。

「このまま毎日一緒にいたい。あなたと一時でも離れたくない」

　マンションからの帰り際、美智子は悲しい声で言うのだった。しかし、柳原隆信との離婚が未だ正式に結着していなかったので、二人の逢瀬にも自ずと限界があった。

　僕とつき合っている事を、美智子がそれとなく弁護士に話したら、「審判に不利になるので、今は会わない方がいい」と忠告された。


　――年が明けて、一月十九日、一通の短い手紙が僕のマンションに送られて来た。差し出し人の名前はなく、文面は便箋にパソコンで印字されていた。

『柳原美智子と恥もなくこのまま醜悪な不倫関係を続けるなら、その行き着く果ては、血塗られた阿鼻叫喚の地獄である事を、やがて愚か者のお前は思い知らされるであろう』

　こんなミステリー小説の脅迫文のような手紙を書くのは、蒙昧な柳原隆信ではなく、文章に心得のある江川晴美しか考えられない。僕が美智子と交際しているのを知っているのは、他に同僚の宮本英明と友人の高崎だけだが、二人共こんな脅しの手紙を僕に寄こす理由など何もないはずだ。

　美智子に手紙を見せたら、「負の衝撃」というか、何かひどいショックを受けていた。気高く、清廉で、純情な美智子には、江川晴美が住む低劣低級な情念の世界の存在など一分たりとも想像出来なかったにちがいない。

こんな江川晴美という邪悪な女の非常識な行動による障害があったにもかかわらず、しかし美智子と共にあった一年足らずの月日は、あまたの星が溢れる夜空に一際《ひときわ》美しい光芒を放って流れ去って行った彗星の如くに、僕の心の網膜に鮮やかに刻み込まれている。

一人の女性を愛し、そしてその女性から強く深く愛されるという事が、毎日の生活に躍動感と輝きを与えてくれ、豊かな喜びで心を一杯に満たしてくれようなどとは、思いもしなかった事だった。

だが、と僕は思う。美智子という女性が、もし、いなかったなら、茫洋とした海原になすすべもなく一人漂流しているような今の自分もなかったのだ。そして美智子を得た代償が、こんなに悲しみにうちひしがれたつらい孤独の日々であったのなら、僕は美智子を全然識りたくはなかった！　僕は「愛」というものをまるで知らない、無神経で愚鈍な男のままでよかった！

ああ、運命を操る神々からの、何という苛酷な仕打ちである事か。

13

御　招　待　状

此の度、不肖宮本英明と、日赤整形外科医長西島久子との婚姻相整い候。因って左記結婚披露宴の儀、謹んで御招待申し上げ候。

記

日時　平成＊年一月三十日（日曜日）

正午

場所　江南市清水町三丁目

「ロイヤル江南」一F鳳の間

一月二十三日、大学の同僚の宮本から珍奇な「御招待状」が届いた。武士道を尊び『葉隠』を愛読する、江戸時代趣味の柔道男なので、そのやる事も旧古的で、一風変わっていた。聞くと、江南芸大を馘になった柳原隆信も、結婚相手の西島久子の親密な身内という事で、不穏な振舞いは絶対にしませんという誓約書を警察に提出の上、披露宴に出席するという。他に美智子と、高崎夫婦に早瀬教授の、いわば高崎グループの四人も出席してもらうと宮本は言った。出席者の名前を聞いて、不吉な予感が僕の心中をよぎった。柳原隆信と美智子との危険・険悪な関係、高崎夫婦不仲とのそれとない噂、それにあのいやらしい噛みつき毒虫の早瀬教授……。

特に柳原隆信は、今の精神状態からして何をしでかすか分からないので、披露宴には招待しない方がいいのではないかと宮本に強く言ったが、大雑把で豪気な宮本は取り合おうとせず、笑って受け流した。

——式の当日、略礼服を着、自転車に乗って僕は近くにあるロイヤル江南ホテルへ赴いた。

披露宴会場の入口で、西島久子と並んで招待客を出迎えた宮本は、その時代錯誤の性向を地で行くように、燕尾服ではなく、ちょんまげのかつらをかぶり、登城する武士の如き正装の羽織袴を着て、腰には何と模造の刀まで差していた。それも厳《いかめ》しい、くそ真面目な顔をして、一点の疑りもなく武士になりきって自己陶酔している風だったので、思わず僕は笑ってしまった。この男が難関大学の法学部を出て、気鋭の刑法学者として数理・統計を駆使したユニークな法理論を展開し、学界でも耳目を集めているというのだから、その非合理的な「武士道精神」とのギャップに二度笑わされた。

披露宴の会場では四ヶ月ぶりに高崎と再会した。が、驚いたのはそのやつれぶりだった。恰幅のいい男だったのに頬がこけて痩せ、顔に全然生気がなかった。何だか急に五、六歳老けたみたいで、声にも元気がない。以前の精力の横溢する高崎ではなかった。「病気でもしたのか？」と高崎に聞いたら、「いや……」と言って首を横に一度振ったきりそれ以上何も言わなかった。早くも過熱しているアメリカ大統領選挙の話なども色々あっただろうに、高崎はほとんど会話をしなかった。それ以上に妻の治子は全くものを言わなかった。高崎と馴れようとせず、険しい顔をして、時々鋭い、えぐるような視線を、丸テーブルの対面に座っている美智子に注いでいた。それは「女」が、「敵の女」に対して、対抗意識と嫉気を含めて放つ、あの毒気の満ちた凄まじい眼差しであった。

美智子は笑顔のない暗い顔をして、終始うつむき加減だった。離婚審判中のストーカー夫と義理で同席していて面白かろうはずがなく、おまけに眼の前には僕の存在だ。内心に大きな屈託があったであろう事は容易に想像された。

　柳原隆信はといえば、僕を恐ろしく意識しているのがありありと分った。たまに僕が美智子に話しかけると、柳原隆信は耳をそばだてて眉間に皺を寄せ、全顔を歪めて僕を斜め眼でじっと見据えるのであった。

　男が公の場で、嫉妬と猜疑心を、こんなにむき出しにするものだろうか。卑しい、低劣な感情を表に出す事を恥じるプライドというものはないのか。

　柳原隆信という狭隘な性格者の、「男」としての限界を僕はこの時そこに見た。所詮卑小な、器を欠いた小者でしかない。

　柳原隆信の僕に対する「猜疑」は、教員控室前で僕が美智子と話しているのを目撃して以来、その心中に生じたのであろう。

　柳原隆信は即刻あらゆる手段を弄して僕の事を調べ上げて住居もつきとめ、様子をずっと窺っていたのかもしれない。マンションへの無言の電話、玄関のドアの殴打、、それもあるいは全部柳原隆信の仕業だったのか。、、
　僕の左横にはいやな早瀬教授が座って、だらだらとだらしなく酒を飲んでいた。

「いよっ、セクハラ君、その後どうかね、へへ！」

にたにた卑しげに笑いながら、早瀬教授は僕にからみつくのだった。人の心の傷口に塩をすり込んで喜ぶような下司男だ。僕は全然無視し、黙殺した。

　神経が鈍麻しているのか、それとも救い難い魯鈍なのか、早瀬教授は僕が相手をしないのにてんでこだわる様子もなく、隣りの席に座っている美智子に盛んに話しかけていた。

　その美貌をお世辞たらたらと誉め上げ、へりくだった顔付をして早瀬教授は揉み手までしていた。

　そして、「透き通るような美しい肌ですね」と言って美智子の手の甲を、早瀬教授が下品に唇を舐め回しながら一なでした時、（警戒して）見ていた柳原隆信の眼付が変わった。柳原隆信は卓上のビール瓶を掌で強く握り締め、顔を真っ赤にして怒り眼で早瀬教授を睨みつけた。が、馬鹿な早瀬教授はそんな柳原隆信に全然気付かず、今度は奇妙な猫なで声で、何やら安っぽいおかまみたいに、身をくねくねしなを作りしいしい、美智子に上半身

を近づけようとするのであった。矜持も何もあったものではない。しかし愚劣もここまで来ると、嫌悪感を通り越していささか滑稽でさえあった。

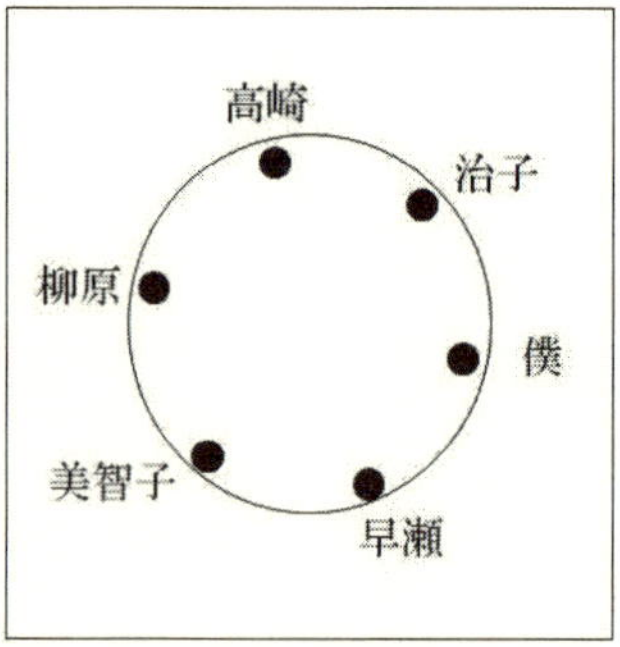

美智子は、早瀬教授を邪険にあしらうわけにもいかず戸惑いを顔に浮かべていたが、異常な悋気もちの柳原隆信が鎮《おさ》まるはずがなかった。それに早瀬教授の属する綱紀委員会で、講師を馘首された恨みもある。警察に提出した誓約書なんぞが何の役に立とう。柳原隆信は狂憤に形相を変え、ビール瓶を片手に持って椅子から立ち上がった。そして小走りに早瀬教授の席の後ろに回ると、間髪を入れず、ビール瓶で早瀬教授の頭頂部を激しく殴りつけた。

「うぎゃっ！」

早瀬教授が、聞いた事もない異様な叫び声を上げて椅子から転がり落ちた。瓶は砕け、ビールが泡を吹いて一面に飛び散った。早瀬教授は頭を抱えて床で唸り、指間から血が流れ出していた。

柳原隆信が、その早瀬教授の横面《つら》を皮靴で蹴飛ばした。

「うわっ！」。

僕達のテーブルは最前列にあったので、百人余りの招待客の誰もがこの暴行場面を眼にしたにちがいない。会場から女性の短い悲鳴のようなものが二つ三つ聞こえた。学生服を着た、大学の柔道クラブ員らしい五分刈り頭の男が二人、後ろの方の席から走り出して来た。そして一人が柳原隆信の持っていた欠けたビール瓶を手で叩き落すと、一人が柳原隆信に組みかかった。

柳原隆信は抗わなかった。その顔は蒼白で、唇がひくひく踊り、眼は痴れたように空ろだった。

早瀬教授は床に転がって弱々しくうめいており、頭の周囲は血にまみれていた。隣りの医者のグループらしい席から三人の男女が立ち上がって来て、あわただしく早瀬教授の手当をし始めた。

宮本は正面の雛壇に座って、信じられないものを見ているかのように呆然としていた。西島久子は手で顔を覆っていた。いわんこっちゃない、柳原隆信を呼ぶのは止めた方がいいと言ったにもかかわらず、宮本は取り合おうとしなかった。柳原隆信の狂暴な性格を知らぬはずはなかっただろうに。しかし、柳原隆信がまさかこんなにまで常軌を逸した行動に出ようとは、夢にも思いはしなかっただろう。

遠くから早くも救急車とパトカーのサイレンの音が聞こえて来た。

披露宴は中盤にさしかかっていたが、こんな事になってしまっては、もはや続行出来るはずがなかった。

会場には舌打ちをする音が聞こえ、柳原隆信を罵る言葉や、呪いの声が上がっていた。

司会者がマイクを握り、「誠に申しわけありませんが」と、披露宴を中止する旨を出席者に詫びて告げた。

ロイヤル江南ホテルは市の中心部にあったせいだろう、救急車とパトカーは十分もしないうちに到着した。

早瀬教授は救急隊員によって担架に乗せられ、痛ましくも哀れな格好で、会場から運び出されて行った。柳原隆信は抵抗する素振りも見せず、柔道クラブ員から警察官に身柄を引き渡された。その顔に血の気はなく、身体はがたがた震えていた。あの小心者の大馬鹿たれは、ようやくのぼせが冷めたのか。

美智子は柳原隆信の妻であり、加えて現場に居合わせた目撃証人として、迷惑至極にも、警察に一緒に連れて行かれてしまった。

僕達の席には、僕以外に誰もいなくなっていた。高崎と治子は姿を消していた。あれ程親密だった高崎が、僕に挨拶もしないで行ってしまうなんて、一体どうした事だろう。宮本夫婦も雛壇にはいなかった。

僕は白けきって会場を出た。全くもって無茶苦茶な披露宴になってしまったものだ。

一人の大馬鹿が二人の人間の大事な人生の晴れ舞台を台無しにしてしまった。ビール瓶で殴られなければならないのは柳原隆信だ。クズ野郎め！

柳原隆信の事を考えると、僕は段々頭に血が昇って来た。で、怒りにじりじりしつつ、ホテルの駐車場に置いていた自転車を取りに行った。自宅のマンションからホテル迄は、歩いて行くには遠すぎ、タクシーに乗るには近すぎる距離だったので、僕はホテルへ自転車で行ったのだが、その自転車に乗って出口の方に向かって行たら、とんでもない事が起きた。

車が一台、後ろから急な速度で近づいて来て、僕の自転車に追突したのだ。自転車は転倒し、あおりをくらって僕は前方に撥ね飛ばされた。幸い身体が落ちた場所は、ホテルの敷地をぐるりと囲むようにして造られていた花壇の中だったので、盛り土の花の中に顔を突っ込んだだけで事なきを得たが、あれがアスファルトの地面の上だったら、顔面裂傷か骨折のひどいケガをしていたにちがいない。車は明らかに僕に狙いを定め、偶発的にではなく、確信的に追突して来た。幌をかぶせた、真紅のミニスポーツカーだった。車がホテルの敷地から出ようとして右折した時、運転席の窓から運転している人間の横顔が見えた。髪がボーイッシュカットの、白いスポーツウエアを着た若い女。――不敵な蔑み笑いを浮かべながら地獄の底から湧き上がって来た女――間違いなくその女は、江川晴美だった！

――それから二日後、香典袋に入った紙切れが、僕のマンションの郵便受けに投げ込まれていた。

天誅！
馬鹿たれめ　死ね

14

「柳原が入院したらしいです」

傷害罪で起訴され、拘置されていた柳原隆信が譫妄《せんもう》状態に陥り、医療刑務所に入れられたと美智子が言った。事件から三週間余り後の事である。精神的にどん詰まりになり、その上おそらく、美智子に関連する色々な嫉妬の妄想に散々悩まされたのであろう、そうとう神経に綻びが生じてしまった。身から出た錆で、同情の余地もない。こう言っては何であるが、『ざまあみろ』というのが、その時の僕の偽らざる心境だった。

柳原隆信に結婚披露宴をぶち壊しにされてしまった宮本英明が、僕のマンションを訪ねて来たのはこの頃だ。

「いやー、この前はひどい目に遭ったよ」

宮本は一升瓶を持って玄関に入って来るなり、本当に参ったような顔をして情けなさそうに言った。

「だから言っただろ、柳原を披露宴に呼ぶのは止せって」

「――」

その日、僕と宮本は柳原隆信の悪口を言い続けながら夜ふけ迄痛飲した。そしてまたぞろ「ぐでんぐでん」に酔っぱらって帰る間際に、宮本がろれつの回らない口で僕に言った。

「高崎が、体調を崩して東京の日赤病院へ入院しているらしいぜ」

「、、」

「治子さんは、高崎と諍《いさか》いして、一人でアメリカへ帰ってしまったというから、一体どうなっているんだろう。二人の仲は本当におかしくなってしまったのだろうか」。

予てから漠然と抱いていたある思いが、レンズの焦点を絞り込んだように、僕の心の中で明瞭になったような気がした。が、しかしそれは、何の根拠もない僕の思い違いであった。「嫉妬」という悪心から、殊更に邪な推量を重ねて遂には自分勝手な妄想を作り上げてしまうという失態を、僕は危うく犯しかけたところだった。

江川晴美からの無言電話や、いやがらせの手紙の投函は、あの『天誅！』以来途絶えていた。しかし、何もされないでいるとかえって疑心が増大するもので、どうしたのかと訝っていたら、綱紀委員長の尾形教授から電話があった。江川晴美が退学処分になったというのだ。綱紀委員会への虚偽の告発や、登山合宿の際の僕への傷害行為が処分の理由だというのである。考えてみれば、退学処分は当然の事で、大学当局は何をこれ迄もたもたしていたのだろう。江川晴美の父親からの牽制か、それとも検事正というものに対するおびえでもあったのか。(どこの大学でも、口外出来ない学内での刑事事件など、突っつけばごまんと出て来るからだ)。

しかし、大学としてもさすがにこのまま放置しておくわけにもいかなくなり、今回の処分となったのであろう。

詳しい日付は聞かなかったが、退学させられたのなら、江川晴美が大学に出て来る事はないし、住んでいたアパートも退去して、郷里の実家に帰って行った可能性もある。悪質ないやがらせ行為がなくなったのもそのせいかと思い、僕は安堵した。もっとも、あの異常な、常識の全く通用しない女の事だから、いささかの油断もならなかったが。

卒業論文の審査や年度末試験の準備に追われてあわただしく時が過ぎて行くうちに三月になり、やがて大学は一ヶ月余の春季休みに入った。

15

「ねえ、二人でスイスに行きません?」

その夜、マンションに来ていた美智子と二人でワインを飲んで談笑していたら、酔いが回って顔を紅潮させた美智子が、瞳を輝かせながら言った。

「ん?」

「今年は異常な温暖気候で、スイスは一ヶ月も早く春が来ているのですって」

驚いた事に、美智子はスイス旅行の三種類のパンフレットを持ち出して、それを食卓の上に並べ始めた。

「随分と手回しがいいんだね」

笑いながら僕が言うと
「だって、私、あなたと一緒に旅行する夢を、もう何度見たかしれないのですよ」

「でも手を取り合って一緒に行くわけにも行かないだろうに」

「大丈夫です。F空港とK空港から別々に出発し、韓国の仁川空港でツアーに合流して国際線に乗るのですよ」。

美智子はもう一方的に行く事を決めていて、明日にも旅行の申込みを、日程の都合の良いいずれかの旅行会社にするというのだった。

勿論、公に出来ない二人の仲が晒される事がないのなら、僕には拒む理由などなかった。それどころか、生涯の忘れ得ぬ思い出として僕の心に刻印されるであろう美しいスイスへの旅を思っただけでも心が雀躍した。大学は休みになっており、柳原隆信は入院して隔離され、江川晴美は退学していなくなった。妨げになるものは何もなかった。

「よし、行こう!」

完全にのぼせ上がったお調子者のように僕は言ったも

のだ。堅くて気難しげな、一見いかにも大学の教員らしい面構えをしているが、根は恐ろしく単純な感激屋なのである。

スイス――透明な水晶の輝きの国、、、。ニスが塗られたかのように艶々《つやつや》光る紡錘形の淡黄色のレモンを、銀のナイフで真っ二つに切り、掌に握って搾り上げたら、水車の羽根車のような円形の切断面から新鮮な果汁がぽたぽたと滴り落ちて来るように、あのスイスの思い出の中からも、今でも搾れば、「幸福」という黄金色の液体がぽたぽたと滴り落ちて来る。

愛し合う二人が美しい異国を共に旅をする――人生に於てこれ以上に歓びに満ちた素晴らしい事なんかありはしない。あのスイスの九日間に、僕と美智子の愛の時は凝縮され、そのままミニカプセルに入れられたようにして僕の心《しん》の臓に埋め込まれている。最初にして最後の、ただ一度きりの短い旅だった。それ故にこそそれは益々輝きを放つ。才華に溢れた若者の夭折した人生の輝きのように。

韓国の仁川空港でスイス観光のツアーに合流して国際線に乗り換え、果てしなく続く荒寥としたシベリア大陸の凍土の上空を延々と飛行し、壮麗なアルプス山脈を眼下にしながらスイスのチューリッヒ空港に着陸したのは、三月二十八日の夜の八時だった。日本を発ってから十三時間が過ぎていた。

シートの皮の強い匂いが車内に漂う新車のリムジンバスは、十一人の日本人ツアー客を乗せて宿泊先のサンモリッツへ向かった。既に郊外は濃紺の闇に包まれていた。ジャンボジェット機の窮屈な座席（横九列の数十の座席に五百人もの人間が詰め込まれて碌に身動きが出来ず、まるで檻に入れられた養豚か、ブロイラーの集団移動のような残酷な機内！）では充分に身体を伸ばす事が出来ず、ほとんど眠れなかったので、バスに乗るや否や、僕と美智子はリクライニングシートを倒し、貪るように眠りに耽ってしまった。

三時間後、バスはサンモリッツのホテルに到着した。海外に行った事がなく、日本の旅館の畳部屋や、ビジネスホテルの簡素な狭い個室しか知らなかったので、宿泊したスイスのホテルの内装の立派さと広さに、僕はすっかり驚いてしまった。

これは何もホテルだけに限った事ではない。スイスを周遊して様々な事を見聞するうちに、今迄いかに自分が狭い世界に住んでいたかを僕は思い知らされた。まるで、もぐらが地上に顔を覗かせて、生まれて初めて外界の広漠な景色をながめ見たようなものだった。が、僕なんかまだましな方だろう。生まれた場所から一度たりとも外域に出た事がなく、ただそこの一点のみに居住したまま一生を終えた人間は、数えきれないほどいるにちがいない。

外に出、世界を巡らなければ駄目だと思った。狭い領域に住んでいると、広角度の思考を持つ事が出来ず、グローバルな見識を欠いて、頭脳が視野狭搾に陥ってしまうのだ。

——今後のスケジュールについて添乗員からロビーで説明を受け、チェックインの手続きを済ませてホテルの部屋に入った時には、時計の針は十二時を回っていた。時差ボケで体内時間が乱調したのか、やたらに眠く、荷物の片付けも出発の準備もしないで、僕は早々にベッドに横になった。どこ迄も几帳面な美智子は、シャワーを浴びて髪を梳《と》かし、服も荷物も整えてベッドに入ったようだった。

人は、自然の余りに美しい景観を目にすると、「まるで絵のようだ」と言う。スイスもその言葉の通りに、どの景色を切り取っても、一つ一つが絵になり、絵ハガキになるような美しい国だった。

翌日——僕たちはベルニナ特急に乗り、アルプスの山間を、標高差千八百メートルのイタリア領ティラーノに向かって下って行った。遠くにそびえ立つ、万年雪と氷河に覆われた嶮峻な薄青色の山脈《やまなみ》、谷間に広がる緑の草原とその水面に逆さアルプスを映して輝く湖。花畑と森の間に点在する赤やオレンジ色の屋根作りの、模型箱のような家々。小さい頃に見た絵本そのままのメルヘンチックで牧歌的なスイスの風景が、幅広いガラスの車窓に次々と映し出されては遠ざかり、また現れては別様の光景を展開して流れて行った。

天窓から太陽光線が燦燦《さんさん》と入り込む清潔な電車内の、ゆったりしたソファーに僕と美智子は並んで座り、社内サービスで出されたスイスワインを飲みながら、まるで総天然色の絶景映画を見ているように、外の景色を指差しながら歓声を上げ、上気し、興奮して、互いの感動を語り合ったものだった。

——二時間半後、電車はティラーノに到着した。僅かでも国境を越えると、どうしてこう何もかもが一変してしまうのだろう。そこはもうスイスではなく、完全に風情の異なる国、イタリアだった。

二時間の自由時間の間に、僕たちはティラーノ市街を散策し、最後にバルコニーのある白壁造りのレストランに入った。

「乾杯！」

二階のバルコニーのテーブルから、遠くに連綿とするアルプス山脈をながめやりながら、二人でビールで乾杯した。

「私の友達が去年スイスに旅行したのよ」

美智子は声のオクターブを高め、嬉しそうに言うのだった。

「それで、ここに来る前に、その友達に聞いたの。スイスのどこが一番良かったかって。

『どこも全部！　でも最高だったのはモンブラン。三千八百メートルの、富士山よりも高い展望台から、スイス、フランス、イタリアのアルプスが、三百六十度の全方向から見渡せたの。その雄大さと美しさに、本当に圧倒され、感激して思わず涙が流れたわ。人生で、あんなに素晴らしい光景を見たのは初めて。何百キロも向こうの、あのとがって曲がった四千四百メートルのマッターホルンまでが、小指の爪くらいに小さく見えたのよ。

次に美しかったのはレマン湖。琵琶湖みたいに大きな湖なの。暖炉用の煙突のある古いレンガ屋根の農家の向こうに、青い湖が遠く遠く広がり、その果てに、またアルプスの峰々が雪を頂いて白雲の下に連なっていたわ。道路の後ろ側の世界遺産の丘陵地には葡萄畑が広がって、それが前側の大きなレマン湖と美しい構図を形作っていた。

叙情が一杯に漂う幻想的な風景画を見ているような感じだったわよ』」。、、

夕方、僕たちは宿泊先のサンモリッツに戻った。異国の風景がもたらしてくれた感動を胸に深く湛えながら。

「柳原美智子様に、日本から国際電話がかかっておりま

す」

ホテルの部屋で夕食を待ちながら美智子とくつろいでいたら、フロントから流暢な日本語で電話があった。僕が受話器を取り、美智子に渡した。

「はい、柳原でございます」

「(――――)」

「いえ、違いますっ！」

美智子は激しい口調で言って、叩きつけるように受話器を置いた。そんな穏やかでない美智子を見たのは初めてだったので、僕はびっくりした。

「誰からなの？」

「間違い電話です」

美智子は強いて平静を取り繕うように言ったが、内心動揺し、顔が青ざめているのを僕は見逃さなかった。名前を指定しての国際電話に間違いなどあろうはずがなかったが、人それぞれに事情があるのだ。恋人であろうと夫婦であろうと、互いに立ち入ってはならない心の絶対領域というものがある。僕はそれ以上何も言わなかった。否、何か「言ってはならない」という強力な圧力が心の上にのしかかって言葉が出なかった。

翌日、僕たちはアイガーの麓のリゾート地、グリンデルワルトのホテルに泊まった。

この時も、前の日と同じような事があった。

夕方六時半頃、ホテルの部屋の電話が鳴ったので僕が出ようとしたら、(それを妨げようとするかのように)美智子があわてて走り寄って来て、横から手を伸ばして受話器を取った。

「三一七号室です」

「(――――)」(フロント)

「どうぞつないで下さい」

「(――――――)」

美智子は無言のまま受話器を置いた。

「また、間違い電話よ。一体どういう事かしら。人騒がせもいいところだわ」

美智子はあきれた顔をし、引きつったような笑みを浮かべながら横に立っている僕に言った。

「日本では真夜中なのに、二回も間違い電話をかけてよこすなんで、余っ程の間抜け野郎だね！　ははは！」

僕はいかにも鷹揚げに、笑い飛ばすような調子で言ったが、心中に屈託がなかったわけではない。

河上真一郎の愛の物語――『美智子と共にあった日々に』（原題）は、ここで終っている。

平成＊年二月二十日に、河上は死んでしまった。自死してしまったのだ。

世界的に爆発的に蔓延し、何万人もの死者を出していた新型の豚インフルエンザに感染した河上は、そのインフルエンザに特徴的だったウィルス性の重い肺炎にかかってしまい、入院して人工呼吸器を当てられていたが、自らそれを外し、点滴の注射も外して、朝、死んでいた。

何故河上はそんなにしてまで自分で命を絶ってしまったのか。そこに至る迄の河上の心の軌跡を、私――宮本英明は推察出来ないでもない。

入院する前の日、河上はこの『美智子と共にあった日々に』の原稿を私の家に持って来た。「もし僕に何かあった時には、これをまとめて私家版として印刷してくれ」河上は弱々しい口調で言うのだった。

「何を言うんだ、お前！」

「いや、僕はもう駄目なんだ」

その時の河上のような、失意にうちひしがれた痛ましい人間の顔を私は見た事がない。

「何かあったのか？」

河上は話した。――三週間前、美智子の使っていた楽譜用の書架を整理していたら、沢山積み重なった楽譜の一番下から大学ノートが出て来た。

「それがこれだよ」

河上は自分の原稿とは別に、手を震わせながら大学ノートを私の前に差し出した。

「これに美智子自身の思いが全部書いてある。でも僕はこんなもの、絶対に読みたくなかった。

……宮本、僕はこれから一体何を、誰を信じて生きて行けばいい……」

河上は悲しい顔をして言うのだった。本当に悲しい顔をして。

このあと河上は、別に部厚い手紙のようなものをテーブルの上に置いた。

「江川晴美から、この間僕のところへ送って来たよ。もう恕《ゆる》してやるべきなのだろうね……」

河上は弱い笑みを浮かべ、一人うなずくような仕草を見せながら、静かな、優しい口調で言った。

河上が亡くなった今、私は遺言通りに、河上から頼まれた事を実行して本にしてやりたいと思う。それによって、あの心優しかった、真に愛すべき男だった河上の、単純と純朴の中に深い思量と尊厳すらがあった、その魂が安らぐなら、誰がその遺志を無下にする事が出来ようか。

なお、河上が死んでから未だ一年も経っておらず、関係者も多数存在するので、本書を印刷するに当って、個人のプライバシーを保護するため全員の名前を仮名にし、固有名詞も変えた。出過ぎた事だとは思ったが、シチュエーションを全面的に書き改めた箇所もある。例えば、南洋の島国のように明媚な江南市など地図の上のどこにもないし、(似たような大学はあっても)江南芸術大学という大学はない。高崎康彦はアメリカ在住の学者だったが、数学者ではない。

因《ちなみ》に、美智子さんの元《もと》夫・柳原隆信は服役していた刑務所で狂死した。

早瀬教授も、柳原隆信に殴られた傷が極度に悪化して、敗血症で死んだ。高崎もまた、食道癌の発見が手遅れになって、アメリカで死んでしまった。

本書に登場する主要五人の人間は、皆灰燼と化してしまった。

、、総ては黄泉《よみ》の国で展開された夢幻事《ゆめまぼろしごと》ではなかったのだろうかと、何故かそんな思いが私の胸中をよぎって行く。、、、

II

『江川晴美の河上真一郎への手紙』

先生のお姿を最後にお見受けしてから、もう一年が過ぎてしまいました。先生にお世話になった江南芸大在籍中の時のことは、私の心に深く深く刻み込まれています。先生の講義を聴きながら先生と一緒の時間を過ごせた毎日――それは私にとってどんなに楽しく、嬉しく、素晴らしい時だったことでしょう。

私は先生をお慕いしておりました。私は生まれて初め

あの日——平成＊年四月十六日のあの日から、私の心は完全に先生にはまってしまいました。

先生の風貌とその一挙一動、、もう何もかも先生の全部に魅せられ、溺れてしまったのです。私は先生の講義する科目をすべてとり、つまらない詩を一生懸命に作って、先生に見てもらいたくて先生を追いかけました。そして私がほかの同級生より優秀だということを先生に知ってもらいたいために、ミエをはり、自分でもよく分らない難しい哲学の言葉を使って先生に議論を挑みました。きっと生意気でかわいげのない女だと思われたでしょうが、本当は、私の心臓はドキドキして、足も震えていたのですよ。

あれがきっと恋というものだったのでしょう。私は一日中、一日中先生のことばかり恋《おも》っていました。そして恋えば恋うほどますます恋いは深くなって行ったのです。

先生は二枚目ではありませんが、大きな目をしていて、どこか憎めないかわいい顔をしていらっしゃいました。背の丈は百七十センチくらいで、少し太め。一見ぶっきらぼうなようですけれど、本当は繊細で、優しくて、とて男性というものを知って恋をし、焦がれました。

中高一貫の女子高にいて男子の友達もなく、その上私のように色気のない女に声をかけてくれる若い人なんか誰もおらず、私は恋心などというものには全然無縁の女でした。

しかし芸大に入り、初めての講義で先生にお会いしたあの時、私のからだの中に、何と言ったらいいのでしょうか、今までに経験したことのないような異様な衝撃が走ったのです。

その瞬間、そこには理性なんていうものはありませんでした。がむしゃらな、盲目的な、本能のような感情のたかぶりだけがありました。

今でも、どうしてあんなに異常な心の状態になったのか分りません。

「人間の内《なか》には、特定の、限られた人にだけ作用する磁場というものがあるんだよ」

いつか先生は講義の最中にそんなことを言っていらっしゃいましたが、もしそうなのでしたら、私のからだの中の「芯棒」が、先生の磁場に猛烈に引きつけられて行ったとしかいいようがありません。

ても思いやりのある方。一本気で、素直で、お人好しな先生の性格も、なぜか私にはレントゲンですかして見るようによく分りました。

コンパの時はいつも漫才みたいなことばかり言って、バカかアホのようにふざけておられましたけれど、その実、私などが及びもつかない読書の量と、どんな分野のことでも何でも知っている深い教養と文章力。

私は、先生が江南新聞に書かれていたエッセイや連載小説をむさぼるように読んで、一つひとつノートにくわしく感想文を書き綴っておりました。

恋うのは先生のことばかり。ミニカメラを買って先生の講義中の姿を盗みどりし、写真屋で大きく引き伸ばしてもらって部屋に飾り、毎日毎日あきずに見ておりました。

でも先生は美人の中川美奈や浜田由紀にばかり目をかけて、私の方など見向きもしてくれませんでした。

恋の思いって、どんなに強くても、その気のない相手には通じないものなのですね。先生が鈍感なのではありません。私はブスだし、性格も顔も男みたいで、異性をひきつける魅力なんか少しもなかったのです。でも私は先生が好きで好きでたまりませんでした。

色々と目立ったパフォーマンスをしても全然相手にされない、悲しい、落ち込んだ毎日、、そんな日が何日も何ヶ月も続くうちに、私の心の矛先は段々と、私の不幸の原因を作った元凶の中川美奈と浜田由紀に向かって行きました。私は二人を憎み、二人に激しく嫉妬しました。

失恋なんかしたことのない「もてもて」の先生には分らないでしょうが、恋敵に対する嫉妬の苦しみというのはひどいもので、もうご飯も食べられず、勉強も手につかなくなって、憎い二人の顔が、寝てもさめても悪霊のように私の頭の中を堂々めぐりし続けました。

私は胸をかきむしってうめき、歯ぎしりをし、びっしょり寝汗をかいて毎日の朝を迎えました。もう精神がズタズタに分裂して、気が狂ってしまうのではないかと思いました。愛なんてものを知らなかった私が生まれて初めて味わった、残酷な、拷問のような恐ろしい心の世界。愛の裏側では、嫉妬という化けものが、猛毒を塗った鎌を持って待ち構えていたのです。

そんなにして私がさんざん苦しんでいるのに、大学に行ってみれば、能天気な中川と浜田の二人は先生を取り囲んで、すごく楽しそうにはしゃいで浮かれきっているではありませんか！（先生も先生もです！　スケベエ根性を丸出しにして、相好をくずして二人に迎合し、「へへへへ！」と下品な声をあげながら笑い転げていた！　くそいやらしいったらありゃしない！）。

ああちくしょう!!　ひがみと恨みと嫉妬はいよいよ、ますますつのり、もう二人を殺すしかないと思いました。でも、高校を一番で出て大学に首席で合格し、出世頭の検事正を父に持つエリートの私に（私はすっごいエリートなんです）、そんなこと出来るはずがありません。それで、どうしたかといえば、昔テレビドラマで見た、ワラ人形にクサビを打ち込んで憎い相手を呪い殺す、あのシーンを思い出したのです。私は布と綿で人形を作り、それにミニカメラでとった二人の写真をテープで貼りつけました。そして部屋の壁に、大声で呪文を唱えながら、五寸釘で人形を打ち込みました。その時の私の顔は、きっと般若のような恐ろしい形相だったでしょう。

でも、もう限界でした。私は頭がおかしくなってしまったのです。気味の悪いサソリやらムカデやらクモやらが畳の上にぞろぞろ出て来て、手と首がぶるぶる震えて止まらなくなったのです。

——気がついた時には、私は精神病院のベッドにいました。頭に電気ショックをかけられ、何が何だか分らないまま、廃人のようになってボーとしていました。

二年生の初学期に、私が三ヶ月ほど大学に行かなかったことを、先生は御存知ですか。いえ、知らないでしょう。私のことなんか、先生にはどうでもよかったんです。というより、先生の視野の中に、ブスな私なんかこれっぽっちも入っていなかったんです。（ああ何というみじめ）、幻覚と嫉妬の妄想をおさえる強い薬のせいで、私の心は入院してから少しづつ平静を取り戻して行きました。

でも、何かの拍子にふと二人のことを思い出すと、もういけない。あの恐ろしい嫉妬の嵐が猛熱をおびて生々しくよみがえって来て、私の心は無茶苦茶に撹乱されるのでした。病院の看護婦の話によれば、私は錯乱状態になり、二人の名前をおどろおどろしく呪うように連呼しながら髪の毛をかきむしっていたそうです。

「恋人に見捨てられ、嫉妬に狂った女の、断末魔の痙攣」ランボーだったら、私のことをきっとそのように表現したと思います。（全然見当ちがいでしょうか？）。

入院して三ヶ月目になると、間欠泉みたいに噴泉をくり返していた嫉妬の発作も、鉱泉が枯れたようになって間隔が長くなり、そして小さく、短いものになりました。

でも入院している九十日の間、先生の姿だけは片時も私の思いから離れたことはありません。心臓の搏動か肺の呼吸のように、先生は私のからだの中に、もう欠かせない作用のようなものになって組み込まれていたのです。

恋は魔物ですね。その正体の知れない恐ろしい魔性で、正常な人の心を異常な狂気に変えてしまいます。

しかし、激烈な恋をする人はみんなそうなんだと私は思います。あの音楽学部の講師の柳原美智子もそうだったと思います。一日中狂おしいくらい先生のことが頭から離れなかっただろうと思います。（私が先生を刺したあの体育合宿の日の朝、電車のソファーで、いやに親しそうにしていけ図々しく先生に寄りそって座っていた柳原美智子を見て、私は彼女の、先生への愛を直感しました。恋敵に対する女の第六感です。先生もあの美人の美智子にのぼせあがっていたのでしょう！　あの頃、先生の講義は心ここにあらずのうわの空といった感じで、感情の変化も激しく、神経病みたいにイライラしながら学生を質問ぜめにしてつるし上げたかと思えば、急にバカ陽気になり、品のないジョークを連発して「へへへ！・」と一人で嬉しそうに笑っていました。私は先生と柳原美智子の愛を確信し、現場を押さえてやろうとあれこれ画策していたのですが、その最中に一方的に大学を退学させられてしまったのです）。

一年がたち、二年がたち、そして三年生になっても、私の先生に対する思いは少しも変わりませんでした（どうして愛って、どん欲な蝮みたいにしつこくて執念深いんでしょう！）。

普通なら、人の強烈な思いは、テレパシーとかいって、相手に伝わるはずなんだろうに、先生からの私への反応は依然として「皆無」でした。私の（愛の）電磁波が飛んで来たら、危険を察知して、その電磁波を瞬時にはね返す反射板のようなものでも先生のからだの中に取り付けられていたのでしょうか。

恋いはつのるばかりなのに、時間はだらだらと空しく過ぎて行く。――もう何事もなくこのまま終わってしまうのではないかと私は怖くなり、あせり出しました。

それで、先生のマンションに口実を作って訪ねて行くことを思いついたのです。

先生は知らないでしょうが、私には、それは清水の舞台から飛びおりるくらいに大変なことだったのですよ！ でも、結果は無惨にも御承知の通りです。私の思いは歯牙にもかけられず、全然無視され、私はどん底に突き落とされました。

あのふられた悲しさ、愛の喪失を知った時のあの孤独と絶望！……私は声をあげて泣きました。この世界には河上先生しかいなかったのに！……

悲嘆にくれた三日間……と、何か奇妙なことに、泣いている内に段々、私の心の中に先生に対する憎しみみたいな気持が芽生えて来たのです。あれはなぜでしょう。自分が想像もしていなかった感情の出現。人間の脳には、「こうなればこのような心理変化を起こす」という風な、心理動向を詳細にプログラムした回路盤でも埋め込まれているのでしょうか。（何でも物事を理科的に解釈されるむきのあった先生流に書けば、こんな表現になると思うのですが）。

愛と憎しみは表裏一体だと何かにも書いてありました。コインと同じです。表側が「愛」、その裏側が「憎」。「愛するがゆえに憎む」って、『小説に見る恋愛心理について』の講義の時に先生はそう言っていらっしゃいました。（愛なんかに全然音痴の能天気野郎のくせに！）。

綱紀委員会への告発も、体育合宿のナイフ事件も、ロイヤル江南ホテルでの先生の自転車への追突も、みんなそうなんです。愛の憎しみからの復讐。その一言につきます。もう理性もプライドもあったものではありません。ストーカーたちの心理は、あの時の私の心理と同じだと思います。でも、ナイフ事件の時、一つ違うのは、私は先生を刺し、復讐をとげて満足したあと、先生を独占したかったことです。刺された傷が治るまでは、先生は傷のことが終始頭から離れず、そして同時に傷を負わせた私のことがいやでも思い出される――ということは、その間私は先生の思考をずっと独占出来るのです。私が先生の掛念からはずれることは絶対にないと思いついたのです。傷が治ったあとも、傷口を見るたびに先生は私のことを死ぬまで思い出さずにはおれない……

愛する女に捨てられそうになった男が、その女を殺して肉食し、そうすることによってその女を自分だけが、もう誰にも取られることなく永久に独占出来ると思ったと言っていました。憎しみながら私も、先生を殺して食べてしまいたいほどに愛していました！

（ことのついでに、今だからこそ私は先生に事実を告白します。あの綱紀委員会へ出した告発状は、私が本当に体験したことをもとにして書いたのです。一年生の時、クラスの仲間と合コンした際、一気飲みを何度もさせられ、酒に弱い私は無茶苦茶に酔ってしまいました。嶋内将治が《覚えていらっしゃいますか？　あのどう猛な顔をした、悪漢プロレスラーみたいにごつい野蛮な男を》私をアパートに送ってくれたのですが、私はあの男に告発状に書いた通りのことを無理矢理にされ、とうとう逃げることも出来なくて、生理中だったのに犯されてしまいました。やることしか頭にないあのマンコ野郎は、私のデカパイ《私はDカップなんです》をずっと、さかりのついた畜生みたいにねらっていたにちがいないのです。

私はもう処女なんかではありませんでした。でもあの時はあのように書くしかほかに方法がなかったのです。嘘でも何でもいいから、どうかして先生にふられた憎しみを晴らしたかったのです。ごめんなさい。私は狂っていました。今は本当に後悔しています。先生、どうか許して下さい）。

――それから後のことは、先生も御存知の通りです。

私が退学させられそうになった時、検事正をしていた父が検察の権威をカサに大学に居丈高に圧力をかけたらしいのですが、「神聖な教育の場を権力で汚そうとするのか！」と気骨のある田村学長に一喝され、父は面子を丸潰しにされてすごすごと引き下がったらしいのです。のぼせあがりもいいところです。検察の力が一体なんぼのもんだというのです。（それにしても私は釈明の機会すら全然与えられなかったのですよ。民主主義を無視した大学のやり方は、いくら何でもえげつなさすぎるとは思いませんか！　私は大学をやめたくなかった。ずっとずっといとしい先生のそばにいたかったのに）。

大学を中退して郷里のこのO県に帰った時、私は父に死ぬくらいぶたれました。学長に鼻っ柱をへし折られ、プライドをひどく傷つけられたからでしょう。旧帝大系の大学の銀時計組で、検事にも同期のトップで任官された父は、優越意識が異常に盛んなとんでもない威張り屋で、将来は絶対に検事総長になってやるんだとほざいていました。そんな野心があるせいか、いつも体面ばかり極端に気にして、自己保身に汲々としていました。

頭はいいけど、自分のことだけしか考えないひどい利己主義者で、北極の氷のように心の冷たい人間なんです。

私が先生を刺して留置場に入れられた時は、父はそれこそ腰を抜かさんばかりに驚いたことでしょう。検事の出世街道を邁進中の父にとって、身内の警察沙汰なんか絶対にあってはならないことなのです。父は捜査筋に箝口令を敷いて徹底的な事件のもみ消しを図り、私は釈放されました。（あの時、理不尽な釈放に憤慨した、いやに青白い顔のアホデカが、私が留置場を出ようとするのを暴力をふるって阻止したのですが、すかさず私は反撃して、そいつの股間に蹴りを飛ばし、顔中をかきむしってやりました。アホデカはきん玉を押さえて、ひいひい悲鳴をあげながらコンクリートの床の上を転げ回っていましたよ。気味のいいこと）。

もちろん私が留置場から出た際も、私は父に竹刀でメッタ打ちにされました。（検事ともあろうものが、自分の子供に暴行して、半殺しのメにあわせてもいいんですか！）。もう残忍で、冷酷極まりない奴です。

いつか先生が江南新聞にサド侯爵のことを色々書いていらっしゃいましたが、それを読んで、私はこの世にサディストという変な奇形種がいるのを初めて知りました。それで思うのですが、父はひょっとしてそのサディストではないでしょうか。私を打ちながら変態的なエクスタシーを覚えて、ぞくぞく興奮していたのではないでしょうか。というのも、私を打つあの時の父の眼は気味が悪いくらいギラギラしていて、ぞっとするほど好色的だったからです。

思い当るフシは幾つもあります。私は小さい頃から、大した理由もないのに父に叱られ、そのたびにスカートをめくられて太腿をつねられたり、パンツをぬがされてお尻をバシバシ叩かれたりしていました。もしあの時父が変ないやらしい気持になっていたのだとしたら（絶対にそうです）、それが自分の娘に対するサディスとの性的虐待でなくて何でしょう。まったく検事の風上にも置けない男です。検事総長だなんて聞いてあきれます。（有名な人や偉い人の中にも、身内の者から見れば、父と同じように、表向きの姿は全然嘘っぱちの虚像で、実態はロクでもない卑劣・卑怯な悪漢だったということは、きっと沢山あるにちがいないと私はにらんでいます）。

傲慢で、非情で、家庭のことなんか全然かえりみない変態の父をもって、私はとても悲しい思いをさせられました。その上、私の母は継母だったのです。私が小さい頃に子宮癌で死んだ母の後添えに来たその継母に、いやというほど徹底的にいじめられ、げんこつや棒で叩かれました。私が陰気で、皮肉で、冷淡で、意地悪な、人から嫌われるいやみな性格になったのも、父と継母のせいです。私だって、本当は純情可憐な優しい女の子だったんです！　それをあの二人の悪党が叩いて叩きまくって、無茶苦茶に心をねじ曲げてしまったのです。内輪のことをあれこれ書いてもせんがありませんが、でも私は大好きな先生に知ってもらいたいのです。（私からすっごく愛されているチョー幸せな先生には、私のことを知る義務が絶対にあります）。

今でも私は、あの殺意のこもった鬼のような顔の継母の夢をみて、うなされています。

『もうしないから、許して！』

折檻されながら夢の中で私は継母に向かって叫び声をあげている。何の抵抗力もない、いたいけない子の、救いを求める必死の叫び声！　ああ、あの叩かれる時の戦きと恐怖！……しかし継母は手をゆるめず、これでもか、これでもかと容赦なく私を虐待し続けるのです。

児童虐待の報道を聞くたびに、私は身がすくみ、そして涙があふれ出ます。かわいそうに、かわいそうに、私と同じだ……。

理知と思いやりを欠いた継親の、前夫や前妻に対するえげつない嫉妬心が、罪のない継子を残酷な虐待に追いやっているのです。

ちくしょう、愚劣最低最悪の、おぞましいバカ親どもめ！　呪い殺してやる！

先生、私は今、市内にある某育児院に勤めています。もう一度大学に入り直して文学の勉強をしたかったのですが、父が断固として許してくれませんでした。性悪な私が、またどこで何をしでかすか分らないからです。それに私は、つらい家庭から逃れるために文学に心のよりどころを見つけて、一生懸命詩を書いていたのですが、この頃になってようやく自分に詩の才能――詩心というものがないのが分ったのです。それというのも、ある作家の『インド探訪記』というルポルタージュを読んだ時、ひょっとしてこの作家は詩人ではないかしらと思いました。文の底に「詩」が流れていたからです。経歴を見たら矢張りそうでした。詩の賞を何度ももらっている人でした。詩人には、もって生まれた詩心というものがあります。これは天性のもので、後天的にどうのこうのして作られるものではありません。語彙の天才の谷崎や三島が、そのもっている言葉を総動員して詩を書いてもダメなんです。彼らには生来詩心がないから、書いた形は詩でも、本当の「詩」には絶対にならないのです。こちらに戻って来て、今までに自分の書いた沢山の詩を読み直してみて、私はおそまきながら、自分に、詩人にとって一番大事な詩心がないのがハッキリと分りました。詩人になることを夢みていた私には、それはもう絶望的なといっていいくらいのショックでした。――でも、今はそれでよかったと思っています。無能なくせに自分を天才と思いこみ、凡くらな詩を作って周囲の者から嘲笑されるくらいみじめなことはありませんから！

私は詩を書くことを断然、キッパリとあきらめました。でも生きる喜びであり、心の糧となっていた詩作をやめてしまったら、全然腑抜けてしまい、痴呆症のようなボーとした毎日が過ぎて行くだけでした。心に希望や目的や支えというものがないのは恐ろしいことですね。人はそうしたものがないと力強い喜びをもって生きてはいけないのです。

こんなことではダメだと思いながらも、何もする気になれず、時は空しく回転するばかり。

大きなこの邸には私以外には誰もおらず――父は単身赴任をしてS県の検事正官舎に住んでおり、継母はもう死んで片付いてしまったので（私が高校二年生の時に、あいつは原因不明の病気でさんざん苦しみながら死にました。私を虐待したバチが当ったのでしょう。誰かに長年、砒素か何かの毒でもこっそり飲まされ続けて殺されたのかもしれません）――、話相手のない孤独でアホみたいな生活を送っていた去年の秋のこと、天啓のようにある一つの出来事がありました。

その日の夕方、時間つぶしに街の中を意味もなくぶらついたあと、自宅の近くの小さな公園のベンチに座り、頭も心もからっぽのバカ面をしてボケーとしていた時のことです。金網の向こうにある育児院の建物から激しい泣き声が聞こえて来たのです。私はぎょっとしました。それは私が小さい頃、継母から折檻されて泣いていた時の声と同じだったからです。私は思わず立ち上がって金網のところに飛んで行き、声の聞こえて来る方を貪るようにみつめやりました。

するとどうでしょう。建物の裏にある倉庫の前で、小学校一、二年生くらいの女の子が、四十歳くらいの巨体《デブ》の女から、たて続けに手で頭を殴られ、足を蹴られていたのです。女の子は転んでは立ち上がり、泣きながら手を差し出して許しを請うているのですが、四十女は一かけらの情けもなく、また顔に激しいビンタをくらわせている。

女の子の顔面からは鼻血が飛び散り、それはもうすごい殺気の漂う光景でした。しかも驚いたことに、その暴行の有様を横から、三十前後の若い男が、腕を組んでにやけ笑いを浮かべながめていたのです。いったあれは何だったのでしょう。施設の子供に対する、組織をあげての職員による嗜虐的な暴行としかいいようがありません。絶対にそうにちがいありません。

私は声を上げて止めようとしたのですが、余りの痛ましさと恐怖に金縛り状態になって、全然声が出ませんでした。

もう少しくリンチが続いたあと、女の子は四十女に髪の毛をわしづかみにされ、乱暴にひっぱられながら建物の中に消えて行きました。女の子の泣き叫ぶ声は、建物の中からもまだ聞こえていました。、、

ああ何と恐ろしいことが！

ショックと怒りと悲しみに私の心はズタズタに引き裂かれ、からだの力を失って地面にへたり込んでしまいました。そして継母から虐待を受けた昔の日々のことが洪水のようによみがえって来て、私はあたりをはばからず声を上げて泣きました。

ああ、あのあわれな女の子！

何ということを、何ということを!!

、、あのおぞましい出来事を目撃してから三ヶ月がたった今、私は当のその育児院にボランティアの補助職員として勤めています。私には心に期するものがあるの

です。

この育児院は、さる大きな宗教団体が、県の補助を受けながら慈善事業の一環として運営している児童養護施設で、幼い子から中学生までの四十人ほどの子供たちが入所して起居を共にしています。

皆、何かの事情で親と離別して養育を受けられなくなった、孤児同然の寂しい子供たちです。

十月十日の暴行事件の日からしばらくの間、うちのめされたつらい毎日が続きました。そうしたある夜、私は眠れぬままにベッドに横になり、小学生の頃に見た『怒りの孤島』という映画のことを思い出していました。

それは里子島といわれていたある島に里子に出された子供たちが、里親の島民から奴隷のように酷使され、虐待される生活をドキュメンタリータッチで描いた悲惨な内容の映画でした。真に迫った生々しい暴言、暴行の場面は全篇を通じて延々と繰り広げられ、最後に、里子たちの生活の様子を報道するために、島にラジオの取材班が訪れて来るクライマックスのシーンを迎えました。

はじめの頃、子供たちはアナウンサーのインタビューに答えて、楽しいとか何とかあたりさわりのないことを言っていたのですが、一人の子が不意に、思い余ったように虐待の事実を口走ったのです。周りにいた島民は、そんなことはないと言って、驚いて口止めしようとしたのですが、しかしそれを契機に、ついに子供たちは立ち上がったのです。彼らは泣きながら口々に凄惨な島の現実をアナウンサーに直訴し始めたのです。――こうして、里子島の島民による里子虐待の信じられないような実態が、世間に暴露されたのでした。

丁度その頃、継母からひどい折檻をされていた私には、その映画が本当に自分の身に起こっている出来事のように感じられ、上映中ずっと恐怖に体が縮みあがってガタガタ震えていたことを覚えています。

それまで一度も思い出したこともなく、記憶の貯蔵庫の奥底にしまい込まれていた映画『怒りの孤島』が、なぜあの時私の脳裡によみがえって来たのでしょうか。

「ある一つのことに思いを傾注すると、それに関連する記憶や感覚などの諸々が、連鎖反応を起こして総花的に惹起される」――そんなメカニズムが人間の脳の中にはあるのでしょうね。

その夜、映画のストーリーを何度も何度も繰り返して思い出し、そろそろもう朝日が昇り始めようとしていた頃、私の胸の中には一つの堅い揺ぎない決心が芽生えていました。

『あの少女を私が助けてやるのだ。――そしてきっと虐待されているにちがいないほかのかわいそうな子供たちも私が救ってやるんだ!』――それは正義と救済の情熱に駆られた、嘘いつわりのない、私の真底からの心の叫びでした。

「絶対に私が!」

私はこぶしを握りしめてベッドから起き上がり、一人空に向かって決然と言い放ちました。

意を決して訪ねて行った育児院の院長からは、最初、職員採用の予定はないと言って断わられましたが、保育士の資格をとるためにこうした施設で働きたい、掃除でも雑用でも何でもいいからボランティアとして恵まれない子供たちの手助けをさせてもらいたい、と私が懸命に懇願したら、いま時あなたのような熱意をもっている若者は珍しいと院長はすっかり感心して、私を臨時の補助職員として雇うことを約束してくれました。

いま私は育児院にずっと寝泊まりしながら子供たちの面倒をみています。彼等の孤独な、厳しい生活を目のあたりにして、自分がどれほどいいかげんな甘い考え方で生きて来たかと、反省させられる毎日です。文学――詩などという、蜃気楼か霞のような実体のないものに入れあげて、ぬるい感傷に浸っていた自分のアホさかげんにあきれています。

私はここに来てよかったと思います。

子供たちを慈しみ、愛情を抱きながら共に生きることによって、私は精気を与えられ、「生活」という生《なま》の、確かな手応えのする現実を自覚することが出来ました。

これから私は、自分と同じように虐げられ、親の愛の温もりをこれっぽっちも知らない子供たちを養護し、心の支えとなってやるために、短大の通信教育課程に入学して保育士の勉強をするつもりです。

最後に、私がここへ勤める動機となったあの暴行事件のことを書きます。

殴られていた女の子は小学校二年生の水島さくらちゃん。父親が大変な酒乱で母親が家出していなくなったため、育児院に入れられたそうです。殴っていたくそデブの四十女は野村弘子。生意気で意地が悪く、残忍な女なので、子供たちから蛇蝎のごとく嫌われています。三十一歳のにやけ笑いをしていた男は神山徹という、いつもへらへらしてる軽薄なお追従もんで、ボスの野村弘子に丸め込まれて、発頭になって悪事をはたらいている最低な野郎です。

おもらしをする癖のあるさくらちゃんが、あの日もまたおもらしをしたため、業を煮やした酷薄な野村弘子がヤキを入れたのです。頻尿病か、家族分裂によるトラウマなど何かの心理的な要因があっておしっこをもらしたのでしょうに、どうして相手の気持をおもんばかることなく、殴ったり蹴ったりのひどい暴行をするのですか！

障害者の施設とか養護老人ホームで、よく職員による残酷な集団虐待が発覚していますが、ここもそうなのです。私の勘は当っていました。

リーダーの中に嗜虐志向の強い野蛮な奴や、悪徳行為に浸ることに喜びを感じる下劣な輩がいたら、無考えな部下どもは、たちまちそれに追随して一種の群集心理状態が発生し、責任感は稀薄化し、罪の意識は鈍麻して、短絡的な暴虐行為が蔓延して行くのだと思います。恐ろしいことに、加害者はサディスティックな恍惚感さえ覚え、のぼせ上がって我を忘れてしまっているのです。

もう一つどうしても書いておかなければならないことがあります。

県から定年退職して天下った副院長（院長は、教団長の僧侶が兼ねている非常勤の名誉職なので、実際の現場の長は副院長です）ら何人かの職員が、女の子たちに猥褻な行為をはたらいています。ここに来て未だ間もない頃、副院長室から、中学三年生の大柄なS子ちゃんが、セーラー服を乱して泣きながら出て来たのを目撃したことがあります。この間も、小学六年のKちゃんが、セーターの前のボタンがはずれ、スカートのホックもはずれたままトイレから真っ赤な顔をして飛び出して来たのを見ました。他にももう何回か、これと似たような光景に出くわしたことがあります。おそらく九十九パーセント間違いないでしょう。職員による子供たちへの性暴力さえここでは横行しているのです。

こんなこと、絶対に許すわけにはいきません。

私は院内で目にした出来事を毎日詳細に日誌に綴っており、子供たちからこっそり聞いた暴行の事実なども克明にメモしています。ミニカメラで、職員が院生を打擲する現場を四、五枚隠しどりしました。私は溜めた資料を、「週刊毎朝」か「週刊東洋」に持ち込んで告発してやるつもりです。この育児院を潰したいのではありません。生やさしいやり方では、この堕落しきった現場を立ち直らせることは出来ないのです。多分他にもあるにちがいない、こうした弱者の施設での非情な事実を世間の人たちに知ってもらい、悪辣な加害者どもを糾弾して徹底的にうちのめしてやるために、誰かが覚悟を決めて立ち上がらなければならないのです！

先生、私はやります。私の軽佻浮薄な精神は、今ようやく目覚めの時を迎えました。私は更生します。弱くて貧しくて虐げられている人たちのために、私はすべてを投げうって救いの手を差しのべてあげるつもりです。

心が深くて優しい、童顔のすてきな河上先生さえいれば、元気百倍、私には他には何もいりません。今も、これからも、ブスな私に求愛してくれる男性なんか絶対にないでしょう。でもいいんです。私には神様が奇蹟のようにに出会わせてくれた河上先生がいます。田舎の片隅から先生をお慕いしながら、そして先生への愛だけをただ一つの心の支えとして、私はこれから強く、たくましく人生を駈け走って行きます。

最後に、最後にもう一度書きます。

浅はかで邪な思いからストーカー行為に陥《はま》り、先生の心証だけでなく社会的な立場までも大変傷つけてしまった非を心から反省し、深くおわび致します。

先生許してくださいね。

そして分ってください。

後悔し、懺悔することによってしか、人は、今となってはもはや取り戻しえない過去をみそぎ、償うことは出来ないのです。

かしこ

III

『河上美智子が書き残したノートの全文』

今まで知った多くの男性に対するわたしの気持は、ただ享楽だけの刹那的なものでした。しかしあなたへの思いだけはそうではありません。あなたはいつも言っていらっしゃいました。真摯に、真剣に、全霊を注いで愛していると。その言葉はそのままわたしの言葉でもありました。あなたのことが忘れられずに夜を明かしたことが一体何度あったことでしょう。いとおしいあなた。いつもあなたに会いたかった。そしてあなたの暖かい心と暖かいからだに抱かれてずっとずっと一緒にすごしたかった。それほどに思いつめ心底からの愛情を感じた男性は、生涯でただあなた一人だけでした。わたしの気持をぐいぐいと深い愛の淵に引き込んで行った、果てのしれないあなたの不思議な心の引力。

高崎さんの別荘で初めてお会いしたあの日のことを、今も思い出します。

すごい早口で、酔っぱらいながらとうとうとおしゃべりを続けていた童顔のかわいいあなた。

とても変わった出会いでした。わたしはびっくりするばかりでした。でもわたしの心の中にもあの時、あなたと同じようにまばゆいばかりの閃光が走って、わたしの目はあなたという男性に釘づけにされてしまったのです。二つの磁石が有無を言わせずいきなり強烈な磁力でくっつきあったような出会いだったとあなたは言われましたが、本当に相性のいい男女の邂逅というものがこの世の中にはあるものなのですね。

しかしそれがいつも、永久の絶対的な幸せをもたらしてくれるものでないことも悲しい事実です。

一年後の今、わたしは自ら死の道を選び、あなたとつらいお別れをしなければならなくなりました。

誰の責任でもありません。膵炎病者の膵臓が、自身の作り出した膵液に浸潤されて壊死してしまうように、わたしはわたしのからだの中で分泌された毒によって自壊するのです。

毒――幼い頃から二十九歳の今日までわたしを翻弄し続けた「性」といういまわしい毒。母方の血を通して、暗渠の汚ない下水のように先祖から流れ伝わって来た、宿痾ともいうべき激しい性欲。異常というしかありません。

その昔、幼稚園児の小さなわたしのからだの中にはもう「性」がうごめいていたのです。

今でも、父に連れられて初めて温泉旅館の大浴場に行った日のことがわたしの脳裡に焼きついてはなれません。

混みあう浴場で全裸の男の人たちを見た幼いわたしは、うずうずした何ともいいようのない異様な熱いたかぶりをからだに感じました。あれはきっと男性の勃《た》つという身体の状態と同じだったのでしょう。まだ六歳の女児が、大人のからだを見て発情するなんてことがあるのでしょうか。、、、

同じ頃、父の部屋に飾られていたギリシャ彫刻のレプリカを見た時も、わたしは不穏な衝動をからだの中に感じました。

円盤投げをする筋肉隆々の青年の全裸像。右手を上げ、自身のたくましい肉体を誇示するようにして立っている裸の若い男性像。どちらもそれは大きな男性器が克明に彫られている像でした。

あなたは中学生時代に、近所の洋服店の物置にあった裸の女性のマネキンを見て変な気持になったと恥ずかしそうに笑って話されていましたが、わたしはそれを聞きながら、自身の異常に早熟な体験を思い出して内心ひどいショックを感じていました。信じられないでしょうが、小学校に入る頃には、わたしはもう手で自らからだを瀆《けが》すことを覚えていたのです。

あの性《セックス》への飢えたようながつがつした欲求は、アルコール依存症患者のアルコールへの止むことのない渇望と似ているのではないでしょうか。朝おきた時からやみくもにお酒が欲しい。ただもうお酒が飲みたい。からだの中から、お酒を求める本能の衝動のようなものが突き上がって来て理性でおさえることなんか全然できない。

そして酔うのです。あの陶酔感——自堕落な自分やいやな仕事から解放されて、でたらめな酔いの中で忘我の愉悦に浸る悪魔の時。、、

本当は、お酒なんか味わっていないし、おいしくもないのです。

ただ酔いたいだけです。酔いの恍惚が欲しいだけです。

性行為も同じです。この世の快楽の極地のあのオルガスムスを得たいだけです。愛情なんかありません。ただセックスがしたい、交わりたい、それだけです。まさに「荒淫」そのものです。

昔、母の妹が飯場の近くで飲食店をしていたのですが、

そこに出入りする土木作業員の客の誰かれとなしにからだをゆだねて性を充たしているので評判だったと母から聞きました。

しかしその叔母だけではありません。母とても同じです。父に隠れて、母が父の教員仲間や他の男性と手紙をやりとりしたり、電話をかけたり、密会したりしていたのをわたしは何度も見ました。

母は往年の美人女優の山本富士子似の美顔で、頭もよく、性格も温和な、とてもよくできた人でしたが、こと異性関係となると、もう理性がめぐらなくなり、自分をコントロールすることができないで、ほころびを取り繕うために嘘に嘘を重ねる背徳を犯していました。

父の死後、困窮しているわたしたち一家を支援してくれた柳原の父とも母は肉体関係をもっていました。正直で潔癖な男性だったので、当人には全くその気持はなかったと思うのですが、母が誘いの手を出したのでしょう。性の魔力の前には、倫理も道義もあったものではありません。

母の一族は濃い淫蕩の血に穢れきっていました。

若年の頃から不純交遊に耽る人、密通をする人、不義の子を生む人、移り気をおこしては離婚再婚をくり返す人、痴情による刃傷に走る人。…、親戚にはそんな類いの人がたくさんいました。頭脳明晰な人たちなのですが、「性」にひどい狂いが生じているのです。(あなた風に言えば、「性的な重力がおそろしく過剰な人たち」なのです)。

淫奔な母にくらべ、父は『石部金吉』そのままの頑固で融通のきかない、き真面目な正義漢でした。異性に対してもそうでした。性に乱れるなんてことは絶対にありません。大学時代の恩師にすすめられるまま父は母と見合い結婚したのですが、性的に白と黒ほどに対照的な二人の夜の営みはうまくいかなかったと思います。

(きっと淫らな母のしつこい欲求を父が拒んだのでしょう)、朝、食卓を険悪な沈黙が覆い、母はいらだち、父は不機嫌この上もない顔をして食事をとっていたことが何度あったでしょうか。父は生涯母しか女性を知らなかったと思います。ハンサムな上、大学ではボート部の主将をつとめたたくましいスポーツマンでしたので、その気になればいくらでも女性と関係がもてたでしょうに。(どうも父は性《セックス》を罪悪視し、忌み嫌っていたふしがあります。若年時に、何か性に関するひどいトラウマがあったのでしょう)。

わたしは小さい時から父がとても好きでした。大きくなったら父のお嫁さんになりたいと真顔で言って、周りの人たちから笑われたものです。

頭はすごくいいのですが、生まれながらに虚弱で、病気ばかりしていた貧弱なからだの弟を見るにつけ、父のすばらしい肉体の魅力はわたしの女の性を紊乱してやみませんでした。小学校高学年の頃には、わたしはもう完全に父を男性として意識していました。ある晩、父が一人で風呂に入っていた時(母は不在でした)、わたしは裸になり、思いきって湯殿に入って行ったことがあります。小学校六年生とはいえ、大人ほどに背が高く、乳房の成熟した娘の闖入に、父はぎょっとしていました。本当に驚いていました。

……風呂から出たあと、しばらくして父はわたしを呼び、もう二度とあんなことをしてはいけないと厳しく叱責しました。

その夜、父への封ぜられた欲求に煩悶して、わたしが一睡もせずに朝を迎えたことなど、よもや父は知りはすまいでしょう。

父はわたしを拒んだ唯一の男性でした。当り前です。しかし犬畜生にも劣る近親相姦行為をさえ、わたしの呪われた激しい性は犯しかけようとしていたのです。

あなたは、さる有名な倫理学者の常習痴漢行為がマスコミで暴かれた時に、「下半身に人格はない」と吐きすてるように言われたことがありましたが、本当にそうだと思います。苛烈な性の欲求はどんなにしても制御できないのです。魔神が生殖器に宿って、知性と人格を内側から突き崩してしまっているのです。

最近も、大学院を出たインテリ女性ニュースキャスターが、取材相手の、アニマルティックで乱暴この上ない「オール筋肉・脳味噌ゼロ」と揶揄されていたK―1格闘家と電撃結婚したのにわずか一年で別れてしまったと、大変馬鹿にされて女性雑誌の記事にされていました。ニュースキャスターは、格闘家の性の荒々しい魅力に惑乱されて自分を見失ってしまったのでしょう。冷静に考えればありえない組み合わせなのに、のぼせた彼女には「性欲――すること」しか頭の中になかったのだと思います。

しかし、どんなに過熱な性愛もやがては必ず、絶対に冷めてしまいます。人間の脳が、そうなるように仕組まれているのです。快楽に充ちた興奮状態が一生続くなんてことはありません。そして「性」の化けの皮がはがれたあとに現れて来るのは、互いの人間性と教養です。狼藉蒙昧な格闘家と芦屋育ちの、博士号を持ったインテリお嬢様のどこに相通じるものなどあったでしょう。、、

柳原とわたしとの関係も二人と似たようなものでした。高崎さんは、プレイボーイの柳原の手練手管に乗せられてうぶなわたしがからだを許したと思いこんでおられましたが（高崎さんは、わたしの話した嘘《うそ》偽りのきれい事をう飲みにされたのです）、本当はそうではありません。女性ニュースキャスターと同じで、柳原の性にとりつかれ、むしろわたしの方から積極的に柳原に身を任せました。そしてわたしの欲求に、柳原は申し分なくこたえてくれました。わたしは朝に晩に柳原と淫しあいました。

あなたはいつか、柳原とわたしがベッドで激しく睦みあっているおそろしい夢をみたと、声を震わせながらくわしい夢の内容を話されました。わたしは鳥肌が立ったことを覚えています。その夢と、現実にわたしたちがしたおぞましい性行為の数々が酷似していたからです。

柳原との仲は、しかしうまくいきませんでした。大学を卒業して結婚し、一緒に生活をして行くうちに、柳原はその本性をむき出しにして来ました。粗暴な変態性欲者で、嫉妬心がものすごく、暖かく繊細な心情や、知性や、教養など全然ない人でした。

――性に惑溺し、夢中になって浅はかな選択をした報いです。

ただ先にも書きましたように、わたしの相手になった男性はひとり柳原だけではありません。

十三歳の時に貞操を失って以来、数知れない男性がわたしのからだの上を通りすぎていきました。そして彼等の全部が、美貌のわたしに（――わたしは美人だというものすごい評判に悦に入り、若い頃から毎日のように鏡に映る自分の容姿にみとれてうっとりしていました。本当のわたしは、ナルシストで、大変な優越感に浸って他の醜い女性を見下してあざけり笑う、鼻もちならない高慢な人間なのです）会ったとたん、あまりの美しさに打たれたのか、それこそ「愕然」とした表情になりました。

(雷に打たれたような顔とはあのことをいうのでしょうか)。そして男の人たちはもう半狂乱になってしまうのです。妻も家庭も仕事もないがしろにして、わたしという妖女に溺れこんでしまうのです。一体なぜなのでしょう。江川晴美にあなたが刺された時、事情聴取に来たあの〝顔面蒼白刑事〟さんが、「凶悪犯の中には特殊な磁場を持っている者がいて、周囲の関係者の運命をことごとく奇っ怪な方向に引きずって行くことがある」と話していましたが、わたしも特殊な性的磁場でも持っていたのでしょうか。わたしと関係した男性は、全員、一人の例外もなく、性感をめちゃめちゃにかき乱されてセックス亡者のようになり、精神が乱調してしまいました。

でも、相手がいくら惚れて狂っても、わたしはだめなのです。元々その男性の人格や人間性に好意を抱いて関係したのではありません。ただ色々な人との性に耽りたかっただけで、肉体が充たされるとたちまち気持が冷めてしまって相手がうとましくなり、何か汚物でも見ているような生理的な嫌悪感すらわきあがって来て、冷酷に突き放してしまいました。

行き場を失った男性は、破壊してしまった家庭や仕事を復生させることができないで、破滅して社会のゴミになってしまうか、自殺するしかありません。悲惨な末路だけが待っているのです。わたしを激しく罵り、あるいは絶望にうちひしがれながら、どれだけ多くの男性がわたしの前から消えて行ったことでしょう。

ある心根の優しい医師は、「君から見放され、もう何もなくしてしまった僕はこの薬を飲んで死ぬから、君もこれを飲んで人を堕《おと》した罪をあがなって欲しい。これ以上真っ当な男たちを苦しめないでくれ」と、淋しい失意を顔にうかべて薬をわたしに渡し、本当に自殺してしまいました。

今、手元にあるその薬は、飲むうちに次第に心臓の筋肉が衰弱して行って、自然死のように人を死に至らしめるものだと言っていました。

あなたに、とても苦しいけれど、高崎康彦さんとのことを告白しなければなりません。

あなたは全然知らないでしょうが、わたしはあなたとお会いする前から、高崎さんと関係を持っていました。高崎さんが悪いのではないので、どうか彼を恨まないで下さい。崇高な心と豊かな知性に恵まれたあんな立派な人を地獄に引きずり落としたのはこのわたしなのです。

柳原の暴虐にたえられなくなって真っ先に高崎さんに相談に行ったのは、わたしの心の底に高崎さんと親しい関係になりたい欲望があったからです。

高崎さんは奥さんの治子さんをとても愛していらっしゃった上に大変清廉な人ですから、わたしが彼に卑しい気持を抱いているなんて思いもしなかったでしょうし、わたしの誘いにも頑として乗るような人ではありませんでした。

でも、わたしの経験からこれだけは断言できます。

どんなに、堅牢な操の持ち主でも、「性」の誘惑に耐えられる人など百パーセントおりません。神に我が身と心の潔白を誓ったあの神父や牧師などの聖職者さえが、世界中のいたる所でおびただしい性的虐待事件を引きおこしているのです。

高崎さんは敬虔なクリスチャンでした。「なんじ姦淫するなかれ」――しかし、わたしの美貌と恐ろしい性の淫猥を目の前にして、彼は自身の人生訓にはありうるはずもない背徳に身を売り、ついに神を裏切ってしまったのです。

わたしにひれ伏し、乞食のように「性」を請う彼の姿を見て、邪悪なわたしの心にあったのは、満足感と残忍な悪魔の悦びでした。知性にあふれる清潔な紳士が、美と、肉欲の陥穽にはまって、飢《かつ》え、滅烈している。、、
わたしはあなたの思われているような、純真・純情な美しい心の女では決してありません。わたしの心の袋をナイフで突いたら、コールタールのように真っ黒で汚い油状の液体が中からドロドロとあふれ出て来ることでしょう。

わたしはそんな、生まれながらにして下悪な自分を純情を装ったベールで隠し、天性の優しげな演技と媚態でもって家族を、他人を、社会を完璧に欺き通して来たのです。

性の魔神にその魂をスポイルされ、高崎さんは他の男性と同じく、すっかり平常心を失ってしまいました。

学会だとか講演会だとか色々な口実を作って治子さんをだまし、こっそり日本に帰って来てはわたしと逢瀬を重ねました。

いつもなら、性行為のあとはすぐにあきてしまって相

手を見捨ててしまうわたしでしたが、高崎さんは国際的な数学の賞を受賞するなど大変な才能と名声のある人でしたから、わたしの虚栄心と名誉欲は、ものにした彼をはなそうとしませんでした。わたしは見栄っぱりの卑俗な野心の持主の女です。あなたが思われているような謙虚でつつましやかな人間ではありません。

大学時代、わたしの美貌とピアノの演奏力を伝え聞いた東京の映画会社から専属女優の話が持ちこまれた時も、わたしはそれにとびつきました。

わたしは有名になることを熱望していましたし、一世を風びする女優になって栄光に包まれ、自尊心と優越心を満足させたかった。わたしはしょせんそんな程度の低級な浅ましい女だったのです。(顔の美醜と心の善し悪しは何の相関関係もないことを、よおく頭に刻みこんでおいて下さい。人のいいあなたは完全に勘ちがいされて、自分の理想とする善のイメージをわたしの中に勝手に作り上げて、信じこまれていたのです)。

その映画会社から誘いがあったあの時、わたしは本気で女優になるつもりでいました。でも結局、断りました。わたしは映画会社の社長の卑劣なはかりごとによってからだを汚されてしまったのです。上京した最初の日、社長は面接に行ったわたしを見たとたんに、顔付が一変しました。もう何十回もあったことですが、他の男性と同じように、美人を見なれている大きな映画会社の社長さえもが、わたしの群を抜いた容貌に狂ったようにとりつかれて、理性を失ってしまったのです。絶対に逃がしたくない、一刻も早くこの美人をわがものにしたい——きっとそんな、異常に性急な焦りと独占欲・征服欲が男性の心の中に生じるのでしょう。どんなに高い地位にある人も皆同じです。小・中・高・大学生の時も、教師という教師が目の色を変えてのぼせあがり、そしてわたしのからだにふれ、ふれようとしました。校長も、大学の学長さえもがです!

わたしの周りから男性の「性の刃」のぎらつきが消えたことはなく、中学二年生の時に担任の教師の楠川に欺かれて宿直室でからだをふみにじられて以来、何回犯され、犯されかけようとしたことがあったでしょう。

顔に卑しい欲情をぎとつかせて迫って来た、下品で不潔な、身の毛もよだつくらいにいやだったあの獣たち!

高崎さんと関係ができて一年が過ぎた去年の九月の終

わりに、わたしはあなたと出会いました。

自分に絶対の自信を持っていた高崎さんは、あなたがわたしに、それこそ「一目ぼれ」して夢中になっている様子を見ても、気にとめている風ではありませんでした。

でも知性だけでなく感受性も人並みはずれて鋭い高崎さんは、わたしのあなたに対する言動を見て何か感じたのかもしれません。

それにわたしも、おさえきれないあなたへの熱い気持を（生まれて初めて、わたしは心を根底から揺さぶられて、男性に対して真剣な、激しい愛の衝動を感じたのです）、アメリカに帰国した高崎さんに電話で正直に告白しました。すると、どうでしょう、あの知性抜群の高崎さんでさえやはりだめでした。高崎さんははアメリカの大学を休んで何と日本に帰って来たのです。（大学の先輩に早急に根回ししてもらって、東京の母校の特別客員教授という形だけの肩書きを得たのだそうです）。

貪欲な性愛感情は、理性では絶対におさえきれないのだと、わたしはつくづく思い知らされました。

高崎さんは東京からこの江南市にたびたび戻って来て郊外のホテルに身を潜め、わたしとの密会を強要しました。そして以前にはなかったほどの激しい性《セックス》に溺れ浸りました。きっとそれは、あなたにわたしを取られてしまうかもしれないという不安と恐怖の反動なのだったのでしょう。

それにしても、あなたという唯一無二の人を得ながら、高崎さんの強引な欲求を拒みきれずに応じてしまったわたしの性の欲深い、おぞましい本性……

でもどうかこれだけは信じて下さい。行為のあと、いつもわたしの心は、あなたを裏切ったことに対する謝りと、悲しい後悔の気持でいっぱいだったことを。

高崎さんが柳原と同じ醜いストーカーに変容してしまうのに、ほとんど時間は要しませんでした。

高崎さんはわたしの毎日の予定を執拗に問いただして手帳に書き留め、そしてわたしのあとをつけ回し、わたしとあなたを脅し始めたのです。何ということでしょう。クリスチャンであることなど全然忘れて神への畏怖心を失い、下等な行動に走る恥じらいの気持を、あの高潔な高崎さんが棄ててしまったのです！

無言電話やマンションのドアの叩き、脅迫文やスイスへの国際電話など、姿を見せずにわたしとあなたをおびやかした事々は、柳原や江川晴美の仕業ではありません。

でもさすがに高崎さんは、柳原のように暴力をふるい、変態的な性行為をしいるような野蛮なことはしませんでした。それはきっと、暴力的でない高崎さんの、生来の温厚な性格のゆえなのだったのでしょう。戦争のような、人間のあざとい本性がむき出しになる異常な状況のもとにあっても、高崎さんは決して暴虐・残忍なことはしない人だと思います。深い思いやりのある、暖かくて優しいあなたのように。

わたしは、高崎さんが何かもう執念を燃やしてわたしをつけているのに感付いていましたが、ホテルで二人になった時でも、高崎さんはわたしに、あなたとの交際の進み具合を問うたり、またあなたのことを話題にしたりなども一切しませんでした。本当は色々と根掘り葉掘りしたくてたまらなかったのでしょうが(一生懸命に、言いたい気持をおさえているのが、わたしにはよく分りました)、彼のプライドがそうすることを許さなかったのです。何といっても偉丈夫の大変な美男子で、あの有名なマドンナだった治子さんをあなたとせりあって勝ち取った上に、学界での一流の業績と名声です。

でもそんなことは別にして、本心では、あなたの芸術的な感性と優れた文才・創作力、並々ならぬ教養、そして慈悲と愛情にあふれたあなたの底深い人間性を洞察し、少なからずコンプレックスを胸に抱いていたのではないでしょうか。あのエリートのかたまりのような高崎さんが、劣等感にさいなまれたであろう唯一の人であるあなた。

高崎さんには、あなたに対する嫉妬心もすごくあったのだと思います。わたしのあなたへの愛情が真剣で本格的なものであることが分った時から芽生え、日を追うにつれてどんどん病の症状をたかぶらせて行った嫉妬心。「嫉妬」は、男女間の愛の中に絶対的に潜在していて、異性の割りこみによって愛がほころび始めたら、とたんに凶猛なウィルスのように増殖して暴れ出し、もう手の施しようがなくなってしまうのです。タミフルのような、ウィルスを殺してしまう心の特効薬なんてものは永久にありません。

高崎さんの、嫉妬の灼熱に炙られる恐ろしい苦悶の毎日。、、ベッドで仮眠している時でも、高崎さんはしばしばうなされ、時には「河上！」と突然大声をあげてとび起きていました。全身、それはもう汗まみれです。どうしたのと訊ねるわたしを、高崎さんはせわしい息づかいをしながら、ドロリとした上目で見つめて黙りこんでいるばかりでした。あの自信満々の、誇り高い高崎さんの憔悴しきった顔。、、、

そのみじめな姿を見てわたしは心を突かれました。高崎さんの苦しみの原因を作ったのはすべてこのわたしなのです。性こりもなくわたしは、また一人の男性を無間地獄に突き落としてしまったのです！

以前のわたしでしたら、こんな男性を前にしても何等良心の呵責を感じず、冷笑しながら冷酷に放り捨てていたことでしょう。しかしあなたへの愛情が深まり、あなたの邪気のない、無垢で、善良で、限りなく優しい人間性というものにふれて行くにつれて、わたしの心の中に微妙な光が、何か暖かくてやわらかな、気高ささえおびた微光のようなものが差しこみ始め、氷の魂が光の熱を浴びて徐々に溶けて行くように、ある変化が身の内に起きているのをわたしは感じていました。

高慢薄情なわたしの中に、人を慈しむという、かつて経験したこともない感情が生まれ始めていたのです！

こんなわたしにささやかな光を与えてくれたあなたは、もしかして、信仰が得られる境遇にあったなら、神さまの息吹をまともに身に受けた大変な聖職者になっていたのではないかと思ったことがあります。

何かしらの運命によってあなたは軌道をはずれ、〝神の卵〟を胸に抱いたまま孵化させることなく平凡な人生を送り続けてしまったのではないでしょうか。

、、、でも結局、何がどうでしょうとも現実を見ての通り、わたしとあなたに神様は存在しません。「神を失ってあてもなくさ迷う現代人」。——〝神〟という絶対者の導きと支えのない不信心なわたしたちには、広大な砂漠に磁石を持たずに入りこんでしまった旅人のように、あてもなく彷徨して餓死してしまうむごい最期が待っているだけです。

人は、神——信仰によってのみ奈落の底から救われるのだと、今、わたしは確信しています。

あの高崎さんは、わたしという悪魔女に溺れて神を裏切り、戒律の縛りから解き放されるやいなや、まるでゼ

ンマイがゆるんだように一気に心神が拡散して我を失い、情欲の世界に落ちてしまいました。

けれども高崎さんは目覚め、復活したのです。わたしは一人の人間が、ほかならぬ信仰によって立ち直り、汚《お》濁《じょく》を排して次元の高い精神の世界へ踏み入って行く姿を、確かにこの目で見ました。、、

ところで、美しい思い出とかけがえのない感動をわたしたちに残してくれたあのスイスの旅行から帰ってから、あなたを誹謗したり脅したりする手紙が頻繁に送られて来るようになった時、あなたは大変訝っていらっしゃいましたね。

柳原は精神を乱して入院させられ、江川晴美は退学させられていなくなったのに、一体誰がこんな低劣な手紙を寄こすのだろうと言われていましたが、その頃から、何かにつけて話されていた高崎さんのことを、あなたはあまり口にされなくなりました。

わたしと高崎さんとの関係を、あなたが気付いてしまったのではないかと、わたしは心を震わせ、そして落ちこみ、悩みました。

色欲の泥沼にはまって冷静さを失い、愚かしく異常なことを高崎さんがこのまま続けて行くなら、そのうち何もかも発覚してしまい、高崎さんは公私ともにむちゃくちゃになってしまいます。

かつてわたしの相手になった何人もの男性と同じ破滅の坂道を高崎さんは転げ落ちて行っている。高崎さんはもう全然自分が見えなくなってしまっている。、、

迷い悩んだ末に、そんな高崎さんを気付かせ、救ってあげられるのはこの自分しかいないと考え至りました。そして高崎さんと一緒に、わたし自身も、過去のすべてを清算して一から出直さなければならなかったのです。

行動に移るべく、わたしは決心しました。

忘れもしない五月二十九日、それが結局高崎さんとの最後の出会いとなった夜、郊外のいつものホテルでわたしは高崎さんと向かい合っていました。

高崎さんは陰鬱この上ない顔をして沈みこんでおり、やせ細ってしまっている手がなぜか弱々しく震えていました。

「康彦さん、どうか聞いて下さい。わたしは今日、何もかもあなたにお話して、、」

わたしはすべてを話しました。淫奔な激しい性欲と男

性遍歴に汚れた過去を、卑俗と虚偽にみちたわたしの心の実相を——そしてあなたとの出会いから今日に至るまでのわたしの思いと再生への決意を、わたしは真摯に、懸命に高崎さんに話しました。

最初、高崎さんは聞き入れるのを拒もうとするようなかたくなな表情をして目を落とし、わたしの方を全然見ないで床ばかり見つめていました。

「信じられない」「ウソだろ」「いやそうじゃない」「だめだ」「許せない」、、、高崎さんはそんな事を独りごちながら、わたしの言を打ち消すように何度も何度も首を横に振っていました。

わたしは高崎さんの傍らに行って座り、高崎さんの手をしっかりと握りしめながらなお話を続けました。何としても分ってもらいたかったのです。わたしたち二人が置かれているこんな異常、いびつな状態を正し、高崎さんは今もきっと愛してくれている治子さんのもとへ戻って健全な生活を復活させ、世界的に嘱望されている専門の数理の道をきわめなければならないのです。そしてわたしも心を洗い直していまわしい過去を一掃し、柳原と別れて真一郎さんとの新しい生活へ踏み入って行くのです。今後高崎さんと一緒になることなどは、どんなことがあっても絶対にないと、わたしは断然と言いました。苦しいけれど、冷酷な鬼のような心をもって高崎さんを突き放さなければならなかったのです。

わたしがそう言った時の高崎さんの顔は今も忘れることができません。「絶望」の二文字が全体を覆った、目をそむけたくなるような暗澹たる顔。、、

からだはひきつけが起きたように硬直し、こわばった手はぶるぶると震えていました。

少しして、高崎さんはわたしから手を離しました。そして上半身をかがめ、両手で頭を抱えこみました。「うー」と、痛みに苦しむ病人のような恐ろしいうめき声が高崎さんの口からもれて来ました。

聞く者の心をえぐる悲痛なうめき声。

わたしは瞬間、高崎さんが発狂するのではないかとの不安に襲われました。愚かな柳原だったら、逆上してむちゃくちゃに暴れ回るでしょうが、節度と理性のある高崎さんにはそんなことはできません。感情の爆発は、発狂という形で表出するほかはないのです。

胸の鼓動を早め、わたしはおびえながら高崎さんを見

つめていました。……

それからどれほど時間がたったでしょう。短い時間だったでしょうが、わたしにはとても永く感じられました。

高崎さんは手を頭から離して両膝の上に両肘を置き、腰を丸めてうなだれていました。その身には、国際賞を受賞した時の、あの勢いを含んだ華やかなオーラは微塵もありませんでした。

高崎さんはなぜかしら小さくしぼんで見えました。

「苦しかったでしょうね」

そんな言葉が、ふとわたしの口からもれ出ました。

わたしは高崎さんの背中に手を置いて、そっとさすりました。

「愛は充たされた時は、それはとても素晴らしい喜びをもたらしてくれるけれど、反面冷酷残忍な裏顔を持っていて、人の心を面白いようにいたぶり、翻弄することだってあると思う。美しい愛のバラには棘があるというが、棘なんてものじゃない、僕に言わせれば、愛は猛毒だ」

あなたの言われたそんな言葉をわたしは思っていました。

愛は猛毒。……愛はたったの小さじ一杯で人を狂わせ、人を殺してしまうと、あなたは言っていらっしゃいましたね。

愛の修羅場をくぐり抜けた過去があなたにはあったのでしょうか。でもわたしは詳しく知りたくありません。何も分らないままでいい。嫉妬に苦しめられたくないのです。それにわたし以外の女性との交情なんて絶対に認めたくありません。あなたの過去も、現在も、誰にも譲らずわたしはすべてを独占していたいのです。

愛は醜いほど自分勝手で意地汚いですね。

哀れにもそんな愛の毒に心を蝕まれてしまった高崎さんが、そのあとわたしに仕掛けて来た行いについて、わたしは高崎さんを責める気持はありません。わたしだって高崎さんと同じことをしていたかもしれないのです。

――ずっとうなだれていた高崎さんが、急に身を硬くしてこうべをあげ、背中に置いていたわたしの手を邪険に払いのけました。そして飢えたような血走った目付をして、わたしをじっと見つめ始めたのです。わたしはぞっとしました。それはかつてわたしの肉体を蹂躙した、性に狂った卑劣な強姦男たちと同じ目付だったからです。

わずか後、高崎さんは椅子から立ちあがると、いきなりわたしの両わきの下に手を入れてからだを持ちあげ、思いっきりベッドの方に突き押しました。

ベッドの上に仰向けに倒れたわたしに、高崎さんが飛びかかって来ました。

高崎さんはわたしの着ていたブラウスを乱暴に引き開いてボタンをバラバラに飛ばし、ブラジャーの肩紐をちぎって力まかせにむしり取りました。

「やめて！　やめて下さい！」

わたしは喉奥から必死の叫び声を絞り出しました。

しかし高崎さんは聞く耳を持たず、もう性本能の奴隷のようになってわたしのスカートをたくりあげ、パンティーストッキングを両手でつかんで一気に引きおろしました。

「いや！　絶対にいや！」

わたしは絶望的な悲鳴をあげました。

と――この時不思議なことが起きたのです。

わたしの悲鳴を耳にした瞬間、高崎さんの顔に「ハッ」と、胸の中を激しく突かれて何かに気付かされたような表情が走り、あげていた手が空で止まったのです。

わたしは照明のもとにさらされていた自分の裸身を、あわててシーツで覆いました。

そんなわたしを見ながら、高崎さんは手をさげると身を半転させ、ベッドの角に背中を向けて座りました。

動顚して頭の中が真っ白になっていたわたしは、高崎さんの心の中で突然何があったのか、思いめぐらすことなどできませんでした。ただ、目に映る高崎さんの後ろ姿には、みすぼらしく萎縮した影はありませんでした。

「康彦さん」

なぜか、いとおしい、親愛な気持が湧きあがって来て、わたしは高崎さんに声をかけました。

高崎さんは立ちあがりながらわたしを振り返りました。高崎さんの表情は平静でした。

「美智子さん、すまなかった」

高崎さんは頭をさげてわたしにそう言うと、踵を返し、ゆっくりとした足取りでドアの方に向かい、そして静かに部屋から出て行きました。

信仰心のないわたしの見当ちがいな想像かもしれませんが、わたしを犯そうとしたあの時、高崎さんはもしかして、「神の嘆き声」を心の中に聞いたのでしょうか。、、それから一ヶ月ほどたった六月の終わりに、アメリカから高崎さんの手紙が送られて来ました。

『日本では鬱陶しい梅雨がまだ続いている事でしょうが、このＪ市は高地にある為、冬は厳しい寒気が襲うものの、夏は湿気のない爽やかな大気が市全体を覆い、快適で涼しい毎日を過ごす事が出来ます。

今、時計の針は深夜の一時半を指しています。自分は二階の書斎の窓を開け放ち、満天に輝く星座を目にしながら、この手紙を書いています。

一昨日、藤本弁護士から、あなたの離婚の審判が確定する見通しになったとのメールが届きました。よかったですね。ようやくあなたは熱愛する河上と結婚し、新しい生活と再生への一歩を踏み出す事が出来るのです。

自分は今、そんなあなたを何のわだかまりもなく祝福出来る心境になりました。思えば、愚劣極まりない狂気の二年間でした。神の御意志によってこの世に授けられた子の一員である感謝を忘れ、忌わしい色情の地獄の嵐の中でのたうっていました。

どうして自分は、総ての大切なものを投げ捨てて、あんなに血迷い、のぼせ上がってしまったのでしょう。悪魔の憑依から解き放された今、己れの犯した行いと、思考の混乱ぶりに、ただ呆然とするばかりです。

あなたは、この間ホテルで、「私の中には、男の人の性感を異常に乱してしまう恐ろしい魔性が潜んでいる」と言って、交際した数多くの男性の性の狂乱について話していました。自分は半信半疑で聞いていましたが、今、思うに、あなたは、矢張りあなたの言う通り、魔女の如き（性の）魔力をその内に持っているのです。正に自分はそれに取り憑かれて我を見失ってしまいました。しかし、常軌を逸した精神状態にあった自分の心の深奥部には信仰心が、神を敬う気持がまだ残っていました。そしてそれ故に、慈愛溢れる神の御心によって自分は現実に引き戻され、覚醒する事が出来たのです。大学の特別客員教授を辞め、身辺整理をしてアメリカに帰ったらすぐ、自分は所属する教会の司祭のもとを訪れました。そして、あなたとの不貞と淫行を司祭に告解し、懺悔しました。

自分は妻の治子にも総てを告白し、伏して赦しを求めました。治子は、自分とあなたとの仲を大変疑っており、この一年間、ずっと険悪な夫婦関係が続いていたのです。

自分はもう駄目だと思っていました。しかし、何という奇蹟でしょう。治子は悔い改めた自分を見て、涙を流しながら、「この世界に、私にはあなたしかいません」と言って自分を赦し、優しく抱擁してくれました。治子は、愚行に走った自分を、それでもなお心から愛してくれていたのです。治子もクリスチャンです。共にクリスチャンである自分たちに、慈悲深いイエス様が癒しの力を与え、二人の仲を収束して下さったのです。

嵐は過ぎ去りました。幸いそれは壊滅的な打撃を与える事なく、未だ充分に蘇生し得る力を自分の身内に残しておいてくれました。

乱心愚妄に過ごした二年の時を取り戻すべく、自分は数学の研究に勉励し、治子と子供達の為に、心豊かで幸せな家庭を再築する努力を惜しまない積りでいます。「今からでも遅くない。未だ時間は残されている」のです。一たび改悛した人間が、揺ぎない強固な意志を持って掲げた思いを貫く姿を、自分はきっとあなたに見せてあげます。

本来の自分に戻った今、心中には何の不安も屈託もありません。ただ先日、滑稽なくらいにうろたえ、目の前が真っ暗になるようなお笑い事があったので、少し書いておきます。実は、半年前から身体が疲れやすくなり、食事をしたら喉にものがつかえ、ワインを飲むと食道がひどくしみるようになったのです。心配になって色々な医学書を調べてみたら、食道癌の症状にそっくりだったので、すっかり動顚してしまい、もう死ぬのではないかと絶望的な気持になりました。自分は身体が大きく声もでかく、自信たっぷりに断定的な物言いをするので、豪胆傲岸な男だと言われていますが、実際はすごく神経質な性格で、一々小さく物事を気にし、一点を突かれたら瞬時にひび割れてしまう刃金のような精神のもろさを持っています。

そんな性分の為、癌だと思うと落ち込んでしまって、四六時中死ぬ事しか頭になく、とうとう重度のノイローゼ患者みたいに困憊し、足をふらつかせながら病院に行ったところ、食道が少しただれて小さな腫瘍もあるが、癌ではないとはっきり言われました。この頃はアメリカでも、末期癌でない限りは、患者に正直に癌の告知をするので、医者の言葉に偽りはないと思って、胸をなでおろしました。

これから新しく出直そうと意気込んでいた矢先にそんな事があったので、大変なショックでしたが、神は自分を加護して下さいました。どこまでも神の暖かい御光に包まれている自分は、本当に幸運な人間だとつくづく思いました。

自分は、こうして健康に生きる事の出来る喜びを、今しみじみと心に実感し、感謝の気持で一杯です。

過度に「死」を意識した事によって、その反射光のように「生」がまばゆい輝きを放って、存在の大切さを自分に知らしめてくれました。

浅はかな人間は、生死の境をさ迷うくらいにショッキングな事がない限り、目覚める事が出来ないものですね。自分はアメリカきっての大学院を最優秀の成績で出た博士で、数学の国際賞も受賞している、何もかも知り尽くした全能のエリートだと自惚れていましたが、それが上っ面だけの、実に浅ましい虚像だったという事が、ようやく分りました。人間の価値は、何も知性や学識のみで決せられるものではありません。

常に神を畏れ敬う気持を失わず、祈り、そして謙虚に、地道に、誠実に、健康に生きてこそが、真に讃えられるべき人間のあり方だったのです。、、、』

高崎さんは、手紙の終りに、自分はアメリカに永住する決意をしたとしたためていました。それは、わたしとの関係を一切絶とうとする、高崎さんの断固たる意志の表れなのだと、わたしは感じとりました。

裁判所の審判で離婚が決まり、いよいよあなたとの結婚生活が始まりました。それは新しい人生の、期待と喜びに充ちた素晴らしい時をもたらしてくれるはずでした。確かに、最初の頃はそうでした。誰はばかることなくあなたと起居を共にし、あなたとの熱い性愛に浸る毎日は、本当に夢のような幸福をわたしにさずけてくれました。ところが、一ヶ月もたたないうちに、わたしの心に何とも言えない寂しい空虚感が漂い始めたのです。そしてそれは日を追うにつれ、止めることができないくらいの早さで私の胸の内に広がって行きました。あれは何でしょう。荒涼とした大地に虚しい気持を抱きながら身動きもできずに一人寂しくただずんでいるかのような自分。なぜ、どうしてあんなことになったのでしょう。心の奥底にあって見えない何かの強い思いが、表面の感情の層を撹拌して全然別種類の、予想もしたことのないあんな空虚な感情を作り出したのでしょうか。

さらにわたしを支配する何者かが悪意の追いうちをかけているかのように、わたしは自身に対する激しい嫌悪感にさいなまれ始めました。あなたの濁り気のない、正直な、誠意ある人間性の明るいライトに照らされるたびに、わたしの汚くて卑しい性格がいよいよ鮮明に意識に浮かびあがり、自分の犯した過去のおぞましい性にまつわる行為の記憶が、おびただしい汚物の堆積となってわたしの上になだれかかって来たのです。

ああ、身の毛も総立つような自己嫌悪！　そしてこんなに汚れきったわたしを純な聖女のように美化し、何の疑いもなく信じきっているあなたへの罪悪感。

わたしはあなたと顔を会わせることが日増しに耐えられなくなって行きました。あなたの前では思いきりの笑顔で明るく楽しそうに振舞っていましたが、本当は心の中で泣いていました。何もかもが（身の周りに漂う空気すらが！）大変な重さでわたしのからだにのしかかっているように感じられ始め、わたしの心は鉄のぶ厚い蓋で覆われたように外界から遮断されて、真っ暗になってしまいました。

わたしはあなたにすべてをうち明けて、高崎さんのように懺悔すれば、心が救われるかと思いました。でも、そんなことは絶対にできません。あなたは、優しいだけに弱くてもろく、そして傷つきやすい人です。どんなに毒のあるひどい言動でもはね返してしまうしたたかさも、ふてぶてしさも、尊大な傲慢もあなたにはありません。溺愛する妻の汚れはてた心と、その不行状な性の告白に、あなたは耐えられるはずがないのです。

次第に心の憂いはわたしのからだを蝕み始め、鉛を入れられたような重い鈍麻の感覚が身内に生じて、ロープで奈落に引きずり落とされるような減退感がわたしの生きる意欲を削ぎました。

朝、起きるのがとてもつらく、一日が大きな壁となってわたしの前に立ちふさがり、太陽の光を浴びるのが耐えがたかった。

身も心もこんな状態になってしまったわたしはどうして生きて行けばよいのでしょう。

驕慢で、寒い心の持主のわたしには、親身になって相談にのってくれる友だちなど一人もいません。神に頼り、神に祈る、慎ましく気高い信仰心など一かけらもありません。

よすがとなるものもなく、行き場を失い、追いつめられてしまったわたしには、もうあとには自死という選択肢しか残されていないのです。

あなたのように情け深くて優しい心を持った医師が、かつて死に際してわたしに言ったように、人を堕した罪をあがなうためにも、わたしは死をもって自らにけじめをつけなければならない時を迎えたのです。

わたしは今日、医師がくれた薬を飲み始めました。一週間もたたないうちに心臓の筋肉は衰弱して、心拍を停止するでしょう。わたしによって心を苦しめられる人はもういなくなり、わたしに関わり、またこれから関わる運命にあった男の人たちは色欲地獄の厄災から逃れられ、わたしは煩悩から解き放されて安らぎを得ることができます。

宇宙にある銀河の、何千兆・何京もの莫大な数の星の中で奇跡のように出会い、百三十八億年の宇宙の歴史の中でわずか一年、一瞬の閃光にもみたない早さで交錯したあなた。わたしは天空の彼方に散り、永久にこの世界に戻って来ることはありません。

悲しいお別れをしなければならなくなりましたが、二十九年の人生の最後の年に、あなたのおかげでわたしは最高の愛を経験し、そして人間として深く自分を省みることができました。

今、いとおしいあなたのいないオーディオルームでこれを書いているわたしの耳には、ベートーベンの第九交響曲『合唱』が聞こえています。荘厳で、高貴で、崇高な人類愛の響き——生の歓喜と愛の讃歌。——輝く神々の降臨と人々の祈りと抱擁、、、
わたしの目から涙がとめどもなくあふれ出して、頬を流れ落ちて行っています。

さようなら真一郎さん。

あなたを知り、あなたを愛し、あなたから愛されたことは、わたしにとって何万の言葉を費やしてもいい表せないほどの、至極の幸せと喜びでした。

（平成二十六年十二月十三日）

〈この物語はフィクションであり、本書に登場するいかなる団体・個人も、実在するものではありません。なお、一三八ページの〝ミステリー殺人事件〟の記事は、「週刊朝日」（平成十二年十二月一日号）に掲載された実際の事件の記事をベースに、作者が勝手に脚色・変色して作りあげたものです〉

あとがき

本書は、平成元年に出版した『破綻』〈作品Ⅰ〉以後に、山口市の同人雑誌「風響樹《ふうきょうじゅ》」等に発表したものを適宜に選んでまとめた創作集である。

作品のことは作品自身が語るべきなので、補足も弁明もないのであるが、〝「美智子」―その愛と背信〟を書くに至った動機だけを少し書いておきたいと思う。

イギリスの作家ロレンス・ダレル（一九一二～一九九〇）の小説に『アレキサンドリア四重奏《カルテット》』（河出書房）というのがある。四巻からなる長編小説で、なんでも作者によれば、「アインシュタインの相対性原理に基づく小説」だということである。大学生の時に、たまたま本屋で買ったこの小説を読んで吃驚した。この世の「真理」を科学的な目線から洞察した、豊かな比喩と詩情に溢れる言葉が随所にちりばめられており、実験的な試みと思想性に富んだ壮麗な文学空間がそこには作り上げられていたからである。

日本の狭隘《きょうあい》な私小説に辟易《へきえき》していた自分にとって、『アレキサンドリア四重奏』との出合いは、正に「青天の霹靂《へきれき》」というべきものだった。

――ダレルの小説を読んで以来、人間の運命は何か宇宙的な法則のようなものに支配されているのではないかと思うようになった。アインシュタインは、巨大な宇宙の実相を独創的な科学式を用いて解析しているという。理化学の原理・法則などを我々人間にも当てはめることは出来ないのだろうか。数学者が数式を使って多次元の空間を解明しているように、人間の行動や心理の動向も数式などによって測定することは出来ないのか。そんなことをこの作品を書きながらずっと考えていた。書き進むうちにやがて「人間界の法則」のようなものが薄ぼんやりと見えて来るかもしれない。、、そんなはかない幻想を抱きつつ。

平成二十八年四月一日

原田修司

原田修司（はらだしゅうじ）
昭和 23 年（1948）2 月 20 日生まれ　（本籍地　山口市）
昭和 46 年 3 月　中央大学卒業　大阪の商社に入社
昭和 49 年 1 月　山口市で行政・司法書士事務所を開設、業務の傍ら創作活動を続け現在に至る

〈著書〉
平成元年 10 月　『破綻』〈作品Ⅰ〉（葦書房）
平成 7 年　3 月　『野々村軍治の混とん』（「風響樹」No.17）他

「美智子《みちこ》」――その愛《あい》と背信《はいしん》〈作品Ⅱ〉

著者　原田修司《はらだしゅうじ》

発行日　2016 年 8 月 19 日　第 1 刷発行

発行者　田辺修三
発行所　東洋出版株式会社
〒 112-0014　東京都文京区関口 1-23-6
電話　03-5261-1004（代）
振替　00110-2-175030
http://www.toyo-shuppan.com/

編集・協力　株式会社エスピーデータ　永見　勝

印刷・製本　日本ハイコム株式会社

ISBN 978-4-8096-7840-0
定価はカバーに表示してあります